Une porte sur le paradis

La famille qu'elle n'attendait plus

JOSS WOOD

Une porte sur le paradis

Traduction française de
SOPHIE WATINE-VIEVARD

Passions

HARLEQUIN

Collection : PASSIONS

Titre original :
HOT CHRISTMAS KISSES

HARPERCOLLINS FRANCE
83-85, boulevard Vincent-Auriol, 75646 PARIS CEDEX 13
Service Lectrices — Tél. : 01 45 82 47 47

www.harlequin.fr

ISBN 978-2-2804-1644-3 — ISSN 1950-2761

Prologue

Noël, l'année précédente

Quelque part dans la campagne du Devon, à 4 500 kilomètres de chez elle à Boston, DJ Winston lissa sa robe bordeaux et argent et se tourna vers l'écran de son ordinateur.

Ses deux meilleures amies, les sœurs jumelles Darby et Julie Brogan, étaient confortablement installées sur le canapé de son bureau dans le Massachusetts. Elles s'apprêtaient à offrir un bon déjeuner à l'équipe pour célébrer la fin d'une année de travail, après quoi l'entreprise serait fermée le temps des fêtes de Noël.

— Embrassez tout le monde de ma part et souhaitez-leur de bonnes vacances.

DJ fit comme si elle n'avait pas remarqué la réaction de Darby. Oui, elle était incapable de souhaiter un joyeux Noël aux gens. Elle avait beau essayer, les mots restaient coincés dans sa gorge. Joyeux Noël et bonne année ! Ho, ho, ho… Non, c'était au-dessus de ses forces. Elle était très douée pour discuter contrats, marge brute et taux d'intérêt mais, ces mots-là, elle ne pouvait pas les prononcer. La période des fêtes la ramenait à ses huit ans, petite fille angoissée qui se demandait si ses parents l'aimaient.

Elle savait que les jumelles auraient voulu en discuter

avec elle, mais c'était un sujet tabou. Elle les adorait, mais préférait garder ses distances, même avec les gens qu'elle aimait. La distance, c'était son filet de sécurité, sa bouée de sauvetage. Cette stratégie avait parfaitement fonctionné durant son enfance et son adolescence, il n'y avait donc aucune raison d'en changer.

— Ta robe est magnifique avec tes cheveux bruns et la couleur de tes yeux, dit Darby.

— Exactement les couleurs qui te conviennent, approuva Julie. Mais, quand on est grande et mince comme toi, tout vous va, évidemment.

Non, ce n'était pas évident.

Même si les jumelles la trouvaient séduisante, elle se voyait toujours comme l'adolescente dégingandée et trop brune qui mettait si mal à l'aise sa mère, blonde aux yeux bleus. Fenella voulait bien reconnaître que DJ était plutôt intelligente, mais elle était trop grande et manquait de charme. Ça, c'était ce que sa mère disait quand elle était de bonne humeur. DJ préférait oublier les remarques qui fusaient quand elle était en colère.

— Alors, demanda Darby, quand est-ce que Matt arrive ?

— Il ne vient pas, répondit DJ avec un soupir exaspéré.

— Il t'a posé un lapin ? Sympa, comme cadeau de Noël, commenta Julie, sarcastique comme à son habitude.

DJ soupira. Décidément, Darby et Julie ne comprenaient pas que leur organisation au coup par coup leur convenait à elle et Matt. Et ça marchait très bien depuis six ans. En fonction de leurs emplois du temps, Matt et elle se retrouvaient le temps d'une nuit ou d'un week-end. L'occasion pour DJ d'échapper à sa vie de chiffres, de marges de profit et de coûts de production. Quand ils étaient tous les deux, elle s'autorisait à être une autre version d'elle-même aimant s'amuser, exubérante et sensuelle.

Même si la situation durait depuis des années, DJ était parfaitement consciente que leur accord n'était que temporaire. Ni elle ni Matt n'attendaient rien de l'autre, à part la perspective de faire l'amour avec un bon partenaire, de franches parties de rigolade et de se détendre en compagnie de quelqu'un qui n'exigeait rien d'autre. Elle n'avait pas besoin de davantage. Elle n'envisageait absolument pas d'avoir un petit ami ou un amant régulier ; après avoir été abandonnée par son père et rejetée par Fenella, elle n'avait aucune intention d'offrir son cœur blessé à un autre être humain, qui ne manquerait pas de le piétiner.

Ces week-ends imprévus avec Matt lui convenaient, sauf qu'hier il avait annulé sous prétexte que, même si c'était Noël, il devait rester aux Pays Bas pour voir un client en grande difficulté. Étant donné que Matt était un avocat des droits de l'homme réputé, ce client pouvait aussi bien être un réfugié politique croupissant en prison ou une tribu d'aborigènes chassée de la terre de ses ancêtres et menacée de perdre sa culture et son mode de vie.

Et le fait que son amoureuse occasionnelle ait besoin d'échapper à Noël et soit très excitée à l'idée de le voir ne pesait pas très lourd dans la balance.

DJ avait d'abord envisagé de ne pas aller au mariage de son amie, mais ça voulait dire passer Noël à Boston. Impossible. Assister à ce mariage le soir du réveillon était un moindre mal.

Jetant un œil sur l'horloge de son ordinateur, elle soupira :

— Il faut que je me maquille en vitesse, sinon je serai en retard à la messe.

— Enlève d'abord ta robe, tu risques de la tacher, dit Darby en fronçant les sourcils.

Bonne idée. Et comme elles étaient amies depuis la maternelle, cela ne la gênait absolument pas de se déshabiller devant les jumelles. Ce qu'elle trouvait difficile, c'était de leur laisser voir à quel point elle était déboussolée à l'intérieur.

— Soutien-gorge pigeonnant, string et talons, siffla Julie. Matt Edwards ne sait pas ce qu'il loupe.

— Tout à fait d'accord.

Cette voix.

Le cœur de DJ fit un bond dans sa poitrine. C'était ridicule.

Matt, nonchalamment appuyé contre le chambranle de la porte était, comme d'habitude, naturellement sexy. Grand, blond, avec des yeux verts et un bronzage de surfer, on aurait dit une publicité pour le soleil, la mer et le sexe. Un physique en totale contradiction avec ce qu'il était : un brillant avocat international à l'intelligence acérée.

Instantanément, DJ eut la bouche sèche et elle dut lutter pour ne pas courir vers lui et lui retirer tous ses vêtements. Elle mourait d'envie de lui arracher sa veste de lin crème et sa chemise bleu marine. Après quoi, elle s'attaquerait à sa ceinture de cuir puis aux boutons de son jean branché. Dans sa main, il serait chaud et dur…

C'était toujours comme ça. Il suffisait que Matt pose ses magnifiques yeux verts sur elle pour qu'elle bascule du mode calme et contrôlé au mode folie sensuelle. Elle ne l'aimait pas – c'est à peine s'ils se connaissaient – mais elle désirait que sa bouche et que ses mains viennent caresser tous les endroits secrets de son corps.

Pour l'amour du ciel, essaie de te contrôler un peu.

— Je croyais que tu ne pouvais pas te libérer, dit

DJ, incapable de masquer sa joie. *Bravo, tu as l'air parfaitement détachée, ma fille.*

Elle jeta un coup d'œil sur sa robe sur le lit et songea brièvement à la remettre. Mais quelle importance ? Matt l'avait déjà vue sous toutes les coutures plus d'une fois.

— Le rendez-vous avec mon client a été décalé, dit Matt en franchissant de son élégante démarche les quelques pas qui les séparaient.

Une fois tout près, il lui caressa le visage, son pouce jouant légèrement avec la lèvre inférieure de DJ. Puis il baissa les yeux, et elle sentit son regard s'attarder sur son soutien-gorge affriolant et la minuscule pièce de lingerie située plus bas. Le désir qu'elle lisait dans ses yeux l'excita comme à chaque fois. Qu'un homme aussi sexy que Matt la veuille, elle, la réchauffait jusqu'au plus profond d'elle-même.

— Charmante tenue, Dylan-Jane, dit-il d'une voix un peu sourde quand leurs regards se retrouvèrent.

Il était le seul, à part sa mère, à l'appeler par son prénom entier. Mais sorti de la bouche de Matt, il lui faisait l'effet d'une caresse.

— Salut.

Elle était incapable de prononcer un mot de plus.

— Salut.

Matt vint effleurer sa bouche avec la sienne. Ils étaient un peu hésitants, comme à chaque fois. DJ n'aurait pas pu expliquer pourquoi Matt retardait le baiser, mais elle adorait qu'ils fassent durer ce moment, ça n'en était que plus excitant. Leur premier baiser, après une longue séparation, était toujours merveilleux.

Enfin, les lèvres de Matt vinrent redécouvrir les siennes, et ce fut comme toujours à la fois doux et très sensuel. Les baisers suivants seraient passionnés, incontrôlés comme un incendie, mais ce premier baiser était tendre bien que chargé de promesses de ce qui viendrait plus tard.

À ce propos…

DJ s'arracha à contrecœur à leur baiser et à la chaleur du corps de Matt.

— Il faut qu'on se prépare, sinon on sera en retard au mariage.

— Oui, vous avez un quart d'heure pour sortir de cette chambre si vous voulez arriver à l'église avant la mariée.

DJ sursauta en entendant la voix de Darby. Regardant son ordinateur, elle vit que ses amies étaient toujours là, avec une mine inquiète. Heureusement qu'elles n'avaient vu de ce baiser que le dos puissant et les fesses parfaites de Matt.

— Hello, Matt, dit Darby.

Matt secoua la tête et leva les yeux au ciel, puis, un sourire malicieux aux lèvres, il se retourna vers l'écran.

— Mesdames.

— On peut dire que c'était moins une, dit Julie d'un ton acerbe.

Matt s'avança vers le bureau et sourit à l'écran.

— Au revoir, mesdames, dit-il en refermant l'ordinateur.

Puis il se retourna vers DJ.

— Tu m'as manqué.

DJ leva les yeux vers lui. La part cynique en elle se demandait s'il lui disait ça pour l'inciter à aller au lit. Mais l'expression sur son visage semblait sincère. D'ailleurs, Matt n'utilisait jamais ces méthodes-là. Soit elle était pleinement partante, soit il ne se passait rien. Il n'était pas du genre à supplier ou à la contraindre.

Et puis, ils savaient tous les deux comment les choses allaient se passer depuis la seconde où elle l'avait vu apparaître à la porte.

— Toi, à moitié nue avec de la lingerie sexy… J'ai droit à mon cadeau de Noël en avance, dit Matt en replaçant tendrement une boucle de cheveux derrière son oreille. Malheureusement, je suis parti en catastrophe du bureau pour attraper un avion et, depuis, j'ai couru pour ne pas arriver en retard. Donc, je n'ai pas eu le temps d'acheter de préservatifs. Est-ce que tu en aurais, par hasard ?

DJ secoua la tête, dépitée. Matt ne lui faisait jamais l'amour sans protection.

— Dommage. Dans ce cas, allons à la messe de mariage et on reprendra plus tard.

Pitié, non.

— Ou alors, on peut faire… autrement, suggéra DJ en faisant glisser son doigt le long de son érection.

— Je n'ai pas envie de ça, Dylan-Jane. J'ai besoin d'être en toi. Je vais aller acheter des préservatifs et je reviens. On manquera la messe, mais on devrait arriver à l'heure à la réception.

Sa voix rendue un peu rauque par la frustration acheva de faire fondre DJ.

— Je prends la pilule, Matt. Et il n'y a eu personne depuis la dernière fois qu'on s'est vus. Si c'est pareil pour toi…

— Oui, c'est pareil pour moi, dit-il avant de l'embrasser. Mais tu es bien sûre ? Il n'y aura pas de mauvaise surprise ?

S'il l'avait mieux connue, il n'aurait pas eu besoin de poser la question. Bien sûr, elle adorait les moments pleins de passion qu'ils passaient ensemble, mais elle était une autre personne dans la vraie vie. À Boston, tout était planifié, et elle ne laissait aucune place à l'imprévu.

Un bébé, c'était le rêve de Darby, pas celui de DJ.

— Ne t'inquiète pas, dit-elle en faisant glisser son pantalon et son caleçon le long de ses hanches. Puis, elle enroula ses bras autour de son cou et murmura, sa bouche collée à celle de Matt : Viens en moi. Ça fait si longtemps.

Sans plus attendre, il entra en elle puis la déposa sur le lit. DJ savait bien que Matt se contenait, qu'il faisait comme toujours en sorte que leurs retrouvailles physiques soient douces et lentes. Mais ce n'était pas ça dont elle avait besoin ; elle voulait que ce soit fort, dur, rapide.

Matt bougeait lentement en elle. Elle était à la torture et, quand elle laissa échapper un gémissement, il sourit.

Il possédait tout un répertoire de sourires, mais celui-ci était le préféré de DJ : à la fois mauvais garçon et enfant de chœur, plein de malice.

Alors, il passa ses mains sous ses hanches, la souleva et accéléra le rythme, ses puissants coups de reins déchaînant en elle l'incendie qu'elle désirait si fort.

C'était si délicieux qu'elle fut presque tentée de se murmurer à elle-même : joyeux Noël.

- 1 -

Presque un an plus tard…

Dans le grand hall de l'aéroport Logan International, Matt se frayait un passage à travers la foule. Passé maître dans l'art d'utiliser son smartphone tout en marchant, il consultait ses messages : au moins dix envoyés par le bureau et quelques SMS personnels. Mais aucun de Dylan-Jane.

Cela faisait plus d'une semaine qu'il lui avait proposé de se retrouver à Boston et elle ne lui avait toujours pas répondu.

Peut-être le faisait-elle attendre parce qu'il ne lui avait pas fait signe depuis longtemps. Il avait été très occupé, et ils s'étaient moins vus cette année que d'habitude. Beaucoup moins. Mais il était là aujourd'hui.

— Matt !

Il se retourna et sourit en voyant son vieil ami Noah Lockwood venir à sa rencontre. C'était une agréable surprise.

Matt rangea son téléphone dans la poche intérieure de sa veste noire et serra la main de Noah.

— Ça me fait plaisir de te voir, mais qu'est-ce que tu fais ici ?

— Je viens de déposer Julie. Elle doit voir un client à New York. Comme je savais que tu arrivais aujourd'hui, j'ai consulté les horaires et je me suis dit que j'allais t'offrir une bière.

Excellente idée. Cela faisait des mois, plus d'un an peut-être, que Noah et lui n'avaient échangé que de brefs coups de fil ou e-mails. À l'université, ils avaient été très proches et, malgré des vies professionnelles intenses, Matt considérait toujours Noah comme un ami.

C'était aussi Noah qui lui avait présenté DJ, et il lui en serait reconnaissant à jamais.

Ils entrèrent dans le premier bar et s'installèrent dans un coin tranquille. Quelques minutes plus tard, on leur apportait deux bières bien fraîches.

Noah leva son verre.

— Qu'est-ce qui t'amène à Boston ? demanda-t-il.

Comment répondre ? Matt sentit sa gorge se serrer. Contrairement aux autres visites en coup de vent à son grand-père, celle-ci allait être… compliquée.

Pleine d'émotion, éprouvante, difficile.

Toutes choses qu'il s'efforçait généralement d'éviter.

— Je vais installer mon grand-père dans une maison de retraite, répondit-il mécaniquement.

— Le juge quitte sa maison ? Pourquoi ? demanda Noah, l'air étonné.

Matt but une gorgée de bière et se frotta les yeux.

— Il présente des signes de démence et d'Alzheimer. Il ne peut plus vivre seul.

— Je suis désolé. Combien de temps comptes-tu rester ?

— Je n'en sais rien, dit Matt. Je n'ai aucune plaidoirie prévue avant le nouvel an. Je resterai sans doute jusqu'après Noël. Donc au moins les trois prochaines semaines.

Sous le regard attentif de Noah, Matt eut presque envie de révéler à son ami l'autre motif de sa présence à Boston. Mais parler était difficile pour lui.

Noah n'insista pas et changea de sujet :

— Est-ce que tu vas contacter DJ pendant ton séjour ?

— Qui veut le savoir, toi ou ta fiancée ? demanda Matt, légèrement acerbe.

Noah sourit.

— En partant, Julie ne m'a pas dit : « Je t'aime, mon bel étalon », mais « Tâche de savoir pourquoi Matt et DJ ne se parlent plus depuis presque un an. »

Matt secoua la tête.

— J'aurais cru que Darby et Julie seraient ravies de savoir que DJ et moi nous étions éloignés. Elles ne m'apprécient pas vraiment.

— Je suis pris entre deux feux, dit Noah d'un air embarrassé. Quand je t'ai présenté DJ, je ne pensais pas que votre histoire durerait des années, mais j'ai dit aux jumelles de vous laisser tranquilles. Vous êtes adultes et vous savez ce que vous faites. Mais elles l'aiment et elles sont inquiètes.

— Quoi ? Pourquoi inquiètes ? s'alarma Matt.

— Parce qu'elle n'est plus la même depuis quelques mois. Elle est silencieuse, plus réservée, moins... heureuse.

— Et elles m'en veulent ? conclut Matt.

— Elles s'interrogent, surtout. Comme DJ ne dit rien, Julie m'a demandé de te parler. Bon sang, on se croirait revenus au lycée.

— Donc, tu ne voulais pas juste m'offrir une bière ?

— Écoute. Oublie ça, dit Noah, visiblement mal à l'aise. Ça ne nous regarde pas, ni Julie ni moi.

Matt ne parvenait même pas à être agacé. Il enviait depuis toujours l'amitié de Dylan-Jane avec les jumelles. Elles auraient été prêtes à se battre les unes pour les autres. Lui faisait cavalier seul depuis toujours et, très pris par sa carrière, il n'avait pas le temps de cultiver des amitiés intimes. Sans parler d'une relation amoureuse.

— DJ et moi avons un accord, dit Matt en choisissant soigneusement ses mots. Ni elle ni moi ne recherchons une relation installée. Je suis désolée si elle a passé une année difficile mais ça n'a rien à voir avec moi. On a toujours dit qu'on ne reprocherait rien à l'autre si la vie ou d'autres personnes nous empêchaient de nous voir.

— D'autres personnes ? Tu vois une autre femme ?

C'était risible. L'année avait été assez difficile pour ne pas en rajouter avec une nouvelle relation. Il avait eu son lot de cas compliqués et de coups bas, avait appris la mort d'une de ses ex, et il devait maintenant gérer la vie de son grand-père autrefois si brillant.

Entamer une liaison avec une nouvelle personne alors qu'il se sentait si abattu émotionnellement n'était sûrement pas la solution. Quand il était adolescent, il avait compris la leçon : émotion et dépendance formaient un cocktail dangereux.

À seize ans, il était tombé amoureux. Son ex, Gemma, et lui avaient tout prévu : après le lycée, ils iraient à l'université, puis ils se marieraient, auraient des enfants… et leurs sentiments ne changeraient jamais. Elle était la femme de sa vie, son tout…

À dix-sept ans, elle lui avait dit qu'elle était enceinte. En apprenant qu'ils allaient avoir un bébé, il avait été fou de joie ; il allait enfin avoir la famille qu'il n'avait jamais eue. Une famille *à lui*, qu'il devrait chérir et protéger.

Mais, au bout de dix jours, Gemma lui avait annoncé qu'elle avait fait une fausse couche, qu'elle déménageait et qu'elle changeait de lycée.

Elle ne l'aimait pas, ne l'avait jamais réellement aimé…

Depuis, il savait que l'amour était un mythe, un outil de manipulation, qu'il n'existait pas. D'ailleurs, ses parents, ses grands-parents et Gemma le prouvaient bien. À l'âge de dix-sept ans, il avait compris que l'amour n'était qu'une construction mentale et, depuis, rien n'avait pu le faire changer d'avis.

Désormais, il croyait au sexe. Mais à l'amour ? Plus du tout.

Et, dans son esprit, sexe rimait avec DJ.

Elle non plus ne voulait pas d'une relation durable. Comme lui, elle était allergique à l'engagement. Ils passaient ensemble juste assez de temps pour s'apprécier sans devenir proches. C'était parfait…

Du moins, ça l'avait été.

Il était de retour à Boston, sa ville à elle, et il n'avait aucune raison de ne pas la voir. Il y avait si longtemps qu'il ne l'avait pas tenue dans ses bras, qu'il n'avait pas goûté sa peau, senti son parfum fruité, entendu son rire. DJ, son exubérance et sa sensualité étaient exactement ce dont il avait besoin. Elle l'empêcherait de se focaliser sur cette fameuse nouvelle, qui lui avait fait l'effet d'une bombe.

— Est-ce que tu comptes la voir pendant ton séjour ? lui redemanda Noah.

— Oui.

Bien sûr qu'il allait la voir.

— Elles m'ont dit de te prévenir que, si tu lui faisais du mal, elles te tueraient à coups de tessons de bouteille de bière. Mais je ne suis que le messager, dit Noah en levant les mains en signe d'apaisement.

Noah paya les bières en refusant de partager la note avec Matt.

— Si tu n'as pas envie de passer trois semaines à l'hôtel, tu es le bienvenu dans la maison d'amis de Lockwood House.

Si Matt avait bon souvenir, la propriété de Noah se situait dans les quartiers huppés du nord de Boston. C'était une offre généreuse.

— Merci, Noah. Avec plaisir.

— C'est Julie qui a eu l'idée. Comme ça, elle pourra garder un œil sur toi, dit Noah avec un sourire. En plus, notre maison est juste en face de celle où vivent Darby, DJ et Levi Brogan. L'hyper protecteur Levi Brogan qui ignore que tu couches depuis cinq ans avec une femme qu'il aime comme sa sœur.

Noah tapa sur l'épaule de Matt et sortit du bar.

Matt regarda son téléphone et activa sans même y réfléchir l'icône de sa galerie de photos. Il fit défiler les images de Dylan-Jane, ravivant autant de souvenirs, et s'arrêta sur une photo d'elle sur une plage privée de Saint-Barthélemy. Elle était allongée face à la mer, mais avait la tête tournée vers lui et son appareil-photo. Elle était magnifique. Son regard noir flamboyant, ses joues légèrement rosies, la nuance corail de ses tétons sur ses seins bronzés par le soleil.

Incapable de résister, il l'avait prise dans ses bras, portée jusqu'à la mer, et ils avaient fait l'amour dans l'eau. Divin.

Il avait de nombreux beaux souvenirs avec DJ mais celui-ci, où il lui avait fait l'amour dans l'océan puis à nouveau sur le sable, était un de ses préférés.

Il avait vraiment besoin de se fabriquer de nouveaux souvenirs…

Matt rechercha ensuite sa dernière conversation avec DJ. Il lui disait qu'il serait à Boston la semaine suivante et lui demandait s'ils pouvaient se voir. Pour toute réponse, DJ lui avait envoyé une émoticône de visage surpris…

Il fronça les sourcils. Un visage surpris, ça n'était pas un oui…

Ni un non, d'ailleurs…

C'était étrange de la part de DJ de lui répondre

ainsi. Habituellement, elle était très claire. Elle était libre ou pas. Ils ne jouaient pas au chat et à la souris. Ne se mentaient pas. Soit ils avaient envie de passer ensemble un jour ou trois ou quatre, soit ils n'en avaient pas envie. Ils pouvaient prendre du temps l'un pour l'autre. Ou pas. Cette année, ils n'avaient pas réussi à se voir, mais c'était la vie. Il se disait qu'elle était très occupée à diriger sa florissante entreprise de design, et lui-même avait été submergé de travail. Sans parler de ses problèmes personnels à régler…

Mais peut-être sortait-elle avec quelqu'un d'autre ?

L'estomac de Matt se noua mais il s'exhorta à se reprendre. Il n'avait pas le droit d'être jaloux. Ils s'étaient mis d'accord qu'on ne pouvait pas rester monogame en vivant si loin l'un de l'autre. Lui l'avait été cette année, mais c'était plus dû aux circonstances qu'un véritable choix. Ils avaient décidé ensemble d'être transparents et de se le dire si quelqu'un d'autre entrait en scène. Et DJ ne lui avait annoncé ça ni par téléphone ni par e-mail. En fait, depuis le mois de mars, elle ne l'avait pas contacté une seule fois. Avant ça, il recevait des messages un peu délirants, des mèmes Internet amusants qui le faisaient rire, des selfies décalés.

Il fronça les sourcils en se rappelant que ses amies s'inquiétaient pour elle. Était-elle malade ? Occupée ? Contrariée ?

Ou, pire, lassée de lui, de ce qu'ils partageaient ?

Son téléphone bipa. C'était un texto, cette fois. Et, grâce à la tonalité spéciale, il savait de qui il venait.

Hello. Il est encore trop tôt. J'ai encore besoin de temps.

Pas de problème. Ne nous mettons pas la pression. Je reste à Boston jusqu'après Noël, sauf urgence.

Et voilà. Maintenant, il n'avait plus qu'à attendre que la fille dont Gemma ne lui avait jamais parlé se décide à le recontacter. Et il n'allait pas voir son grand-père avant demain.

Qu'allait-il faire du reste de sa journée ?

Pourquoi ne pas passer voir Dylan-Jane, histoire de savoir s'ils pouvaient reprendre les choses là où ils les avaient laissées…

Et aussi, s'avoua-t-il, pour voir de lui-même si elle était heureuse ou pas.

Mason James apporta un expresso à l'étudiant qui s'était installé à une table d'angle du Coffee Shop à Lockwood Estate. Il jeta un œil à l'équation mathématique complexe que le jeune homme tentait de résoudre et vit immédiatement où il avait fait fausse route. Son premier réflexe fut de pointer l'erreur, mais il se reprit.

Trois ans plus tôt, les situations et les équations complexes étaient son univers, et il gagnait scandaleusement bien sa vie en résolvant des problèmes. Des problèmes si importants qu'ils engageaient souvent des destinées, et toute cette pression avait fini par lui donner une tension dangereusement élevée et par lui provoquer un ulcère à l'estomac. Cela avait également mis un terme à son mariage et menacé sa relation avec ses fils.

Mason s'était donc retiré du business de l'expertise et s'était acheté ce très chic Coffee Shop, histoire de continuer à s'occuper. Il assistait aux matchs de hockey et de base-ball de ses fils, jouait à des jeux vidéo avec eux et les aidait à faire leurs devoirs. Le reste du temps, il vendait du café, des muffins et des pâtisseries en savourant les vertus de l'ennui.

L'ennui ne mettait pas son cœur en danger ni ne creuserait davantage son trou à l'estomac.

Cela dit, pour lui, cette équation était très simple. Quel mal y avait-il à aider ? Il désigna une des lignes à l'étudiant.

— Retravaillez celle-ci.

— Excusez-moi, mais je suis en doctorat au MIT…

Mason ne prit même pas la peine de dire au jeune homme que lui avait *eu* son doctorat du MIT et bien d'autres, et il se contenta de montrer à nouveau la ligne. L'étudiant commença par froncer les sourcils puis poussa un profond soupir. Oui, il avait vu la lumière.

— Merci beaucoup.

Mason lui sourit et s'apprêtait à regagner sa petite cuisine quand il entendit que la porte s'ouvrait. Il n'avait pas besoin de regarder, il savait parfaitement qui c'était, et son cœur commençait déjà à s'emballer.

Mason regarda le nouvel objet de ses pensées entrer dans son coffee shop en compagnie d'une jeune femme brune qui tenait une pile de magazines sur le mariage. Julie, l'une de ses filles jumelles, d'après ses souvenirs. Callie avait passé son bras autour de la taille de sa fille et était littéralement rayonnante.

C'était une maman magnifique.

Mason se passa la main sur le front. La dernière chose à laquelle il s'attendait quand il avait ouvert ici, c'était de tomber sous le charme d'une incroyablement désirable veuve. Eh oui, elle était plus âgée que lui. Et alors ? Il pouvait sortir avec des femmes plus jeunes. Il l'avait fait, d'ailleurs. Et aucune ne l'avait autant captivé que Callie Brogan. C'était inexplicable, et il ne suffisait pas de le vouloir pour que ses sentiments disparaissent.

Pourtant, Dieu sait qu'il avait essayé.

Callie releva la tête et planta son regard dans le sien. On aurait dit qu'un arc électrique se formait entre eux. Comme à chaque fois, il sentit son sexe durcir. Et, même à plusieurs mètres, il vit que Callie aussi réagissait physiquement à sa présence. Seigneur, elle avait une poitrine magnifique. Callie avait beau s'en défendre, elle était aussi attirée par lui qu'il l'était par elle. D'ailleurs, comment se faisait-il que ça ne se soit pas encore terminé au lit ?

Ah, oui. Parce qu'elle n'était pas prête. Parce qu'elle était encore amoureuse de son défunt mari.

Mason leva les yeux au ciel. Lui qui était réputé pour être un des esprits les plus brillants de sa génération ne savait pas comment attirer cette femme dans son lit.

C'était tout ce qu'il voulait, une bonne séance de jambes en l'air avec une femme séduisante et intéressante. Il ne recherchait pas l'amour ni que ça dure toujours. En tant que scientifique, il ne croyait en rien de tout ça. L'espèce humaine n'était pas assez évoluée pour ça. Mais le sexe, quelques nuits torrides ? Alors là, oui. L'instinct le plus primitif de l'homme, ça, c'était du tangible.

Il s'imaginait jouer les hommes des cavernes avec Callie. Ce serait une belle journée de printemps. Il la jetterait sur son épaule, la porterait jusqu'à sa Ducati, l'installerait derrière lui, et démarrerait sur les chapeaux de roues. Une fois qu'ils seraient arrivés dans un endroit tranquille, il s'arrêterait.

Ensuite, il la déshabillerait, la coucherait en travers de sa moto et s'enfoncerait en elle tout en lui pétrissant les seins, la bouche collée à sa nuque…

— Pardon, monsieur ? Je suis à nouveau coincé. Vous pouvez m'aider ?

Mason se ressaisit.

Puisqu'il n'était question pour l'instant ni de sexe sur une moto ni même d'une belle journée de printemps, autant faire des maths. Tout en gardant un œil sur Callie, ce qui constituait le plus grand de ses plaisirs dernièrement.

- 2 -

Matt entra dans le showroom de Brogan et Winston et balaya la pièce du regard. Il aima ce qu'il vit. Pas étonnant que l'entreprise ait une excellente réputation et que son carnet de commandes soit plein. Le long d'un mur de briques apparentes courait une banquette à la droite de laquelle étaient disposés un canapé à rayures blanches et vertes et un fauteuil blanc réveillé par des coussins orange, ainsi qu'une table basse où trônait un vase rempli de fleurs fraîches. Quelques œuvres d'art funky achevaient de rendre cette zone d'attente aussi cosy que branchée.

En tant que directrice financière, DJ travaillait en coulisses, mais Matt savait combien son travail concourait au succès de l'entreprise. Lui, par exemple, n'aurait pas pu se passer de sa responsable administrative, Greta.

Matt entendit du bruit à sa gauche et vit une paire de bottes et des genoux adorables descendre l'escalier de métal. Il connaissait ces jambes ; il avait goûté l'arrière de ces genoux et joué avec ces mignons doigts de pieds durant des heures. Peu à peu, DJ apparut : jupe courte sur collants noirs, chemisier blanc et ce long cou gracile. Quand elle arriva au pied de l'escalier, il put enfin voir son visage pour la première fois depuis des mois. Et, comme à chaque fois, sa beauté lui coupa le souffle.

Elle avait relevé ses épais cheveux bruns en un chignon

un peu lâche, portait des lunettes à monture noire et avait passé un léger gloss rose sur ses lèvres. Elle était à la fois magnifique, très femme d'affaires et excitante.

Plus que deux pas et elle serait dans ses bras. Il la serrerait contre lui et…

— Matt.

Aucune manifestation de joie et pas même un sourire ? Qu'avait-il bien pu se passer entre Noël dernier et maintenant ?

Matt crut même déceler dans le regard de DJ une dose de méfiance. Elle semblait penser qu'elle se serait bien passée de sa visite. Eh bien, tant pis. Il aimait les situations claires. Quand ils s'étaient quittés à la fin de leur séjour en Angleterre, tout allait bien. Certes, plusieurs mois avaient passé mais, à moins qu'elle ait désormais un petit ami, rien n'aurait dû avoir changé. Et si elle avait rencontré quelqu'un – rien qu'à cette idée, son sang se glaça dans ses veines –, pourquoi ne lui avait-elle rien dit ? Ça faisait partie de leur accord, bon sang.

— Tu vois quelqu'un d'autre, Dylan-Jane ?

Elle mit un peu de temps avant de comprendre, ouvrit de grands yeux et secoua la tête. Donc, pas de petit ami.

— Mais alors, où est le problème ?

DJ lui désigna les escaliers d'un geste.

— Allons parler de ça en privé, tu veux ?

Matt la suivit dans les escaliers puis le long d'un petit couloir, entra à sa suite dans une pièce terriblement dépouillée et vit qu'elle se dirigeait vers son grand bureau.

Elle voulait établir une distance physique entre eux mais il n'allait pas la laisser faire. Il la saisit par le poignet et l'attira à lui, jusqu'à ce que sa poitrine touche son torse. Il baissa les yeux vers elle.

— Alors, personne d'autre ?

— Non.

Dieu merci. Le regard de Matt descendit de ses yeux à ses lèvres, puis remonta vers ses yeux. Elle comprit immédiatement ce qu'il voulait... Et, oui, c'était ce qu'elle voulait aussi. Un an plus tôt, il aurait plongé vers sa bouche, sûr d'être le bienvenu, mais il s'était créé comme une barrière entre eux. Il allait devoir attendre qu'elle fasse le premier pas, attendre qu'elle se dresse sur la pointe des pieds pour l'embrasser. Cela prit une minute, peut-être plus, mais ses lèvres finirent par retrouver les siennes, et soudain le monde retrouva tout son sens.

Matt prit immédiatement le contrôle du baiser. Dévorant ses lèvres, il passa un bras autour des hanches de DJ et la plaqua contre lui. Son corps réagit immédiatement. C'était si chaud, si bon. Le paradis...

Moins d'une seconde plus tard, Dylan-Jane ouvrait les lèvres pour accueillir sa langue, passait ses bras autour de son cou et fourrageait dans ses cheveux. Il ressentit un intense soulagement : Dieu merci, le désir entre eux était bien vivant.

Il retrouva le goût à la fois doux et épicé de sa langue et soupira. Oui, ça lui avait manqué. Il aimait tant entendre ses gémissements et les sortes de ronronnements d'aise qui montaient de sa gorge.

Il la sentait complètement dans l'instant avec lui, mais résista à l'envie de la déshabiller en se disant qu'il ne pouvait pas lui faire l'amour sur le divan de son bureau en plein milieu de la journée. Mais l'embrasser, il pouvait. Lui laisser panser les blessures de son âme. Ce dont il avait le plus besoin, c'était de la tenir dans ses bras...

Elle était si douce et en même temps si sensuelle. Matt eut l'impression d'être le roi du monde en la sentant frémir sous ses caresses. Il avait besoin d'être plus près d'elle, d'embrasser un endroit plus intime que sa bouche. Il fit sauter les boutons du haut de son chemisier de soie. D'une main, il écarta son soutien-gorge en dentelle et satin, libérant ses seins fermes. Il baissa la tête et posa ses lèvres sur un des mamelons avant de le lécher, savourant le frémissement qui la parcourait.

C'était si bon d'avoir cet effet sur elle, de pouvoir la faire passer de la tristesse au plaisir, de provoquer ses gémissements, de sentir son dos se cambrer de désir. Dans ses cheveux, les doigts de Dylan-Jane se crispèrent quand il souffla légèrement sur son mamelon humide, et il sentit qu'elle exigeait, implorait plus.

Matt glissa une main le long de ses fesses, puis remonta sa jupe pour lui caresser l'arrière des cuisses. Il voulait ses jambes autour de lui, ses seins dans sa bouche. Il avait besoin d'entrer en elle, d'être en elle. Il avait besoin d'elle.

Sa main se glissa entre ses jambes et ses doigts écartèrent ses délicats dessous pour…

Pour rien. DJ s'était esquivée. Elle était déjà de l'autre côté de la pièce, la bouche humide de ses baisers et les yeux brûlants de désir. Elle avait envie de lui, alors pourquoi se trouvait-elle à plusieurs mètres de lui ? Il fit un pas vers elle, mais elle leva les mains.

— On est dans mon bureau. Je ne coucherai pas avec toi ici.

Logique. Dans combien de temps pouvaient-ils partir ? Il y avait si longtemps qu'il ne l'avait pas vue nue, embrassée à en perdre la tête, entendue râler de plaisir entre ses bras.

— D'ailleurs, je ne coucherai plus avec toi.

Quoi ? Il n'y avait personne d'autre. Ils venaient d'échanger un baiser à faire fondre un glacier. Ils couchaient ensemble depuis des années. Il allait passer plusieurs semaines à Boston et elle voulait rompre ?

Franchement, il n'y comprenait plus rien.

— Assieds-toi, il faut qu'on parle, dit DJ en lui indiquant le divan.

Il aurait préféré faire l'amour mais, comme c'était hors de question, Matt s'assit docilement.

— Un café ?

Matt acquiesça et s'obligea à observer calmement DJ tandis qu'elle lui préparait un café avec un nuage de lait mais sans sucre, qu'elle posa sur la table basse avant de s'asseoir en face de lui.

Ses jambes étaient agitées. Elle était nerveuse. Voilà qui était intéressant.

— Que viens-tu faire à Boston et combien de temps comptes-tu rester ?

— J'ai des affaires personnelles à régler qui vont m'obliger à rester quelques semaines. Entre autres, convaincre mon grand-père de déménager dans une maison de retraite médicalisée.

Il vit que DJ était sincèrement touchée par la nouvelle, et son cœur tressaillit. Il adorait ses yeux, si expressifs, la façon dont on pouvait y lire toutes ses émotions… et leur couleur chocolat.

— Il est malade ?

— Alzheimer.

— Je suis vraiment désolée, Matt, dit-elle tout en inclinant la tête, l'air curieux. Et quelle est ton autre affaire personnelle ?

Il ne se sentait pas prêt à lui parler, ni à personne d'autre, de sa fille Emily.

D'ailleurs, il n'était pas là pour parler. Il voulait ressentir. Il voulait toucher la peau de l'intérieur de ses cuisses, sentir le goût de ses seins dans sa bouche. Avec elle, en lui faisant l'amour, il pourrait oublier tous ses problèmes. Dylan-Jane était son refuge, la femme de ses fantasmes, la relation parfaite parce que superficielle. Elle n'exigeait rien d'autre que ce qu'il était prêt à donner.

Et voilà qu'au lieu de l'accueillir, et de s'abandonner au plaisir avec lui, elle battait en retraite. Elle le repoussait de toutes ses forces et cela se voyait à sa façon de se tenir jambes serrées, avant-bras posés sur ses genoux. Elle examina ses mains un moment avant de lever les yeux vers lui.

— Si on jouait cartes sur table ?

Il hocha la tête, même s'il ne s'attendait pas à une bonne main.

— Ta présence à Boston, même pour quelque temps, ça ne me convient pas.

Ce n'était pas ce qu'il avait envie d'entendre. Il était très déçu. Il s'était dit que passer du temps avec DJ lui permettrait de se changer les idées et de se remonter le moral.

— J'ai une vie ici. Où il n'y a pas de place pour un avocat beau gosse qui veut partager mon lit. Mais on pourrait partir quelque part pour le nouvel an et voir si la magie fonctionne encore.

Matt n'arrivait pas à estimer si elle était sérieuse, et ne pas savoir à quoi s'en tenir l'agaçait prodigieusement. Et il y avait quelque chose dans le ton de sa voix… Derrière son discours de femme libérée, il sentait de la vulnérabilité et… peut-être de culpabilité.

— Qu'est-ce que tu ne me dis pas, DJ ?

— Je ne vois pas de quoi tu parles, rétorqua-t-elle.

Bon sang, même ce ton de vieille fille prude l'excitait.

— Allez, crache le morceau, DJ.

— Ah, ces avocats ! soupira-t-elle, mais ses yeux lançaient des éclairs. Si tu n'étais pas aussi craquant, jamais je ne serais sortie avec toi. Il n'y a pas de place dans ma vie pour une relation établie avec toi. Je travaille énormément et j'aime mon indépendance. Et puis, cette période de l'année me donne le cafard, alors je préfère être seule.

Elle n'aimait pas Noël ? Pourquoi ça ? Et pourquoi cela l'intéressait-il tout à coup ? Depuis sept ans, il s'était arrangé pour ne pas lui poser de questions, ne jamais approfondir. Maintenant, sa première réaction était de trouver une pelle et de se mettre à creuser le sujet ?

Reprends-toi, mon vieux !

— À part un week-end avec toi de temps en temps, j'aime être seule. Te voir une fois ou deux par an, ça me suffit.

Matt se cala plus profondément sans le canapé et soutint le regard de DJ. Elle s'efforçait si visiblement de garder son calme, de le convaincre qu'elle était froide et ne ressentait rien. Mais il lui faudrait devenir bien meilleure menteuse si elle voulait lui faire gober son baratin. Elle n'était ni froide, ni sophistiquée, ni dure. En fait, elle avait une trouille bleue qu'il soit ici, à Boston.

Mais pourquoi était-il si facile pour elle de passer quelques jours avec lui, alors qu'elle redoutait de le voir régulièrement ?

Et lui, qu'est-ce que tout ça pouvait bien lui faire ? Pourquoi ne laissait-il pas tomber ? Il n'avait qu'à sortir de ce bureau, entrer dans le premier bar venu et, après quelques verres et une heure ou deux à échanger des banalités, il était sûr de rentrer avec une fille. Mais il n'avait pas envie de coucher avec une parfaite étrangère.

Il n'avait envie que d'une seule femme…

Il se pencha vers elle et lui caressa doucement la joue.

Le désir brûlait dans les yeux de DJ et, à son contact, sa peau se réchauffa et la pointe de ses seins vint tendre la soie de son chemisier.

Elle n'avait jamais été capable de dissimuler son attirance pour lui. Alors, il décida de pousser son avantage.

Il parla d'une voix douce mais résolue.

— Voilà ce qui va se passer, Dylan-Jane. Je vais m'installer dans la maison en face de chez toi et nous allons nous voir souvent. Tes amis sont les miens, donc nos chemins vont se croiser. Et je ferai tout pour qu'ils se croisent parce qu'il y a trop longtemps que je ne t'ai pas fait l'amour et que j'en meurs d'envie. Alors, oui, cette année a été un peu inhabituelle. Mais je n'admets pas que tu ériges une barrière entre nous. Et je compte bien non seulement la faire tomber, mais découvrir pourquoi tu fais ça.

— Matt…

— Je n'ai pas fini. Nous avons toujours été honnêtes l'un avec l'autre, mais là tu ne l'es pas. Je crois qu'une part de ce que tu dis est vraie – tu aimes être seule et tu détestes Noël –, mais il y a autre chose.

— Tu ne m'as pas dit toute la vérité non plus à propos de ta présence à Boston, fit remarquer DJ.

En effet. Il était bien obligé de le reconnaître.

— Mais ça n'a rien à voir avec nous, alors que je suis sûr que ton attitude de rejet me concerne. Nous concerne. Je t'en prie, DJ, parle-moi.

DJ se leva, alla jusqu'à la fenêtre et croisa les bras. Elle baissa la tête et il vit ses épaules trembler. Seigneur, il espérait qu'elle n'était pas en train de pleurer. Les larmes étaient sa kryptonite. Il se leva à son tour et se plaça derrière elle sans la toucher. Lui offrant silencieusement son soutien.

— Tu peux me parler, Dylan-Jane.

Elle garda le silence un moment mais, quand elle se retourna, il vit qu'elle avait capitulé. Enfin !

— Quand on a fait l'amour le soir de Noël, je suis tombée enceinte.

Ses paroles lui firent l'effet d'un uppercut dans le plexus solaire. Il avait l'impression d'étouffer et essayait de comprendre ce que cela signifiait. Puis, DJ prit une grande inspiration et ajouta :

— J'ai perdu le bébé en février.

Il fallut une minute, une heure – dix ans – pour que son cerveau redémarre. Il se croyait calme mais, quand ils sortirent de sa bouche, ses mots ressemblaient à un rugissement.

— Pourquoi ne m'en as-tu pas parlé ? Dès que tu as su ?

DJ recula d'un pas, complètement blême.

— J'ai essayé…

— Pas tant que ça, on dirait, hurla Matt, incapable de contrôler la puissance de sa voix. J'avais le droit de savoir, merde ! Comment as-tu osé me priver de ça ? Tu m'as menti ! Tu m'as laissé croire une chose qui était l'exact contraire de la vérité. Bon sang, Gemma…

Gemma ? Est-ce qu'il venait vraiment de dire ça ?

Matt regarda DJ. Elle se dirigeait vers la porte, elle voulait s'éloigner de lui. Et il ne pouvait pas le lui reprocher. Dans sa colère, il avait mêlé ce que Gemma et ce que DJ avaient fait, et il ne savait pas lui-même à quelle situation il venait de réagir. Il fallait qu'il s'en aille, qu'il réfléchisse à ce qu'elle avait dit, à ce qui s'était passé.

Il ouvrit la porte à la volée et se retrouva nez à nez avec Julie et Darby qui lui bloquèrent le passage, telles deux mamans ourses protégeant leur rejeton.

— Que s'est-il passé ? demanda Julie, l'air féroce.

— Tu lui as fait du mal ? ajouta Darby tout aussi

férocement. Si tu lui as fait du mal, on la poussera à porter plainte.

Seigneur, mais pour qui le prenaient-elles ?

— Elle va bien. On s'est juste disputés, répondit Matt d'un ton las.

Il avait besoin d'air. Il avait l'impression que son cœur allait exploser et il pressa sa main sur sa poitrine pour atténuer la douleur. Une part de lui n'arrivait toujours pas à croire à ce que DJ venait de lui révéler. Pour la deuxième fois dans sa vie, une femme lui avait annoncé qu'elle avait perdu son bébé. Mais, contrairement à Emily quelques mois plus tôt, ce bébé-là ne lui écrirait jamais pour lui dire qu'il était son enfant biologique et qu'il souhaitait le rencontrer.

Il n'avait pas envie de fonder une famille. Il n'était pas taillé pour être père, mais cette pensée le rendait profondément triste.

- 3 -

DJ restait figée, sidérée par l'extrême violence de la réaction de Matt. Elle avait passé des heures à imaginer cette conversation et, pas une seconde, elle n'avait pensé que Matt, toujours si maître de lui-même, perdrait à ce point le contrôle.

Elle se laissa tomber dans son canapé et prit sa tête entre ses mains. Après avoir vainement tenté de le joindre à plusieurs reprises en mars, elle s'était dit qu'il était inutile d'informer Matt de sa grossesse et de la fausse couche qui avait suivi. Tout s'était passé si vite et il était si loin. Et puis, quelle importance dans sa vie à lui ? Aucune. Zéro.

Elle s'était même attendue à ce qu'il soit heureux qu'elle ne soit plus enceinte. Après tout, elle-même avait été soulagée de perdre le bébé, même si elle se sentait coupable de ressentir ça. D'abord, elle n'aurait pas à annoncer à sa mère qu'elle allait devenir une mère célibataire. Quant à son père, elle ne l'avait pas vu depuis qu'elle était petite, donc cela n'aurait rien changé.

En fait, si elle n'avait jamais voulu d'enfants, c'était à cause d'eux. Ses parents. Elle était terrifiée à l'idée de se révéler aussi incapable d'élever un enfant qu'ils l'avaient été.

Le souvenir du départ de son père la hantait toujours. Il était parti le jour de Noël pour aller vivre avec une autre femme et son enfant, une fille qu'il n'avait pas tardé à adopter. Et il l'avait laissée seule avec Fenella et sa langue acérée. Dès lors, DJ n'avait eu de cesse de faire carrière et de gagner assez bien sa vie pour ne plus dépendre financièrement de sa mère. La leçon qu'elle avait apprise de ses parents, c'est que personne ne pouvait vous faire plus de mal que les gens que vous aimiez.

La porte de son bureau s'ouvrit sur ses deux meilleures amies. DJ se leva, et Darby l'examina de la tête aux pieds.

— On a entendu des cris. Il t'a fait mal ? Ça va ?

— Comment ? Mais non ! dit DJ en fronçant les sourcils. Matt ne me ferait jamais de mal.

— On l'a entendu hurler, répondit Julie. Que s'est-il passé ?

Et voilà.

Si elle n'était pas très prolixe à son sujet, DJ ne mentait jamais à ses amies. Elle leur fit signe de s'asseoir. Elle avait déjà lâché une bombe aujourd'hui. Autant en finir.

C'était long de garder un secret pendant un an et, maintenant que Matt était au courant, elle ne voulait plus rien leur cacher. Darby et Julie étaient ses amies, et elle voulait partager ça avec elle. Même si ce ne serait pas facile, et particulièrement dur pour Darby.

En regardant les jumelles, DJ songea qu'elles n'auraient pas pu être plus différentes. Julie était brune aux yeux bleus, tandis que Darby était une blonde aux yeux gris. La seule chose qu'elles avaient en commun, c'était un goût parfait pour s'habiller et, à cet instant précis, une expression soucieuse sur le visage. Les jumelles prirent place sur le divan, et Darby indiqua le fauteuil à DJ.

— Assieds-toi, lui suggéra Julie.

DJ prit une grande inspiration, attendit que ses genoux cessent de trembler et se dirigea vers le fauteuil en lançant un regard plein d'envie à la machine à café. Seigneur, elle avait besoin de caféine, si possible par intraveineuse. Si on y ajoutait une bonne dose de whisky, elle ne serait pas contre.

— Raconte-nous, dit Darby d'un air inquiet.

DJ croisa les doigts autour de ses genoux. Son cœur battait la chamade. Quand elle était enfant, à chaque fois qu'elle avait tenté de communiquer avec sa mère, elle s'était fait rabrouer ou humilier. Depuis, elle était incapable d'exprimer ses pensées ou ses sentiments sans tout gâcher.

Comme tout à l'heure avec Matt.

Son expérience lui disait que cette conversation aussi allait mal tourner. C'était pour ça qu'elle aimait tant les chiffres et les données. Cela lui évitait d'avoir à parler.

— On s'inquiète pour toi, DJ, dit Julie.

— Et si tu dis que ça va, je te flanque une gifle ! ajouta Darby, l'air féroce. On sait qu'il y a quelque chose qui ne va pas et que ça dure depuis des mois !

C'en était trop pour DJ. Des larmes se formèrent dans ses yeux et roulèrent sur ses joues.

Julie s'agenouilla devant elle.

— Pour l'amour du ciel, parle-nous ! Ta mère t'a encore fait du mal ? C'est Matt ? Qu'est-ce qu'il t'a fait ?

— Ce n'est pas ça, commença DJ. Puis, rassemblant son courage, elle leva les yeux vers Darby. C'est si difficile pour moi, Darby. Je ne sais pas comment te dire ça…

— Vas-y, dit Darby.

— Quand on s'est vus à Noël dernier, Matt et moi, je suis tombée enceinte. Et j'ai fait une fausse couche en février. Je ne l'ai pas dit à Matt. Ni à personne.

Julie poussa un cri de surprise, mais DJ s'inquiétait plus pour Darby. Elle vit le visage de son amie se décomposer et ses mains se mettre à trembler. Exactement comme elle s'y attendait. Et elle ressentit le besoin de se justifier.

— C'était un accident. Je n'ai rien calculé. Je savais que ça te ferait de la peine et c'est pour ça que je n'ai rien dit. Je me sentais si coupable de ne pas vouloir être enceinte alors que, toi, tu as tellement envie d'un enfant. Et je me sentais, je me sens encore coupable et triste d'avoir perdu cet enfant.

Darby se leva d'un bond, secoua la tête et regarda Julie.

— Non mais, tu y crois, toi ?

Julie se releva et se rapprocha de Darby, signifiant qu'elles étaient soudées, une équipe, et que DJ s'était exclue du groupe.

— Et, à en juger par ses cris, Matt est furieux parce qu'à lui non plus tu n'avais rien dit ?

DJ ne répondit pas.

— Et c'est son droit. Il a absolument raison d'être fou furieux, Dylan-Jane, ajouta Julie.

DJ se mordit la lèvre. Elle leva les mains en signe d'impuissance et murmura :

— Je suis désolée.

— Et moi, je suis désolée que tu n'aies pas eu assez confiance en nous pour nous en parler plus tôt, DJ, dit Darby, les larmes aux yeux. Désolée que tu me croies assez mesquine pour ne penser qu'à moi quand tu affrontes une des situations les plus difficiles de ta vie. Désolée que tu fasses si peu cas de notre amitié. Et de toi-même.

Les paroles de son amie étaient empreintes d'une telle tristesse qu'elles lui crevèrent le cœur.

— Quand vas-tu enfin comprendre que tu as le droit de ne pas être parfaite, DJ ? Que tu es humaine ? poursuivit Darby. Bon sang, ça fait des mois qu'on attend que tu nous parles, que tu nous demandes de partager ton fardeau. Mais non ! Rien ! Ensuite, tu as eu l'air de commencer à aller mieux, alors on a décidé de ne pas insister. Et, maintenant, on apprend que tu as été enceinte, que tu as fait une fausse couche et que tu as préféré tout porter toute seule ?

— Tout le monde s'est inquiété pour toi, DJ. Maman, Levi, les enfants Lockwood, ajouta Julie. Quand vas-tu enfin comprendre que tu comptes autant que tout le monde dans cette famille ? Quand vas-tu finir par accepter que nous sommes là pour toi ?

DJ aurait dû les croire. Elle aurait aimé pouvoir. Jamais elles ne l'avaient laissée tomber, mais elle était terrifiée à l'idée que cela puisse arriver un jour.

À huit ans, elle croyait être le centre de l'univers de son père, mais il était parti sans se retourner. Et Fenella aussi l'avait rejetée. À chaque fois qu'elle la négligeait ou la dénigrait, DJ se sentait aussi seule, aussi abandonnée que le jour où son père était parti.

Elle préférait encore anticiper que ceux qu'elle aimait finiraient par l'abandonner quand elle aurait le plus besoin d'eux que de revivre une telle souffrance.

— J'en ai vraiment assez que tu cherches tant à être parfaite, à rester dans ta bulle, reprit Darby. Je sais que c'est dur de te dire ça, mais tu dois prendre une décision. Soit tu fais vraiment partie de notre vie et tu acceptes de compter sur nous, soit tu t'en vas. En tout cas, on ne veut plus revivre ça !

Voilà pourquoi elle ne se livrait pas. Une fois de plus, elle avait fait tomber sa carapace et on en profitait pour la blesser. Elle avait parlé à Matt et il avait explosé. Elle s'était ouverte aux jumelles et elles lui posaient un ultimatum.

— On a besoin que tu nous parles ! dit Darby. On veut être au courant des petites et des grandes choses, de ce qui va et de ce qui ne va pas. Et arrête de chercher toutes les excuses pour éviter les réunions de famille à Noël. Passe du bon temps avec nous ces prochaines semaines. Pour la première fois de ta vie, accepte réellement ce que faire partie d'une famille signifie. Si tu n'en es pas capable, je crois qu'il vaut mieux arrêter là. On t'aime trop pour n'avoir droit qu'à une façade. On mérite mieux !

Darby n'avait pas élevé la voix, mais DJ savait qu'elle pensait chaque mot qu'elle venait de prononcer. Elle se tourna vers Julie avec l'espoir qu'elle serait aussi choquée qu'elle par cette diatribe, mais Julie avait juste l'air triste.

— Tu nous diras ce que tu as décidé, Dylan-Jane.

Seigneur.

Julie suivit sa sœur et, quand la porte se referma sur elles, DJ se laissa tomber sur son fauteuil, les yeux perdus dans le vague.

Oui, c'était officiel. Elle n'était vraiment pas faite pour les conversations à cœur ouvert.

Le lendemain soir, Matt traversa la rue pour se rendre chez Levi Brogan. Comme la plupart des maisons du quartier, y compris Lockwood House, la demeure était de style géorgien, avec son portique et ses colonnes. Les trois étages de la façade étaient couverts de lierre ainsi que le garage et l'appartement d'amis qui le surmontait.

Il aimait ce quartier huppé, l'espace entre les maisons, les grands arbres et les rues tranquilles. Bien sûr, il s'était habitué au tumulte de La Haye, mais tout était si serein ici.

C'était la première fois qu'il y venait. C'était le monde de Dylan-Jane. Celui de ses amis.

Pendant des années, ils s'étaient retrouvés en terrain neutre, dans des endroits où ni l'un ni l'autre n'avait d'attaches. Ces destinations leur rappelaient inconsciemment que le temps qu'ils passaient ensemble ne faisait pas partie de la vraie vie.

Mais être ici à Boston, dans sa ville, et loger en face de chez elle changeait la donne. Il ne pouvait pas prendre l'avion pour établir une distance. Ses obligations envers son grand-père et le rendez-vous qu'il espérait avec Emily coïncidaient avec son besoin de voir DJ.

Il la désirait. Bien sûr. Il ne voyait pas comment il pourrait cesser de la désirer un jour. Mais ici, à Boston, il en venait à se demander s'il n'y avait pas plus que ça entre eux. Dans laquelle de ces maisons avait-elle passé son enfance ? Avait-elle grimpé dans ce magnifique érable ? Avait-elle été du style garçon manqué ou au contraire très petite fille, une chipie ou une enfant sage ?

Matt tenta de chasser ces questions de son esprit. Cela deviendrait beaucoup trop compliqué s'il se mettait à considérer sa relation avec DJ sous un angle différent.

Et il n'aimait pas les complications. Il évitait tout risque. Ces dix-huit dernières années, il s'était efforcé de ne pas songer à fonder une famille. Son enfance avait été partagée entre des parents imprévisibles et des grands-parents trop rigides, et aucun de ces modèles n'avait répondu à ses besoins. Pas question de perpétuer ce cycle dysfonctionnel…

Jusqu'à maintenant, il avait réussi à ne pas s'impliquer, à se suffire à lui-même… Mais, depuis qu'il était à Boston, il pensait à la famille et autres fantasmes infantiles.

Il fallait qu'il arrête. Il n'était plus un gamin manquant de confiance en lui. Au diable le passé…

Malgré tout, il restait là, les mains dans les poches, hésitant à franchir le portail. Il savait bien qu'il ne pourrait jamais y avoir rien de plus entre DJ et lui, mais il lui devait des excuses. Il avait mal réagi. Elle avait vécu une terrible expérience et s'était confiée à lui. Il avait vu son chagrin et, pourtant, il avait préféré s'apitoyer sur lui-même. Il aurait dû l'écouter, chercher à la comprendre, au lieu de s'emporter.

Non, il n'y avait pas de quoi être fier.

Il se décida enfin à pousser le portail, monta les quelques marches menant à la porte de bois sculptée et toqua. Une voix féminine lui répondit d'entrer. Suivant le son de la voix, il se retrouva dans un grand salon rempli de divans, couverts de toutes sortes de tissus et de couleurs. Étonnamment, l'effet était réussi. C'était à la fois luxueux, chic et cosy, et il se sentit immédiatement à l'aise.

Julie et Darby étaient assises sur un divan orange, accrochées à leurs verres de vin comme à des bouées de sauvetage et l'air très tendues.

Matt fronça les sourcils à la recherche de DJ. Où était-elle ?

Darby échangea un long regard avec Julie et soupira :

— Matt, il ne manquait plus ça.

— Est-ce que DJ va bien ?

— DJ va *toujours* bien, Matt, dit Darby d'un ton amer.

Mais derrière le sarcasme, Matt sentit du chagrin et de l'inquiétude.

— Elle est dans son appartement, finit par dire Julie. Ça n'est pas facile pour elle depuis hier, alors abstiens-toi de t'acharner sur elle.

Matt fut rassuré de constater que Julie cherchait encore à protéger son amie.

— Tu lui en veux toujours ?

Non. Sa colère était dirigée contre lui-même maintenant.

Matt haussa les épaules. Il n'avait pas l'habitude de parler de sa vie personnelle, mais ces filles étaient les meilleures amies de DJ.

— Je l'ai appelée plusieurs fois. Je lui ai envoyé des SMS et des mails. Elle ne répond pas.

— Bienvenue au club, dit Darby, déçue. Bon sang, j'ai envie de l'étrangler !

Vu. Il débarquait en plein drame. Il valait peut-être mieux revenir quand tout se serait calmé. Il n'aimait les effets dramatiques que dans une salle de tribunal, quand il pouvait les utiliser contre l'adversaire.

— Que s'est-il passé ? demanda Matt.

— Hier, on lui a posé un ultimatum. C'était moche, répondit Darby, le menton tremblant et les larmes aux yeux.

D'accord. Si Darby pleurait, il y avait des chances pour que DJ soit dévastée et en larmes elle aussi.

Matt lança un regard désespéré vers la porte. Il aurait voulu être n'importe où plutôt qu'ici. Quelque part où il n'y avait pas de femmes en pleurs, de meilleures amies qui se disputaient, tout ce trop-plein d'émotions.

— Je devrais peut-être m'en aller, dit-il.

— Tu ne vas pas t'en tirer comme ça, dit Julie en se levant. Pour rejoindre son appartement, le plus simple, c'est de sortir par la cuisine. Les escaliers sont juste à droite. Dis-lui de se joindre à nous demain soir pour aller faire du patin à glace. Que ce sera notre première activité-pour-se-mettre-dans-l'esprit.

— Dans l'esprit de quoi ?

Une lueur de gaieté s'alluma dans les yeux de Julie.

— Les semaines qui précèdent Noël, on se retrouve tous pour faire des choses sympas. C'est papa qui a lancé cette tradition. Et DJ trouve toujours une excuse pour ne pas participer.

— Ah, bon ? Je croyais qu'elle adorait passer du temps avec vous.

Julie interrogea sa sœur du regard avant de répondre.

— DJ donne beaucoup plus qu'elle ne prend. Ça fait vingt-cinq ans qu'on se connaît, mais elle ne nous parle toujours pas. Peut-être que ta présence ici la fera changer.

Elle semblait pleine d'espoir, et Matt n'aimait pas trop le fil que semblaient suivre les pensées de Julie.

— N'allez pas vous faire des idées, les filles. DJ et moi sommes bien d'accord pour ne pas tomber amoureux. Nous ne sommes pas comme ça.

Deux paires d'yeux le vrillaient littéralement, et Matt sentit une goutte de sueur perler à sa tempe. Ces filles étaient vraiment coriaces. Il enfonça le clou :

— Sérieusement, ça ne fait pas partie du programme.

Toujours aucune réaction à part ces regards intenses.

Matt se surprit à construire mentalement un plaidoyer pour les convaincre qu'il n'y avait rien de plus entre lui et DJ qu'une incapacité à ne pas se jeter l'un sur l'autre quand ils se voyaient.

Ce n'est pas si compliqué, Edwards. Dis-leur que tu aimes beaucoup DJ, que tu la respectes infiniment, mais que tu n'as pas l'intention de faire ta vie avec elle. Ni avec personne d'autre. Jamais.

Le problème n'était pas DJ, c'était lui.

Il ouvrit la bouche mais aucun son ne sortit. Parfait. Cela ne lui était jamais arrivé.

Décidément, Boston réservait bien des surprises.

Mason fit comme s'il ne remarquait pas les regards interrogateurs que lui lança Callie quand elle le vit assis à la table d'Eric pour l'aider à saisir les subtilités des équations aux dérivées partielles. D'ailleurs, à entendre Eric soupirer, soit il expliquait mal, soit le niveau d'un doctorat en mathématiques était trop élevé pour lui.

Voyant le regard du jeune homme se focaliser sur son avant-bras, il comprit qu'Eric avait du mal à associer cerveau de génie et tatouage *hardcore*. Le fait que Mason porte un pantalon de treillis et des bottes de motard avait l'air de le perturber, mais…

Merde, après tout. Il y avait bien longtemps qu'il n'éprouvait plus le besoin d'impressionner quiconque, et surtout pas un étudiant boutonneux. Après lui avoir suggéré de s'adresser à son professeur, Mason quitta la table d'Eric et se concentra sur un problème bien plus plaisant. Et épineux.

Callie Brogan était là, et sa journée s'en trouvait illuminée. Eh oui, c'était officiel : malgré ses airs de dur, il était pitoyable.

Callie le regarda s'approcher, et son regard navigua de lui à Eric. Il avait l'impression de voir tourner les rouages de son esprit agile.

— Qu'est-ce que vous faites avec Eric ?

Il se retint de caresser ses cheveux blonds. Il les imaginait glisser, si soyeux, entre ses doigts pendant qu'il l'embrassait à pleine bouche. Mais, vu le regard inquisiteur de Callie, il était seul dans son monde de fantasmes.

— Je l'aide à faire ses maths.

— Eric est un des meilleurs étudiants en mathématiques du MIT, je ne vois pas comment vous pourriez l'aider, dit Callie en fronçant les sourcils.

Elle ne l'épargnait pas mais, Dieu merci, il avait un moral d'acier.

— J'ai eu une vie avant de travailler ici, Callie.

— Et que faisiez-vous ?

— Vous ne m'avez pas googlisé ?

— Je préfère trouver l'info directement dans la bouche du cheval… ou plutôt de l'âne, en l'occurrence.

Seigneur, il adorait son insolence.

— Si vous acceptez un rendez-vous, je vous le dirai.

Voyant que Callie s'apprêtait à le mettre sur le gril, il la devança :

— Au fait, où en êtes-vous de votre liste des choses à faire avant de mourir ?

Il avait entendu dire qu'elle avait un rendez-vous – mais bien sûr, pas avec lui – et cela le rendait dingue.

— Le coup d'un soir et l'amour au téléphone, c'est fait ?

Callie rougit. De colère ou de gêne ? Peut-être les deux.

— Ça ne vous regarde pas.

Mais ses yeux démentaient ses paroles, et il se sentit soulagé. Il allait réitérer sa proposition d'un rendez-vous quand Callie lui demanda :

— Ça vous a fait mal ?

Elle parlait de son tatouage.

Un mal de chien mais pas question de l'avouer. Callie se pencha pour observer le motif polynésien. Du doigt, elle suivit le parcours d'une veine saillante, et une onde de désir lui électrisa l'échine.

— Vous en avez d'autres ? lui demanda-t-elle, plantant ses yeux dans les siens.

Hum, c'était trop facile.

— Si nous étions nus tous les deux, vous le sauriez tout de suite, dit-il avec un sourire.

Callie émit un son qui tenait à la fois du rire gêné et de l'amusement. Adorable.

Elle se redressa, croisa les bras et leva un sourcil.

— Vous faites quelque chose vendredi soir ? Vers 19 heures ?

Mason ne tenta même pas de dissimuler sa surprise :

— Non. Pourquoi ? Si c'est pour me proposer un cinéma suivi d'un dîner et d'une partie de jambes en l'air, ma réponse est oui, oui, oui.

Callie leva les yeux au ciel. Vraiment, que c'était bon de la taquiner.

— Ce n'est pas un rendez-vous galant, mais…

Il retint son souffle.

— Mon clan va faire du patin à glace le premier vendredi de décembre. Pourquoi ne venez-vous pas, vous et vos fils ? Vous savez patiner, j'imagine ?

— Mais bien sûr. Pourrai-je vous tenir la main sur la glace ?

— Dites-moi plutôt comment il se fait que vous soyez si bon en maths.

— Cette information vous coûtera un baiser.

— Sur la joue.

— Avec la langue.

— Vous n'êtes sûrement pas aussi bon et je ne suis pas aussi curieuse !

Mason se pencha par-dessus la table, son regard rivé à celui de Callie :

— Si, je le suis. Et si, vous l'êtes.

Il était si près qu'il lisait le trouble dans ses yeux. Il baissa le regard vers ses lèvres pulpeuses, puis remonta vers ses incroyables yeux bleus. Incapable de résister, il déposa un baiser sur le coin de sa bouche.

— À vendredi, ma belle.

— Vous êtes vraiment l'homme le plus agaçant que je connaisse.

Mason sourit et s'éloigna de la table, conscient que Callie regardait ses fesses.

Oui, vraiment. Excellente journée.

- 4 -

Matt frappa à la porte de DJ. N'obtenant pas de réponse, il tourna la poignée. C'était ouvert. Il entra et il fallut quelques secondes à ses yeux pour s'ajuster à la lumière très diffuse.

L'appartement ressemblait à une page de magazine, magnifiquement décoré, coussins disposés à la perfection sur le canapé qui lui faisait face. Sur la table basse, un vase bas où flottaient des corolles de fleur, et les magazines sous la surface de verre était rangés au cordeau. Dans un coin de la pièce, le bureau était vide à l'exception d'un fin ordinateur portable fermé et d'un classeur noir. Sur l'étagère face au bureau, une rangée de classeurs, noirs eux aussi, aux étiquettes soigneusement libellées. On aurait cru que personne ne vivait ici.

Un décor en contraste total avec les chambres d'hôtel en désordre qu'ils avaient partagées toutes ces années, avec des vêtements éparpillés, des serviettes de bain jonchant le sol et des chaussures traînant un peu partout. DJ lui avait dit qu'elle n'était pas la même personne chez elle et avec lui, et son appartement étayait cette version.

Matt alla jusqu'à un canapé qui faisait face à un bow-window donnant sur un petit étang gelé et un green de golf.

Jolie vue, se dit-il.

Il baissa les yeux et s'aperçut que DJ était allongée sur

le canapé, les yeux fermés. Sa respiration était régulière. Elle dormait. Matt nota les taches sur son visage et les traces de larmes sur ses joues, et il soupira. Contournant le canapé, il s'assit sur une table basse, posa ses avant-bras sur ses cuisses et se mit à regarder DJ.

Elle était toujours aussi belle et naturelle. Ses cheveux étaient plus longs et ses pommettes plus marquées. Le bouton ouvert de son chemisier blanc sur mesure laissait entrevoir un peu de la dentelle de son soutien-gorge et la courbe de ses seins. Toujours aussi sexy…

Matt remonta vers son visage. Elle était belle mais, même dans son sommeil, elle semblait triste. Mon Dieu, qui était responsable de ça ? Lui ? Ses amies ? Sûrement un peu tous.

Comme si elle avait senti sa présence, DJ ouvrit lentement les yeux. Elle tendit la main et vint lui effleurer la joue.

— Matt.

Incapable de résister, il se pencha vers elle, couvrit sa bouche de la sienne, glissa sa langue entre ses lèvres. Il sentait le goût des larmes et voulait l'effacer avec celui de la passion qu'ils partageaient et qui était capable de mettre tout le reste en perspective.

— Matt, gémit-elle.

Il l'embrassa à nouveau. C'était là qu'ils se retrouvaient. Ils ne savaient pas se parler, ne se comprenaient pas vraiment. Mais, pour se donner mutuellement du plaisir, ils étaient les meilleurs.

Rien de tel que le sexe pour remettre les compteurs à zéro, les ramener à une époque où ils se sentaient bien ensemble, à une époque où leur relation était simple.

DJ noua les bras autour de sa nuque. À genoux, elle se pressa contre lui, et de sa bouche picora son cou.

Il la repoussa doucement ; il voulait voir son visage,

ses yeux. Son regard un peu voilé par le sommeil se fit plus langoureux.

— Embrasse-moi, dit-elle d'une voix un peu rauque.

Il n'attendait que ça. Ses mains remontèrent dans ses cheveux, et sa langue se mit à explorer sa bouche. Il lui renversa légèrement la tête, et son baiser se fit plus profond, plus passionné, presque féroce. DJ gémissait, agrippée à son T-shirt, émettant ce son venu du fond de sa gorge qui trahissait son excitation. Matt passa de sa bouche au lobe de son oreille, qu'il suça avec gourmandise tout en défaisant les boutons de son chemisier.

— Vite, Matt. Je te veux en moi.

— Non. Ça fait presque un an. Pas question que je me précipite, dit-il en lui caressant les seins à travers son soutien-gorge en soie.

Puis il se pencha, prit le bout d'un de ses seins dans sa bouche et sentit les ongles de DJ se planter dans ses épaules. Il savait que cette caresse lui faisait toujours perdre la tête.

Matt se leva, passa son bras autour de la taille de DJ, la releva et la plaqua contre lui. Il était tellement excité qu'il se demandait s'il serait capable de se contenir assez longtemps pour tirer le plus de plaisir possible de leurs retrouvailles.

DJ lui faisait vraiment perdre le contrôle.

— Déshabille-toi, dit-elle, d'une voix haletante en lui retirant sa veste. Je veux sentir ta peau sous mes mains.

Elle arracha sa chemise de son pantalon et découvrit son ventre et son torse, qu'elle couvrit de baisers légers. Puis elle défit sa ceinture et l'aida à se débarrasser de son pantalon avant de prendre son sexe brûlant dans sa main. Puis, elle posa sa tête sur son torse pendant qu'il la déshabillait à son tour.

Elle ne portait plus qu'un minuscule string rouge

terriblement féminin, terriblement sexy, terriblement DJ. D'un doigt, il écarta la délicate dentelle et se mit à la caresser, se délectant de la sentir si excitée.

— Tu as envie de moi, dit-il d'une voix sourde.

— Ça m'a tellement manqué. Tu m'as tellement manqué. Viens. J'ai besoin de te sentir en moi.

Matt sentait qu'elle n'était plus loin de la jouissance. Il se pencha pour ramasser sa veste et prit son portefeuille. Il en sortit un préservatif, que DJ l'aida à dérouler sur son sexe dressé.

L'instant suivant, il était assis sur le canapé, les jambes de DJ enroulées autour de sa taille. Sa peau contre la sienne. Elle se souleva, et il s'apprêta à endurer la délicieuse torture de pénétrer en elle le plus lentement possible, mais elle le voulait en elle, tout de suite.

Tout entier en elle, il sentait sa chaleur irradiante l'envelopper par vagues. Il aurait voulu faire durer, il aurait voulu la faire jouir encore et encore. Et la regarder dans les yeux à ce moment-là… mais, quand elle râla de plaisir, il fut parcouru d'une décharge fulgurante et la rejoignit dans la jouissance.

À ce moment-là, ce fut comme si le ciel se déchirait. Tout était clair, tout prenait sens, rien n'était impossible.

Tandis que son cœur reprenait un rythme normal, il sentit le souffle encore un peu haletant de DJ contre sa peau, respira le mélange enivrant de son parfum léger, du savon et de son odeur. De la main, il effleura son dos, à la peau si douce et si chaude.

DJ enroula ses bras autour de son cou et vint loger sa tête au creux de son épaule. Matt voulut parler mais, une fois encore, les mots restèrent bloqués dans sa gorge.

Comment lui dire que jamais ça n'avait été aussi bon ? Que jamais il ne s'était senti aussi proche d'elle ? Qu'il ne pouvait s'imaginer faire ça avec une autre femme ?

Il saisit doucement DJ par les hanches et la déposa délicatement sur le canapé à côté de lui. Quand il se leva, il sentit que son regard se posait sur lui, qu'elle se demandait pourquoi il s'était aussi brusquement détaché d'elle.

Sans oser la regarder, il ramassa ses vêtements et se dirigea vers la salle de bains. Là, il s'agrippa au lavabo et s'obligea à regarder son reflet dans le miroir. Il grimaça en voyant ses yeux remplis de panique.

Et il y avait de quoi être paniqué. Oh ! Seigneur, il était dans le pétrin.

Ça n'avait pas été un simple moment de plaisir. Une simple relation sexuelle. Il n'avait pas envie de s'en aller. Non. Il avait envie de recommencer. Il avait envie de lui faire l'amour jusqu'à la fin de sa vie.

Non. Pas de ça. Ils avaient eu une relation sexuelle. Une parmi beaucoup d'autres ces dernières années. Rien n'avait changé.

Rien du tout.

Tout avait changé.

Le regard rivé sur la porte de la salle de bains, elle rassembla ses vêtements. Elle aurait aimé croire que tout ça s'était passé parce qu'elle était à moitié endormie quand elle avait senti la présence de Matt, mais cela aurait été hypocrite. Matt lui avait demandé si elle avait envie de lui et elle avait dit oui.

Après tout, il y avait tellement longtemps.

Mais ce n'était pas la raison. Non. Une part d'elle espérait qu'en faisant l'amour… Non. Qu'en ayant une relation sexuelle, ils seraient comme par magie transportés dans le passé, à une époque où tout n'était entre eux qu'un pur moment de plaisir, sans stress et sans angoisse.

À la même époque l'année précédente, sa relation avec Matt était simple. Ils se retrouvaient, faisaient l'amour et s'en allaient, chacun de son côté. À part quelques jours, ici et là dans l'année, leurs vies ne se mêlaient pas.

Maintenant, il était à Boston. Et il vivait de l'autre côté de la rue. Et, comble de malchance, il fallait que ça arrive en décembre, le mois qu'elle détestait le plus.

DJ se dirigea vers la fenêtre et regarda la rue. La plupart des maisons étaient décorées à l'approche des fêtes. Levi avait l'intention de s'y mettre bientôt, ainsi que Noah et Julie pour Lockwood House.

Chaque petite lumière, chacune des couronnes qui ornaient les portes lui rappelait le jour où son père avait descendu l'allée de leur maison, tandis qu'une toute petite DJ restait seule à pleurer sous le porche illuminé.

Elle allait bientôt avoir trente ans et elle aurait dû avoir dépassé cette haine de Noël. Mais chaque année, à mesure que les guirlandes s'allumaient, que les bonshommes de neige et les rennes se multipliaient sur les pelouses, elle sentait s'intensifier le malaise.

Elle n'avait franchement pas besoin que le plus sexy des avocats des droits de l'homme du monde vienne en plus labourer son pauvre cœur.

Elle entendit la porte de la salle de bains s'ouvrir et se retourna. Comme elle, Matt s'était rhabillé, mais les boutons de sa chemise étaient encore défaits et il était toujours pieds nus. Il avait l'air tout à fait à l'aise chez elle. Et à sa place dans son appartement si soigneusement décoré. DJ se demanda à quoi pouvait ressembler l'endroit où il vivait, s'ils avaient les mêmes goûts, si ses meubles et les objets qu'il aimait s'harmoniseraient avec les siens.

Mais pourquoi réfléchir à des choses pareilles ?

Matt n'était qu'un oiseau de passage. Et c'était ce

qu'elle aimait chez lui. Elle savait pertinemment qu'il n'était pas du genre à s'installer et qu'elle ne serait pas surprise une fois qu'il partirait.

Parce que les gens finissaient toujours par s'en aller.

À part les Brogan. Et les Lockwood.

DJ poussa un long soupir. Depuis qu'elle les connaissait, elle se protégeait contre l'éventualité qu'eux aussi l'abandonnent. Mais, en gardant ses distances, elle avait fini par créer un malaise entre les jumelles et elle.

— Pourquoi cet air morose ? lui demanda Matt.

En levant les yeux, DJ vit qu'il l'observait mais, au lieu de répondre, elle inclina la tête sur le côté.

— Qu'est-ce que tu fais ici ? Pourquoi n'as-tu pas appelé avant de passer ?

— J'ai essayé. Une bonne trentaine de fois.

Effectivement. DJ avait coupé son téléphone après sa dispute avec Matt et les jumelles ; elle avait besoin d'être un peu seule. Mais il fallait qu'elle le rallume.

— Après ton départ, les jumelles et moi, on s'est disputées à cause du boulot. J'avais besoin d'être un peu tranquille.

— J'ai vu tes amies en venant ici. Si vous vous étiez disputées à cause du travail, vous n'auriez pas toutes le nez et les yeux aussi rouges, dit Matt.

Zut. Il n'était pas dupe.

— Le sujet de votre dispute est profond et d'ordre personnel. Une part de moi voudrait prendre ta défense, mais je pense que tu es capable de mener tes combats toute seule. Je ne suis le chevalier blanc de personne, dit Matt d'un ton un peu sévère.

D'accord. Message reçu. Il ne fallait pas s'attendre à ce qu'il vole à son secours. Heureusement qu'elle savait depuis des années qu'on ne pouvait compter sur personne. Au moins, elle n'était pas déçue.

— Tu n'as pas répondu à ma question, répliqua DJ. Pourquoi es-tu venu ?

Elle ne voulait pas lui faire l'insulte de croire qu'il n'était venu que pour le sexe. Apparemment, il avait été aussi surpris qu'elle par le cours que les choses avaient pris.

— Est-ce que tu aurais une bière à m'offrir ? demanda-t-il au lieu de répondre à sa question.

Boire un verre était une excellente idée. Pourquoi n'y avait-elle pas pensé plus tôt ?

— Bien sûr.

Matt la suivit jusqu'au coin cuisine. Les coudes sur l'îlot central, il la regardait s'affairer.

— Je ne t'imaginais pas vivre dans un endroit pareil, Dylan-Jane.

— Comment ça ? dit-elle en fronçant les sourcils.

Matt secoua la tête pour refuser le verre qu'elle lui tendait et prit seulement la bouteille de bière.

— C'est très minimaliste. Luxueux mais tellement bien rangé. Je te croyais encore plus désordonnée que moi.

DJ s'appuya contre le comptoir, bras croisés.

— C'était les vacances. Je te l'ai toujours dit, les moments que je prenais loin de Boston avec toi étaient une parenthèse. Une parenthèse pendant laquelle je n'avais pas besoin d'être parfaite.

— Mais qui te demande d'être parfaite ?

DJ se tourna vers le réfrigérateur, ouvrit la porte et prit son temps pour choisir une bouteille de vin avant de prendre un verre. Elle n'avait nullement l'intention de répondre à cette question.

— J'imagine que tu veux parler de ce qui s'est passé, dit-elle en se versant un verre de vin.

— Je suis prêt à écouter tout ce que tu voudras bien me dire, DJ.

Elle lui fit signe de la suivre et retourna s'asseoir sur le canapé, devant le bow-window. Confortablement calée à un bout du canapé, elle lui désigna l'autre bout. Matt repoussa la table basse et étendit ses longues jambes. Le spectacle de la lune sur le petit étang était magnifique et apaisant.

DJ lui expliqua les choses simplement, sans se perdre dans les détails. Elle avait pris un médicament homéopathique qui avait atténué l'efficacité de sa pilule. Au début, elle avait cru à une intoxication alimentaire, mais ensuite elle avait réalisé qu'elle n'avait pas eu ses règles depuis deux mois.

— Pourquoi ne m'as-tu pas appelé ? Pourquoi as-tu voulu traverser ça toute seule ?

— Je savais que j'aurais dû t'en parler, mais comment faire ? Que te dire ? Il n'y avait rien d'autre entre nous que des week-ends de temps en temps et le plaisir que nous prenions ensemble, et voilà qu'un enfant était en train de grandir en moi… Un enfant que nous ne voulions ni l'un ni l'autre. Et puis, il est parti. Fin de l'histoire.

— Tu sais bien que non, railla Matt. Tu sais, je t'aurais écoutée, DJ.

Peut-être, mais elle n'aimait pas se confier. Elle n'avait notamment jamais parlé de son passé, de son enfance. Quel intérêt de se plaindre ? Elle avait survécu au départ de son père, survécu quand il l'avait remplacée en adoptant la fille de sa nouvelle femme, à peine un an plus tard. Toute communication entre eux avait cessé, et DJ s'était retrouvée seule avec Fenella, une femme brillante qui écrasait tout sur son passage.

Personne ne connaissait la femme irritable, frustrée et égoïste qui élevait DJ. En public, Fenella se montrait affectueuse avec elle. Ce n'était qu'une fois à la maison qu'elle redevenait méchante et critique avec sa fille, qui n'était jamais à la hauteur de ce qu'elle attendait d'elle.

DJ leva les yeux vers Matt et, quand leurs regards se croisèrent, ils étaient pleins de désir. Matt posa ses lèvres sur les siennes et DJ soupira. Le passé s'effaça, ses larmes n'étaient plus qu'un lointain souvenir et sa dispute avec Julie et Darby, leur ultimatum, tout était oublié. Il n'y avait que Matt et ce qu'elle ressentait pour lui.

C'était tellement plus facile de communiquer physiquement. De laisser les émotions de côté. Mais il se détacha d'elle, passa la main dans ses cheveux et prit une longue gorgée de bière tout en tournant son regard vers la fenêtre et le paysage glacé.

— J'adore t'embrasser, mais ça ne me semble pas être une bonne idée pour l'instant. Tu sais comme moi qu'on ne s'arrêterait pas là et qu'on utiliserait le sexe pour éviter cette conversation. Nous sommes toujours aussi attirés l'un par l'autre, Dylan-Jane.

— C'est vrai, admit DJ. Pourquoi ne peut-on pas s'en empêcher ?

— Peut-être parce qu'on se sert de ça pour maintenir une distance entre nous, pour éviter d'avoir de vraies conversations.

DJ ouvrit la bouche pour protester mais elle comprit qu'il avait raison. Les conversations profondes et les tourbillons d'émotions ne faisaient pas partie de leur répertoire. Elle et Matt se retrouvaient immédiatement au lit et faisaient l'amour avec ardeur et dans la légèreté. Leurs rencontres n'avaient été que rires, shots de tequila, repas servis dans leur chambre et draps parfumés.

Jamais ils ne pourraient revenir à ça. Jamais plus elle ne serait capable d'envoyer à Matt un mail contenant un lien pour une auberge dans le Vermont ou un château en Écosse suggérant qu'ils s'y retrouvent. Jamais plus elle ne le retrouverait dans le hall d'un hôtel ou dans un aéroport. Jamais plus elle ne se plongerait nue dans un jacuzzi, le dos calé contre son torse puissant, leurs jambes emmêlées.

La distance et les événements des onze derniers mois avaient modifié leur relation, et ils se trouvaient désormais dans un *no man's land*. Parce que, même s'ils venaient de faire l'amour, ils ne pouvaient plus être amants pas plus que, malgré leur première vraie conversation, ils n'étaient amis. La situation est indéfinissable, nébuleuse.

Et DJ détestait le flou. Dans sa vie réelle, tout était réfléchi, compris, classé dans des compartiments. Dans le travail, elle était efficace, méticuleuse parfois jusqu'à l'excès. C'en était presque maladif, et Julie et Darby ne manquaient pas une occasion d'en rire. Mais le fait était que les comptes étaient équilibrés au cent près et que leurs créditeurs étaient payés dans les délais. Elle faisait du sport régulièrement et allait chez le dentiste et le médecin tous les six mois. Comme à son bureau, il régnait un ordre parfait dans son appartement, et sa voiture était immaculée.

Elle contrôlait le matériel, mais les gens la laissaient perplexe. Matt, les Brogan… Ils cherchaient tous à communiquer avec elle sans comprendre qu'elle ne voulait pas partager d'émotions trop intimes. Il était donc plus facile, plus sûr, de battre en retraite.

Du mois, ça l'avait été.

Mais, ces derniers mois, les choses avaient changé. Elle avait changé. Et voilà qu'on était à quelques semaines de Noël, que Matt était ici et que, soudain, elle se sentait reliée à lui émotionnellement comme jamais auparavant.

Elle ne savait pas comment gérer ça.

DJ regarda Matt qui passait sa main dans sa nuque.

Elle aurait voulu remplacer ses doigts par les siens, attirer sa tête vers elle et l'embrasser. Mais elle ne pouvait pas. Ils l'avaient fait une fois, comme pour briser un trop long jeûne. Mais c'était impossible. Pas ici. Ici, c'était le monde réel et, dans son monde réel, elle n'embrassait pas les hommes trop beaux sur le point de quitter la ville. Parce que, sinon, les baisers mèneraient aux dîners, aux nuits passées ensemble, aux petits déjeuners puis à d'autres dîners et, bientôt, elle se retrouverait en train de réorganiser toute sa vie pour le satisfaire, pour faire en sorte qu'il l'aime. Elle négligerait ses propres besoins et sentiments dans l'espoir qu'il l'aime. Ce qui n'avait jamais réussi avec sa mère.

Donc, peu importait ce qu'elle croyait ressentir, mieux valait garder ses distances que de tomber dans ce piège. Elle était parfaitement consciente que ses parents lui avaient transmis une vision déformée de l'amour, mais elle ne pouvait rien y changer. Elle n'était pas faite pour les relations… La preuve, elle venait juste de gâcher une amitié de vingt-cinq ans.

— Qu'est-ce qui nous vaut cet énorme soupir ? demanda Matt.

Haussant les épaules, DJ décida de choisir la plus facile des réponses.

— Je réfléchis au moyen d'arranger les choses avec mes deux meilleures amies. Elles sont tellement en colère contre moi.

— Si ça peut te consoler, je pense qu'elles n'ont pas complètement renoncé. Elles m'ont chargé de te dire qu'elles comptent bien que tu ailles à la patinoire demain soir.

— C'est trop cruel, grogna DJ. Elles savent bien que je suis nulle en patinage.

Elle l'était parce qu'elle trouvait toujours une excuse

pour ne pas se joindre aux Brogan à la patinoire, pour éviter leurs activités au moment des fêtes et les souvenirs qui semblaient se nourrir de chants de Noël, de boules de gui, de cookies et de lait de poule.

— J'y vais aussi, déclara Matt, les yeux brillants.

Elle avait envie de sourire comme lui, de se perdre dans son regard émeraude, mais elle s'obligea à se ressaisir.

— Mieux vaudrait que nous évitions de trop nous voir, Matt.

Il soutint son regard pendant une longue minute. DJ avait l'impression qu'il sondait son âme, la dépeçant morceau par morceau. Quand il finit par parler, son ton était doux mais déterminé :

— Toi et moi allons trouver un nouveau moyen de gérer notre relation et ça commence maintenant. Je vais te prendre par la main et je vais t'apprendre à patiner, et nous allons faire en sorte de devenir ce que nous n'avons jamais été… des amis.

- 5 -

Une fois Matt parti, DJ resta assise sur son canapé dans le noir, la tête entre les mains. Vraiment, elle ne comprenait rien aux gens.

Après des années de sexe débridé, de week-ends sans complications, Matt pensait qu'ils devaient essayer d'être amis… Mais qu'est-ce que ça voulait dire, enfin ? Qu'elle devait oublier qu'il pouvait la mettre dans tous ses états d'un simple regard, juste en posant sa main sur sa peau ? Comment pouvait-elle être son amie alors qu'elle ne rêvait que de l'embrasser à pleine bouche et de caresser ses larges épaules ? Après tout ce qu'ils avaient fait ensemble, comment pouvait-il s'imaginer qu'elle pouvait faire taire son désir, oublier ce qu'il déclenchait chez elle ?

Mais effectivement, même si elle mourait d'envie de lui sauter dessus dès qu'il entrait dans une pièce, ce n'était plus possible. Il n'était pas là juste pour une nuit ou un week-end. Il serait là demain, dans deux jours et même dans deux semaines. Il n'était plus son fantasme ; il était là, il faisait partie de sa vie de tous les jours, et elle ne savait pas quoi faire.

La solution de Matt était d'essayer autre chose : il voulait qu'ils deviennent amis. Mais, avant de se faire un nouvel ami, il fallait qu'elle répare les dégâts avec les anciennes.

Elle tapa un message sur son téléphone :

Est-ce qu'on peut se parler ? Dans 15 minutes dans la cuisine ?

Les deux filles répondirent par l'affirmative, et DJ ressentit une vague de panique à l'idée de devoir s'ouvrir. Elle se dit qu'elle n'avait rien à craindre. Que, même si elles se fâchaient, elles n'allaient pas la dénigrer ou l'humilier. Qu'elles ne lui avaient jamais témoigné que de l'amour…

Sans s'accorder le temps de s'appesantir, elle composa le numéro de Callie.

— Ma chérie.

Callie lui répondit comme elle l'avait toujours fait. Le cœur de DJ s'emballa puis se calma. Cette femme avait toujours été son roc, une source d'amour inconditionnel.

— Bonsoir, Cal.

— Que se passe-t-il ? demanda Callie. DJ se la représenta, penchée en avant, son instinct maternel en alerte. On ne pouvait rien cacher à Callie.

— Tout va bien, mais j'ai besoin de te parler. Et aux jumelles aussi.

— Sur une échelle de un à dix ?

DJ eut l'impression de revenir des années en arrière ; Callie était la maman à qui tous les enfants allaient demander conseil, et, pour évaluer la gravité du problème, elle avait inventé un système : un à trois signifiait que ça n'aurait plus d'importance d'ici trois mois, quatre à sept que c'était assez important, et huit à dix concernait les problèmes susceptibles de changer une vie.

— Douze ? soupira DJ.

Callie garda le silence une dizaine de secondes.

— Je suis là dans cinq minutes.

Et voilà. Sans poser de questions. DJ raccrocha, enfila son manteau et les vieilles bottes rangées devant sa porte et sortit dans la nuit. Le temps qu'elle descende les escaliers, qu'elle traverse la pelouse et qu'elle gravisse les marches menant à la magnifique demeure, l'air glacial lui avait brûlé la gorge et lui avait fait monter les larmes aux yeux.

Même si elle avait grandi dans une maison sans doute encore plus luxueuse, c'était dans cette demeure d'inspiration géorgienne qu'elle se sentait chez elle. DJ repéra le SUV de Levi garé le long du garage à quatre portes, où leurs voitures de sport et la superbe moto étrangère de Levi étaient bien à l'abri.

Ils appartenaient tous à un milieu privilégié sur le plan matériel, DJ en était consciente et reconnaissante, mais l'argent, elle ne le savait que trop bien, ne vous protégeait pas de la souffrance.

DJ se débarrassa de son manteau et de ses bottes dans le vestiaire et pénétra dans la chaleureuse cuisine en même temps que les jumelles, qui arrivaient par le hall. Sans dire un mot, Julie sortit trois verres à pied tandis que Darby choisissait une bouteille de vin français.

— Votre mère va arriver, dit tranquillement DJ.

Elles ne répondirent pas. Julie se contenta de sortir un autre verre, et Darby versa le vin. Rien ne vint rompre le silence jusqu'à ce que Callie fasse irruption par la porte de derrière, jette son manteau de cachemire sur le dos d'une chaise et retire ses gants à l'aide de ses dents.

— Que se passe-t-il et qu'est-ce que j'ai loupé ? demanda-t-elle en s'asseyant et en attrapant un verre.

Quand elle voyait Callie, DJ ne comprenait pas comment cette femme pouvait se trouver vieille ou grosse. Bien sûr, elle n'était pas filiforme et elle n'avait pas l'air d'avoir trente ans, mais elle restait une des femmes les plus séduisantes qu'ait croisées DJ. Fenella, elle, était d'une beauté froide et ses traits étaient parfaits, mais

Callie était tellement plus solaire. Elle était chaleureuse, respirait l'amour et était bourrée de charme.

Pas étonnant que le Beau Gosse du Coffee Shop la drague.

Julie tapota la main de DJ pour la ramener au présent, précisément là où elle n'avait pas envie d'être.

Allez, prends sur toi, chérie. D'accord, ça n'allait pas être évident, mais qu'allait-il se passer sinon ? Elle allait perdre les jumelles ? Hors de question.

Jamais.

Trois paires d'yeux magnifiques la regardaient, et DJ prit une grande inspiration. Puis, elle se lança :

— Je vous ai caché un grand secret à toutes. Au début de l'année, j'ai fait une fausse couche. J'étais enceinte de Matt.

— Oh ! ma chérie, je suis désolée pour toi, s'exclama Callie, les yeux embués.

— Je suis désolée de ne pas vous avoir parlé de ce que je traversais, reprit DJ simplement. J'aurais dû le faire. Si je ne l'ai pas fait, c'était pour protéger Darby…

DJ vit que Darby voulait protester mais elle leva une main pour lui faire signe de patienter.

— Mais je sais maintenant que ce n'était qu'une excuse.

— Qu'est-ce que ça veut dire, DJ ? demanda Julie.

— C'est plus simple de garder les choses à l'intérieur. De les enfouir. DJ se mordit l'intérieur de la lèvre. Je… Je ne sais pas me confier. Je suis nulle en amitié.

Une fois encore, DJ leva la main pour les empêcher de l'interrompre.

— Je suis nulle mais je vais essayer de m'améliorer. Il faut que j'y arrive, en partie parce que vous me le demandez.

— Seulement en partie ? s'enquit Julie en levant un sourcil.

— Et aussi parce que c'est ce que nous essayons de devenir, Matt et moi.

— Il t'a friendzonée ? demanda Darby d'un air amusé.

— C'est une décision commune, répondit DJ en lançant un regard gêné à Callie. Après ce qui s'est passé cette année, les choses ont changé. On ne pouvait pas reprendre les choses là où elles en étaient, alors on s'est dit qu'on allait essayer autre chose.

Julie éclata de rire.

— C'est trop drôle. On ne peut pas être ami avec quelqu'un qui vous excite autant. Ça va être marrant à observer.

Puis, elle toucha le bras de DJ, et son expression se fit sérieuse :

— On reviendra sur lui plus tard… J'avais oublié à quel point il était sexy… Mais j'ai quelque chose à dire avant.

Et voilà. Elle était à peu près sûre d'être tirée d'affaire, mais elle allait avoir droit à une leçon de morale.

— DJ, tu es la femme la plus indépendante que nous connaissons, et ça n'est pas peu dire, commença tranquillement Julie. Tu es d'une loyauté absolue envers nous et, chaque fois qu'on a besoin de toi, tu es prête à déplacer des montagnes. Tu aimes donner, mais il est temps que tu comprennes que tu dois également prendre. Le fait que tu ne t'appuies pas sur nous, que tu ne te confies pas, nous a inquiétées. Mais aussi blessées. On sait que tu trouves ça difficile de parler…

Difficile ? Non. Impossible !

— Mais tu ne dois pas continuer à t'isoler, à rentrer dans ta coquille quand tu traverses une épreuve. Dans la vie, il y a des hauts et des bas, mais à partir de maintenant tu ne te débrouilleras plus toute seule. Est-ce que c'est clair ?

DJ acquiesça, clouée à son siège par le regard de Julie.

— Votre ultimatum est toujours d'actualité ?

Elle avait besoin de savoir. Elle ne pouvait pas vivre avec cette épée de Damoclès au-dessus de la tête.

Callie fronça les sourcils, et Darby et Julie échangèrent un regard coupable.

— On était en colère contre toi et on voulait te faire réagir. Mais jamais on ne t'aurait laissée tomber, j'espère que tu le sais, reconnut Darby.

— Vous avez menacé de la laisser tomber ? demanda Callie d'une voix glaciale. Le problème, quand on se connaît si bien et depuis si longtemps, c'est qu'on sait exactement où appuyer pour faire le plus mal possible. C'était vraiment cruel de menacer DJ de ça précisément.

DJ s'agita sur son siège, mal à l'aise. Jamais elle n'aurait imaginé que la conversation aboutirait à une dispute entre Callie et ses filles. Voilà ce qui arrivait quand elle se décidait à parler !

— Maman, DJ sait que c'était juste pour lui faire entendre raison ! protesta Darby.

— En agitant sa plus grande peur ? Son père est parti à Noël et Fenella a plusieurs fois menacé de faire la même chose ! Elle a souvent dit à DJ que son père avait eu raison, que DJ n'était pas assez gentille, ni assez intelligente ou jolie pour que son père, ou elle-même, ait envie de rester avec elle.

Repoussant sa chaise, Darby fit le tour de la table en courant et prit DJ dans ses bras.

— Pardon, DJ. J'aurais dû réfléchir.

DJ se dégagea de l'étreinte de Darby, posa une main sur le bras de son amie et de l'autre, prit la main de Julie.

— Tout va bien. Et vous aviez raison d'être en colère. J'aurais dû me confier à vous.

— Bien sûr que tu aurais dû, rétorqua sévèrement Callie.

DJ hocha la tête. La colère de Callie était en quelque sorte le fruit d'une vie d'amour, et DJ était consciente de la chance qu'elle avait que ces femmes merveilleuses soient dans sa vie, qu'elles soient là pour la soutenir.

C'était des mots difficiles à dire, mais elle en avait besoin…

— Je vous aime, dit-elle, d'une voix cassée. Puis, après une courte pause : Ceci étant, est-ce que je suis vraiment obligée de participer à tout le tralala de Noël ?

— Oui ! s'écrièrent Callie, Julie et Darby d'une seule voix.

Raté. Mais ça valait le coup d'essayer.

Darby retourna s'asseoir tandis que Julie remplissait les verres. Un silence qui n'avait rien d'inconfortable s'installa pendant quelques instants. Puis, Darby leva les yeux vers DJ :

— Je peux être honnête ? demanda-t-elle.

— Tu l'es toujours, murmura Julie.

— Est-ce que je suis jalouse que tu sois tombée enceinte sans faire exprès ? Oh ! oui. Est-ce que j'ai pensé que c'était injuste ? Oh ! oui. Et je crois que c'est naturel, dit Darby, d'une voix un peu assourdie.

Ne sachant que répondre, DJ attendit que Darby poursuive.

— Mais ce sont *mes* émotions. C'est à moi de les gérer. Je sais que toutes deux, vous aurez sans doute des bébés. Un jour, je ne sais pas quand, l'une de vous portera un enfant et je serai heureuse d'être à ses côtés, de vivre cette expérience, même par procuration. Quand ça arrivera, je veux être impliquée. Ne me laissez pas en dehors de ça.

DJ se pencha par-dessus la table pour essuyer les larmes de Darby, sans se rendre compte que sur ses joues à elle aussi les larmes coulaient.

La porte de derrière s'ouvrit sur Levi. Son regard passa d'un visage couvert de larmes à l'autre. Il traversa la cuisine et se dirigea droit vers le rouleau de papier absorbant dont il arracha plusieurs feuilles. Il avait grandi au milieu d'elles et de leurs épanchements, aussi c'est avec une maîtrise parfaite qu'il essuya larmes et nez qui coulaient.

Quand il eût terminé, il jeta les mouchoirs improvisés à la poubelle et elles entendirent enfin le son de sa voix :

— Vin, larmes et mains enlacées… Qui est le coupable ?

Matt avait déjà affronté des criminels endurcis, des avocats rusés, des juges coriaces et des policiers pas commodes sans jamais se sentir nerveux ou dépassé. Il avait la loi pour lui et il savait comment utiliser les textes pour la faire pencher de son côté le cas échéant. Sans se vanter, il était sacrément bon.

Mais là, alors qu'il s'apprêtait à toquer à la massive porte de bois des Brogan, il se sentait fébrile.

Dylan-Jane lui avait envoyé un message pour l'inviter à dîner, et il hésitait encore. Les réunions de famille, ça n'était pas son fort et, dans le domaine des repas familiaux, il avait été exposé à tous les extrêmes. Avec ses parents, les repas étaient du genre improvisé, au milieu de convives ivres ou défoncés, ou les deux, avec peu à manger. Chez ses grands-parents, il y avait une profusion de nourriture, mais c'était guindé et on ne discutait que de choses ennuyeuses ou de droit et de politique.

Heureusement, les dîners familiaux de sa fille, celle qu'il n'avait pas encore rencontrée, étaient plus agréables. D'après ses mails, la famille d'Emily était soudée. Elle avait deux frères plus jeunes, également adoptés, une maison pleine d'animaux de compagnie, un père qui réussissait professionnellement et qui l'adorait et une mère qui s'occupait de la maison. Matt se réjouissait qu'elle ait grandi dans un foyer stable et aimant.

Lui avait connu un foyer pauvre et instable et un autre riche et stable, mais dans les deux cas on tolérait tout juste sa présence, et la plupart du temps on l'ignorait.

Et voilà qu'il était sur le point d'affronter une autre famille. Et, comme si ça ne suffisait pas, il lui faudrait faire taire son désir pour DJ.

Dire que c'était lui qui avait lancé l'idée qu'ils soient amis… Bon sang, il se sentait tout sauf amical. Comment pourrait-il être l'ami de DJ alors qu'il ne pensait qu'à l'embrasser passionnément, à explorer avec sa langue son cou et ses seins parfaits et à prendre dans sa bouche un de ses merveilleux tétons ? Alors qu'il voulait sentir ses gémissements de plaisir sur ses lèvres à lui, sur sa peau. Alors qu'il voulait entendre son souffle haletant après la jouissance.

Impossible. Ils ne pouvaient pas être amis. Se contenter de ça après des années de sexe merveilleux, c'était vraiment la pire des idées.

— Matt.

Il se retourna. La porte était ouverte, et DJ attendait qu'il entre. Après avoir retiré son manteau, il prit le temps de bien la regarder. Elle avait repris des couleurs depuis la dernière fois qu'ils s'étaient vus, et ses immenses yeux presque noirs brillaient.

Il avait toujours adoré ses yeux. C'était la première chose qu'il avait remarquée chez elle, lors de leur rencontre. Ce soir-là, elle n'était pas maquillée et portait un jean moulant et un haut plus moulant encore. À la seconde même où leurs regards s'étaient croisés, son pauvre cœur était tombé aux pieds de DJ.

Exactement comme maintenant.

Ce soir, elle portait un jean de créateur avec un T-shirt rouge à manches longues très simple. Une tenue simple pour un dîner en famille, et pourtant elle était aussi sexy qu'une diva sur un tapis rouge. Son jean mettait en valeur ses longues jambes et la douce courbe de ses hanches… Sans parler de ses fesses… magnifiques.

Franchement, comment résister à l'envie de la toucher ?

DJ lui tendit la main pour qu'il la prenne. Elle n'avait pas l'habitude de ce genre de gestes d'affection, mais Matt prit sa main et enlaça ses doigts avec les siens. Levant les yeux vers lui, elle eut un sourire un peu timide.

— Salut.

Résistant à l'envie de l'embrasser à pleine bouche, il déposa un baiser sur sa tempe.

— Est-ce que ça va ? lui murmura-t-il à l'oreille.

— Beaucoup mieux, oui, répondit DJ d'une voix douce.

— Tu as pu discuter avec tes amies ?

Elle avait la main posée sur son torse. Juste dessous, son cœur battait la chamade.

— Oui. Et ça s'est bien passé. On a fait la paix mais elles refusent de laisser tomber pour Noël.

— Un de ces jours, il faudra que tu me dises pourquoi tu détestes Noël, murmura Matt.

— Le jour où tu me donneras la vraie raison de ta présence à Boston, répliqua DJ.

Elle leva la tête vers lui. Ses yeux le suppliaient de lui

dire la vérité. Il savait que c'était en partie par curiosité. Mais c'était aussi parce qu'elle se sentait vulnérable de s'être confiée à lui. Elle pensait sans doute que, s'il se livrait à son tour, le rapport de force pourrait être rétabli. Mais il ne pouvait rien lui dire.

Il l'avait promis à Emily mais, surtout, le climat émotionnel avec DJ était déjà assez chargé comme ça. Il repartait dans quelques semaines et il espérait bien qu'avec la nouvelle année ils reviendraient à leurs week-ends de plaisir sans complications. Ils ne pourraient jamais rebasculer du statut d'amis à celui d'amants si leurs sentiments prenaient trop d'ampleur à Boston.

Du sexe et des week-ends sympas, c'était comme ça qu'ils fonctionnaient. Matt fronça les sourcils en sentant le goût amer qui lui remontait dans la gorge à l'idée qu'il puisse vouloir davantage que ça.

Mais qu'est-ce qui lui prenait ?

— Edwards.

Matt se retourna. À l'autre bout du couloir se tenait Levi Brogan, bras croisés et l'air sévère. Cheveux bruns, barbe de trois jours tirant sur le roux, regard glacial et attitude belliqueuse, il émanait de Levi Brogan assez d'agressivité pour déclencher une guerre de territoire, et Matt comprit d'instinct qu'il valait mieux éviter le conflit.

Levi traversa le hall et ouvrit la porte de la maison.

— Dehors, dit-il en s'adressant à Matt.

Matt sentit qu'on bougeait derrière lui. Il se retourna et vit trois Lockwood mâles qui s'avançaient vers lui, mais Levi leva la main pour les arrêter.

— Non. C'est entre lui et moi.

— Arrête ça, Levi ! Ça n'a rien à voir avec toi, s'écria DJ en se plaçant devant Matt.

Seigneur ! Est-ce qu'elle cherchait à le protéger ? Une boule de chaleur se forma dans l'estomac de Matt. Et puis, il comprit qu'elle s'interposait entre deux hommes plutôt imposants. Ce n'était pas la place d'une femme.

— Ne reste pas là, ordonna Matt tout en soutenant le regard de Levi.

— Non ! C'est ridicule ! On dirait des hommes des cavernes.

Matt la saisit par la taille, la souleva et la déposa, assise, sur la console du hall, une pièce très ancienne et visiblement très chère. Mais peu lui importait.

— Tu es légère comme une plume, murmura Matt, en plaçant ses mains de part et d'autre des cuisses de DJ. Il attendit que ses yeux rencontrent les siens en se demandant depuis quand quelqu'un n'avait pas pris sa défense, ne s'était pas inquiété pour lui, et pourquoi il avait l'impression que son cœur était baigné d'une douce chaleur.

— Levi est très protecteur. Il pourrait te faire mal, chuchota DJ.

Devant son air inquiet, Matt réprima le sourire qui lui montait aux lèvres.

— Je sais, mais ça va aller.

— Je ne veux pas que vous vous battiez.

— Nous sommes des grands garçons, Dylan-Jane, et avec de la chance, nous n'en arriverons pas là.

Comme il n'avait visiblement pas réussi à la rassurer, il haussa légèrement les épaules et ajouta :

— En tout cas, je te promets de ne pas frapper le premier.

— Ah, les hommes. Vous êtes vraiment ridicules.

— Je sais.

Matt lui déposa un baiser sur le nez et se redressa. Sans un regard pour Noah et ses frères, il franchit la porte ouverte et alla rejoindre Levi sous le porche.

Les mains dans les poches, il attendit que ce dernier prenne la parole.

— Quand je suis rentré, elles étaient toutes en larmes.

Étant donné que Levi ne lui avait pas posé de question, Matt ne se donna pas la peine de lui répondre. Un truc d'avocat.

Comme Levi n'ajoutait rien, Matt finit par se lasser d'attendre.

— Si vous avez l'intention de me frapper, allez-y.

Levi redressa la tête, et Matt crut déceler une lueur d'amusement dans son regard.

— Pas sûr que vous teniez le choc, dit Levi d'une voix narquoise.

— C'est ce qu'a dit le dernier type que j'ai étalé, répliqua Matt d'un ton léger.

Levi croisa les bras sur son torse puissant, faisant saillir ses biceps. Oui, ce type était plus grand que lui, mais pas de beaucoup, et Matt était rapide et souple. Il se débrouillerait.

Il l'espérait, du moins.

— Alors, quel est le plan pour la suite ? demanda Levi.

— Je ne suis pas sûr de comprendre la question, Brogan.

Levi avait l'air contrarié, ce qui, pensa Matt, devait être son expression habituelle.

— Je n'aime pas l'idée que vous passiez votre temps à entrer et à sortir de la vie de DJ.

— Ce qui se passe entre DJ et moi n'a rien à voir avec vous et votre famille.

— Évidemment que si ! D'après ce que j'ai compris, les deux premières années, votre petit système a semblé fonctionner. Elle continuait à voir des hommes et on en a même rencontré quelques-uns…

À l'idée que DJ fréquente d'autres hommes, une

brume rouge se forma devant les yeux de Matt. Ces sept dernières années, il ne s'était pas inquiété une seule fois de savoir si elle couchait avec d'autres hommes. Pourquoi maintenant ?

— Et puis, elle a arrêté. Nous tous, on drague, on s'amuse. Mais pas elle. Et j'ai… Nous avons tous l'impression que vous vous amusez avec elle, que vous la manipulez pour la garder à votre disposition.

Matt détestait l'idée d'avoir à s'expliquer mais, apparemment, les amis de DJ étaient sincèrement inquiets. Il fallait qu'il tourne ça de façon que tout le monde puisse dîner ensemble ensuite.

— J'aimerais savoir quoi vous dire pour mettre un terme à cette conversation. Tout ce que je sais, c'est que DJ et moi avons un accord.

— Du sexe et pas d'engagement ?

— Oui.

Après tout, c'était une décision commune, entre deux adultes, et Matt n'avait aucune raison d'avoir honte. Agacé et désireux de retourner dans la maison, si possible sans s'être fait casser le nez, Matt soupira :

— J'aime beaucoup DJ et je la respecte. Elle le sait. J'imagine que vous avez entendu parler de la fausse couche et je ne veux pas en discuter, sinon pour vous dire que nous essayons de trouver comment avancer tous les deux. Je ne veux pas que Dylan-Jane souffre et je ferai ce qu'il faut pour que ça n'arrive pas. C'est tout ce que je peux vous promettre.

Levi se caressa la barbe, hocha la tête et tendit la main.

— Levi Brogan, grand frère protecteur.

Matt se saisit de la main tendue en se disant que l'épreuve de l'interrogatoire était finie mais, quand Levi lui agrippa plus que virilement l'épaule, il dut s'obliger à ne pas montrer sa douleur.

— Allons boire une bière.

Matt laissa quelques secondes d'avance à Levi, le temps de récupérer un peu. Ce type savait se servir de ses muscles, et il était ravi que ses poings n'aient pas eu l'occasion de croiser son visage.

Finalement, ne pas avoir à gérer les grands frères protecteurs était une autre bonne raison de ne pas s'engager. Même si voir DJ prendre sa défense lui avait réchauffé le cœur et si savoir que des types bien veillaient sur elle était rassurant.

- 6 -

En arrivant avec ses deux fils à Frog Pond, littéralement Étang aux grenouilles, Mason James balaya du regard la patinoire préférée des Bostoniens. Il amenait Emmet et Teag patiner dans ce célèbre endroit depuis qu'ils tenaient à peine debout et, même s'ils feignaient d'être blasés, il savait bien que ses deux garçons adoraient les brillantes illuminations de Noël et l'atmosphère festive qui animaient Frog Pond.

Son regard passa de l'un à l'autre. Le temps filait trop vite, bon sang. D'ici un an ou deux, sa maison se retrouverait vide. Plus de chaussures traînant partout, plus de chambres en désordre, plus de frigidaire à constamment remplir.

Il serait seul.

Et ses fils lui manqueraient. Bien sûr. Ils formaient une bonne bande depuis un bout de temps maintenant, mais il n'avait pas peur d'être seul. C'est de s'ennuyer qu'il avait peur. Même si le Coffee Shop représentait un agréable changement de rythme, ce n'était pas ce dont il voulait s'occuper jusqu'à la fin de ses jours.

Ça, il ne le savait pas encore.

Mais aider ce gamin à faire ses maths lui avait procuré un plaisir aussi intense qu'inattendu. Il avait oublié à quel point les équations pouvaient être belles.

C'était la première fois depuis bien longtemps qu'il

reconnaissait que son ancienne vie lui manquait. Que la satisfaction de résoudre des problèmes complexes lui manquait. Alors, bien sûr, il ne voulait pas retourner à une vie de stress, mais il ne se voyait pas non plus vendre des cafés ad vitam aeternam.

Ici, c'était sa ville, et le MIT avait été son terrain de jeu. Grâce à son travail au Think Tank, un groupe de réflexion composé des plus grands cerveaux, et à certains brevets, il avait acheté plusieurs maisons, s'était offert d'onéreux jouets pour grands garçons et disposait d'un joli petit matelas à la banque. En plus de ça, il était en forme, en pleine santé et pas mal physiquement. Il pouvait faire ce dont il avait envie, aller n'importe où. Il avait besoin d'aventure. Et surtout de plus de sexe.

C'était peut-être ce qui expliquait son attirance si forte pour Callie. Elle représentait un défi d'un niveau qu'il n'avait jamais expérimenté. Réussir à la faire craquer s'avérait aussi complexe que la théorie des cordes.

Mason laissa échapper un long soupir, et ses deux fils se tournèrent vers lui, le regard curieux.

— Un problème, papa ? demanda Emmet.

— Tout va bien.

Comme s'il allait expliquer à ses ados qu'il avait des problèmes avec une femme. Ils étaient suffisamment obsédés par les filles en ce moment sans en rajouter.

À ce propos, il regarda autour de lui à la recherche d'une blonde pulpeuse, en se demandant si Callie n'avait pas fort opportunément oublié sa proposition de le retrouver ici. Peut-être qu'elle s'était à nouveau laissé gagner par la peur et qu'elle se protégeait de l'attirance qu'ils ressentaient l'un pour l'autre. Il n'en pouvait plus d'attendre.

Il la désirait, elle le désirait… Cela n'aurait pas dû être aussi compliqué.

— Ça serait bien plus marrant avec une crosse et un palet.

Teag était le plus mordu de hockey de ses deux rejetons.

— Sauf qu'il n'y aurait pas de jolies filles, répliqua Emmet en s'avançant vers la piste.

Mason observa Emmet établir un contact visuel avec une fille âgée d'un an ou deux de plus que lui. Il vit son regard séducteur et sa tête se redresser. La jeune beauté blonde indiqua la piste de glace du menton, l'invitant à l'y rejoindre, et l'estomac de Mason se noua. Bon sang, il allait devoir répéter son discours sur le fait de prendre les bonnes décisions et de *toujours* porter un préservatif. Parler de sexe responsable avec son fils aîné alors que sa propre vie sexuelle était un désert, c'était une torture d'un genre très spécial.

— Mason ?

Une onde de désir le parcourut de haut en bas et le sang quitta son cerveau pour aller se loger directement dans son bas-ventre. Avec l'impression d'être à peine plus âgé que ses fils, Mason se retourna lentement et plongea son regard dans les yeux brillants de Callie, dont les cheveux blonds étaient en partie cachés par une casquette en laine qui couvrait ses oreilles. Elle avait le nez et les joues rouges, et son manteau rose vif laissait entrevoir ses magnifiques jambes moulées dans un jean serré. Elle paraissait aussi à son aise sur la glace que sur la terre ferme.

— Salut.

Il entendit Emmet glousser et comprit sans même le regarder que son fils levait les yeux au ciel, se moquant ouvertement de son père. Il lui donna un léger coup de coude, puis désigna sa progéniture d'un geste :

— Voici mes monstres, Teag et Emmet. Les gars, je vous présente Mrs Brogan.

Teag marmonna un bonsoir mais Emmet tendit sa main gantée en souriant.

— Très heureux de faire votre connaissance, madame.

N'importe quel autre père aurait été fier des bonnes manières dont faisait preuve Emmet, mais Mason savait bien que son fils était un séducteur-né, capable de charmer n'importe quelle femme âgée de zéro à cent dix ans. C'était son super pouvoir.

— Très heureuse également, répondit Callie en serrant sa main. Vous savez patiner, les garçons ?

— Bien sûr. Je les amène ici depuis qu'ils sont bébés.

— Quand on était en primaire, il ne pouvait déjà plus suivre, plaisanta Emmet.

— Mais bien sûr.

Mason leva les yeux au ciel en se tournant vers Callie, et ils échangèrent un sourire complice.

Elle avait l'air si jeune sans rouge à lèvres et les joues rosies par le froid. Il mourait d'envie de se pencher par-dessus la rambarde et de poser sa bouche sur la sienne pour vérifier si ses lèvres étaient aussi froides qu'il l'imaginait.

Tirant son portefeuille de la poche de son jean, il prit quelques billets et les tendit aux garçons.

— Allez prendre les tickets. Je vous retrouve à l'entrée.

— Tu cherches à te débarrasser de nous, papa ? Pour qu'on ne te fasse pas honte devant la jolie dame ? demanda Emmet en riant.

— Vous me faites honte en permanence, répondit Mason, sachant pertinemment que ses fils ne le prendraient pas au sérieux.

Ils savaient très bien qu'il les aimait et qu'il était fier d'eux.

— Allez donc embêter quelqu'un d'autre.

Teag haussa les épaules et Emmet éclata à nouveau de rire. Après avoir dit au revoir à Callie, ils se fondirent dans la foule. Mason se tourna vers Callie et posa ses mains par-dessus les siennes sur la rambarde.

— Est-ce que vous serez encore là quand je reviendrai ?

— Est-ce que vous avez envie que je sois là ? demanda Callie en levant un de ses fins sourcils.

— Vous n'avez pas idée à quel point, répondit Mason avec ardeur.

— Vous ne voulez pas rester avec vos enfants ?

— Même si je voulais, eux n'en ont pas envie. Et ils ne plaisantaient pas quand ils disaient être bien meilleurs que moi en patinage.

Mason caressa la joue de Callie d'un doigt, frustré de ne pas pouvoir sentir sa peau à travers le cuir de son gant. Alors, il le retira et prit son visage en coupe dans sa main. C'était tellement mieux ainsi. Du pouce, il vint effleurer ses lèvres.

Il ne pouvait pas résister, il fallait qu'il goûte. Juste un tout petit peu. Il pencha la tête vers elle, mais Callie le repoussa doucement.

— Mason ! Vos fils pourraient vous voir m'embrasser !

— Je suis presque certain que le choc ne leur serait pas fatal.

— Je n'apprécie pas les démonstrations d'affection en public, dit Callie d'un air légèrement guindé.

Mason passa à nouveau son pouce sur ses lèvres avant de la libérer tout en poussant un soupir un peu exagéré.

— J'en déduis que mon fantasme de vous emmener sur ma Ducati jusque dans un coin désert pour vous prendre sauvagement ne se réalisera jamais ?

Callie en resta bouche bée. Elle rougit, mais la teinte plus profonde que prirent ses yeux bleus n'échappa pas à Mason… Désir ? Curiosité ?

— Qu'attendez-vous exactement de moi, Mason ? demanda Callie.

C'était une bonne question, et il pouvait y répondre honnêtement :

— Du sexe. De bonnes parties de rigolades. Des conversations. Et encore du sexe.

— Je ne cherche pas l'amour, Mason. Je n'en ai ni envie ni besoin.

Lui déposant un baiser sur la tempe, Mason lui murmura à l'oreille :

— Ce n'est pas ce que je vous demande, Cal.

Avec les lumières qui se reflétaient dans ses yeux et l'amusement qu'il y lisait, il la trouvait parfaite. C'était son ange de Noël à lui. Il s'écarta, résistant à son instinct, qui lui commandait de l'embrasser là, tout de suite, et de plonger sous son manteau pour caresser ses seins.

Bon sang, elle le rendait dingue.

Callie s'éloigna en patinant à reculons et lui lança un sourire si lumineux que son cœur fit un bond – à la plus grande surprise de son propriétaire qui n'aurait jamais cru qu'il en était encore capable.

— Dépêchez-vous d'arriver, Mason, que je vous montre de quoi je suis capable.

Il lâcha un court éclat de rire.

— Ne vous vantez pas !

Callie effectua alors une pirouette, tournant de plus en plus vite, au point que Mason avait du mal à la suivre du regard sans être un peu étourdi. Quand elle s'arrêta, elle n'était pas essoufflée et parfaitement droite sur ses jambes.

— Frimeuse, grogna Mason, incapable de masquer son sourire.

— Je vous laisse dix minutes. Après, je me trouve un autre cavalier pour patiner et flirter, dit Callie d'un air coquin.

Il adorait ses yeux rieurs, sa bouche pulpeuse, l'énergie

qui émanait d'elle. Il restait là, à la regarder, figé, sans pouvoir bouger.

Cette femme le captivait littéralement.

— Que se passe-t-il ? demanda Callie en rajustant sa casquette de ses mains gantées.

— Rien. Vous êtes juste tellement belle que j'en ai le souffle coupé.

L'expression de Callie s'adoucit et ses yeux se voilèrent légèrement. Mais non. Il n'avait pas cherché à la faire pleurer. Il n'avait dit que la stricte vérité. Ça venait du fond du cœur.

Bon sang, que venait faire son cœur là-dedans ? C'était tout à l'heure, quand il parlait de pur désir, qu'il était dans le vrai. Son cœur n'avait rien à voir dans tout ça.

L'engagement, la monogamie, le mariage… Il avait déjà donné. Il n'avait aucune intention de repartir sur ce chemin-là.

Callie fit un petit tour sur elle-même et, quand elle tapota sa montre, son regard avait retrouvé toute sa gaieté :

— Huit minutes. Attention, l'heure tourne.

Mason se précipita vers le guichet… Pas question de laisser passer sa chance avec la femme la plus fascinante de la patinoire.

À peine posa-t-elle les pieds sur la glace de la patinoire de Frog Pond que DJ sentit qu'ils se dérobaient sous elle. S'agrippant à la rambarde, elle ravala un juron et tenta de retrouver son équilibre tout en jetant un œil aux alentours.

Noah et Julie patinaient ensemble, main dans la main, tandis que devant eux, Darby faisait ostensiblement sa crâneuse. Levi, Ben et Eli venaient derrière, évidemment aussi à l'aise sur la glace qu'ils l'étaient sur les voiliers qu'ils aimaient tant barrer.

Où était Callie ? DJ balaya la patinoire du regard et l'aperçut à l'autre bout en train de bavarder avec… DJ plissa les yeux. Ce n'était pas le type sexy du Coffee Shop ? *Bravo, Callie.*

Elle tenta de se retourner pour se retrouver face aux patineurs et pouvoir tout à loisir observer Callie en train de flirter avec Mason, mais ses pieds refusaient de lui obéir. Jurant entre ses dents, elle resta là où elle était et poursuivit ses observations. Malgré son aversion pour tout ce qui avait un rapport avec Noël, elle devait reconnaître que les ampoules colorées qui décoraient les arbres autour du bassin formaient un joli spectacle. Le bleu, le rouge, le vert, le jaune et le rose dominaient dans les branches, tandis que la buvette était illuminée de petites lumières blanches.

Elle comprenait presque qu'on puisse aimer ça. D'une main, elle redescendit son bonnet sur ses oreilles, avant de plonger son nez dans son écharpe. Elle avait laissé en plan une feuille de calcul au bureau dans sa hâte d'arriver à la patinoire. Pas parce qu'elle voulait patiner, mais parce qu'elle savait qu'elle y verrait Matt.

DJ le désirait avec une force qui lui coupait la respiration et faisait trembler ses genoux. Elle sentait encore son odeur, un mélange de bois de santal et d'épices comme elle voyait ses grandes mains, masculines et puissantes. Elle imaginait ces mains sur son corps, dans ses cheveux, entre ses jambes.

Elle avait dû l'évoquer très fort parce que, soudain, elle aperçut Matt, qui vola littéralement au-dessus de la glace à sa rencontre avant d'effectuer un arrêt parfait juste devant elle.

DJ eut à peine le temps de distinguer un jean foncé, un manteau poil de chameau et un bonnet rouge avant que les mains nues de Matt attirent son visage à lui et que ses lèvres chaudes se posent sur les siennes. Elle agrippa son manteau d'une main et gémit quand sa langue força doucement sa bouche et que son baiser se fit plus profond. Elle savourait son goût, où se mêlaient des arômes de menthe, de café et de doux péché. Un cocktail enivrant qui lui fit lâcher la rambarde.

Ses pieds chassèrent, et elle se sentit tomber, entraînant Matt dans sa chute. Ils atterrirent tous les deux brutalement sur la glace, et DJ sentit l'air jaillir de ses poumons quand son coccyx entra en collision avec le sol gelé.

Matt se redressa immédiatement sur ses bras pour la soulager de son poids.

— DJ ? Ma chérie ? Est-ce que ça va ?

Elle ouvrit la bouche mais aucun son n'en sortit. Elle essaya encore une fois… mais rien.

— Tu as la respiration coupée, dit Matt en se mettant à genoux à côté d'elle sur la glace. Assieds-toi et prends de longues et profondes inspirations. Il faut que tu gardes ton calme. Détends-toi.

Facile à dire pour lui. Ce n'était pas lui qui était en train d'étouffer. Il la redressa, prit son visage entre ses mains et la regarda dans les yeux.

— Respire pour moi, Dylan-Jane. Allez, vas-y. Tu peux le faire.

DJ sentait l'air rentrer dans ses poumons. À chaque respiration, la panique cédait un peu plus de terrain. Elle retrouvait son calme.

Dès qu'elle le put, elle parla :

— On peut dire que tu es à tomber par terre, Edwards, dit-elle en tendant la main pour que Matt l'aide à se relever.

— Techniquement, c'est toi qui m'as fait tomber, répondit Matt en lui passant un bras autour de la taille.

Elle se laissa aller contre lui, totalement en confiance. Elle savait qu'il ne la lâcherait pas.

Elle chercha la sortie des yeux. Le patinage n'était vraiment pas pour elle.

— Est-ce que tu peux m'aider à sortir, Matt ?

Il se pencha, l'attira entre ses jambes et la bloqua avec ses genoux. Avec les mains de Matt sur ses hanches, elle se sentait stable. Il était si près, leurs souffles se mêlant dans l'air froid de la nuit, que DJ eut envie de l'embrasser encore, mais elle se rappela à temps que c'était ce qui avait provoqué leur chute.

Et d'ailleurs, pour commencer, elle n'aurait pas dû penser à un baiser. Est-ce qu'ils n'étaient pas censés être amis ?

Elle gémit, et Matt, tout à fait en phase avec elle, lui jeta un regard de côté en souriant.

— C'est l'enfer, hein ? dit-il.

— Quoi donc ?

— D'avoir tellement envie l'un de l'autre. Je regarde ta bouche et je me rappelle le goût qu'elle a. Je regarde tes mains en rêvant qu'elles… me caressent.

— Qu'elles te caressent où ?

Il prit la main de DJ, la passa sous son manteau et la posa sur son bas-ventre. À travers le tissu de son jean, DJ sentit son sexe durcir au contact de sa main.

Une onde brûlante de désir dégringola le long de son dos jusqu'entre ses cuisses. Matt laissa retomber sa main. Et voilà ! Une simple petite démonstration, et elle était toute chamboulée.

DJ observa le petit air satisfait de Matt. Il avait l'air de bien s'amuser. C'était trop injuste qu'il puisse avoir l'air si calme et imperturbable alors qu'elle était devenue rouge écarlate et que ses jambes étaient toutes flageolantes.

Il fallait qu'il paye.

DJ lui adressa son sourire le plus enjôleur.

— Et, moi, je n'arrête pas de penser à Saint-Barth. Tu étais très craquant menotté à ce lit à baldaquin

Elle sentit le dos de Matt se tendre, l'entendit respirer bruyamment et poursuivit en souriant :

— Si je me souviens bien, je n'ai utilisé que ma bouche.

Matt grogna quelque chose qui ressemblait bien à un chapelet de jurons très créatifs. Son expression douloureuse fit sourire DJ.

Scores à zéro… Maintenant il était aussi excité qu'elle.

— C'est notre première sortie tous les deux en tant qu'« amis » et, au bout de dix minutes de conversation, on se retrouve déjà dans une chambre, se plaignit Matt.

— Tu n'avais qu'à pas commencer en m'embrassant, répliqua DJ.

— *Tu* n'avais qu'à pas commencer en ayant l'air aussi sexy et mal à l'aise, à lutter de toutes tes forces pour ne pas apprécier les illuminations et les décorations de Noël, à essayer de résister à cette joyeuse atmosphère de fête.

Zut, il l'avait percée à jour.

Il irradiait littéralement de chaleur. Se rapprochant de lui, elle agrippa les passants de son jean.

— Et alors on s'est embrassés et tu as décollé immédiatement.

Il resserra son étreinte autour de ses hanches.

— Qu'est-ce qu'on va faire, Dylan-Jane ? Je n'arrête pas de me dire qu'après tout ce qu'on a fait ensemble, y compris la petite fantaisie sexuelle de Saint-Barth, essayer d'être ton ami est la suggestion la plus idiote que j'aie jamais faite. Dis-moi que tu as aussi envie de moi que j'ai envie de toi.

— Matt…

— C'est un oui, un non… Un bon-sang-je-n'en-sais-rien ?

— Les trois à la fois, murmura DJ en levant les yeux vers lui. On n'a même pas essayé d'être amis, Matt !

— Je sais. Mais je sais aussi que, dès qu'on se retrouvera seuls tous les deux, nos vêtements voleront dans tous les sens, soupira-t-il.

Et c'était vrai.

Il plongea son regard dans le sien. Ils ne percevaient plus la présence des enfants qui s'amusaient à se poursuivre sur la glace, des amoureux qui patinaient bras dessus, bras dessous. Ils ne voyaient plus le Père Noël et ses elfes qui exécutaient des figures au milieu de la patinoire. DJ se perdit dans son regard, et elle aurait voulu qu'ils soient seuls, qu'ils soient nus et qu'il entre en elle doucement.

— J'ai envie de toi, DJ. Je ne veux que toi.

Bon sang, Matt !

Elle s'obligea à détourner le regard et prit une grande goulée d'air froid. Si elle n'avait pas su qu'elle allait à nouveau atterrir sur les fesses, elle se serait éloignée de lui au plus vite.

Il fallait qu'elle soit raisonnable. Au moins une minute. Pour pouvoir clarifier les choses.

— Où est-ce que tu veux en venir, Matt ? Est-ce que tu veux dire que nous devrions coucher ensemble ?

— Je ne peux pas penser à toi comme à une amie, dit Matt en hochant la tête. Je suis incapable de te traiter comme une bonne copine. Donc, tant que je suis à Boston, faisons comme nous faisons d'habitude. Nous n'avons qu'à nous dire que c'est un week-end comme les autres… juste un peu plus long. Quand je repartirai après Noël, on s'embrassera, on se dira au revoir et tout redeviendra comme avant.

Est-ce qu'elle en était capable ? Est-ce qu'elle pourrait mélanger sa vie réelle avec sa vie fantasmée en sortant tout simplement avec lui ? Est-ce que cela permettrait de mettre un terme à ce désir brûlant et dévastateur qui s'emparait d'elle chaque fois qu'elle le voyait ?

Arrête un peu, Dylan-Jane.

Elle se faisait des illusions si elle pensait que ce serait pareil que leurs week-ends au bout du monde. Il était dans sa ville, il la voyait vivre sa vraie vie. Ici, à Boston, il ne pouvait pas demeurer l'homme de ses fantasmes ; elle ne pourrait pas faire semblant de croire que sa vraie vie n'existait pas. C'était *sa* vie et il était bel et bien là.

Il fallait être réaliste, ils ne pourraient pas passer tout leur temps à faire l'amour. Il leur faudrait se parler davantage, faire des choses ensemble. Et, ça, c'était dangereux. Une des raisons pour lesquelles elle limitait les moments qu'elle passait avec Matt, c'était qu'elle tenait à lui. Beaucoup. Elle adorait son sens de l'humour décalé, son intelligence supérieure et aussi son intégrité et son sens de l'honneur.

Elle pourrait se laisser tenter et vouloir plus que partager de bons moments au lit. Elle pourrait se mettre à songer à l'engagement, à une vraie relation, au fait de se donner à une personne.

Et attendre ça d'un homme, rechercher son amour, c'était le meilleur moyen pour qu'on lui brise le cœur.

Elle avait eu le cœur brisé quand son père était parti. Elle connaissait bien le sentiment d'abandon. Et, grâce à sa mère, elle savait aussi ce que c'était qu'aimer quelqu'un qui ne vous aime pas en retour. Elle ne voulait pas revivre ça. Rien de tout ça.

Mais, surtout, elle ne voulait pas tomber amoureuse.

Alors, ne tombe pas amoureuse, c'est simple.

— Est-ce que tu comptes me laisser sur le gril longtemps ?

Elle aurait dû refuser, mais elle n'allait pas le faire. Coucher avec Matt, avoir une liaison avec lui, elle ne pensait en fait qu'à ça depuis qu'il était réapparu dans sa vie.

— D'accord. On n'a qu'à sortir ensemble.

Incapable de regarder Matt, DJ lança un regard d'envie à la buvette, à ses lumières qui semblaient lui dire de venir se réchauffer.

— Et si on y allait ? Chez toi ou chez moi ?

— J'ai envie de toi, Dylan-Jane, dit Matt avec un petit rire, mais je pense qu'on peut encore patienter quelques heures. Je vais t'apprendre à patiner et, ensuite, on ira rejoindre ta famille.

DJ regarda dans la direction que lui indiquait Matt et vit Darby et Julie qui patinaient en se tenant par le bras. Noah tenait l'autre main de Julie, et Callie, dont le chevalier servant avait disparu, avait logé sa main au creux du coude de Levi. Tous ensemble, ils venaient dans la direction de DJ.

Julie et Darby furent les premières à arriver près d'elle et elles affichaient toutes les deux un air inquiet.

— On t'a vue tomber. Est-ce que ça va ?

— Oui. C'est juste que je suis vraiment nulle en patinage.

— Exact, confirma Matt, le bras toujours passé autour d'elle pour la maintenir. DJ leva les yeux au ciel.

Merci, elle savait. Tout le monde savait.

— On n'a qu'à s'arrêter et prendre une table où on pourra tous se réunir, suggéra Darby d'un ton où DJ décela une pointe de regret.

Ils adoraient tous patiner et, si elle n'avait pas été là, ils se seraient fait plaisir sur la glace au moins une heure de plus.

— Non. Vous, continuez, dit-elle en se cramponnant à Matt. Matt m'a proposé de rester avec moi et de me rattraper en cas de chute.

— Tu es sûre ? demanda Julie en levant un sourcil.

DJ hocha la tête.

— Tout à fait. Retrouvons-nous tous dans une heure. La première tournée est pour moi.

Après avoir chaudement approuvé la proposition, tout son clan repartit patiner. En les regardant évoluer sur la glace, DJ sentit une énorme bouffée d'affection lui gonfler la poitrine.

Comme elle les aimait. Tous.

Se refusant à céder à l'émotion, elle tourna légèrement la tête vers Matt. Son regard était posé sur elle ; il la regardait avec tendresse. Elle n'avait jamais vu une telle expression sur son visage – un mélange de fierté, d'affection et de désir. DJ se mordit l'intérieur de la lèvre ; il ne pouvait pas, n'aurait pas dû, la regarder de cette façon. Non seulement elle avait envie de lui arracher tous ses vêtements sur-le-champ, mais elle avait l'impression que son cœur était enveloppé d'une douce guimauve.

Ça suffit, ces pensées fleur bleue de midinette.

Le programme, c'était juste une série de rendez-vous sensuels pendant environ un mois. Elle ne laisserait pas ça se transformer en autre chose que faire l'amour avec quelqu'un qu'elle appréciait.

Qu'elle appréciait vraiment.

Beaucoup.

DJ redressa ses épaules, essaya de faire fi de ses chevilles douloureuses et d'afficher un sourire coquin.

— Bon, allons-y, dit-elle d'un ton enjoué.

— Oui. Allons-y.

Mais, au lieu de lui indiquer comment positionner ses

pieds sur la glace, Matt lui souleva doucement le menton. Sa bouche effleurant la sienne, ses mots dansaient sur les lèvres de DJ.

— D'accord, on va patiner. Mais, d'abord, faisons *ça*.

Les yeux verts de Matt interrogèrent les siens puis allèrent se poser sur sa bouche avant de revenir à ses yeux. Sentant sa peau frissonner, DJ se dit que, décidément, se parler avec les yeux était terriblement excitant. De son pouce un peu froid, il la caressait, exerçant un doux mouvement de va-et-vient qui achevait de l'émoustiller.

Puis, il se pencha sur elle mais, au lieu de l'embrasser, il frotta sa joue contre la sienne. Sa peau contre sa peau.

DJ murmura son nom et renversa la tête pour que ses lèvres rencontrent celles de Matt… une fois, deux fois, en une demande muette d'un baiser. Quand la bouche de Matt toucha ses lèvres glacées de froid, DJ ressentit une chaleur l'envahir tout entière. Leurs langues se cherchaient, s'esquivaient, se mêlaient dans un langoureux ballet. Ils n'entendaient plus les chants de Noël ni le glissement des lames sur la glace des autres patineurs. Ils étaient à nouveau seuls au monde, au milieu de la foule joyeuse.

Finalement, le mois de décembre et Noël, avec ses décorations, ses lumières et ses festivités n'étaient pas si horribles que ça. Mais il fallait dire qu'elle était dans les bras de Matt et qu'ils étaient en train de s'embrasser. De quoi rendre tout ce qui l'entourait plus beau. Même Noël.

- 7 -

DJ ouvrit la porte de son appartement et entra. Les rideaux du salon étaient ouverts et elle remarqua immédiatement les illuminations blanches qui avaient été suspendues sur Lockwood House et venaient adoucir la façade un peu austère de la vieille demeure.

Elle retira son manteau et l'accrocha au portemanteau situé près de la porte avant de se rapprocher de la fenêtre qui donnait côté rue.

— Lockwood House est vraiment belle.

Matt vint se placer derrière elle et enveloppa sa taille d'un bras, la main posée sur son sein gauche, d'un geste à la fois familier et très excitant.

— Est-ce que les lumières de couleur sont absolument proscrites dans le quartier ? demanda Matt en frottant doucement son menton contre ses cheveux.

— Le grand-père et l'arrière grand-père de Noah ont toujours utilisé des guirlandes blanches pour décorer Lockwood House, et la tradition s'est propagée à toutes les maisons du quartier.

— Ça doit être agréable de vivre ici, murmura Matt.

— Oh ! oui. C'est un quartier vraiment à part.

DJ inclina légèrement la tête sur le côté pour que Matt puisse lui embrasser plus librement le cou. Seigneur, comme il savait bien utiliser sa langue et ses dents…

Elle se pencha pour appuyer sur l'interrupteur de la

lampe, et une douce lumière dorée se répandit dans la pièce. Ils n'étaient pas dans la suite d'un hôtel, réalisa-t-elle soudain. Ces livres sur les étagères étaient les siens. C'était elle qui avait choisi la toile accrochée au-dessus de la cheminée et le vase posé sur la table basse.

Ce n'était pas un terrain neutre, mais son appartement. Et Matt était là avec elle et il allait bientôt lui faire l'amour.

Il se trouvait dans son espace… Son espace très intime et très féminin. Et s'il repartait – *quand* il repartirait –, il lui resterait des souvenirs de lui ici, dans son lit, nu dans son appartement. Elle n'était pas sûre d'avoir envie de ça, mais elle ne pouvait pas empêcher que cela arrive…

Enfin, si, elle pouvait. Bien sûr. Si elle le lui demandait, Matt s'en irait, mais elle ne voulait pas lui demander quoi que ce soit.

Sauf peut-être s'il avait l'intention de la déshabiller et de l'embrasser dans certains de ses endroits les plus secrets.

Matt lui retira d'abord son pull, puis elle sentit que son soutien-gorge libérait ses seins avant de tomber sur le sol, telle une feuille morte bleue. Les mains bronzées de Matt se posaient maintenant sur sa peau claire, pressant ses seins, pinçant ses mamelons dressés.

Elle le sentit s'écarter d'elle et se retourna pour le regarder retirer son pull et sa chemise, qu'il passa par-dessus sa tête, révélant son torse puissant couvert de fins poils blondis par le soleil. Une ligne de poils plus foncés partait de son nombril pour s'enfoncer sous la ceinture de son jean.

DJ caressa son ventre, laissant ses doigts s'attarder sur ses abdominaux bien dessinés. Dieu seul savait comment il réussissait à garder un corps aussi parfait tout en travaillant comme un forcené.

— Allons dans la chambre, ordonna Matt en désignant l'escalier de la main.

DJ le précéda dans sa chambre sous les toits en se demandant s'il en apprécierait les tons crème et vert pâle que Julie avait choisis pour la décorer.

Mais Matt n'avait d'yeux que pour elle. Alors qu'il se débarrassait de ses chaussures et de son jean, son regard passa de ses seins à son visage pour revenir se poser sur sa poitrine.

Puis il alla s'allonger sur le lit, les bras croisés derrière la tête.

— J'adore te regarder te déshabiller, dit-il d'une voix suggestive.

Sous son regard gourmand, plein de désir, elle se sentait intensément belle, extraordinairement toute-puissante dans sa féminité, et elle prit son temps pour retirer ses bottes puis faire descendre son jean le long de ses hanches, centimètre par centimètre, en une douce torture.

Une fois nue, elle s'assit sur le lit, pressant sa hanche contre la cuisse musclée de Matt. Elle effleura le bas de son ventre, comme toujours émerveillée par la douceur de sa peau à cet endroit. Puis, ramenant ses cheveux en arrière d'une main, elle se pencha jusqu'à ce que ses lèvres touchent son sexe et que sa langue en taquine le bout, comme il aimait tant qu'elle le fasse. Elle sentit qu'il devenait dur comme de l'acier et elle ne fut pas surprise quand la main de Matt se posa sur sa tête pour qu'elle le prenne dans sa bouche.

Après l'avoir caressé avec sa langue, elle se redressa et vint s'asseoir sur lui. Sentir la force de son érection tout contre elle l'excita encore davantage.

Matt tendit les mains vers ses seins et s'assit, les muscles de son ventre saillants, et passa sa langue sur un de ses mamelons puis l'autre. Puis, sans changer de position, il glissa un doigt entre elle et lui et se mit à la caresser.

— J'ai envie de toi, dit-il d'une voix sourde. De son autre main, il fouilla la poche de son jean. D'un coup de dents, il déchira l'étui, souleva légèrement DJ, puis déroula le préservatif, le regard luisant de désir.

DJ aurait aimé qu'ils puissent faire l'amour sans se protéger. Elle avait envie de sentir sa peau contre sa peau, toute sa chaleur. Elle songea un instant à le lui proposer, mais elle savait qu'il ne lui faisait plus confiance en matière de contrôle des naissances et qu'il ne serait pas prêt à prendre le risque. Bien sûr, elle ne pouvait pas le lui reprocher, mais elle aurait aimé que les choses soient différentes.

Matt la souleva par les hanches. Elle s'attendait à ce qu'il la pénètre – elle était prête et il le savait –, mais Matt se contenta d'attirer son visage vers lui et de lui donner un long et langoureux baiser avant de plonger son regard vert émeraude dans ses yeux.

— À quoi penses-tu, DJ ?

Elle ne pouvait pas le lui dire. C'était beaucoup trop intime, trop loin de ce qu'ils étaient en droit d'attendre l'un de l'autre. Alors, elle se contenta de sourire et se frotta doucement contre lui, regrettant que cette fine barrière entre eux demeure.

— Je me disais que j'adorais ce que nous sommes en train de faire, que j'aime être avec toi.

— C'est la vérité, je le sais. Mais seulement en partie. Dis-moi, Dylan-Jane.

Elle tourna la tête vers la fenêtre pour éviter son regard, mais Matt l'obligea avec douceur à le regarder. DJ vit qu'il était bien décidé à ce qu'elle lui livre le fond de ses pensées. Et qu'il ne bougerait pas tant qu'elle ne lui aurait pas dit l'entière vérité.

— Je me disais que j'aimerais que tu aies assez confiance pour faire l'amour sans préservatif, pour qu'il n'y ait pas cette barrière entre nous.

Elle vit un éclair de panique passer dans ses yeux et secoua la tête.

— Je comprends pourquoi tu ne veux pas et je ne t'en veux pas… C'est juste que ça aurait agréable, dit-elle doucement.

Matt ne répondit pas, son regard restait rivé au sien. Puis, elle sentit sa main se glisser entre eux et ensuite se retirer. Avant qu'elle ait pu comprendre qu'il avait enlevé le préservatif, Matt était entré en elle, et elle le sentait tout entier, sa chaleur venant rencontrer la sienne sans aucune entrave. Physiquement, c'était une sensation tellement plus intense.

Mais, surtout, elle sentit son cœur se gonfler de joie face à une telle preuve de confiance. Des larmes coulèrent le long de ses joues, et elle enfouit son visage dans le cou de Matt. Il lui avait totalement pardonné et il avait foi en elle. C'était de l'ordre du fantasme, elle le savait, mais elle avait enfin l'impression d'être vraiment aimée. Au moins un peu.

Et cette pensée décupla la force de son orgasme, qui l'emporta tout entière, corps et âme.

Allongé sur son lit, Mason repoussa la couette et jeta un regard désabusé à l'écran de télévision géant en face de lui. Puis, il s'assit sur le bord de son lit et examina la pile de livres posés sur sa table de chevet. Il n'avait pas envie de regarder la télévision et encore moins envie de lire. Ce qu'il voulait, c'était Callie…

Il aurait voulu qu'elle soit ici, dans sa très élégante

chambre ivoire et ébène, en train de se rouler avec lui sur son lit actuellement désespérément vide.

Il passa la main sur sa nuque. Après avoir patiné, il aurait dû être fatigué, mais ce dont il avait vraiment besoin maintenant, c'était se détendre. Il avait besoin d'une ou deux – ou cinq – heures d'intense plaisir.

Il prit son téléphone et fit défiler la liste de ses contacts, s'arrêtant sur le nom de Kate. Elle était sûrement encore réveillée ; il lui suffisait d'appeler, de se faufiler en douce hors de la maison, et il serait chez elle en vingt minutes.

Il était très tard. Ses fils étaient endormis et il aurait fallu une bombe atomique pour les réveiller. Ils ne s'apercevraient même pas qu'il avait quitté la maison. Mais, au fond de lui, Mason savait bien qu'il n'irait nulle part. Ce n'était pas de Kate qu'il avait envie.

Il n'avait envie de personne, à part Callie.

Merde. Mason laissa retomber sa tête et échapper une bordée de jurons, se maudissant d'être aussi attiré par une femme qui occupait toutes ses pensées et venait même hanter ses rêves. Une fois qu'il se la serait ôtée de la tête, sa vie pourrait reprendre un cours normal, il en était convaincu.

Il remonta la liste de ses contacts jusqu'aux C. Son numéro s'affichait là, énorme, le mettant au défi de l'appeler. Puisqu'il ne pouvait pas la voir, goûter à sa peau, lui faire l'amour, il pourrait au moins entendre le son de sa voix.

Mason regarda l'heure. Il était presque minuit. Il soupira ; elle était sûrement déjà en train de dormir et n'apprécierait pas un appel aussi tardif…

Mais admettons qu'elle ne dorme pas ? Qu'elle soit encore réveillée en train de penser à lui… se sentant seule, frustrée et d'humeur coquine…

Et si elle se trouvait dans le même état que lui ? Ou presque…

Allez, courage.

Mason appuya sur l'icône verte de son téléphone et retint sa respiration pendant que le numéro se composait. Une sonnerie. Deux.

Quatre, cinq… Merde. Mason était sur le point de raccrocher quand il entendit le « allô » essoufflé de Callie interrompre la litanie des sonneries.

Il en fut si surpris que, l'espace d'un instant, il ne sut pas quoi dire.

— Mason, les blagues au téléphone, ça n'est vraiment pas votre truc.

— Désolé. Je ne m'attendais pas à ce que vous répondiez. Du coup, j'ai eu un moment d'absence, reconnut-il.

— Et pourquoi ne répondrais-je pas ? demanda Callie.

— Je ne sais pas. Parce que vous dormiriez déjà ou parce que ça vous agacerait que j'appelle aussi tard, répondit Mason en s'installant plus confortablement sur son lit et en fermant les yeux pour se laisser envahir par le son de la voix de Callie.

— Je me couche rarement avant minuit et demi et je suis heureuse que vous m'appeliez.

Mason sourit.

— Est-ce que vous étiez en train de penser à moi, Callie ?

— Oui. Je vérifiais ma liste des choses à faire et je me demandais quelle serait votre réaction si je vous appelais pour faire quelque chose que je puisse ensuite éliminer de ma liste.

Le cœur de Mason s'emballa :

— Si je me souviens bien, il y avait deux activités que vous ne pouviez pas faire toute seule. Un coup d'un soir et l'amour au téléphone. Je serai ravi de vous assister pour les deux, chérie, dit Mason, la bouche un peu sèche.

Vraiment, vraiment ravi. Il était du genre très serviable dans ce domaine.

Callie ne répondit rien, et Mason l'imaginait sans peine en train de rougir et de regarder vers le ciel d'un air mortifié. Il s'apprêtait à rompre le silence et à dissiper le malaise en lançant une petite plaisanterie quand Callie reprit la parole.

— Si je ne suis même pas capable de vous demander de faire l'amour au téléphone, comment imaginer pouvoir le faire ? murmura Callie.

Merci, petit Jésus !

Mason referma les yeux, soulagé au-delà de toute expression. Ces quelques mots l'avaient déjà excité et il voulait amener Callie au même niveau d'anticipation que lui.

— J'adorerais faire l'amour au téléphone avec vous, Cal.

Callie poussa un profond soupir de soulagement.

— Alors, comment est-ce que ça marche ? Est-ce que je dois vous dire des choses un peu coquines ? demanda-t-elle au bout d'un moment.

Mason était heureux qu'elle ne puisse pas voir son sourire.

— Et si vous me laissiez vous faire l'amour, Cal ?

— C'est possible ? demanda Callie d'un air sceptique.

Oh que oui, pensa Mason tout en laissant échapper un léger rire. Il allait commencer en douceur.

— Qu'est-ce que vous portez ?

— Oh… Hum, hésita Callie. Un négligé noir très transparent ?

Bien sûr que non. Selon lui, elle devait porter quelque

chose de confortable, quelque chose qu'elle mettait tous les soirs pour aller dormir.

— J'imagine plutôt un long T-shirt et un pyjama short, peut-être même juste le haut. Vos cheveux sont lâchés, vous n'êtes pas maquillée, et vos yeux ont cette nuance incomparable que j'appelle le bleu *mucho caliente.*

— Oh.

Callie avait poussé son premier gémissement, et Mason eut l'impression d'avoir gagné un billet de loto à un million de dollars. Il avait bien l'intention de continuer à la faire gémir.

— Vous savez, Cal, je n'ai pas besoin de vous imaginer en négligé coquin et talons hauts. Dès que je vous vois, quelle que soit votre tenue, j'ai une érection.

— Heu… Ah, oui ?

Comment pouvait-elle ne pas avoir remarqué ? Mason effleura son sexe turgescent de la main, s'imaginant que c'était celle de Callie qui le caressait.

— Est-ce que vous êtes en train d'imaginer que je suis là, avec vous ? Vous aimeriez que je sois là ?

— Oh ! oui. Je m'imagine en train de vous embrasser, votre langue qui touche la mienne…

Mason dut s'avouer que Callie l'avait surpris. Agréablement.

— J'adore votre bouche, Cal, dit Mason tout en glissant sa main sous la ceinture de son pantalon. Je vous embrasse dans le cou, Cal. Je descends jusqu'à votre épaule et je lèche votre peau délicieuse. Vous avez la peau si douce.

Callie laissa échapper un rapide soupir et un petit gémissement. Est-ce qu'elle était aussi excitée que lui ? Seigneur, il aurait tant voulu pouvoir la regarder. Il songea à lui proposer de passer en appel vidéo, mais il ne voulut pas prendre le risque de l'effaroucher.

— Je me vois en train de vous prendre dans mes bras, de vous serrer contre moi. Vous, toute douce, et moi si dur. Et croyez-moi, Cal, je suis vraiment dur de partout. Vous êtes en train de vous caresser ?

— Heu… Non ?

Mason se mordit la lèvre pour ne pas éclater de rire.

— Chérie, comment voulez-vous que je vous fasse jouir sans que vous vous caressiez ?

Il poursuivit avec des suggestions de plus en plus explicites, au point qu'il se demanda combien de temps il pourrait encore tenir.

— Oh ! mon Dieu, Mason. C'est tellement excitant.

Et ils n'en étaient pas arrivés au meilleur moment.

Mason agrippa les draps de son lit ; il ne voulait pas finir avant elle. Pas avant Callie.

Callie n'était pas n'importe quelle femme avec qui il voudrait faire l'amour et qu'il quitterait ensuite. Non, cette femme, plus âgée que lui et pour laquelle il déployait bien plus d'efforts que pour ses conquêtes habituelles, c'était Callie Brogan. Une mère de famille, une veuve, oui. Mais ce n'était pas comme ça qu'il la voyait. Lui, il voyait simplement une femme bien dans sa peau, qui avait connu l'amour et la souffrance et qui portait fièrement les cicatrices de la vie. Une femme sage, amusante, généreuse… Pas une femme dont il s'amuserait.

Mais qu'est-ce qui lui prenait ? Callie avait beau prétendre ne pas chercher l'amour, elle n'était pas du genre à se donner à un homme avec qui elle ne partagerait pas un lien émotionnel.

Or, il ne voulait pas de liens. Ni émotionnel ni d'aucun ordre. Veiller à ce que ses fils s'en sortent bien était déjà une tâche assez difficile, il refusait de prendre la responsabilité du bonheur d'une autre personne.

Son rôle se limitait à rendre une femme heureuse dans sa chambre. Ensuite, c'était chacun de son côté.

— Mason ?

— Oui ?

— Je ne vous entends plus…

Il ferma les yeux.

— Peut-être que nous devrions arrêter ça, Cal.

— Vous plaisantez ! Pourquoi ?

— Je ne peux pas vous donner ce que vous voulez, chérie.

— Pour l'instant, tout ce que je demande c'est un orgasme, et je vous jure que, si vous me laissez en plan, je viendrai en personne vous ouvrir le ventre avec un couteau à beurre.

Les coins de la bouche de Mason se soulevèrent en entendant sa menace.

— Où en étions-nous ? reprit Callie. Est-ce que vous êtes en train de vous caresser ? Est-ce que vous aimeriez que cette main soit la mienne ?

Oh ! oui. Elle n'avait pas idée à quel point.

DJ mit du temps à se réveiller complètement. Elle avait les paupières lourdes et ne désirait qu'une chose ; replonger sa tête dans son oreiller. Il faisait encore sombre dans la chambre et elle regarda vers la fenêtre pour évaluer l'heure. Est-ce qu'il lui restait encore une heure ou deux à dormir ?

Les rideaux étaient fermés, mais elle distingua une fine bande très lumineuse le long du chambranle de la fenêtre. Pourquoi les rideaux étaient-ils tirés ? Il n'y avait pas de voisins de ce côté-là de la maison, donc aucun problème d'intimité, et elle ne les fermait jamais.

DJ voulut rouler hors du lit, mais la chaleur d'un bras d'homme se referma autour d'elle. Son corps se tendit.

Matt prenait presque toute la place dans son grand lit. Avec sa barbe de trois jours, ses longs cils reposant sur ses joues, sa bouche plus pleine dans le sommeil, il dormait paisiblement, la tête sur son oreiller à elle.

Comme elle, Matt était nu, et DJ n'en revenait pas de trouver ça ausssi normal de se réveiller avec cet homme dans son lit. Elle était à moitié couchée sur lui. Les poils de son torse lui chatouillaient les seins et, sous sa joue, elle sentait les muscles impressionnants de ses bras et sa peau d'homme, si douce. Son genou reposait sur son érection matinale.

Étrangement, cela lui semblait plus naturel que de se réveiller seule. Matt occupant tout le lit et la tenant serrée, cela lui donnait un sentiment de sécurité. Le sentiment d'être aimée.

La veille au soir, ils s'étaient bien amusés. Bien plus qu'elle ne l'aurait cru possible. Il avait commencé par lui faire faire des tours de patinoire en la remorquant, puis elle avait fini par pouvoir faire quelques mètres seule sans tomber et, ensuite, ils avaient retrouvé le reste du clan au Frog Pond Café pour se réchauffer. Avec son humour un peu caustique, Matt les avaient tous régalés de remarques bien senties sur les autres patineurs et, quand Levi lui avait posé des questions sur son travail, il les avait tous captivés en leur racontant quelques-uns de ses cas les plus intéressants. DJ, qui était plus au courant de sa carrière que les autres, savait bien qu'il ne parlait pas de ses plus grandes victoires ni des procès très médiatiques auxquels il avait participé. Sans doute parce que ces procès-là étaient synonymes de tant de désespoir et de tragédie.

Parce qu'il fallait être vraiment fort pour exercer son métier, se dit DJ. Il évoluait dans un monde dont peu de gens avaient conscience. Réfugiés de guerre ou politiques, criminels internationaux, les aspects les plus sombres de l'humanité. Elle comprenait donc son besoin de prendre du recul, de ne pas trop s'impliquer. Autrement, il n'aurait pas été capable de faire son travail. Ce détachement émotionnel était-il devenu une habitude ? Était-ce ce qui expliquait son refus de s'engager ?

DJ soupira. Pourquoi cette curiosité, tout à coup ? Pourquoi avait-elle soudain envie de connaître la réponse à ces questions ? De toute façon, tout ça n'aboutirait pas à une relation sérieuse ; c'était impossible. Dans quelques semaines, il la laisserait à Boston, et elle ne savait pas quand ils se reverraient ensuite. Jamais elle ne lui demandait de détails sur sa vie parce qu'elle ne pouvait pas s'autoriser à se sentir proche de lui, à créer un lien qui rendrait la séparation encore plus difficile.

Il n'était pas question de créer des liens émotionnels ou autres. Ce qu'ils partageaient, c'était un respect mutuel et le sexe. Des relations sexuelles très, très chaudes.

Sauf que, cette nuit, ça n'avait pas été le cas. Cette nuit, ils avaient fait l'amour. On ne pouvait pas appeler ça autrement.

Et ça avait été un moment si émouvant, si merveilleux. Du sexe digne d'un conte de fées. Du sexe comme elle en voulait jusqu'à la fin de ses jours. Du genre où on marche la main dans la main, où on se blottit l'un contre l'autre au petit matin, où on se dispute gentiment pour savoir qui va faire le café, aller chercher du lait ou passer faire les courses.

DJ était furieuse contre elle-même. Une nuit, il n'y avait eu qu'une nuit, et elle en était déjà à choisir la ménagère et à penser à la vie à deux ?

Elle et Matt n'étaient pas faits pour ce genre d'avenir, sauf peut-être le temps de quelques week-ends volés à droite à gauche. Ils ne vivaient pas sur le même continent, même pas dans le même fuseau horaire. Ils avaient tous les deux une carrière exigeante en temps et en énergie. Pour eux, il ne pourrait y avoir davantage que les quelques semaines à venir et peut-être quelques rendez-vous dans l'année. C'était ça, leur relation. Comme ça que ça fonctionnait.

DJ contempla ses yeux fermés, son profil aux traits si virils et elle s'ordonna d'arrêter de divaguer. Ni l'un ni l'autre n'avait vraiment envie de quelque chose de plus. Même si elle avait promis d'essayer de faire partie intégrante du clan Brogan, elle ne laisserait plus jamais à personne l'occasion de lui faire du mal. Cette leçon, elle la tenait de ses parents et elle n'était pas près de l'oublier.

Ici, il n'était question que de plaisir physique, et Matt était un partenaire dans ce jeu, pas un mari.

- 8 -

— Bonjour, marmonna Matt, les yeux encore fermés, son pouce se promenant sur la peau nue de sa hanche. Questions : combien de temps a-t-on dormi ? Où est mon café ? Quelle heure est-il ?

DJ souleva le poignet de Matt, jeta un œil sur sa montre hors de prix et fronça les sourcils.

— Ta montre s'est arrêtée.

Matt ouvrit un œil.

— C'est une des marques les plus connues du monde. Ma montre ne peut pas s'arrêter.

— Elle indique 10 heures.

Matt souleva le bras, examina l'écran bleu acier et confirma :

— C'est parce qu'il est 10 heures. Du matin.

Il reposa son bras sur sa taille, enveloppa son sein dans sa main et se serra contre elle.

Il fallut un moment à DJ pour comprendre qu'elle était en retard, très en retard.

— Matthew ! Je devrais être au bureau depuis trois heures !

— Non. D'une part, on est samedi et d'autre part, hier soir, les jumelles t'ont donné ta journée, tu te rappelles ?

Il garda les yeux fermés, mais un sourire satisfait s'afficha sur son visage.

— Elles avaient l'air de se douter qu'on aurait besoin de temps pour se remettre. Et elles avaient bien raison.

DJ ne désirait rien plus que rester au lit avec Matt – enfin, peut-être une tasse de café –, mais elle avait des chèques à signer, des ordres à faire passer, des contrats à négocier. Et puis, pour être tout à fait honnête, elle voulait mettre une distance entre elle et toutes ces sensations dérangeantes que Matt avait fait remonter à la surface en se montrant aussi confiant et tendre avec elle.

Elle avait l'impression qu'il avait découvert une fissure dans son âme et qu'il s'appliquait à l'ouvrir pour découvrir l'incroyable chaos de son monde intérieur. Elle pouvait continuer à coucher avec lui, mais plus question qu'elle se confie.

Il était son amant qui allait bientôt s'en aller, pas son ami.

Elle avait besoin d'un café. Et sans doute aussi de quelques points de QI en plus.

DJ se dégagea de l'étreinte de Matt et s'assit au bord du lit. Elle ramassa la chemise de Matt qui traînait sur le sol, l'enfila puis alluma son téléphone. Sur l'écran d'accueil, elle vit qu'il y avait plusieurs messages dans la boîte du groupe qu'elle partageait avec les jumelles. Peut-être qu'il y avait un problème à la boutique, qu'elles voulaient qu'elle vienne, qu'elles avaient besoin d'elle.

Ses espoirs firent long feu.

Il est 9 h 30. J'imagine que la nuit a été agitée.

Le message de Darby était ponctué d'icônes de victoire et de pouces levés.

C'est tranquille à la boutique. Je ne veux pas que tu te pointes ici.

Telle était la contribution de Julie à la conversation.

Zut. DJ jeta un œil à Matt par-dessus son épaule. Il

était allongé sur le côté, la tête posée sur sa main. Elle sentit son estomac se nouer et tout à coup, elle eut très chaud. Il était trop sexy…

— Je ne vais pas travailler. Je suis bannie, dit-elle en faisant la moue.

— Si je ne possédais pas un ego aussi surdimensionné, je me sentirais vexé par ton air déçu, dit Matt avec un sourire amusé.

DJ sentit qu'il passait la main dans ses cheveux. Encore un geste de tendresse. Elle se leva et alla jusqu'à la fenêtre, dont elle écarta les rideaux. Ouvrant légèrement un des vantaux, elle inspira une bouffée d'air frais, puis appuya son front contre la vitre glacée. Elle se sentait nerveuse, agitée. Qu'est-ce qui n'allait pas chez elle ?

— À quoi penses-tu, Dylan-Jane ?

Elle ne pouvait pas lui répondre ; elle s'était trop dévoilée la veille, et il fallait qu'elle se remette les idées en place. Tout ça était si étrange, si inhabituel, elle n'y comprenait plus rien. Et c'était une sensation qui l'angoissait…

Elle entendit Matt bouger derrière elle. Il sortit du lit et s'étira, superbement indifférent à sa propre nudité. D'ailleurs, pourquoi aurait-il voulu se cacher, avec son corps d'athlète et son visage de mannequin ? Elle admira ses longues jambes musclées – et ses fesses – tandis qu'il disparaissait dans la salle de bains.

Ressaisis-toi, ma vieille. Tu deviens complètement idiote…

Son téléphone vibra. Un nouveau message ; de Callie, cette fois.

Prochaines réjouissances pré-Noël : achat d'un sapin de Noël suivi d'une préparation de cookies chez moi. Vendredi. Invite Matt.

Matt sortit de la salle de bains, ramassa un boxer et l'enfila.

— Je peux me faire un café ? demanda-t-il en fourrageant dans ses cheveux.

— Bien sûr.

DJ le suivi le long de l'escalier en colimaçon, s'accouda au plan de travail en granit et le regarda s'affairer dans sa cuisine. Le voir évoluer dans son espace, vêtu d'un simple caleçon et les cheveux en bataille, c'était bon. Elle les imaginait très bien dans la même situation la semaine prochaine, le mois prochain, et même…

Arrête ! Prends de la distance, ma vieille ! C'est ta vie, là. Pas une comédie romantique.

— Au fait, Callie t'invite à venir acheter un sapin de Noël et à fabriquer des cookies vendredi.

Matt attrapa deux mugs sur une étagère et examina la sélection de capsules de café. Il choisit deux expressos et déposa la première capsule dans la machine. Il attendit que le café coule, nonchalamment appuyé contre le comptoir.

— À t'entendre, on a l'impression que ça va être un pensum, dit-il avec un sourire.

— C'est tout à fait ça. D'abord, acheter un sapin de Noël avec les jumelles et Callie peut prendre des heures ; il leur faut l'arbre parfait. Comme pour moi tous les sapins se ressemblent, c'est une vraie torture. Ensuite, je ne suis pas du genre à faire des cookies.

— Tu n'auras qu'à regarder en buvant du vin.

Matt lui tendit une tasse de café. Son expression s'était faite sérieuse.

— Pourquoi est-ce que tu détestes autant Noël, Dylan-Jane ?

C'était l'occasion rêvée de mettre en application la

distanciation émotionnelle. Elle opta donc pour une de ses réponses toutes faites.

— C'est une arnaque pour nous pousser à consommer.

— Très cynique, commenta Matt tout en préparant son propre café.

DJ soupira d'aise quand le riche arôme du café envahit sa bouche.

— Réaliste, plutôt. En plus, je sais que tu penses la même chose. C'est quand même bien toi qui es rentré à La Haye le jour de Noël l'an dernier.

— Mon client était en difficulté. Je ne déteste pas Noël, c'est juste que je n'ai pas beaucoup d'expérience en la matière. Quand j'étais petit, on n'avait pas d'argent pour des cadeaux de Noël. C'est à peine s'il y en avait assez pour payer le loyer.

Voyant l'air étonné de DJ, il expliqua :

— Mes grands-parents étaient riches comme Crésus, mais ils ont coupé les vivres à mon père quand il a commencé à avoir des problèmes d'alcool et de drogue. La troisième fois qu'il a laissé tomber l'université, ils s'en sont lavé les mains.

DJ sentait que Matt ne cherchait pas des paroles de réconfort. Elle se contenta de continuer à l'écouter.

— Ensuite, je suis allé vivre chez mes grands-parents. Beaucoup d'argent. On vivait dans le luxe. Mais ils étaient athées. Donc, chez eux, Noël était un jour comme les autres. Après, quand j'ai été à la fac, les vacances de Noël, c'était soit le ski soit la plage. Bref, la fête. Le patinage et acheter des sapins n'a jamais fait partie du programme. Mais ça a l'air sympa, conclut-il après avoir bu une gorgée de café.

Les souvenirs affluèrent.

— Papa adorait Noël. Bien plus que ma mère. Il m'emmenait faire du patin à glace, dans les magasins, voir la cérémonie de l'illumination du sapin au Boston Common. On faisait des bonshommes de neige et on décorait la maison.

— Mais maintenant, tu détestes cette période de l'année. Qu'est-ce qui s'est passé ?

Non, ne réponds pas…

— Il est parti. Une semaine avant Noël, il s'en est allé en me laissant avec ma mère, fit DG avec une grimace.

Elle s'en voulait d'en avoir trop dit. Jamais elle ne parlait de son père et elle détestait évoquer sa mère.

Matt n'essaya même pas de la consoler avec les platitudes d'usage.

— Une semaine avant Noël ? C'est rude. Et vous êtes toujours en contact ?

DJ sentit des picotements dans la gorge, les larmes n'étaient pas loin.

— Non. Il est complètement sorti de ma vie un an plus tard. À peu près au moment où il s'est remarié et où il m'a remplacée par sa belle-fille.

Matt plongea son regard au fond de sa tasse en secouant la tête.

— Franchement, il devrait y avoir des lois pour interdire d'avoir des enfants quand on ne peut pas s'en occuper. Il faudrait un permis pour en avoir.

— J'aimerais avoir ce permis, Matt.

Les mots étaient sortis de sa bouche sans qu'elle y réfléchisse, et Matt la regarda. Aussi choqué qu'elle. Elle se mordit la lèvre en se demandant en quoi elle était en train de se transformer. Cette nouvelle DJ tolérait Noël, avait envie de se rapprocher de Matt et n'arrêtait pas de laisser échapper des propos bizarres.

La version originale de DJ aurait voulu balancer la nouvelle version du haut d'un immeuble.

Le visage de Matt trahissait la surprise la plus totale.

— Heu… Qu'est-ce que je suis censé répondre à ça ?

— Rien du tout, dit DJ sans oser le regarder dans les yeux.

Elle secoua la tête, ressentant soudain le besoin de s'avouer la vérité. Tout haut.

— Je crois que j'ai envie d'avoir un bébé, Matt. Je veux avoir un jour un enfant que je pourrai aimer et qui ne pourra pas me quitter.

Les yeux baissés sur son café, DJ se demandait comment il allait réagir, ce qu'il allait dire à propos de cette révélation profondément personnelle. Elle préférait encore qu'il ne dise rien que de l'entendre débiter des clichés ; elle sortait complètement des limites qu'ils avaient fixées. Ce qu'elle venait de dire n'était ni amusant ni superficiel. C'était profond, effrayant et c'était la vérité. C'était honnête. Peut-être commençait-elle à se lasser de toute cette légèreté, peut-être était-elle plus courageuse qu'elle ne l'imaginait, peut-être était-il temps de grandir.

Matt avait l'air complètement sonné par sa révélation, et elle savait qu'il aurait besoin de temps pour intégrer ce qu'elle venait de dire, pour comprendre qu'elle s'était engagée sur un nouveau chemin. Elle se redressa et lui tapota l'épaule.

— Ne fais pas attention, Matt. C'est juste la fatigue. Et cette période qui me rend émotive. Ne t'inquiète pas, ça n'est que de la folie passagère. Quand j'aurai mangé et bu mon café, je redeviendrai aussi distante et cynique que d'habitude.

Le problème, c'était que, pour la première fois depuis très longtemps, ce qu'elle venait de dire ne lui semblait pas être la vérité.

Pire, elle n'avait pas l'impression que Matt l'avait crue.

*
* *

Quelques jours plus tard, DJ retrouva Darby dans le salon de la maison Brogan. Son amie était confortablement installée dans l'énorme canapé en cuir, près de la cheminée. DJ se réchauffa un peu aux flammes puis prit le verre de Darby et but une grande gorgée de vin.

— Hé ! Va te servir un verre, protesta Darby avec un sourire.

La défiant gentiment du regard, DJ but une autre gorgée avant de lui rendre son verre.

— Où est Julie ?

— Elle et Noah sont partis à Cancún pour rencontrer un client pour un yacht. Noah en créerait le design et Jules se chargerait de la décoration.

En regardant par la fenêtre tomber la pluie glacée, DJ poussa un long soupir. Quelle bonne idée que d'aller à Cancún. Noah et Julie avaient bien de la chance. DJ se laissa tomber sur le canapé et appuya la tête contre le dossier. Elle poussa un nouveau soupir et ferma les yeux, luttant contre l'envie de dormir. Avec les longues journées qu'elle passait au bureau et ses nuits avec Matt, elle commençait à être épuisée.

Darby souleva ses pieds aux ongles vernis d'un éclatant orange et les posa en travers des cuisses de DJ. Cette dernière remarqua que les gros orteils étaient ornés d'un papillon.

— C'est mignon.

— Merci.

DJ sentait le regard de son amie sur elle et se tourna pour la regarder. Elle savait bien que Darby brûlait de lui poser des questions sur Matt, aussi prit-elle les devants :

— Des projets intéressants en vue ?

La tactique fonctionna à merveille. Les yeux bleu orage de Darby s'éclairèrent instantanément.

— J'ai parcouru l'appel d'offres pour la nouvelle galerie d'art que la ville veut construire… Ils ont lancé un appel à candidatures pour les plans. Ils vont sélectionner les dix meilleurs dossiers, et les architectes concernés pourront présenter leur projet. Le seul souci, c'est que Judah Huntley a l'intention de participer, conclut Darby en fronçant les sourcils.

— Qui ça ?

— Judah Huntley. C'est un des meilleurs architectes du monde. Un visionnaire, connu pour être à la recherche de la perfection. D'après ce que j'ai entendu dire, il va proposer un projet.

Mince. DJ posa la main sur le genou de Darby.

— Tu es une excellente architecte.

— C'est trop injuste qu'un homme puisse être à la fois aussi talentueux, intelligent et sexy.

DJ leva un sourcil interrogateur :

— Comment ça, sexy ?

Darby se pencha pour récupérer son téléphone dans sa poche. Ses doigts dansèrent sur l'écran, puis elle tendit l'appareil à DJ, qui se trouva face au visage d'un homme d'une trentaine d'années aux yeux foncés et effectivement très beau.

— Non d'un petit bonhomme de neige.

— Si tu veux, je peux te montrer une photo de lui torse nu.

— Pas sûr que mon cœur supportera le choc, dit DJ en faisant mine de s'éponger le front. Pfffiou, sexy, c'est très en dessous de la réalité.

— Sans oublier brillant et monstrueusement doué.

Darby soupira et posa le téléphone sur l'accoudoir du canapé.

— Au fait, s'étonna DJ, comment se fait-il que tu aies une photo de Judah Huntley torse nu ?

— Je l'ai googlisé, et une photo de lui sur une plage de Chypre est apparue, répondit Darby en évitant le regard de DJ.

— Apparue ? Comme ça ?

DJ avait l'air franchement sceptique.

— Il y était avec sa copine, la chanteuse lyrique. Elle a une maison là-bas, marmonna Darby. Et il est peut-être beau gosse, mais j'ai entendu dire que c'était un type super arrogant. À propos de beaux gosses, comment va le tien ?

— Matt ?

— Tu dis ça comme s'il y en avait une dizaine d'autres. Est-ce qu'il vient avec toi pour le marathon de cookies ?

— Il bout d'impatience, en fait, répondit DJ en levant les yeux au ciel.

Et curieusement, elle aussi. Ça allait sûrement être très amusant.

— Dis donc, tu n'aurais pas utilisé ta fameuse poudre magique J'aime-Noël sur lui ? Sur nous ?

— Possible, répliqua Darby, l'air très contente d'elle. Alors, comment ça va entre Matt et toi ? Vous passez toutes vos soirées ensemble.

DJ se pencha par-dessus les jambes de Darby, prit son verre vide, y versa du vin et but une gorgée. Quand Darby voulut le lui prendre, elle plaqua le verre contre sa poitrine.

— C'est à moi. Surtout si tu as l'intention de me faire parler.

— Je t'écoute.

Comment expliquer ça ?

— L'arrivée de Matt à Boston a agi comme un catalyseur pour moi.

— Comment ça ?

— Le fait d'être avec lui, de passer du temps ensemble, ça me remue. Ça m'oblige à réfléchir. C'est comme s'il m'avait donné une paire de lunettes et que, maintenant, je voyais le monde plus clairement.

— Il fait tout ça ?

Darby avait le droit de se montrer un peu dubitative.

— Pas directement. Mais il s'est passé beaucoup de choses depuis son arrivée et j'ai été contrainte de réfléchir à ma vie et à ma relation aux autres d'une façon plus critique. Je m'aperçois que je n'ai plus envie de rester en surface. Que je ne peux plus me contenter de m'amuser, dit DJ en secouant la tête.

— Est-ce que tu as des sentiments pour lui ? demanda Darby avec précaution.

— J'en ai toujours eu. Je n'aurais pas couché avec lui pendant toutes ces années, sinon. Mais si tu me demandes si les choses sont en train de changer…

DJ hésita. Elle avait peur de verbaliser ses pensées. Tout ça commençait à devenir un peu trop réel.

— Continue.

— Ma tête me dit de ne pas m'engager dans une relation. Je sais à quel point ça peut être dangereux émotionnellement. Et puis, lui, il ne veut pas de ça.

— Pourtant, c'est déjà le cas, fit remarquer Darby. Vous êtes dans la vie de l'autre depuis longtemps et, même si ça n'est pas la relation la plus conventionnelle du monde, ça n'en est pas moins une relation.

DJ poussa un soupir de contrariété.

— Je sais. Les relations comportent toujours un risque.

— Exact. Mais vivre, c'est prendre des risques. Et il arrive – parfois même pendant vingt-cinq ans – que les gens ne vous laissent pas tomber.

— Tu ne pouvais pas t'en empêcher, hein ? grommela DJ.

— Nan, dit Darby avec un sourire. Et je répète… certaines personnes ne vous laissent pas tomber, certaines personnes sont là pour toute la vie. Et peut-être que Matt est cette personne pour toi.

DJ aurait tant aimé y croire, mais ça n'était pas vrai. Elle le savait parce qu'il n'arrêtait pas de lui rappeler qu'il allait rentrer à La Haye. Il disait des choses sur un ton apparemment désinvolte destinées à lui rappeler qu'elle ne devait rien attendre de plus que la liaison qu'ils étaient en train de vivre et dont la date de fin était prévue.

Et puis, il y avait trop longtemps qu'elle se protégeait. Elle n'allait pas tout à coup abandonner toute prudence et remettre son cœur entre les mains de quelqu'un d'autre.

— Il reste un peu de vin dans cette bouteille. Je vais faire ma BA et me dévouer pour la finir.

— Tu feras toujours ma fierté, dit Darby en lui tendant la bouteille.

- 9 -

Depuis deux jours, Matt s'enfermait dans la bibliothèque de Lockwood House pour travailler. Le cas qu'il traitait était difficile, et les échanges avec Europol, chargé de l'enquête, étaient un peu houleux. Il avait besoin d'air.

Un peu avant l'heure du déjeuner, il quitta donc Lockwood House pour le centre-ville, sans vouloir vraiment s'avouer qu'il avait besoin de voir DJ. Ils ne s'étaient pas croisés depuis quarante-huit heures, et elle lui manquait.

Pourquoi ?

Depuis des années, ils ne partageaient que quelques moments de temps à autre et, s'il lui arrivait de penser à elle, il n'avait jamais éprouvé le besoin pressant de voir son visage.

Or, il devait rentrer en Europe après Noël et, alors, DJ et lui seraient censés reprendre leur relation épisodique. Un an plus tôt, ce mode de fonctionnement lui semblait normal, civilisé, moderne… mais plus maintenant.

Il avait envie de rencontrer sa fille Emily et il voulait qu'elle fasse la connaissance de sa… Qui était DJ pour lui ? Sa petite amie, sa partenaire, sa moitié ? En tout cas, il ne voulait plus qu'elle soit seulement sa maîtresse occasionnelle. Mais comment pourrait-il conjuguer sa carrière, Emily et DJ alors qu'il vivait à l'autre bout du monde ?

Contrarié, Matt secoua la tête. Est-ce qu'il utilisait DJ pour se distraire en attendant qu'Emily lui fasse signe ou pour éviter de penser trop souvent à son grand-père, qui déclinait si rapidement ? En à peine un an, il avait compris qu'il allait perdre son grand-père, avait appris qu'il avait une fille et avait perdu un enfant qui ne naîtrait jamais… Peut-être prenait-il conscience du temps qui passait.

Il se gara à un bloc du showroom Winston et Brogan et sortit dans le froid. On sentait qu'il allait neiger. Tout en boutonnant son manteau, il se mit à marcher, la mine soucieuse. Est-ce qu'il se mettait à songer à fonder une famille, à avoir des enfants, d'autres enfants ?

Et quand bien même il déciderait d'avoir une femme, des enfants, un chat, où trouverait-il le temps ? Son travail lui prenait tout son temps. Il avait déjà eu beaucoup de mal à en dégager pour voir DJ à Noël dernier. L'année à venir, avec ce fameux procès, ce serait l'enfer.

Même s'il appréciait beaucoup la tournure que prenait sa relation avec DJ, concrètement, il n'y avait pas de place dans sa vie… et trop d'obstacles. La vie de DJ était ici, à Boston, et la sienne à La Haye. Ni l'un ni l'autre ne pouvait déménager. C'était impossible.

Alors, pourquoi pensait-il à elle dans ces termes ?

— Tu penses rester planté là longtemps ?

Matt redressa la tête et vit Darby qui arrivait au showroom, très chic et professionnelle.

— Salut, tu te promènes par ce temps affreux ?

— Je reviens d'une présentation de projets pour une nouvelle galerie d'art.

— Ça a l'air génial, dit Matt avec sincérité.

— Aucun espoir que je décroche le marché, dit Darby tandis qu'il ouvrait la porte et s'effaçait pour la laisser entrer. Judah Huntley candidate aussi, et le conseil d'administration salivait déjà à l'idée qu'il travaille sur la nouvelle galerie.

— Je l'ai croisé une fois à un cocktail de l'ambassade américaine à Amsterdam.

— Au cocktail de l'ambassade, mon cher ? le taquina Darby.

— Mortellement ennuyeux. Du coup, Judah et moi avons fini par faire la tournée des clubs de Leidseplein.

— C'est la traduction en Hollandais de quartier chaud ?

— Très drôle, dit Matt en souriant. Est-ce que Dylan-Jane est là ?

— Elle était là quand je suis partie. Tu seras des nôtres pour faire les cookies, vendredi ? Finalement, ça se passe au Coffee Shop. Maman a besoin de plus d'espace.

— Vous mangez tant de cookies que ça ?

Darby précéda Matt dans l'escalier qui menait aux bureaux.

— Pas mal, oui, mais on en donne aussi beaucoup aux refuges pour femmes de la ville, dit Darby en s'arrêtant devant la porte de son bureau. Me voilà arrivée. Tâche d'arracher DJ à son boulot et de l'emmener déjeuner. Mieux, emmène-la faire des courses de Noël. Elle sait ce que je veux, je lui ai envoyé ma liste par mail.

Le sourire aux lèvres, Matt continua jusqu'au bureau de DJ. La porte était ouverte. Sentant sa présence, elle releva la tête et lui adressa un grand sourire. Et le cœur de Matt bondit dans sa poitrine.

— Hello. Quelle belle surprise, dit DJ en se levant. Sa tenue, noire et très sobre, faisait ressortir son élégance naturelle. Il admira sa longue chevelure brune remontée en un chignon un peu lâche et ses magnifiques yeux couleur chocolat, mis en valeur par des lunettes à monture noire très sexy.

Pas touche, Edwards.

— Je t'emmène déjeuner. Et Darby veut qu'ensuite je t'embarque pour un shopping de Noël.

— D'accord.

Matt s'avança et posa la main sur le front de DJ, faisant mine de prendre sa température.

— Est-ce que tu te sens bien ? Je parle de courses de Noël, avec musique entraînante et foules atteintes de fièvre acheteuse.

— Je crois que je vais renoncer à mon aversion pour Noël. Pour l'instant, ça ne se passe pas si mal, dit-elle en repoussant la main de Matt.

— Je confirme, tu es malade. Allonge-toi, que je t'ausculte sous toutes les coutures.

N'y tenant plus, il l'attira à lui, et se pencha pour l'embrasser. Quand les bras délicats de DJ vinrent s'enrouler autour de son cou, il oublia tout le reste... Les trafics d'êtres humains, les vendeurs d'armes et de drogue... Toute la noirceur du monde. Il n'y avait plus qu'elle. DJ.

Pour toujours.

Cette pensée le fit tressaillir. Il interrompit le baiser et, pour éviter de croiser le regard intrigué de DJ, il maintint doucement sa tête contre son torse. Il avait les mains tremblantes, et son cœur battait à tout rompre. Non, il ne pouvait pas avoir pensé ça. C'était juste une réaction à leur baiser... parce qu'ils ne s'étaient pas vus depuis deux jours.

Sauf qu'habituellement tu ne la vois pas pendant des mois et que tu n'avais jamais eu ce genre de pensées...

— Tout va bien ? demanda DJ en se dégageant de son étreinte.

Matt afficha l'expression la plus neutre possible et s'apprêta à proférer un gros mensonge. En fait, il ne comprenait plus rien à sa vie. Tout lui semblait flou… sauf quand il intégrait DJ au tableau.

Mais non. Ils ne pouvaient pas attendre plus que ce qu'ils vivaient en ce moment. Leurs existences étaient inconciliables. En outre, à part ce court instant où DJ lui avait avoué son désir d'enfant, jamais elle n'avait exprimé qu'elle attendait plus de lui. Et tant mieux, d'ailleurs ! Il lui donnait déjà tout ce qu'il était capable d'offrir à quelqu'un.

— Bien sûr que ça va.

Matt alla jusqu'à la fenêtre et posa sa main sur la vitre froide. Il se sentait complètement désorienté, bizarre, déconcerté. Comment se faisait-il que DJ soit soudainement devenue la femme avec qui il avait envie de passer tout son temps ?

Était-ce dû à Boston ? À Noël ? À une tumeur cérébrale ?

DJ s'assit sur l'accoudoir du canapé et croisa les jambes.

— En fait, j'allais t'appeler. Ne te sens pas obligé d'accepter, mais ma mère nous a invités à dîner. Elle veut rencontrer le célèbre avocat que je fréquente.

— Pas de problème. Sauf que je ne suis pas célèbre.

— Apparemment, aussi bizarre que ça puisse paraître, on raconte que tu es un grand avocat, railla-t-elle gentiment.

Matt sourit.

— Bref, Fenella veut te rencontrer. Moi, bien que je préférerais encore m'arracher un œil, je suis obligée d'y aller. Mais, toi, tu peux refuser. Je t'aime trop pour t'imposer la présence de Fenella Carew.

— Carew est ta mère ? Carew, l'ex-procureur général du Massachusetts est ta mère ?

Ça, c'était une sacrée bombe.

— Trop de chance, hein ? dit DJ d'un air sombre.

— Vu ta réaction, j'en déduis qu'elle est meilleure avocate que mère.

— Tu peux le dire. Une de mes plus grandes peurs est d'être un jour une mère qui lui ressemble. Indifférente, narcissique, autocentrée.

Matt ne rebondit pas sur ce qu'elle venait de dire. Il se contenta de la regarder, l'incitant silencieusement à continuer à parler.

— Pourquoi est-ce que je ne peux pas m'empêcher de te parler ? Comme si tes yeux étaient un sérum de vérité. Un regard et je me mets à nu. C'est franchement pénible, se plaignit DJ.

Matt était à la fois fier et inquiet que cette femme, jadis si secrète, ait autant de facilité à se livrer à lui.

— Quand j'étais petite, j'adorais les jolies robes, les chaussures, les bandeaux. Tout ce qui était rose et fifille. Et plus ça brillait, plus j'aimais. À chaque anniversaire et à chaque Noël, je ne rêvais que de maquillage, de bijoux en plastique et de robes de princesse, mais elle insistait pour que je porte un jean, une chemise blanche toute simple et des baskets immondes. Et ensuite, elle disait à tout le monde que je m'habillais comme un garçon et qu'elle était triste que je ne me comporte pas plus comme une fille. Et si, la fois suivante, je mettais une robe pour sortir, elle me disait que j'étais horrible et m'obligeait à me changer. Elle passait son temps à m'envoyer des messages contradictoires.

DJ croisa les bras. Tout son corps indiquait qu'elle était sur la défensive.

Ne sachant que dire pour la réconforter, Matt lui prit la main, mais DJ évitait son regard, fixant la fenêtre derrière lui. La confidence qu'elle venait de lui faire l'interrogeait sur lui-même. Serait-il un père négligent comme l'avait été le sien ou un tyran comme son grand-père ? Aucun des deux, bien sûr, puisqu'il ne se placerait jamais en situation d'élever un enfant.

Mais il pouvait au moins apaiser les peurs de DJ.

— Tu n'as pas à t'inquiéter, DJ. Tu n'es pas comme elle. Tu es tout le contraire de ça.

— C'est faux, protesta DJ. Comme elle, je suis perfectionniste et coincée. Je suis en permanence dans le contrôle. Désespérément cérébrale.

— Tu es aussi honnête. Tu m'as parlé de ta grossesse, de la fausse couche. Peut-être que tu n'aimes pas te confier mais, quand tu le fais, tu ne joues pas la comédie. Tu n'as rien à voir avec ta mère.

DJ allait argumenter, mais il la fit taire en lui pinçant légèrement la cuisse.

— Au lieu de considérer Fenella comme ton modèle maternel, tu ferais mieux de penser à ta véritable mère et de réfléchir à ce qu'elle t'a appris.

Devant l'air étonné de DJ, Matt sourit et poursuivit :

— DJ, Callie est plus une mère pour toi que n'importe qui au monde. Tu m'as raconté, plus d'une fois, que c'était elle qui te mettait des pansements au genou quand tu tombais, qui te faisait des câlins. Tu ne crois pas faire partie de la famille Brogan, mais tu es la seule à penser ça. Callie se soucie de toi autant que des jumelles et de Levi. Il ne se passe pas un jour sans qu'elle entre en contact avec toi, et elle te dit chaque jour qu'elle t'aime. C'est elle, ta mère, DJ. Parce qu'elle a choisi de l'être.

Bon sang, il était son amant, pas son psy ou son coach de vie. DJ avait plutôt pas mal réussi à survivre sur cette planète pendant presque trente ans, elle n'avait pas besoin de ses conseils, même s'ils venaient du cœur.

Matt avait l'impression d'être dans des sables mouvants,

que tout partait à vau-l'eau. Peut-être devrait-il sauter dans un avion pour l'Europe, histoire de reprendre pied dans la réalité. De toute façon, l'installation de son grand-père dans sa maison de retraite médicalisée n'aurait lieu qu'après Noël. Il pouvait parfaitement faire l'impasse sur les fêtes avec les Brogan et revenir juste avant le nouvel an. Si Emily souhaitait le rencontrer, ça pourrait se faire après Noël. Cela lui permettrait de prendre un peu ses distances avec DJ, ce qui était indispensable vu le speech qu'il venait de lui servir.

Bien sûr, il pensait chacun des mots qu'il avait dits, mais il ne voulait pas qu'elle le regarde avec des étoiles dans les yeux.

DJ se leva et déposa un tendre baiser sur ses lèvres qui le chamboula complètement. Bien sûr, il adorait les baisers passionnés et un peu sauvages, mais ce qui le faisait vraiment chavirer, c'était ces baisers pleins d'émotion.

Il la regarda prendre son téléphone et taper un message. Quelques secondes plus tard, son propre téléphone tinta.

— L'adresse de ma mère, au cas où l'un de nous serait en retard. Elle nous attend à 19 heures. Et tu ne me diras pas que je ne t'avais pas prévenu.

Matt entendit alors son téléphone sonner doucement dans sa poche et décrocha. Avec un peu de chance, ce serait son assistant ou un collègue. Quelqu'un qui pourrait le faire redescendre sur la planète Terre en parlant boulot. Mais c'était le nom d'Emily qui s'affichait sur l'écran.

Évidemment. Comme s'il n'avait pas assez de choses à gérer pour l'instant. Il lança un regard à DJ, songeant qu'il ne lui avait pas encore parlé de sa fille. Aurait-il dû le faire ? L'ancien Matt, celui qui ne voyait DJ qu'occasionnellement, n'aurait pas pris cette peine. Mais le Matt de Boston voulait le faire. Il mourait d'envie de lui demander conseil, de tenir sa main au moment où il parlerait à sa fille pour la première fois.

Lui qui était celui sur qui tout le monde comptait, celui qui tenait la barre, voilà qu'il avait besoin de quelqu'un d'autre pour l'aider à franchir cette étape. Et cette personne, c'était DJ.

Non. Ce n'était pas lui.

Matt se reprit et tourna le dos à DJ pour répondre à sa fille.

— Emily ? Salut, ça fait plaisir.

— Salut. J'ai passé toute la nuit à réfléchir. Ce n'est pas bien de ma part de te faire mijoter comme ça. Alors, si tu veux qu'on se voie, ça peut se faire maintenant.

Matt regarda DJ. Elle avait pris son propre téléphone et faisait défiler ses messages, mais il savait pertinemment qu'elle ne perdait pas une miette de sa conversation. Il venait de l'inviter à aller déjeuner puis à faire du shopping et il allait devoir la lâcher. Parce que, s'il ne voyait pas Emily maintenant, il ne savait pas quand l'occasion se représenterait.

— D'accord. Pas de problème. Tu es où ?

— Je t'envoie l'adresse et les coordonnées GPS du restaurant. Mais fais vite, d'accord ? J'ai peur de m'en aller, sinon.

Le cœur de Matt se serra.

— Je t'en supplie, ne fais pas ça, Emily. J'ai vraiment envie de te voir. J'arrive tout de suite. Je suis là dans dix minutes, okay ? dit Matt en consultant sa montre.

Il se tourna vers DJ. Elle avait évidemment l'air totalement déroutée. Il savait bien qu'elle s'apprêtait à lui demander qui était Emily et pourquoi il devait tant se presser. Mais il n'avait pas le temps de lui répondre, il fallait qu'il coure à sa voiture pour arriver avant qu'Emily s'en aille.

D'un côté, il avait envie – besoin même – de partager cette nouvelle, son inquiétude et sa joie avec DJ, mais, dans l'urgence du moment, les anciens réflexes prenaient le dessus.

Emily et DJ appartenaient à deux zones bien distinctes de sa vie. Il était lié à Emily par le sang et les responsabilités et elle était le fruit de sa vie d'avant. DJ, elle, représentait les moments où il pouvait échapper à toutes ses contraintes de travail et se détendre. Il n'était pas indispensable que ces deux aspects de sa vie soient mêlés.

Il n'avait rien promis de plus à DJ que du plaisir partagé.

Tu as la trouille, Edwards ?

Oui. Il avait peur et il n'en avait pas honte.

— Matt ? Que se passe-t-il ? Qui est Emily ? lui demanda DJ en lui attrapant le bras.

Il mourait d'envie de la prendre dans ses bras, qu'elle le serre contre elle, mais il dégagea son bras. Il avait besoin d'espace. Besoin de rompre ce lien, et vite, avant de céder pour de bon.

— Je n'ai pas de temps à perdre avec une scène de jalousie, Dylan-Jane.

Son cœur se serra en voyant la peine qu'il était en train de lui faire.

— Quoi ? Je ne comprends rien à tout ça, Matt.

Matt était anéanti. Une émotion qu'il n'avait pas l'habitude d'éprouver. À cet instant, il aurait voulu que le sol s'ouvre sous ses pieds et disparaître.

— Je dois y aller, DJ. Emily n'a rien à voir avec notre relation.

Et voilà. Un autre coup bas. Qui avait apparemment atteint la cible.

DJ hocha la tête, le regard vide et le visage figé.

— Est-ce qu'on peut vraiment parler d'une relation, Matt ? demanda-t-elle d'une voix glaciale.

Ce n'était vraiment pas le moment.

— Mais bien sûr. Et ça fonctionne entre nous parce que nous n'exigeons rien de l'autre. Et il faut vraiment que j'y aille, là, dit-il en regardant sa montre et les secondes défiler.

Une fois de plus, DJ hocha la tête en lui désignant la porte d'un geste un peu théâtral.

— Mais vas-y. Je ne voudrais pas te retarder.

Elle avait parlé d'une voix douce, mais il sentit la colère sous-jacente, et cela le bouleversa plus qu'il ne l'aurait voulu… ou cru.

— Au revoir, Matt.

Il y avait quelque chose de définitif dans sa voix, cette fois. Sans doute avait-il été un peu brutal, mais Emily attendait.

— On se retrouve plus tard, Dylan-Jane. Chez toi ou directement chez ta mère.

— C'est ça, marmonna-t-elle alors qu'il quittait déjà la pièce.

- 10 -

DJ fixait d'un regard absent la porte que Matt venait de claquer.

Mais qu'est-ce qui venait de se passer ? Pendant une minute, elle avait eu l'impression d'être au centre du monde pour lui et, la minute d'après, il était redevenu un amant de passage.

Quelques instants plus tôt, sa présence lumineuse chassait les ombres de son enfance ; elle avait l'impression qu'ils partageaient tout, qu'ils ne faisaient qu'un. Qu'il la comprenait complètement, au-delà des mots.

D'ailleurs, Matt avait toujours été très fort dans ce domaine, ce qui l'avait longtemps mise un peu mal à l'aise. C'était peut-être pour ça qu'elle avait gardé ses distances, qu'elle avait toujours évité les conversations trop intimes. Au fond, elle savait que, sinon, elle aurait risqué de tomber amoureuse.

Et c'était exactement ce qui était en train d'arriver.

En train d'arriver ? En fait, les choses étaient sans doute bien plus avancées que ça…

Ces derniers jours, à une ou deux occasions, elle avait cru que Matt pouvait être dans le même cas. À sa façon de la regarder, de la toucher, d'écouter ce qu'elle avait à dire.

Vraiment, elle avait pensé un moment que les choses étaient en train d'évoluer entre eux, mais ce qu'il avait dit et sa réaction après cet étrange coup de téléphone prouvaient qu'elle s'était trompée. Elle se sentait perdue… et en colère aussi.

Comment pouvait-il croire qu'elle était jalouse parce qu'elle lui posait une simple question ? Elle savait parfaitement qu'il n'était pas en train de parler avec une autre femme. Premièrement, elle et Matt avaient un accord ; quand ils étaient ensemble, ils étaient *ensemble*. Ils ne trichaient pas. Et puis, DJ savait que Matt avait une vie en dehors d'elle, et c'était normal, mais ce n'était pas un crime de lui demander d'avoir un peu accès à cet univers-là.

Ce n'était pas comme si elle lui avait demandé de l'épouser !

Qu'est-ce qu'il y avait de si grave à ça ?

Elle poussa un long soupir agacé, puis songea que Matt parlait rarement de son enfance et de ses sentiments. C'était elle qui avait livré ses secrets et dévoilé son âme. Elle lui avait parlé du départ de son père et dit combien cela conditionnait sa relation aux hommes et aux autres en général. Elle lui avait confié l'ambivalence de ses émotions quand elle avait perdu le bébé. Et, à peine quelques minutes plus tôt, elle lui avait aussi parlé de Fenella.

Maintenant, Matt la connaissait. Mais elle, elle ne le connaissait pas.

Elle entendit la porte s'ouvrir et son cœur fit un bond. Mais c'est Darby qui entra dans son bureau, l'air inquiet, et pas Matt revenu pour s'excuser. Pauvre idiote.

— Est-ce que tout va bien ? demanda son amie. J'ai vu Matt qui courait comme un dératé.

DJ se laissa tomber sur le canapé et secoua la tête.

— Je n'en sais rien du tout.

Fronçant les sourcils, Darby ferma la porte derrière elle et vint s'asseoir sur la table basse, en face de DJ.

— Qu'est-ce qui s'est passé ? Il avait l'air très détendu quand je l'ai croisé tout à l'heure.

— J'étais en train de lui parler de Fenella – elle nous invite à dîner ce soir – et de lui expliquer l'enfer que ça avait été de vivre avec elle, que je ne savais jamais sur quel pied danser…

— Tu parles de ta mère, encore un progrès, murmura Darby. Le jour où tu parleras enfin de ton père, je saurai qu'un nœud est en train de se défaire.

DJ baissa les yeux, et Darby s'écria :

— Tu as parlé de ton père à Matt ? Seigneur, DJ, tu ne parles jamais de lui, même pas à nous.

Oui. Un sujet de plus sur lequel elle avait toujours refusé de s'ouvrir.

— Je suis désolée, Darby.

— Mais il ne faut pas. Je suis si heureuse que tu parles de lui à quelqu'un. Bravo, Matt ! Ou pas, ajouta-t-elle en voyant DJ secouer la tête. Raconte-moi ce qui s'est passé, ma chérie.

— Il a reçu un coup de fil d'une femme. Une certaine Emily.

— Oh ! non.

Darby avait l'air à la fois déçue et désolée.

— Non, ça n'était pas ce genre d'appel. Emily n'est pas une petite amie, dit DJ en levant la main pour empêcher Darby de protester. Je t'assure. Tu peux me croire.

— D'accord, admit Darby d'un air dubitatif.

— Quand je lui ai demandé qui c'était, il a très mal réagi. Il m'a très clairement fait comprendre que je n'avais aucun droit de lui poser des questions, que nous n'avions pas ce genre de relation là.

— Quelle espèce de sale petit…

DJ interrompit l'escalade verbale de Darby.

— En fait, il a raison. On est juste ensemble pour s'amuser. Notre relation était basée là-dessus. Partager des bons repas, du bon vin, bien rigoler ensemble et faire l'amour. Parler ne faisait pas partie de l'équation.

— Mais j'ai l'impression que ça a changé ?

— Oui. Pour moi, du moins. Pour lui, pas vraiment.

— En quoi ça a changé ?

Il était trop tard pour botter en touche, pour passer à un autre sujet ou couper court à la conversation. Mais ce n'était pas grave. Au contraire. Darby était sa plus vieille amie et elle avait confiance en elle.

— Parce qu'il est le seul homme avec qui je puisse imaginer faire ça.

— Faire quoi, ma chérie ? demanda Darby avec douceur.

Et voilà. Darby allait lui faire verbaliser ce qu'elle ressentait. Parce qu'elle savait qu'une fois que les choses seraient dites il serait plus difficile de refuser de prendre en compte ses sentiments ou de les nier. Une fois verbalisés, ils prendraient une existence presque concrète.

Elles sursautèrent toutes les deux quand Julie passa la tête par la porte entre-baillée, les yeux brillants de curiosité.

— Qu'est-ce qui se passe ?

Darby lui fit signe d'entrer.

— DJ allait me dire qu'elle était amoureuse de Matt, dit Darby sans quitter le visage de DJ des yeux.

— Ce n'est pas ça. Je ne crois pas que…

Et voilà. Elle freinait des quatre fers maintenant. *Allez, courage !* DJ ferma les yeux et se lança :

— Je suis amoureuse de Matt, mais je voudrais ne pas l'être. On vient de se disputer et on est invités à dîner chez ma mère ce soir !

— Tu n'as qu'à annuler. Tu as assez de problèmes sans mêler cette folle furieuse à tout ça.

DJ fut un instant tentée de suivre le conseil de Darby, mais elle se ravisa en songeant que, peut-être, c'était une occasion à ne pas rater. Elle allait mettre le paquet – robe de créateur, escarpins, chignon sexy et maquillage smoky – et montrer à Matt ce qu'il laissait passer. Cela pourrait le pousser à rester et à essayer de faire fonctionner leur relation.

— Je vais avoir besoin de votre aide.

Elles hochèrent la tête presque simultanément.

— Que nous faut-il ? demanda Darby. Une camionnette, une pelle et une corde ?

Julie leva les yeux au ciel.

— Non, franchement tu m'inquiètes, DJ. Que veux-tu que nous fassions ?

Ces filles seraient prêtes à aller enterrer un cadavre pour elle… Ça faisait chaud au cœur. Mais ce qu'elle attendait d'elles aujourd'hui était beaucoup moins amusant…

— Venez avec moi faire du shopping.

DJ se tenait dans le salon ultra-chic, décoré dans toutes les nuances de blanc, de sa mère, la main crispée autour du verre d'eau gazeuse qu'elle serrait contre sa poitrine.

Comme il le faisait toujours, Jim, le plus proche confident de Fenella lui avait proposé un verre d'un vin rouge à coup sûr absolument divin, mais DJ ne s'était pas senti le courage de prendre le risque. Elle reconnaissait l'étoffe qui recouvrait les fauteuils et savait qu'elle était scandaleusement chère. Quant au tapis blanc sous ses pieds, il était tout aussi onéreux. Vin rouge, meubles blancs et nervosité… C'était un cocktail dangereux.

— Tu n'avais pas dit que Matt venait avec toi ? observa Fenella, visiblement agacée.

Moi aussi, je suis contente de te voir, maman.

— Désolée, il n'a pas pu se libérer, murmura DJ.

— Est-ce qu'il t'a donné une raison ?

De fait, non. Ils ne s'étaient pas reparlé depuis qu'il avait quitté son bureau, quelques heures plus tôt. Par fierté, elle s'était refusée à l'appeler et, en constatant qu'il n'était pas devant sa porte à 19 heures, elle avait mis son manteau, ses gants et un chapeau et avait parcouru à pied la courte distance qui la séparait de chez sa mère. Il avait l'adresse. Il viendrait. Ou pas. Elle ne pouvait rien y changer de toute façon.

L'arrivée en solo de DJ avait été accueillie avec autant d'enthousiasme qu'un contrôle fiscal, et un silence embarrassé s'était aussitôt installé dans la pièce. Pas de sapin, pas de décorations, aucun signe indiquant que les fêtes approchaient. Étonnant qu'elle n'ait jamais remarqué auparavant à quel point sa mère était dépourvue de tout esprit de Noël.

Quand le délicat carillon de la porte tinta, Fenella bondit sur ses pieds, se précipita dans le hall et ouvrit en grand la massive porte d'entrée. De son côté, DJ croisa les bras et observa Matt tandis qu'il entrait dans la maison, son regard indéchiffrable la cherchant par-dessus la tête de Fenella. Ses yeux s'agrandirent quand il remarqua sa robe moulante noire, et elle sentit son regard descendre le long de son décolleté et suivre ses hanches jusqu'à ses cuisses nues. On aurait dit une caresse.

DJ sourit, satisfaite. Cette tenue avait creusé un trou abyssal dans son compte bancaire, mais la réaction de Matt valait chaque dollar dépensé.

Pas question qu'elle lui facilite la tâche s'il avait l'intention de s'en aller. Si ça finissait par arriver, elle voulait lui laisser un souvenir inoubliable.

DJ but une gorgée d'eau. Elle devait s'avouer qu'elle

était un peu surprise par sa présence. Bien sûr, il avait dit qu'il viendrait, mais elle s'était un peu attendue à ce qu'il utilise leur dispute pour se défiler.

Cela dit, il ne fallait pas oublier que cet homme n'avait pas peur du conflit : son métier consistait quand même à s'attaquer à des gouvernements, des trafiquants ou des juges irascibles. Même sa narcissique de mère ne devrait pas faire le poids.

Elle vit Matt tendre à Fenella une bouteille de champagne avant de se défaire de son manteau de créateur. Avec son costume gris anthracite sur mesure, sa chemise blanche et sa cravate couleur charbon, il incarnait en tout point le puissant avocat raffiné et célèbre qu'il avait la réputation d'être.

Mais, alors qu'il s'avançait dans le salon, DJ vit bien que son visage était tendu et que les émotions se bousculaient dans sa tête. Elle ignorait ce qui s'était passé lors de ce déjeuner impromptu, mais il était visiblement bouleversé. Et DJ s'en voulait d'en être aussi affectée. Après tout, ne lui avait-il pas signifié que leur relation se limitait à coucher ensemble ?

Elle posa son verre d'eau sur le manteau de la cheminée et regarda Matt serrer la main de Jim, qui lui tendit ensuite un verre de vin rouge. Autrement dit, malgré une journée éprouvante, il n'était pas nerveux et ni la décoration ni la langue vipérine de la propriétaire des lieux ne l'impressionnaient. Il but une gorgée de vin et ferma brièvement les yeux avant d'engager la conversation avec Fenella.

DJ releva le menton, un peu tendue. Peut-être que Matt était capable de faire comme si rien ne s'était passé entre eux mais, elle, elle se sentait encore à fleur de peau et mal à l'aise. Elle n'était plus la même qu'un an plus tôt et ne pouvait plus faire comme si l'incapacité de Matt à communiquer l'indifférait. C'était important pour elle. Elle voulait partager plus avec lui.

En fait, et c'était terrifiant, elle voulait tout partager avec lui.

Mais c'était impossible. C'était trop dangereux. Elle risquait trop de souffrir. Elle pressa sa main contre son sternum et tâcha de calmer sa respiration. Dire qu'elle avait été à un doigt d'abandonner toute prudence et de lui dire qu'elle pensait être amoureuse de lui. C'était ridicule.

Jamais ils ne pourraient partager davantage que quelques week-ends volés à droite à gauche, comme ils le faisaient depuis sept ans. Or, aussi délicieuses qu'aient été ces escapades, maintenant qu'elle avait passé plus de temps avec lui, vécu à ses côtés, elle ne pourrait plus se contenter de quelques week-ends dans des chambres d'hôtel.

Désirer quelque chose qu'elle n'obtiendrait jamais serait même une torture, et ils finiraient par rompre. Ils ne faisaient que retarder l'inévitable. Dans ce cas, autant en finir tout de suite. Ils ne s'étaient pas vus pendant presque un an avant l'arrivée de Matt à Boston et ils avaient survécu. Autant faire comme si ces derniers jours n'avaient été qu'un de leurs week-ends. Un peu prolongé. Et se quitter bons amis.

Ce serait un peu douloureux, mais infiniment moins que si elle attendait qu'il en arrive à la conclusion qu'elle n'était pas la femme de sa vie.

Après tout, comme son père l'avait si bien prouvé, elle était facile à remplacer. Cette fois, c'est elle qui déciderait de la rupture. C'est elle qui partirait. Plus jamais elle ne laisserait quelqu'un la quitter.

C'était fini. Il le fallait. Le bénéfice – quelques week-ends de temps en temps – n'était pas à la hauteur du risque.

Matt s'approcha d'elle et se pencha pour déposer un baiser sur sa joue. DJ avait une folle envie de se lover dans ses bras et de poser sa tête contre son torse. Quelle idiote !

— Tu as l'air de m'en vouloir, dis donc.

Oui.

— Pourquoi es-tu venu ? lui demanda-t-elle à voix basse.

— Pour ne pas te laisser entrer dans la bataille sans renforts, répondit doucement Matt.

Bravo. Alors même qu'elle était en train de se dire qu'il valait mieux s'éloigner de lui, il se montrait tendre et attentionné.

— Je peux gérer ma mère.

— Oui, mais pourquoi serais-tu obligée de le faire seule ?

Parce que tu vas bientôt t'en aller. Parce que c'est ce que j'ai toujours fait.

DJ ravala sa réponse. Fenella venait vers eux ; elle ne supportait pas d'être tenue à l'écart d'une conversation.

— Je suis très heureuse que vous soyez venu, Matthew. Même avec un peu de retard. Passons à la salle à manger, je ne voudrais pas que la pâte feuilletée de mon bœuf Wellington ramollisse.

Un bœuf en croûte ? Fenella n'avait rien cuisiné de plus compliqué que des œufs brouillés depuis plus de vingt ans.

Sans un regard pour DJ, Fenella prit le bras de Matt et l'entraîna à sa suite.

Typique.

Une fois assis à la table magnifiquement dressée de Fenella, Matt prit une gorgée de vin. Il avait hâte que cette journée se termine. Elle avait été pleine d'émotions, et ce n'était pas le genre de choses qu'il avait l'habitude de gérer. Il avait parfaitement conscience de s'être mal comporté avec DJ. Il l'avait agressée quand elle lui avait demandé qui était Emily et avait ensuite insinué qu'elle était jalouse. C'était vraiment minable. Pas de quoi être fier.

Mais il se sentait tellement écartelé entre sa carrière, Emily… et Dylan-Jane. Son cœur et sa tête ne réussissaient pas à se mettre d'accord.

Emily s'était avérée être telle qu'il s'y attendait : intelligente, amusante et sûre d'elle. Son cerveau lui conseillait de garder ses distances, mais son idiot de cœur avait été conquis immédiatement. Au bout de dix minutes avec elle, il était déjà heureux qu'elle fasse partie de sa vie. Elle faisait partie de lui, ils pourraient partager ce lien à jamais et il se réjouissait de cet engagement…

Lui, se réjouir d'être engagé ? Matt résista à la tentation de soulever la nappe pour vérifier s'il n'y avait pas des poules au bec plein de dents cachées sous la table.

Peut-être qu'il se libérait enfin de son passé. Peut-être qu'il devenait enfin l'adulte qu'il croyait être depuis si longtemps.

En tout cas, son cœur et son cerveau étaient d'accord sur une chose : il s'était montré injuste avec DJ. Elle n'y était pour rien si ça le bouleversait de comprendre qu'elle était plus qu'une compagne de jeux – très sensuels –, et qu'il voulait davantage que ça sans savoir comment faire pour que ça marche.

Donc, pour commencer, il allait s'excuser et dire à DJ qui était Emily et qu'il était venu à Boston pour la rencontrer.

Pour connaître cette fille dont il ignorait l'existence. À dix-sept ans, quand il avait rencontré la mère d'Emily, Gemma, il rêvait mariage, famille. Et sa lettre lui annonçant qu'elle avait fait une fausse couche et qu'elle le quittait l'avait anéanti. À partir de ce jour-là, il s'était limité à des relations purement sexuelles. Ça, il savait gérer. Contrairement aux émotions que DJ réveillait chez lui.

En fait, elle était le plus adorable mais aussi le pire de ses cauchemars. Parce qu'elle le ramenait, lui un adulte accompli, à ses rêves d'enfant.

Mais cela ne servirait à rien de passer des heures à chercher à analyser ; il fallait agir. Il allait dire à DJ ce qu'il ressentait. Et partager avec elle sa joie d'avoir rencontré Emily. Il avait hâte de lui parler mais, d'abord, il faudrait supporter ce maudit dîner.

Fenella leur proposa à Jim et à lui de se resservir un peu de bœuf, mais pas à DJ. Elle se plaçait clairement en concurrence avec sa fille. Mais savoir que c'était une bataille perdue d'avance la rendait encore plus méchante. Chaque fois qu'elle s'adressait à DJ, elle était condescendante, et chaque fois que DJ prenait la parole, Fenella l'interrompait. Matt mourrait d'envie de la remettre à sa place, mais il savait que DJ n'aurait pas apprécié qu'il s'en mêle, donc il se mordait la langue…

D'autre part, pour ajouter au malaise, il sentait bien que ce dîner n'avait pas été organisé pour rien et il se demandait quand on entrerait enfin dans le vif du sujet. C'est pourquoi, après avoir dû répondre aux questions d'usage concernant ses procès les plus célèbres, il fut soulagé quand Fenella se leva et demanda à Jim de venir l'aider à la cuisine pour le dessert.

Dès qu'ils eurent quitté la pièce, DJ leva les yeux vers lui.

— Tu t'amuses bien ? demanda-t-elle, le regard froid.

— Non. C'est atroce, mais… Il faut qu'on parle, DJ.

— Tu as raison. Je crois qu'il est temps de crever l'abcès, répondit DJ, en tapotant son assiette avec sa lourde cuillère à dessert.

Bien. Parfait… Il allait y arriver.

D'abord, il allait s'excuser et s'expliquer au sujet d'Emily. Ensuite, il lui dirait qu'il avait des sentiments envers elle. Des sentiments qui étaient nouveaux pour lui et qu'il espérait partagés. Ils se mettraient d'accord pour passer Noël ensemble, ils s'organiseraient pour se voir plus souvent, pour se parler tous les jours. Ils feraient en sorte que ça marche.

Matt regarda Dylan-Jane et sentit sa panique s'évanouir. Elle avait l'air d'avoir peur, d'être très émue, mais elle tenait bon. Il était sur le point de lui dire que tout allait bien se passer, qu'il ferait tout pour ça, quand la porte s'ouvrit sur Fenella et Jim portant chacun deux petits ramequins. Le regard de Fenella passa du visage de DJ au sien et, sous son sourire de façade, on sentait l'agressivité d'un barracuda.

Fenella déposa un ramequin devant DJ, puis fit le tour de la table et se pencha par-dessus l'épaule de Matt pour lui servir son dessert. Il n'était absolument pas indispensable qu'elle presse sa poitrine contre son épaule ni que sa bouche passe si près de son oreille, et Matt fit comme si de rien n'était, les yeux rivés sur DJ, espérant qu'elle ne remarquerait pas le comportement indécent de sa mère. Heureusement, elle avait la tête baissée à ce moment-là et ne vit pas que Fenella lui effleurait la nuque de la main.

Matt tenta de la remettre à sa place d'un regard, mais Fenella lui répondit par un sourire enjôleur et rejoignit sa place. Elle et Jim échangèrent un regard entendu, et Matt sut immédiatement qu'elle s'apprêtait à jeter une bombe.

— J'imagine que tu ne t'en souviens pas, Dylan-Jane, parce que tu as tendance à oublier ce qui est important pour moi, mais je suis la présidente du Boston Women.

DJ leva sur sa mère un regard méfiant, finit d'avaler sa bouchée de dessert et posa sa cuillère.

Fenella regarda Matt. Il savait qu'elle s'attendait à ce qu'il soit impressionné, mais il n'avait jamais entendu parler de cette organisation.

— Désolé, est-ce que cela devrait m'évoquer quelque chose ? demanda-t-il.

— Notre groupe a une influence considérable, en effet. Nous sommes des femmes de tête, des intellectuelles, des femmes d'affaires et autres qui partageons les mêmes valeurs et nous nous réunissons pour en discuter.

Passionnant, songea Matt.

— Outre nos cessions de discussions, chaque année, nous organisons une manifestation à but caritatif et, cette fois, il s'agit d'un bal de Noël. Bien sûr, les invités seront triés sur le volet, uniquement l'élite, ceux qui font bouger Boston. Et, à cette occasion, je compte annoncer ma candidature pour le sénat.

— Félicitations, murmura Matt.

Qu'y avait-il d'autre à dire ? Et pourquoi avait-il l'impression que la bombe n'avait pas encore explosé ?

— Nous n'invitons que deux cents personnes et, bien entendu, tout le monde a envie d'être présent, de pouvoir croiser des personnalités très influentes.

Elle se répétait. Seigneur, il avait hâte que tout soit fini pour enfin parler à DJ. Il se fichait bien de ce maudit bal.

— Chaque année, nous choisissons un intervenant principal et, cette fois, c'est vous que nous avons désigné.

Quoi ?

— Moi ? Mais pourquoi ?

— Vous êtes intelligent, jeune, beau et vous avez du

succès. Vous avez remporté des procès très médiatiques dans le domaine du droit international et des droits de l'homme. Les gens se rappellent aussi votre grand-père, une légende, et ils aimeraient savoir ce que vous avez à dire. En outre, vous pourrez nouer des contacts très utiles.

Sauf qu'il ne travaillait pas à Boston mais à La Haye. Là-bas, les contacts qu'il pourrait se faire à Boston n'auraient aucun intérêt. Il regarda DJ.

— Tu y seras, toi ?

— Non. Je ne suis pas assez importante pour avoir droit à une invitation, répondit-elle froidement.

— Ma chérie, tu te sentirais tellement peu à ta place.

Le ton faux et doucereux de Fenella acheva de mettre Matt en rage.

— Avec son MBA, je pense qu'elle serait parfaitement à sa place, au contraire.

Jim s'empressa d'intervenir.

— Pour vous, c'est une belle opportunité, Matt. Beaucoup de gens travaillant dans votre domaine seront présents. Votre nom de famille est une valeur sûre et vous-même en faites une valeur montante, assura-t-il d'un ton jovial. Et il est important pour Fenella de s'entourer de personnes qui réussissent. Savoir que vous la soutenez pourrait achever de décider certains donateurs, ceux qui s'inquiètent un peu de son côté conservateur.

Oh ! non. Pitié.

— Mais je ne la soutiens pas.

Jim ne tint aucun compte de la remarque.

— Bien entendu, nous ne nous attendons pas à ce que vous fassiez part de votre soutien lors de votre discours. Mais les gens sauront que vous êtes liés sur le plan personnel et cela jouera en faveur de Fenella.

S'ils comptaient sur lui pour faire un numéro de

cirque, ils en seraient pour leurs frais. Mais il avait envie de voir jusqu'où ils étaient prêts à aller.

— Je présume que Dylan-Jane pourra m'accompagner ?

— J'ai peur que non, répondit Fenella, la bouche crispée. Il n'y a pas de place à la table d'honneur, tous les billets sont vendus depuis des mois.

Matt regarda DJ. Comment avait-elle pu supporter ça toute sa vie ? Au bout de deux heures, il était déjà à bout.

— Dans ce cas, ça sera sans moi.

— Matthew, dit Fenella en souriant, Dylan-Jane sait très bien qu'elle ne sera pas à l'aise dans une salle de bal, entourée de deux cents personnes qui ont mieux réussi qu'elle ne réussira jamais.

Matt secoua la tête. Il n'en revenait pas qu'on puisse manquer à ce point d'instinct maternel et de décence. Il était sur le point de s'énerver. Cela lui arrivait rarement mais, dans ces cas-là, juges internationaux, adversaires ou membres de son équipe, tout le monde courait aux abris. Il prit une longue inspiration, compta intérieurement jusqu'à dix. Puis vingt.

Il n'allait pas pouvoir se contenir. Le besoin de défendre sa compagne était trop puissant, trop instinctif. Mais, avant qu'il ouvre la bouche, DJ repoussa sa chaise et jeta sa serviette sur la table, les yeux brillants de colère et de défi.

— Tu peux garder ton invitation, Fenella. Je préférerais encore aller tout droit en enfer que de passer des heures dans une salle de bal étouffante à t'écouter me descendre en flèche. D'ailleurs, plus jamais je ne m'imposerai cette épreuve.

— Ne sois pas aussi mélodramatique, ma chérie. Je passais une bonne soirée, et tu es en train de tout gâcher, dit Fenella en soupirant d'un air accablé.

— Et, toi, ça fait des années que tu me gâches la

vie. Si tu m'as invitée ce soir, c'était uniquement pour voir Matt. Tu étais prête à me supporter parce que mon amant a du succès, que c'est un avocat des droits de l'homme reconnu.

Fenella et Jim échangèrent un long regard et, l'espace d'un instant, Matt crut que Fenella allait peut-être mentir pour rassurer sa fille. Lui dire qu'elle avait envie de la voir, qu'elle appréciait sa compagnie.

— Mes priorités sont ma carrière et mes ambitions politiques, répondit Fenella en haussant les épaules.

— Non, tu te trompes. Ton unique priorité, c'est toi-même. Depuis toujours. Tu refuses de me voir pour la personne que je suis. Je suis associée dans une des entreprises de design les plus prometteuses de cette ville, je gagne bien ma vie et je suis respectée par les personnes avec qui je travaille.

— Les jumelles Brogan ? railla Fenella. Franchement ! Callie Brogan avait un peu d'influence à une époque mais, depuis la mort de Ray, elle n'est plus aussi active socialement. Elle ne vaut plus rien. Quant à Noah Lockwood, certes, son nom de famille lui donne un certain prestige mais, comme il refuse de s'engager, il ne m'est d'aucune utilité !

— Tu n'es pas le centre du monde ! hurla DJ.

Fenella sourit, le regard aussi froid que la banquise.

— Pour moi, si. En tout cas, ce n'est pas toi, c'est sûr.

Ça suffisait. Il fallait qu'il s'en aille immédiatement sinon il risquait de commettre un acte irréparable.

Mais Dylan-Jane n'en avait pas terminé. Il vit un tout petit sourire traverser son visage, et ses épaules se détendre.

— Merci, Fenella, dit-elle avec le plus profond mépris.

Cette étrange réponse prit Fenella de court.

— Mais de quoi ?

— De m'avoir dit ça. Maintenant je peux m'en aller sans me sentir coupable du tout.

— Tout ça commence à devenir lassant.

— Tout à fait d'accord avec toi, approuva DJ. Une fois que je serai sortie d'ici, j'en aurai fini avec toi, ton narcissisme et ton désir pervers de toujours me rabaisser. Je ne compte pas pour toi et la réciproque est vraie, alors restons-en là, d'accord ?

La bouche de Fenella s'affaissa, et Matt se dit que ce devait une des premières fois que cette femme était prise au dépourvu.

— Au revoir, Fenella. Je te dirais bien que je vais voter pour toi, mais ce serait mentir.

- 11 -

En quittant la maison de Fenella, DJ savait qu'elle n'y remettrait plus jamais les pieds. Elle entendit les pas de Matt derrière elle et, au moment où elle atteignait la maison des Brogan, sentit sa main se poser sur son bras. Elle s'arrêta net.

— Matt, dit-elle en se tournant vers lui.

Sous les lumières de Noël qui scintillaient dans la nuit froide, elle comprit qu'elle ne voulait pas passer sa vie à espérer.

Elle avait besoin d'affronter la réalité et, pour la première fois, DJ se sentait assez forte pour ça. Son père l'avait remplacée, sa mère ne l'avait jamais aimée et, pour Matt, elle n'était qu'un passe-temps agréable. Elle ne lui en voulait pas. Chacun avait utilisé l'autre, et tout avait été fait dans le respect et la gentillesse.

Le problème c'était que, maintenant, elle voulait plus que ça. Au fond d'elle, elle avait toujours désiré être le centre du monde de quelqu'un, être choisie par cette personne. Matt ne pouvait pas lui donner ça, et elle savait maintenant qu'elle ne se contenterait pas de moins.

DJ regarda autour d'elle et secoua la tête en voyant les jolies maisons et les jardins décorés. C'était Noël, le moment de l'année où toutes les choses importantes se passaient. Le départ de son père, sa grossesse l'an dernier, sa rupture avec Fenella… Et, maintenant, elle allait dire au revoir à Matt. Pour de bon.

DJ enfonça ses mains dans les poches de son manteau. Une rue glaciale n'était sûrement pas le meilleur endroit pour se dire adieu, mais au moins la température empêcherait la conversation de s'éterniser.

— Écoute, Matt…

Matt leva une main, et DJ s'arrêta de parler. En fait, elle ne savait absolument pas comment exprimer ses pensées.

— Il faut que je t'explique au sujet d'Emily.

— Ça n'a pas d'importance, Matt.

— Si. C'est très important. Je te dois des excuses mais, avant ça, je dois te dire qu'Emily est ma fille biologique.

Quoi ?

DJ le regarda, bouche bée.

— J'avais dix-sept et j'étais amoureux de sa mère. Gemma m'a dit qu'elle avait fait une fausse couche et ensuite elle a déménagé. Je n'ai jamais su qu'elle avait mené sa grossesse à terme et fait adopter l'enfant. Emily m'a contacté il y a quelques mois seulement, et on a commencé à correspondre. C'est une des raisons qui m'ont amené à Boston. On devait se rencontrer. Mais elle a pris peur et elle m'a demandé un peu de temps. Tout à l'heure, elle m'a appelé et m'a proposé de la rejoindre pour le déjeuner. Tout de suite. Il fallait que j'y aille.

DJ mit quelques instants à comprendre le sens de ce qu'il venait de lui dire. Puis, l'incompréhension fit place à la colère.

— Tu connais l'existence de ta fille depuis des mois et tu ne m'as rien dit ? Tu as préféré insinuer que j'étais jalouse ?

Un peu piteux, Matt se passa la main dans ses cheveux.

— Tu as le droit d'être en colère mais, avant que tu m'envoies balader, il faut que je te dise que je suis…

DJ l'interrompit d'un geste. Le sujet n'était pas encore clos.

Elle tapa des pieds en frissonnant. Il faisait glacial, bien sûr, mais le froid qui envahissait son corps maintenant était une douleur qu'elle n'avait jamais éprouvée. Et qui n'avait rien à voir avec la température.

— Donc, tu reviens à Boston et tu insistes pour qu'on discute. Je te raconte que j'ai perdu ton enfant. Je parle du départ de mon père et du fait qu'il a adopté la fille de sa maîtresse. Mais je ne m'arrête pas là ; je te parle aussi de ma mère qui ne m'a jamais aimée. Je me mets à nu devant toi alors que je ne fais jamais ça et, toi, tu n'es même pas capable de me dire que tu as une fille ?

Seigneur, il ne la considérait vraiment que comme une fille avait qui il couchait. Elle n'était même pas une amie pour lui.

Jamais elle ne s'était sentie aussi triste depuis le soir où elle avait vu son père partir, vingt ans plus tôt.

— Dylan-Jane…

— Tais-toi ! Je t'interdis de me servir une de tes platitudes, de me dire que tu tiens à moi et que tu es désolé !

— Je suis désolé. Vraiment, murmura Matt. Entrons. On va se faire un café et discuter tranquillement. On va arranger ça, DJ, si tu acceptes de m'écouter.

Matt voulut lui prendre la main, mais DJ recula d'un pas. Elle ne voulait ni de son réconfort ni de sa pitié.

— C'est terminé, Matt. On a eu tort de tout vouloir mélanger. C'est devenu trop compliqué… On arrête là.

Quoi ?

— Il est peut-être temps de passer à autre chose. Je suis un passe-temps pour toi et, moi, je veux être le *tout* de quelqu'un. Tu ne pourras jamais me donner ça. Tu n'as même pas été capable de me parler de ton passé, de ta fille. Tu as eu plusieurs occasions pourtant. Je pense que tu ne seras jamais capable de te livrer à moi, de me dire ce que tu ressens. Et quand je pense qu'on me reproche, à moi, d'avoir des problèmes pour communiquer. Moi au moins j'ai essayé, Matt.

DJ voyait défiler des émotions dans les yeux de Matt, mais elle n'avait aucune idée de ce qu'il pensait réellement. Parce qu'il ne lui disait rien. Allez, il était temps de mettre un terme à tout ça.

Même si elle ne pouvait pas imaginer un monde sans Matt, elle trouva le courage de lui dire :

— Au revoir, Matt. J'espère que tu auras la gentillesse de ne pas chercher à me voir pendant ton séjour à Boston. Et joyeux Noël.

— Tu ne crois pas à Noël.

— Je commençais, si.

DJ traversa le jardin et monta en courant les escaliers menant à son appartement.

— DJ…, appela Matt.

Sa voix était si triste. Elle aurait voulu courir vers lui, apaiser sa peine, mais un premier sanglot lui échappa, puis un deuxième. Elle se glissa dans son appartement, ferma la porte et s'effondra sur le sol.

Là, roulée en boule, elle s'autorisa enfin à pleurer.

Mason entendit le son strident de la sonnette et se demanda qui pouvait bien être à sa porte à 22 h 20 par une glaciale nuit d'hiver. Il passa dans le hall, s'attendant à voir descendre un des garçons pour ouvrir la porte. Il n'y avait qu'un adolescent pour être assez bête pour sortir par ce froid de canard.

Personne ne déboula dans l'escalier, et la sonnette retentit à nouveau.

Agacé, il ouvrit la porte à la volée et se retrouva face à…

— Callie ?

Il vérifia. Oui, c'était bien Callie, le nez tout rouge et visiblement nerveuse.

— Qu'est-ce que vous faites ici ?

— Vos fils sont à la maison ?

— Là-haut, répondit Mason, déconcerté. Est-ce que tout va bien ? Entrez…

Callie secoua la tête.

— Je ne peux pas. Pas si vos fils sont là.

Il était gelé, et ses fils s'en ficheraient s'il avait une invitée. Mais, voyant l'air obstiné de Callie, il soupira :

— Je peux vous faire entrer en douce dans mon bureau. Ils n'en sauront rien.

— Si un jour j'accepte de sortir avec vous, Mason James, ça se fera en toute transparence. Je suis bien trop vieille pour faire les choses en douce.

C'était prometteur, mais ça n'expliquait toujours pas sa présence sur le seuil de sa porte.

— Pouvez-vous mettre un manteau et des chaussures et me rejoindre dehors un moment ?

Il faisait atrocement froid, mais Mason commençait à réaliser qu'il était quasiment prêt à tout pour Callie.

Il enfila des bottes, prit son manteau et son écharpe et referma la porte derrière lui.

— Qu'est-ce qui se passe, Cal ?

À la lumière du porche, il vit la nervosité faire place à la détermination sur le visage de Callie. Elle glissa les mains à l'intérieur de son manteau et les posa sur son torse. Puis, elle se dressa sur la pointe des pieds et posa un baiser sur ses lèvres.

— J'ai pensé vous appeler, mais ce n'était pas ce dont j'avais envie. Je voulais être dans vos bras. Je voulais vous embrasser. J'ai bien fait ?

Laissez-moi réfléchir... Oui.

Oh ! oui.

— Un vrai baiser, alors, murmura-t-il.

Il la laissa prendre le contrôle, ferma les yeux quand les lèvres de Callie virent caresser les siennes, posa les mains sur ses hanches tandis qu'elle suçait doucement sa lèvre inférieure. Il avait envie de la faire entrer chez lui, de la prendre, de la posséder… mais elle venait de franchir un pas important pour elle et il ne voulait pas la brusquer.

Après plusieurs minutes de douce torture, il n'en pouvait plus.

— Ouvrez-moi votre bouche, Cal. Je veux vous sentir, vous goûter.

Les lèvres de Callie s'ouvrirent, et sa langue vint à la rencontre de la sienne. C'était fini pour lui. Il passa la main sous son manteau pour lui saisir les fesses et la pressa contre lui pour qu'elle sente combien il était excité, à quel point il la voulait. Oubliée, la décision d'y aller en douceur, de lui laisser donner le rythme, il lui dévorait la bouche, sa langue luttant contre la sienne pour prendre le contrôle du baiser.

Callie en avait envie autant que lui. Elle le voulait.

De vigoureux, le baiser devint féroce. Seigneur, il la voulait, nue dans son lit. Ce soir, contre le mur, maintenant.

Il arracha sa bouche à la sienne.

— Allons chez toi, Cal. Je n'en peux plus.

— Mason.

Elle était si près de dire oui. Il le voyait dans ses yeux, il l'entendait à la façon dont elle avait prononcé son nom.

— Dis-moi oui, Cal. Je t'en supplie.

Callie allait répondre quand son téléphone sonna.

Mason laissa échapper un long chapelet de jurons pendant que Callie fouillait ses poches à la recherche du maudit engin.

Elle appuya sur la touche verte d'un doigt tremblant, et sa voix était un peu essoufflée quand elle répondit.

Pendant qu'elle écoutait son interlocuteur, Mason passa son pouce sur sa lèvre inférieure. Il voulait que ces lèvres se posent sur tout son corps et il avait été à deux doigts de l'obtenir.

— Oui. J'arrive. Je suis là dans dix minutes.

Callie s'était assise sur la table basse en face de DJ, Darby et Julie, et faisait passer des mouchoirs à DJ. Cette dernière venait de leur raconter le dîner chez Fenella et sa rupture avec Matt, et Callie ne se rappelait pas l'avoir déjà vue autant pleurer.

Elle se pencha, essuya une larme sur la joue de DJ et lui sourit.

DJ les avait appelées à l'aide, et elles étaient toutes venues, sans poser de questions, abandonnant tout séance tenante. Julie sortait visiblement du lit de Noah ; elle portait un de ses sweat-shirts. Darby portait un pyjama d'homme. Et Callie ? Elle était aussi belle que jamais mais on aurait dit… une marque de brûlure de rasoir sur sa joue ?

Cette trace rappela à DJ la façon qu'avait Matt de frotter sa barbe de trois jours contre sa joue à elle. Plus jamais elle ne sentirait ça. Plus jamais elle n'enroulerait ses bras autour de sa taille musclée. Plus jamais elle ne ferait glisser ses mains le long de ses cuisses.

Oh ! Seigneur, qu'avait-elle fait ?

— Ça finira par aller mieux, Dylan-Jane, avec ou sans Matt dans ta vie.

DJ leva les yeux vers la seule vraie mère qu'elle ait jamais eue.

— Comment tu le sais ?

— Quand Ray est mort, j'ai cru mourir aussi. Pendant des années, je me suis demandé ce que je faisais encore sur terre. Pendant longtemps, je me suis contentée de… fonctionner. L'amour, ça fait mal. Pourtant, il n'y a rien de plus beau.

— Je voudrais que Matt m'aime, avoua DJ après un long silence. Mais il ne m'aime pas.

Callie prit les mains de DJ dans les siennes.

— Ça ne veut pas dire qu'il est le seul homme que tu puisses aimer. C'est très romantique de croire qu'il n'existe qu'un seul homme avec qui tu puisses partager ta vie, mais il faut garder en tête que parfois les relations échouent ou que les gens meurent. On peut avoir le cœur brisé, ça fait partie de la vie. Mais je t'en supplie, DJ, ne renonce pas. Ne laisse pas ce chagrin t'empêcher d'accueillir un jour un nouvel amour.

DJ ne pouvait même pas s'imaginer dans les bras d'un autre homme que Matt, mais elle se força à sourire.

— Peut-être qu'à Noël prochain je serai prête à me relancer dans la partie.

— Ce sera bien avant ça. Et, d'ici là, Julie m'aura peut-être donné un petit-enfant à cajoler.

— Je peux me marier, d'abord ? demanda Julie, d'un air faussement exaspéré.

— Quant à toi, ma Darby, je sens que tu vas bientôt obtenir exactement ce que tu veux… et surtout ce dont tu as besoin.

— J'espère que ça veut dire un bébé, maman.

— Tu obtiendras ce dont tu as besoin, répéta Callie avant de se relever.

Elle se pencha, prit le visage de DJ entre ses deux mains et déposa un long baiser sur son front.

— Je t'aime, ma petite chérie. J'ai envie d'égorger Fenella et, si je pouvais, j'enverrais bien ton père en enfer. Mais ne t'inquiète pas, tout ira bien.

— Tu n'as pas menacé Matt, fit remarquer Darby.

— Non. Parce que je crois que ce garçon nous réserve encore quelques surprises.

- 12 -

Assis face à Emily, Matt regardait remuer la bouche de sa fille, classant automatiquement ce qu'elle disait dans les cases correspondantes. Ses projets pour le nouvel an, sa compagne de chambre à l'université, sa meilleure amie. Il l'écoutait, mais il n'arrêtait pas de penser à la soirée de la veille.

— J'envisage d'arrêter la fac et d'aller fumer de l'herbe dans une communauté au Pérou.

Matt entendit ce que disait Emily ; c'était un test pour vérifier qu'il l'écoutait. Mais il lui faudrait être meilleure que ça. Il était capable de suivre trois conversations à la fois tout en lisant un livre.

— Il faudra me passer sur le corps avant ça, marmonna Matt avant de commander un autre café.

— Donc, tu écoutais tout en ne faisant absolument pas attention, dit Emily. Je dois dire que je suis un peu déçue de ne pas être ton unique centre d'intérêt alors que je viens de débarquer dans ta vie.

— Désolé, j'ai beaucoup de choses en tête.

— Comme quoi ?

Matt voulut changer de sujet et comprit que c'était ce qu'il faisait chaque fois qu'il ne voulait pas répondre à une question personnelle. Mais Emily, comme DJ, n'était pas n'importe quelle personne. S'il voulait qu'elle fasse partie de sa vie, il fallait la laisser y entrer.

— Je vois quelqu'un depuis quelques années, et elle vient de mettre un terme à notre relation.

— Vous ne faisiez que vous voir ?

— Comment ça ? demanda Matt en fronçant les sourcils.

— Si ça te met dans tous tes états – et c'est visiblement le cas –, c'est qu'elle compte plus pour toi que tu ne croyais. Et, elle, elle a des sentiments pour toi ?

— Je crois, oui.

— Et le problème est… ?

Le problème, c'est que j'ai peur. Je suis terrifié.

— Peu importe, je vais la laisser s'en aller. De toute façon, je t'ai, toi.

— Une fille que tu vas voir une fois ou deux par an ? C'est ça, ta définition d'une famille ? Pas étonnant qu'elle t'ait laissé tomber.

Emily se pencha vers lui et riva son regard dans le sien.

— Tu as envie de fonder une famille, Matt ?

Bien sûr qu'il voulait une famille. Une maison, des enfants qui courraient dans ses bras quand il rentrerait le soir, une femme qui le réveillerait d'un baiser le matin et qui, la nuit… Bref, c'était un pur fantasme…

— Je travaille comme un dingue, tu sais.

— Rien ne t'y oblige. C'est toi qui choisis. Il n'y a aucune loi qui t'oblige à sacrifier ta vie au travail.

— Ça n'est pas si simple.

— C'est toi qui compliques tout, Matt. Tu sais pourquoi tu veux que toi et moi on soit une famille ?

— Parce qu'on en est une ?

— Biologiquement, oui. Mais en réalité, non. Je ne dis pas ça pour te faire de la peine, mais j'ai déjà un père. C'est avec lui que je fais de la moto, c'est lui qui m'envoie des blagues débiles de père, c'est lui qui a un jour fait huit heures de route pour m'emmener à une compétition de danse. C'est lui qui me conduira à l'autel le jour de mon mariage. Toi, tu vas devenir mon ami, j'espère, mais mon père, c'est lui.

Matt eut l'impression qu'on lui transperçait le cœur. Pour la deuxième fois en vingt-quatre heures.

— Mais tu as envie de tout ça, ça se voit. Des enfants que tu emmèneras à la danse ou au foot. Une femme qui t'aime. Tu as envie d'une famille. Et, si ça se trouve, la femme dont tu me parles veut la même chose. Avec toi. Pourquoi ne vous donnez-vous pas une chance ?

Une gamine de dix-huit ans était en train de lui faire la leçon.

Cela dit, il était très fier de sa force, de son intelligence, de sa finesse.

— Tes parents ont fait du bon boulot, Emily.

— Je sais, dit-elle avec un sourire.

Matt jeta un coup d'œil sur sa montre.

— Tu as envie de la connaître ?

— Celle que tu as failli laisser te glisser entre les doigts ? Bien sûr.

— Ça impliquera peut-être de devoir faire des cookies de Noël.

— Ma mère est la reine des cookies de Noël. Du coup, j'assure. Comme ça, je suis sûre que tu ne te défileras pas au dernier moment.

Mason avait déplacé les tables du Coffee Shop pour en faire une sorte de ligne de production de cookies. Levi, Eli et Ben, sous la supervision de Callie, mixaient les ingrédients. Mason et Noah roulaient la pâte. Julie la mettait en forme, et Darby déposait les cookies à cuire sur des feuilles de cuisson que Callie mettait au four.

Arrivée en retard, DJ s'était vu confier la tâche de

fabriquer du glaçage de différentes couleurs pour décorer les cookies en train de refroidir.

Les jumelles avaient supervisé les opérations et étaient enfin satisfaites du rouge. DJ avait docilement suivi leurs instructions. Pour elle, un rouge voiture de pompier ou plutôt tomate mûre, ça restait du rouge, et son cœur n'en était pas moins brisé…

Callie avait raison. Elle s'était contentée pendant trop longtemps d'une situation qui ne lui convenait pas vraiment. En réalité, elle voulait une famille. Elle l'avait compris depuis que Matt était à Boston. Mais lui ne la voyait pas comme une personne à qui il pouvait faire confiance, sur qui il pouvait s'appuyer. Or, elle avait besoin d'être une partenaire pour lui, une amie et une confidente aussi bien qu'une amante.

DJ prit une bouteille de colorant alimentaire vert et laissa tomber une première, puis une deuxième goutte sur le glaçage blanc. D'abord presque noir, le colorant se diffusa et devint du même vert profond que les yeux de Matt. Comme au ralenti, DJ vit son bras renverser le bol, puis le bol tomber sur le carrelage et exploser tel une bombe. Il y avait du vert partout.

En voyant ce qu'elle avait fait, DJ éclata en sanglots.

Bon sang, elle détestait Noël.

Elle sentit des bras qui l'entouraient, une main qui lui retirait doucement la spatule. Toujours en larmes, elle enfouit son visage dans le cou chaud et viril d'un homme.

— Ne pleure pas, DJ, murmura Matt.

C'était lui. Il était là.

Se dressant sur la pointe des pieds, DJ passa ses bras autour du cou de Matt et se dit qu'elle ne devrait pas. Qu'après ce serait encore plus dur de le quitter. Mais elle n'arrivait pas à le lâcher.

Ensuite, elle entendit Matt dire quelque chose à Callie et à Mason, mais elle ne comprit pas quoi. Puis, il y eut une autre voix derrière elle qu'elle ne connaissait pas… mais elle s'en moquait. Elle était si fatiguée…

— Viens, DJ, dit Matt.

La tenant serrée contre lui, il la soutint pour marcher jusqu'à la porte, puis lui fit enfiler son manteau, une manche après l'autre, le boutonna jusqu'en haut et serra la ceinture. À travers ses larmes, DJ remarqua son air inquiet.

Une fois dehors, Matt lui prit la main, lui fit traverser la route, puis monter dans sa voiture. Après l'avoir installée, il prit place derrière le volant, mit le contact et alluma le chauffage. Mais il ne démarra pas.

— On ne part pas ? demanda DJ.

— Non. On a des cookies à faire et je veux te présenter quelqu'un.

— Au cas où tu n'aurais pas remarqué, je ne suis pas au mieux de ma forme, dit-elle d'un ton qui se voulait sarcastique.

— C'est à cause de moi et j'en suis désolé, DJ.

Elle vit qu'il était livide.

— J'aimerais pouvoir te dire que tout va bien, mais je crois vraiment qu'il faut que tu restes éloigné de moi.

— Sauf que je n'ai pas envie de ça.

— Je ne comprends pas, dit DJ en fronçant les sourcils.

— Je ne veux pas m'éloigner de toi. Je ne veux pas vivre sans toi.

Si c'était une plaisanterie, elle allait le massacrer. Si c'était une proposition qui n'était pas à la hauteur de ce qu'elle attendait, il allait mourir dans d'atroces souffrances.

— Matthew…

Matt prit sa main, la porta à ses lèvres et ferma les yeux.

— Je veux plus que ça, Dylan-Jane. Je veux tout.

DJ se recula sur son siège, elle s'attendait à moitié à le voir ouvrir la porte et s'en aller.

— Ne dis pas ça si tu n'es pas sérieux. Ne dis pas ça si tu comptes encore sortir de ma vie.

Matt lui caressa la joue. Dans ses yeux elle ne voyait qu'une immense tendresse.

— Il n'y a que toi, DJ. Il n'y a que toi depuis sept ans. Je ne vais pas m'en aller, Dylan-Jane, et chaque fois que je devrai partir, je reviendrai. Je t'en fais la promesse solennelle. Je veux t'épouser, avoir des bébés avec toi, dormir avec toi, me disputer avec toi et je veux aimer ton corps délicieux jusqu'à la fin de mes jours. Il n'y aura que toi. Pour toujours.

Après un court silence, Matt dit enfin les mots qu'elle avait le plus besoin d'entendre.

— Je t'aime, Dylan-Jane. Pour moi, tu es et tu seras toujours irremplaçable.

D'autres larmes se mirent à couler le long de son visage, mais DJ s'en moquait. Elle laissa son corps expulser les dernières traces de peur et de méfiance. Et Matt, parce qu'il la connaissait si bien, attendit que les larmes cessent.

— Tu es sûr ? demanda-t-elle, la voix encore un peu brisée.

— Que je t'aime ? Oui. Que je ne te quitterai jamais ? Oui. Que tu es irremplaçable ? Oh ! oui.

— Je ne sais pas quoi dire, dit-elle, en tournant légèrement la tête pour embrasser la paume de la main de Matt.

— Alors, je vais te dire, moi. Nous allons nous marier, bientôt, le plus vite possible. Je ne sais pas encore comment nous allons concilier nos carrières sur deux continents, mais on y arrivera. Et on passera le plus clair de notre temps ensemble. Ce n'est pas négociable. Plus question de ne pas se voir pendant des mois… On trouvera une solution qui nous convienne à tous les deux. Peut-être qu'on devra se partager entre deux maisons, mais ça m'est égal, du moment qu'on y vit ensemble.

Une joie immense vint sécher les dernières larmes de DJ qui ouvrit la bouche pour lui répondre, mais Matt secoua la tête pour la faire taire.

— Je ne sais pas si je serai un bon mari et un bon père, mais je te jure que je ferai l'impossible, DJ. Tu seras ma priorité absolue, je te le promets.

Elle ne pouvait pas exiger ça de lui ; il avait une fille et c'était elle qui devait compter en premier.

— Tu as Emily, Matt. C'est normal que ce soit elle, ta priorité.

— Emily a déjà un père, DJ, et une famille qu'elle adore. Et c'est très bien comme ça. Moi, je veux ma propre famille, avec toi. Je veux faire mieux que nos parents n'ont fait avec nous. Tu es prête à tenter l'aventure avec moi ?

Il y avait tant d'espoir et de vulnérabilité dans sa voix… DJ hocha doucement la tête.

— Un jour, je veux avoir un autre enfant de toi, Matt. Peut-être deux. Mais, avant, je veux qu'on apprenne à compter l'un sur l'autre. Je veux être ta lumière quand tout est noir, ton ancrage quand tout semble chavirer. Ensemble, nous pourrons tout surmonter.

Matt appuya son front contre le sien, et elle sentit son souffle sur ses lèvres.

— Je t'aime, Dylan-Jane.

— Moi aussi, je t'aime.

— Veux-tu m'épouser ?

— Plus que tout au monde, murmura-t-elle.

Les lèvres de Matt rejoignirent enfin les siennes. Elle était la femme la plus heureuse du monde parce qu'elle allait pouvoir embrasser cet homme, l'aimer, jusqu'à la fin de sa vie.

Elle était à lui. Pour toujours.

DJ ne savait pas combien de temps ils s'étaient embrassés mais, quand on cogna à la vitre de la voiture, la main de Matt était dans son soutien-gorge et leurs manteaux avaient volé sur la banquette arrière. Heureusement, les vitres étaient pleines de buée. Elle entrouvrit la portière.

Ses trois bonnes fées se tenaient devant elle.

— Alors ? demanda Darby.

— Tu as envie d'être demoiselle d'honneur, Darby ?

— Quoi ? Qu'est-ce que tu viens de dire ? Vous allez vous marier ? Quand ? Maman, Julie, ils vont se marier ! Tu vas descendre de cette voiture, oui ou non ?

DJ éclata de rire et échangea un regard entendu avec Matt. Il avait rajusté ses vêtements et il était prêt à sortir de la voiture maintenant.

— Il faut qu'on y retourne. Désolée, mais elles ne nous lâcheront pas tant qu'on ne leur aura pas tout raconté.

Matt sourit.

— Je sais qu'elles font partie de l'équation, ma chérie. Et, oui, il faut qu'on y retourne, j'aimerais te présenter Emily.

— Ta fille est là-bas et tu l'as laissée seule avec de parfaits étrangers ?

— Elle est grande et tu avais besoin de moi.

Matt ouvrit sa portière mais, avant de descendre, il lui lança un regard qui la fit fondre.

— Je t'aime à la folie, Dylan-Jane. Il ne faut jamais que tu en doutes, d'accord ?

*
* *

Mason pénétra dans le hall de la demeure de Callie et prit une coupe de champagne sur le plateau posé sur la console. Il était en retard parce qu'il avait passé le réveillon avec ses fils et que son ex-femme avait été un peu retardée par la neige. Il était presque minuit, mais la fête battait encore son plein et il y avait beaucoup plus de monde qu'il ne se l'était imaginé.

La maison était une ruche bourdonnante de femmes en robe de soirée et d'hommes en smoking. Mason se demanda à quand remontait la dernière fois où il avait porté le sien. Trois ans ? Cinq ?

Peu importait. Ce qui comptait, c'était d'être ici, à la première grande réception de Noël que Callie donnait depuis la mort de son mari. Mason but une gorgée de champagne et essaya de repérer sa proie, ce qui était impossible, vu que sa perspective était bloquée par les larges dos de Levi Brogan et des trois Lockwood mâles.

Il n'en pouvait plus. Il n'avait plus été seul avec Callie depuis leur fougueux baiser sous son porche, dix jours plus tôt. Ça suffisait comme ça. Il la voulait. Ils seraient si bien ensemble. Mais il allait falloir qu'elle se décide à se battre pour lui, elle aussi.

Il balaya la pièce du regard et son attention fut attirée par toute une galerie de photos de famille, et plus particulièrement par celle d'un homme aux cheveux bruns, riant aux éclats, assis sur un mur. Le fameux Ray, présuma Mason ; Levi lui ressemblait, Darby avait son nez et Julie, ses yeux.

Cet homme rayonnait littéralement d'intelligence et de bonheur de vivre, et Mason, pourtant doté d'un ego important, ne put s'empêcher de se sentir un peu mal à l'aise. Comment pouvait-il lutter contre un Ray Brogan ? Bien que plutôt riche, il n'était pas milliardaire comme lui. Il n'était pas non plus aussi sociable – c'était rarement le cas des matheux tatoués – ni, il devait bien se l'avouer, aussi beau.

Bon sang, mais que faisait-il ici ?

Mason s'apprêtait à se retourner quand il sentit une main féminine se glisser sous son bras et un parfum subtil lui chatouiller le nez. Il savait que ça n'était pas Callie parce que son rythme cardiaque était stable.

— Vous l'auriez aimé, vous savez, dit Darby, le regard fixé sur la photo de son père.

Et le pire, c'était que c'était sans doute vrai.

— Et lui, il vous aurait bien aimé, ajouta Darby. Il aurait apprécié le fait que vous ne vous laissez pas faire par maman. Il était pareil.

Mason ne savait pas s'il devait ou pas prendre la défense de Callie et préféra changer de sujet.

— Quel monde.

— Oui, dit Darby avec un sourire. Maman en voulait tellement à Fenella d'avoir été aussi méchante avec DJ qu'elle a décidé de lui donner une leçon. Elle savait qu'un bon nombre de ceux qui avaient acheté des billets pour la soirée de Fenella préféreraient assister à la réception de Noël des Brogan, alors elle les a appelés et les a invités à venir célébrer les fiançailles de Julie et de DJ. Fenella va se retrouver avec au moins un tiers d'absents.

Mason ne put s'empêcher de sourire. Cette femme, c'était quelque chose. À l'autre bout de la pièce, il aperçut Matt et DJ qui évoluaient au rythme de la musique, les yeux dans les yeux. Clairement, ils étaient fous amoureux et n'attendaient qu'une chose… se retrouver au lit, nus, rien que tous les deux.

— Vous regardez maman de cette façon-là.

Seigneur, qu'était-il censé répondre à ça ?

À nouveau, il préféra changer de sujet.

— Est-ce que DJ et Matt ont réussi à organiser leur future existence ?

Darby sourit, l'air amusé.

— Ils y travaillent toujours, mais ils vont y arriver. Ils s'aiment trop pour vivre séparés. Êtes-vous amoureux de ma mère ?

La surprise faillit lui faire lâcher son verre.

— Heu…

— Vous l'êtes, n'est-ce pas ? insista Darby.

Mais bien sûr que non ! Il voulait coucher avec elle. Point. Il ouvrit la bouche pour mettre les choses au clair… Mais comment pouvait-il dire à la fille de la femme qu'il convoitait qu'il ne s'agissait que de sexe ?

Impossible…

— Je ne crois pas que ça vous regarde, finit-il par dire.

— Exact, concéda Darby, en regardant la photo de son père. Je l'aimais. Plus que tout au monde. Et il adorait maman. Et elle aussi.

C'est bon, il avait compris. Il était temps de s'en aller.

— C'est douloureux de devoir l'admettre, dit Darby en s'agrippant à son bras, mais je n'ai jamais vu maman le regarder comme elle vous regarde, vous.

Tous les muscles de Mason se tendirent tandis qu'il attendait qu'elle poursuive. Après ce qui lui sembla des milliards d'années, Darby reprit :

— Vous deux, au premier regard… *boum* ! J'avoue que c'est assez déconcertant. Je ne sais pas ce qu'il y a entre vous, mais ça lui fait peur. Elle résiste. Mais continuez, parce que vous avez rendu à maman sa joie de vivre. Et ça, je vous en serai à jamais reconnaissante.

Là, il ne pouvait plus laisser planer le doute.

— Écoutez, Darby, je ne serai pas le compagnon de la deuxième vie de votre mère. Il n'est pas question de ça entre nous. Je comprends que vous soyez inquiète pour elle, mais n'allez pas imaginer que je suis le chevalier blanc qui va voler à son secours.

Darby éclata de rire.

— Mason, ma mère est une femme forte. Nous le sommes toutes dans la famille. La dernière chose dont nous ayons besoin, c'est un preux chevalier. Nous, les Brogan, nous tuons nos dragons nous-mêmes.

Sur ces mots, Darby alla se fondre dans la foule.

C'est alors qu'il la vit, magnifique dans sa robe moulante verte et perchée sur ses talons vertigineux. Elle était en train de discuter avec un homme dans la soixantaine qui, à en juger par l'expression de son visage, cherchait le moyen le plus rapide de l'attirer dans son lit.

Oh ça, non. Le seul qui allait l'attirer dans son lit, ce serait lui. Et il était grand temps qu'elle se fasse à cette idée.

Il traversa la pièce, les yeux rivés sur son visage, attendant l'instant où elle le remarquerait. Très vite, il perçut une tension dans les épaules de Callie, elle tourna la tête, et leurs yeux se croisèrent. Il se demanda s'il devait aller la rejoindre, si elle voulait rendre leur liaison publique, et elle le surprit en lui faisant signe d'approcher. Et quand il fut près d'elle, elle effleura sa joue et lui donna un baiser sur les lèvres.

Une fois que son cerveau se remit à fonctionner, il prit la main délicate qu'elle avait posée contre son cœur.

— Mais qu'est-ce que tu fabriques ? murmura-t-il, remarquant son air amusé. Et, sous son air amusé, un désir très fort.

— Je fais une annonce, dit Callie en l'embrassant à nouveau.

Ses deux mains étaient posées sur son buste maintenant, et Mason savait que tout le monde les regardait. L'orchestre s'était même arrêté de jouer.

Il fronça les sourcils. Qui était cette femme et qu'avait-elle fait de la si correcte Callie Brogan ?

Callie enroula les bras autour de son cou et passa ses doigts dans ses cheveux.

— Je t'embrasse pour montrer à tout le monde ici que tu es avec moi et je vais aussi te dire ce que je veux pour Noël.

Il ne pouvait pas détacher le regard de son visage.

— Qu'est-ce que tu veux pour Noël, Cal ?

— Tu as dit qu'il y avait deux choses sur ma liste pour lesquelles tu étais prêt à m'aider..., dit Callie, les joues un peu rosies.

Il se remémora la fameuse liste. Il y avait l'amour au téléphone et... *Oh ! bon sang !*

— Tu veux tenter un coup d'un soir ? Avec moi ?

Quand Callie hocha la tête pour confirmer, son cœur faillit s'arrêter.

— Juste une nuit de plaisir, sans projets, sans attente. Est-ce que tu peux me donner ça, Mason ?

C'était la seule chose qu'il avait demandée au Père Noël, la seule chose sur sa liste. C'était ce qu'il voulait... Tout ce qu'il voulait.

Mais, quand il plongea son regard dans les yeux bleus de Callie, il se prit à penser que, peut-être, une nuit ne lui suffirait pas.

Vous avez aimé *Une porte sur le paradis* ?
Découvrez la suite et fin de votre série
« Amour, gloire et pouvoir »
dès le mois prochain,
dans votre collection Passions.

STELLA BAGWELL

La famille qu'elle n'attendait plus

Traduction française de
GABY GRENAT

Passions

HARLEQUIN

Titre original :
THE LITTLE MAVERICK MATCHMAKER

- 1 -

— Hé, papa ! Tu as vu, il y a plein de monde ! On va bien s'amuser !

Drew Strickland étouffa un soupir navré avant de détourner son regard de la foule qui évoluait sur le gazon du Rust Creek Falls Park pour le poser sur Dillon, son fils âgé de sept ans. Et il sentit une petite moue de résignation abaisser le coin de ses lèvres. Malgré le soin qu'il avait déployé pour coiffer et habiller son petit garçon avant de partir de chez eux, ses cheveux noirs étaient déjà tout embroussaillés et les pans de sa chemise à carreaux flottaient hors de son pantalon… Pourtant, ce n'était pas l'allure gentiment débraillée de Dillon qui le préoccupait. Non, ce qui l'alarmait, c'était l'étincelle malicieuse qui brillait dans ses yeux car, généralement, elle annonçait une proche manifestation du toupet monstre dont il était capable.

Comme sa mère disparue bien trop tôt, Dillon ne connaissait pas la timidité. Drew avait donc une inquiétante certitude : d'ici la fin de ce pique-nique de rentrée des classes, son fils aurait trop parlé. Et surtout, parlé de choses qui ne le regardaient pas.

— C'est vrai, beaucoup de gens sont venus participer à cette journée, répondit-il enfin à la remarque pleine d'enthousiasme de son fils.

En même temps, il cherchait quelque bonne raison

de prendre le petit par la main pour l'entraîner loin de cette assemblée. Évidemment, Dillon, qui adorait rencontrer du monde, n'allait pas apprécier. Et, en ce qui le concernait, pareille attitude lui ôterait la possibilité de jouer son rôle de père, au moins pour cette journée. Mieux valait donc éviter de commettre cette erreur puisque c'était précisément pour cette raison que ses parents l'avaient incité à s'installer à Rust Creek Falls, cette petite ville de montagne. D'après eux, un peu de distance était le meilleur moyen pour lui d'apprendre à assumer au quotidien la pleine responsabilité de son fils sans leur aide constante.

— Quelle chance ! Ça sera encore plus chouette ! s'écria son gamin.

Il sentit sa petite main serrer résolument la sienne pour l'entraîner vers la foule.

— Allez, papa, avance ! Je veux te présenter mes nouveaux amis.

Ils habitaient Rust Creek Falls depuis à peine un mois, mais son fils s'était déjà fait de nombreux copains parmi ses camarades de classe et connaissait la plupart des adultes qui vivaient comme eux à la pension Strickland's Boarding House. De son côté, il avait bien ses grands-parents et quelques cousins dans cette petite ville du Montana, mais il ne se sentait proche d'aucun d'entre eux et n'avait guère envie de resserrer leurs liens. À sa décharge, il fallait bien reconnaître qu'un médecin, gynécologue accoucheur de surcroît, n'avait guère de temps pour mener une vie mondaine où qu'il se trouve.

À cette pensée, il serra les lèvres. Qui essayait-il de tromper ? Il n'avait jamais été du genre très sociable. Même lorsque Evelyn était encore en vie, rien ne le rendait plus heureux que de se tenir à l'arrière-plan pour la laisser entretenir la conversation.

Hélas, Evelyn n'était plus près de lui désormais. Elle ne le serait plus jamais. Maintenant, c'était à lui de faire un effort pour devenir le père dont Dillon avait besoin et qu'il méritait. Même si cela l'obligeait à se mêler à des étrangers pour faire leur connaissance.

Ils avaient à peine fait quelques pas au sein de la foule que deux garçons et une petite fille de l'âge de Dillon se précipitèrent vers eux.

— Salut, Dillon ! s'écrièrent-ils tous les trois en l'apercevant.

Dillon leur adressa un grand sourire et commença très civilement à faire les présentations.

— Papa, je te présente mes meilleurs amis.

Il désigna du doigt un garçon très blond et au visage constellé de taches de rousseur, puis un autre, brun, dont les cheveux paraissaient à peine repousser après la sévère coupe à la tondeuse subie au cours de l'été.

— Voici Oliver et Owen, et Rory, ajouta-t-il en se tournant vers la petite fille.

Comme ses camarades, elle portait jean et T-shirt mais le diadème en plastique qui couronnait ses longs cheveux blonds montrait bien qu'elle soignait sa féminité.

Sans plus de manières, le garçon prénommé Oliver s'adressa à lui.

— Monsieur Strickland, Dillon parle de vous comme d'un héros. Il dit que vous sauvez la vie des gens.

Un héros ? J'en suis bien loin… S'il était réellement un héros, ce serait Evelyn qui accompagnerait Dillon à la kermesse aujourd'hui, et pas lui. Mais apprendre que Dillon l'avait hissé sur pareil piédestal lui faisait plaisir, même si ce n'était pas mérité.

— Je suis médecin, répondit-il simplement.

Owen parut fortement impressionné.

— Vous savez recoudre les blessures et réparer les bras cassés ?

— Bien sûr, idiot ! lança Rory. Tous les médecins savent faire ça.

— Mon père sait guérir toutes les maladies, ajouta Dillon fièrement.

Drew sourit face à la candeur de son fils.

— Dillon, intervint-il, tu sais bien que tu exagères !

— Je veux dire, presque toutes les maladies, corrigea Dillon.

Estimant qu'ils avaient suffisamment parlé médecine, Oliver se tourna vers Dillon.

— Tu viens avec nous ? On va ramasser des pommes de pin.

— Pour quoi faire ? demanda Dillon.

— Pour les jeter sur ces crétins du cours préparatoire, bien sûr.

Il s'apprêtait à interdire à son fils de jeter des pommes de pin à qui que ce soit, et encore moins à des enfants plus jeunes que lui, lorsque Dillon anticipa son intervention.

— Non, je reste avec mon père. Je veux me promener avec lui parce que je connais beaucoup de monde et lui presque personne.

— Comme tu voudras, conclut Rory. À plus tard !

Sur ce, les trois enfants s'éloignèrent au pas de course.

— Dillon, commença-t-il, cette histoire de pommes de pin ne me…

— Oh ! laisse tomber, papa. Oliver aime se faire passer pour un dur mais en fait il est pas méchant du tout.

— N'est pas méchant du tout, corrigea-t-il.

— D'accord. N'est pas méchant du tout. Il ne ferait même pas de mal à une puce en train de le piquer.

Drew laissa échapper un profond soupir. Que son enfance était loin ! Même à l'âge de Dillon, il n'avait jamais été entouré d'un groupe d'amis. Il passait le plus clair de ses journées à cheval pour aider son père et ses frères au travail qu'exigeait le ranch familial de Thunder Canyon, à quelques centaines de kilomètres de Rust Creek Falls.

— Je suis heureux de l'apprendre, assura-t-il en jetant un coup d'œil à sa montre. Si nous allions manger quelque chose maintenant ?

— Oh non, papa ! Pas tout de suite. Faisons un tour pour regarder les jeunes filles.

Regarder les jeunes filles ? Dillon s'intéressait donc aux filles ? À sept ans ? Il déglutit péniblement. C'était bien la première fois qu'il s'en apercevait mais, après tout, il ne connaissait pas vraiment son propre fils. Avant leur arrivée à Rust Creek Falls le mois précédent, il n'avait pas passé auprès de lui autant de temps qu'il aurait dû en tant que père. Depuis la mort d'Evelyn, six ans plus tôt, il avait confié à ses parents, Jerry et Barbara, le soin d'élever Dillon. Avec un immense soulagement. Aujourd'hui, leur départ de Thunder Canyon l'obligeait à s'occuper de Dillon au quotidien, et il découvrait que la tâche n'était pas simple.

Il regarda son fils avec attention et pas mal d'inquiétude.

— Tu veux dire que tu envisages de te trouver une petite amie ?

Dillon lui répondit par un sourire espiègle en le tirant par la manche.

— T'inquiète, papa ! Allez, viens avec moi.

Seigneur… C'était plus simple de ne pas discuter, tout au moins pour l'instant. Il reviendrait plus tard sur cette question, lorsqu'ils se retrouveraient en tête à tête à Strickland's Boarding House. Avec un peu de chance, il rencontrerait quelqu'un de la clinique où il travaillait, ce qui lui permettrait de se lancer dans une conversation susceptible de détourner Dillon de son projet quelque peu déconcertant. Hélas, ils avaient beau avancer au milieu de la foule, il ne repérait la moindre personne de sa connaissance.

À un moment donné, il réalisa que Dillon tirait très fort sur son bras en lui désignant du doigt deux jeunes femmes parmi un groupe de personnes rassemblées à l'ombre d'un peuplier.

— Papa, regarde celle-là ! Elle est vraiment jolie. Et son amie rousse est très jolie aussi. Tu n'aimerais pas fréquenter l'une d'elles ?

Son fils avait vraiment décidé de jouer le rôle de l'entremetteur. Complètement abasourdi, il considéra les deux jeunes femmes sélectionnées par son rejeton. Celle qui avait de longs cheveux noirs était Paige Traub et l'autre, la rousse, Marina Dalton. Toutes les deux étaient institutrices à l'école de Dillon.

— Elles sont très mignonnes toutes les deux, en effet, mais elles sont déjà mariées et très heureuses de l'être.

— Et toi, papa, tu n'as pas envie d'être marié et heureux de l'être ?

Cette question si simple et innocente lui fit aussi mal qu'un coup de poing dans l'estomac. Il dut détourner le regard et prendre une profonde inspiration avant de retrouver l'usage de la parole. Dillon n'avait que onze mois à la mort de sa mère. Il ne pouvait pas savoir combien elle l'aimait, ni se souvenir de toute la douceur dont elle l'avait entouré. Non, c'était impossible. Dillon n'avait aucun souvenir de la femme qui lui avait donné la vie. Lui, par contre, n'avait rien oublié. Au contraire, il se raccrochait de toutes ses forces à ses souvenirs tandis qu'au fond de lui-même la souffrance d'avoir perdu l'amour de sa vie le rongeait comme un mal qui ne guérirait jamais.

Il se pencha pour mettre son visage à la hauteur de celui de son fils.

— Tu sais, Dillon, j'ai déjà été marié avec ta maman, et très heureux de l'être.

Dillon fit une grimace de frustration.

— Mais maintenant, papa ? Tu n'es pas marié !

Il se releva en soupirant de plus belle. Cette journée s'annonçait abominablement longue…

— Dillon, tenta-t-il d'expliquer, je sais que la plupart de tes amis ont des mamans et des papas mariés. Mais, pour moi, c'est différent.

Dillon fit la moue.

— Tu pourrais très bien être comme eux si tu voulais.

Il sentait sa patience toucher ses limites. Il prit son fils par la main et l'entraîna loin du groupe qui continuait à bavarder tranquillement.

— Viens, Dillon, arrête avec cette histoire de mariage et allons plutôt manger quelque chose.

Pendant le quart d'heure qui suivit, il réussit à focaliser l'attention de son fils sur son sandwich et ses frites. Mais, pas plus tôt son déjeuner avalé, Dillon parut reprendre sa quête anxieuse d'une candidate au rôle de fiancée.

Par chance, Drew repéra un peu plus loin sa cousine Claire Wyatt. Elle travaillait comme cuisinière à la Strickland's Boarding House et était mariée à Levi, qui tenait un magasin de meubles à Kalispell. Étant donné que leur fille, Bekka, était à peine âgée de quatre ans, il était un peu surpris de la présence de Claire à cette journée organisée pour l'école primaire. Elle avait sans doute profité de cette occasion pour venir retrouver des amis, car elle était en grande conversation avec un couple d'un certain âge qu'il avait déjà aperçu à la pension.

Il fallait sauter sur l'occasion.

— Viens, suggéra-t-il dans l'espoir de chasser l'idée fixe de la tête de son fils, allons dire bonjour à Claire.

— Oh ! Papa, arrête de faire le ronchon ! On voit Claire tous les jours à la pension.

Puis, tout à coup, comme un chien de chasse qui vient de détecter la présence d'une compagnie de cailles et se met à l'arrêt, Dillon se redressa et marqua une pause.

— Papa, regarde cette dame là-bas, près du bol de punch. Elle est super jolie, non ?

Il s'apprêtait à informer son fils que, s'il ne mettait pas tout de suite un terme à sa recherche idiote, ils allaient immédiatement rentrer chez eux, mais Dillon l'avait déjà entraîné en direction de la jeune femme en question.

Elle était assez grande, avec une tresse blonde qui descendait sur son épaule gauche et une paire de longues jambes moulées dans un jean bleu clair. Dillon avait bon goût, il fallait bien l'admettre, elle était réellement très belle. Malheureusement pour lui, depuis Evelyn, il ne s'intéressait pas aux femmes. Jolies ou non.

Il allait tirer à son tour sur la main de son fils pour battre en retraite lorsque la blonde leva les yeux et les découvrit tous les deux en train de la dévisager. Bien qu'ils ne soient pas arrivés tout près d'elle, il remarqua qu'elle rougissait. Brusquement, elle leur tourna le dos.

Seigneur… Me voilà sans aucun doute déjà catalogué comme un dragueur !

— Dillon, je te défends de me traîner comme ça vers les gens, tu as compris ? C'est quelque chose qui ne se fait pas.

Il réprimandait très rarement son fils. À dire vrai, il n'avait pas suffisamment vécu auprès de lui pour avoir eu l'occasion de le faire. Les quatre semaines qu'ils venaient de passer à Rust Creek Falls étaient les premières où il s'occupait tout seul de Dillon, sans le soutien de ses parents ou de ses grands-parents. Et, d'après ce que lui montrait cette journée, il avait beaucoup à apprendre sur la manière de cadrer un petit garçon de sept ans, pourvu d'autant d'énergie que trois enfants ordinaires.

— D'accord, papa, je me calme, mais je t'en prie, allons lui parler, elle a l'air d'être tellement gentille !

Il voulait expliquer à son fils que cela n'impliquait pas forcément qu'elle avait envie de faire connaissance avec eux mais cette fois encore, avant qu'il n'ait pu ouvrir la bouche, Dillon l'avait amené tout près de celle qu'il avait élue. Sans qu'il n'ait eu le temps de dire ouf. Que faire, maintenant ? Encore une fois, c'était sans doute plus simple de se plier au caprice de son fils que de lui faire une scène en public. Ils régleraient leurs comptes plus tard…

Une fois arrivé tout près d'elle, il vit la jeune femme se retourner vers eux. Comme il l'avait redouté, elle les considérait d'un air perplexe.

— Bonjour, déclara Dillon sans la moindre hésitation. Je suis Dillon Strickland et c'est mon père qui m'accompagne. Il s'appelle Drew Strickland.

Le regard de la blonde alla de l'un à l'autre, puis un sourire chaleureux éclaira son visage.

— Bonjour à vous deux, Dillon et Drew. Moi, je suis Josselyn Weaver.

Elle tendit la main à Dillon, puis à Drew avant de poursuivre :

— Je suis la nouvelle documentaliste bibliothécaire de l'école primaire de Rust Creek Falls.

Il tendit la main à son tour. Un court instant, leurs paumes se rencontrèrent, les doigts délicats de la jeune femme s'enroulèrent autour des siens. Sans qu'il puisse se l'expliquer, ce bref contact le troubla, et il se hâta de retirer sa main.

— Enchanté de faire votre connaissance, mademoiselle Weaver, répondit-il poliment. Dillon vient d'arriver en ville. Il fréquente le cours élémentaire. Il m'a semblé que ce serait une bonne idée de lui permettre de rencontrer ses camarades de classe et ses professeurs.

— Bien sûr ! approuva Josselyn avec un nouveau sourire tout aussi charmeur. Voyons, est-ce que tu aimes lire, Dillon ?

Il eut la surprise de sentir son fils déjà complètement tombé sous le charme de la nouvelle documentaliste. Il la dévisageait, bouche bée d'admiration, les yeux remplis d'étoiles.

— Oh ! oui ! J'adore lire. Bien sûr, je lis quand je n'ai pas de jeux vidéo sous la main mais j'ai plein de livres dans ma chambre.

N'importe quoi ! Si ses souvenirs étaient exacts, seuls deux ou trois romans pour enfants et quelques bandes dessinées occupaient ses étagères. Si Dillon lisait autre chose que les livres de cette maigre réserve, ce devait être quand lui-même travaillait à la clinique, car il ne l'avait jamais vu plongé dans quelque lecture que ce soit.

Il allait essayer de rétablir la vérité.

— Oui, mon fils lit…, compléta-t-il. Toutefois, le « j'adore » est peut-être un peu exagéré…

Josselyn se mit à rire. Immédiatement, ce rire évoqua pour lui le joyeux carillon des clochettes d'un traîneau glissant sur la neige par une matinée ensoleillée. Déjà, il avait envie de l'entendre résonner à nouveau.

— C'est très bien, reprit-elle. Même s'il ne lit qu'un livre de temps en temps, c'est très encourageant. C'est mon travail de choisir des histoires qui donnent envie aux enfants de lire davantage.

— Avec mon grand-père, je lis les BD qui paraissent

dans le journal, ajouta Dillon. Il dit que je me débrouille très bien.

— Excellente nouvelle ! s'exclama-t-elle. Je pense donc que nous nous retrouverons à la bibliothèque de l'école, n'est-ce pas ?

— Bien sûr ! assura Dillon. J'y viendrai très souvent.

Il adressa son plus beau sourire à Josselyn puis, se tournant vers son père, il ajouta fièrement :

— Mon père aide les femmes à avoir des bébés !

Bon sang… Par chance, Drew n'était pas en train de boire du punch car il se serait sans aucun doute étranglé.

À son grand soulagement, Josselyn ne parut pas déstabilisée outre mesure par cette annonce quelque peu extravagante mais elle le considéra tout de même d'un air assez surpris. Il en profita pour examiner ses yeux verts. Le même vert que les premières feuilles des arbres au printemps.

— Heu… Mon fils veut dire que je suis médecin. Gynécologue. J'aide les femmes à mettre leurs enfants au monde.

Ce fut au tour de Josselyn de l'examiner, comme si elle se demandait s'il lui disait bien la vérité.

— Je vois. Vous travaillez ici, à Rust Creek Falls ?

— En ce moment, oui. La clinique attend au début de l'année prochaine le retour du titulaire du poste qui travaille en ce moment avec Médecins Sans Frontières.

— Vous assurez donc son remplacement ? C'est sympa.

Sympa ? Il aurait choisi un autre qualificatif. Pour lui, ce déménagement temporaire à Rust Creek Falls représentait un bouleversement complet dans son style de vie. Or, il n'avait jamais aimé le changement. Thunder Canyon, où il était né, où il avait grandi et où il avait vécu avec Evelyn en travaillant à la clinique de la ville, était son lieu naturel. C'est là-bas qu'il se sentait chez lui, à l'aise et à l'abri du monde. Il garda pour lui toutes ces réflexions. Cette jeune femme charmante et enjouée n'avait nul besoin d'entendre ses tristes pensées.

— J'espère que ma présence ici sera utile à la communauté. En tout cas, Dillon aime bien Rust Creek Falls.

En abaissant son regard sur Dillon qui assistait avec la plus grande attention à leur échange, il n'eut aucun mal à imaginer ce qui se passait dans l'imagination fertile de son fils.

— Tant mieux ! J'imagine qu'il n'a aucun mal à se faire des amis, ajouta-t-elle en riant gentiment.

— En effet. Comme vous avez dû le remarquer, la timidité ne l'étouffe pas !

Le regard de Dillon allait de lui à la jolie bibliothécaire. Finalement, il se fixa sur cette dernière.

— Tu es déjà mariée ? demanda-t-il tout à trac.

Les joues de Josselyn devinrent cramoisies. Et Drew en ressentit une gêne immense. Quelle question inattendue et parfaitement déplacée ! Que dire, maintenant ?

Il retint un grognement de mauvaise humeur.

— Je… Je suis désolé, mademoiselle Weaver. Mon fils a besoin de recevoir quelques leçons de savoir-vivre. Vous voyez… Je… Il… Dillon s'est mis en tête de me trouver une amie et…

— Non, pas une amie ! coupa Dillon avec assurance. Je veux que tu te maries. Je te cherche une fiancée !

Malgré le bruit des conversations qui se déroulaient autour d'eux, malgré les éclats de rire qui les environnaient, mêlés aux cris perçants poussés par les enfants qui jouaient tout près d'eux, il eut l'impression qu'un silence de plomb lui tombait sur les épaules.

— Ah, je comprends…, finit-elle par dire. Il s'agit donc de quelque chose de très sérieux…

Mortifié par le tour qu'avait pris la situation, Drew haussa les épaules et attrapa Dillon par la main.

— Allons, nous devons rentrer maintenant… Enchanté d'avoir fait votre connaissance, mademoiselle Weaver.

Aussitôt, il pivota sur lui-même pour s'éloigner d'elle.

Dillon traînait les pieds.

— Mais papa, pourquoi est-ce qu'on s'en va ? Je te jure que Mlle Weaver était très contente de parler avec nous !

Le visage crispé, il continua d'avancer à grands pas en direction de la sortie.

— Mon fils, nous avons assez profité de la kermesse pour aujourd'hui. À la maison, tout de suite, et pas de rouspétance !

— Mais pourquoi, papa ? Il y a encore plein de gens à qui nous n'avons pas parlé !

— C'est normal. Nous ne sommes pas venus ici pour parler avec tout le monde, Dillon.

Il faisait son possible pour contenir l'agacement qui montait en lui. S'il laissait ce ressort se détendre, il finirait par se mettre réellement en colère, ce qui ne rendrait pas la relation avec son fils plus facile.

— Et encore moins pour me trouver une petite amie ou une épouse, tu as compris ? acheva-t-il sur un ton sévère.

— Oh ! papa… tu fais une grosse bêtise. Tu laisses Mlle Weaver de côté alors qu'elle est super sympa et très jolie.

Déconcerté par cette remarque, il abaissa son regard sur son fils. Qu'est-ce qu'un gamin de sept ans pouvait bien connaître aux femmes ? Apparemment, pas mal de choses…, se résigna-t-il à reconnaître. Josselyn Weaver lui avait effectivement paru belle et intelligente. Elle incarnait à merveille le genre de femme susceptible de plaire à un homme à la recherche d'une compagne pour la vie. Mais ce n'était pas son cas ! Ni pour la vie ni pour un week-end. Il n'était à la recherche de personne. Plus vite Dillon l'aurait compris, mieux ce serait pour tous les deux.

Bien décidé à mettre les choses au point sans attendre, il déclara d'une voix ferme :

— Dillon, mets-toi dans la tête que nous ne sommes pas à la pêche de quoi que ce soit !

— Je sais… C'est Gramps qui m'emmène à la pêche, pas toi.

Gramps… Entre Dillon et son arrière-grand-père, qu'il appelait Gramps, le lien était très fort. Drew avait été enchanté qu'Old Gene s'intéresse autant à son fils. En même temps, il était vaguement jaloux de leur complicité. Le pire, c'était qu'il ne pouvait blâmer personne d'autre que lui-même pour cette situation.

À sa place, un homme plus fort aurait su réagir et n'aurait pas permis à la mort de sa femme de l'anéantir au point de l'empêcher de s'occuper de son enfant. Oui, un homme plus courageux que lui ne se serait pas évadé dans son travail, abandonnant ainsi l'éducation de son enfant à d'autres, aussi proches et chers soient-ils.

Il laissa échapper un soupir contrarié. C'était sans doute le fait de s'être installé dans cette petite ville de montagne qui lui avait ouvert les yeux… À moins que ce ne soit l'évolution rapide de Dillon qui l'amène à regarder la vie sous un autre angle ?

Incapable de trancher entre ces deux hypothèses, il avait néanmoins une certitude : il voulait à tout prix établir un rapport plus profond avec son fils. Restait à trouver le meilleur moyen pour y parvenir.

- 2 -

Ce soir-là, assise en tailleur sur le canapé de son joli petit chalet à Sunshine Farm, Josselyn regardait la télévision sans lui accorder beaucoup d'attention. Elle avait cru que, après sa longue journée consacrée à la kermesse, une soirée passée devant son feuilleton favori lui permettrait de se détendre. Illusion… Elle ne réussissait pas à s'intéresser à l'intrigue. Depuis une bonne demi-heure, si les personnages s'étaient exprimés en chinois ou en hébreu, elle ne l'aurait même pas remarqué.

Estimant qu'elle perdait son temps, elle finit par éteindre le poste. À quoi bon refuser de regarder la réalité en face ? Depuis qu'elle était rentrée chez elle, Drew Strickland et son adorable petit garçon accaparaient totalement son esprit.

Au moment où ils s'étaient approchés d'elle, elle avait supposé que la mère du petit se trouvait quelque part dans la foule, occupée à parler avec des amis. Mais lorsque Dillon avait expliqué naïvement qu'il cherchait une petite amie pour son père, elle avait compris qu'il n'en était rien.

Où donc se trouvait la mère ?

C'était au moins la vingtième fois qu'elle se posait cette question. Même en supposant que les parents du petit garçon soient divorcés, la mère aurait dû mettre de côté les griefs éventuels qu'elle entretenait vis-à-vis de son ex pour assister à la fête de l'école de son enfant.

Avec un soupir de frustration, elle se leva et jeta la commande à distance sur le canapé. Zut et zut ! Pourquoi ne pouvait-elle pas s'empêcher de penser à cet homme et à son fils ?

La réponse était facile à trouver : le père était beau à tomber. Beau à se damner, se dit-elle en regardant par la fenêtre le gazon qui s'étendait devant son chalet. Maintenant encore, plusieurs heures après leur rencontre, elle avait du mal à chasser de son esprit l'image de cet homme de haute taille, mince et élégant. Avec ses cheveux bruns coupés court, son visage aux traits bien dessinés éclairés par des yeux noirs au regard brillant d'intelligence, sa bouche généreuse dont le sourire trop rare creusait deux fossettes aussi attendrissantes qu'inattendues, il était le genre d'homme qu'on ne peut pas oublier.

Autrement dit, pareil exemplaire de la gent masculine représentait un danger ambulant pour toute femme normalement constituée. Ce qui aggravait encore son cas, c'était que son fils, le petit Dillon, si soucieux du bonheur de son père qu'il en devenait effronté, était complètement craquant. Elle avait eu bien du mal à se retenir de le prendre dans ses bras tant sa détermination à trouver une fiancée pour son père l'avait attendrie.

Elle soupira.

D'accord... Le Dr Drew Strickland est beau à couper le souffle. Son fils est le genre de gamin qui te fait fondre. Mais cela ne signifie pas que tu dois t'intéresser à lui. À eux. Ils sont tous les deux de taille à te créer des problèmes dont tu n'as nul besoin. Oublie-les et continue à vivre ta vie !

D'ailleurs, n'était-ce pas dans ce but qu'elle était venue

vivre à Rust Creek Falls ? Si elle avait fait de longues études pour obtenir son master en documentation, ce n'était certainement pas pour s'embourber dans une cause perdue d'avance qui lui apporterait bien plus de soucis que de bonheur.

Dire que, quelques semaines plus tôt, elle vivait encore dans le Wyoming, à Laramie, dans un appartement peu éloigné de ses parents, Velma et Walt Weaver. Ses deux frères aînés, Lloyd et Cameron, travaillaient tous les deux dans un ranch important à l'extérieur de la ville tandis que sa jeune sœur, Patti, terminait ses études et vivait encore chez leurs parents.

Les Weaver formaient une famille très unie et aucun de ses membres, mis à part Velma, n'avait compris son désir de s'éloigner de l'endroit où elle était née et où elle avait grandi. Sans le soutien de sa mère, elle aurait été encore là-bas, à évoluer au milieu de gens fort sympathiques, certes, mais qu'elle connaissait depuis le jardin d'enfants. Et elle avait eu besoin de nouveaux horizons. De nouveaux défis.

Son diplôme lui avait ouvert les portes d'un monde nouveau, où des visages inconnus et des découvertes multiples l'attendaient chaque jour. Bien décidée à ne pas tenir compte des arguments développés par sa famille qui l'incitait à rester près de Laramie, elle avait commencé par chercher du travail dans le Montana. Une fois son poste de documentaliste à Rust Creek Falls obtenu, elle avait souhaité se loger loin du béton et du bruit de la ville.

C'est à ce moment-là qu'elle était tombée sur un article vantant les délices de vivre à Sunshine Farm. L'auteur, Amy Wainwright, racontait comment elle avait découvert cet endroit à l'occasion du mariage d'une amie. Comme c'était également lors de cette circonstance qu'elle avait rencontré l'homme de sa vie, la journaliste avait décidé de baptiser ce lieu « Lonelyhearts Ranch », autrement dit, le ranch des cœurs solitaires.

Cette histoire heureuse correspondait parfaitement à sa façon optimiste d'envisager la vie, d'autant plus que Sunshine Farm était un endroit où de nombreux amoureux venaient se marier. En plus des grandes pièces propices à ce genre de réceptions, le ranch disposait aussi de chalets loués par des personnes désireuses de vivre au calme ou de se donner un nouveau départ dans la vie.

Elle n'était pas en train de se remettre d'un chagrin d'amour, encore moins décidée à envisager de se marier. Elle n'avait même pas de petit ami et s'en passait fort bien, mais ce « Lonelyhearts Ranch » était exactement le genre d'endroit où elle avait envie de vivre.

Rêveusement, elle attrapa le châle qu'elle avait posé sur le dossier d'une chaise et s'écarta de la fenêtre. Après la foule au milieu de laquelle elle s'était trouvée tout l'après-midi, le calme de son chalet aurait dû lui paraître le bienvenu. Ce n'était pas le cas. Au contraire, il lui donnait l'occasion de repasser en boucle dans sa tête le film de la rencontre de ce matin, ce qui n'avait rien d'apaisant.

Après avoir jeté le châle sur ses épaules pour se protéger de la fraîcheur du soir, elle sortit, dépassa une grande grange jaune et se dirigea vers la cuisine qui se trouvait dans le bâtiment principal de Sunshine Farm.

À la lueur de la lanterne qui éclairait la porte, elle frappa et entra. Eva Stockton, blonde et jolie, était occupée à disposer des cookies et des tasses de café sur un grand plateau en bois.

Il faisait bon dans la pièce. Un parfum de viande rôtie et de poivrons grillés flottait dans l'air. Étant donné que chaque soir Eva préparait de délicieux repas pour son mari, Luke, il était facile de comprendre pourquoi la cuisine était la première pièce que ce dernier avait restaurée dans la vieille ferme.

— Bonsoir, Josselyn, lança gaiement Eva. Tu arrives à point pour la dégustation de cookies ! C'est moi qui les ai faits et, sans fausse modestie, il me semble qu'ils sont réussis.

Elle n'en doutait pas une seconde car Eva, qui travaillait à Daisy's Donut Shop, était considérée comme l'une des meilleures cuisinières de la région.

— Je t'en prie, Eva, ne me tente pas ! J'ai déjà mangé plus que de raison à la fête de l'école.

— Alors prends au moins une tasse de café !

— D'accord. En fait, je suis venue voir Mikayla. Tu sais si elle est dans sa chambre ?

— Je crois. Ta visite va sûrement lui faire grand plaisir car elle est assez tristounette de savoir sa petite Hazel toujours en soins intensifs.

— Oui, ce doit être difficile de mettre au monde un bébé prématuré. Je vais lui apporter une tasse de café et essayer de lui remonter le moral.

Eva hocha la tête.

— Dès que je t'ai vue, j'ai compris que tu serais une pensionnaire parfaite à Sunshine Farm.

Elle se mit à rire.

— Tu as le don de divination ?

— Non, mais l'étincelle qui brille dans ton regard me l'a tout de suite fait comprendre.

Elle s'empara d'un plateau sur lequel elle disposa deux tasses de café et quelques cookies au cas où Mikayla aurait envie d'en goûter.

Puis, avec précaution, elle se dirigea vers l'escalier qui conduisait aux chambres de l'étage.

Un moment après qu'elle eut frappé à la porte, Mikayla, brune et petite, vint lui ouvrir.

— Room service ! annonça Josselyn en riant. Café et cookies. Et, si cela ne te dérange pas, je passerais volontiers un moment avec toi.

Mikayla lui adressa un sourire mal assuré.

— Que tu es gentille ! Comment as-tu deviné que mon moral avait besoin d'un petit coup de pouce ?

— Je n'ai rien deviné du tout. Je suis ici par pur égoïsme. Figure-toi que moi-même j'ai envie d'un peu de compagnie.

Elle transporta le plateau jusqu'au rocking-chair placé près de la porte-fenêtre et le déposa sur la table basse en bois qui se trouvait devant. Une petite lampe ancienne à l'abat-jour décoré de pampilles dispensait une lumière douce dans la pièce.

Mikayla la serra rapidement dans ses bras.

— Merci pour ta visite. Il y a à peine une heure que je suis rentrée de l'hôpital et j'aimerais déjà y retourner. Je n'arrive pas à penser à autre chose qu'à Hazel.

— Par conséquent, ça nous fera du bien à toutes les deux de passer un moment ensemble, conclut-elle. Sur quel siège préfères-tu t'asseoir ? Rocking-chair ou fauteuil ?

— Je préfère le fauteuil. Quand je suis dans le rocking-chair, j'ai trop envie d'avoir mon bébé dans les bras. J'ai décidé de ne plus l'utiliser tant que Hazel ne sera pas de retour ici.

Elle s'installa donc sur le rocking-chair.

— Je comprends que tu aies envie de rester auprès de ton bébé mais il faut aussi que tu te reposes, Mikayla. Tu as besoin de reprendre des forces pour être en forme quand tu récupéreras ta petite fille.

— C'est ce que me conseillent les infirmières. Il

faut que je permette à mon corps de se remettre de l'accouchement mais c'est tellement difficile de laisser ma fille là-bas ! Je n'arrive même pas à dormir.

Bien que n'ayant elle-même aucune expérience de la maternité, Josselyn n'avait guère de mal à imaginer la souffrance d'une jeune mère.

— Est-ce que tu as une idée du moment où Hazel sera autorisée à sortir ?

Mikayla s'assit à son tour et prit une tasse de café.

— Je ne sais pas encore avec certitude. Heureusement, comme elle prend des forces chaque jour, la pédiatre semble penser que je pourrai la récupérer au début de la semaine prochaine, mais j'ai peur que compter les jours me porte malchance.

Quelque temps auparavant, Mikayla était arrivée à Sunshine Farm enceinte de sept mois et seule, après avoir découvert que le père de son enfant la trompait avec son assistante. Par chance, sa vie avait depuis lors connu un tournant important car elle avait fait la connaissance d'un riche homme d'affaires, Jensen Jones, et ils étaient tombés amoureux l'un de l'autre. Malheureusement, la naissance du bébé s'était déclarée plus tôt que prévu.

Elle prit une tasse de café.

— Voilà une excellente nouvelle ! Et j'ai aussi l'impression que ton mariage approche à grands pas.

Mikayla soupira.

— Tout ce que je demande, c'est que Hazel aille bien. Jensen et moi attendons de la savoir en parfaite santé pour fixer une date. Bien sûr, nous espérons que cela ne prendra pas trop de temps. En attendant, il recherche une maison où nous pourrons nous installer tous les trois.

— C'est magnifique ! Je suis très heureuse pour toi, Mikayla.

— Tu sais, j'ai passé des moments abominables avant

d'arriver ici. Heureusement, Sunshine Farm a eu un effet magique sur moi, comme sur d'autres d'ailleurs. J'avais bien ri quand on m'avait raconté qu'il circule ici une sorte de fluide magique qui fait que les gens rencontrent l'amour alors même qu'ils ne le cherchent pas. Pourtant, c'est ce qui m'est arrivé.

Il y eut un moment de silence, avant que Mikayla ajoute :

— Qui sait si ce charme ne va pas fonctionner pour toi aussi ?

À ces mots, Josselyn éclata de rire.

— Ça m'étonnerait ! Figure-toi que, depuis que je suis ici, aucun homme ne m'a invitée à sortir avec lui. En fait, si, un seul, le professeur d'histoire du collège.

— Tu ne m'as jamais raconté comment s'était passée cette soirée.

Elle rejeta en arrière sa longue natte blonde.

— J'aimerais pouvoir te dire qu'il a fait battre mon cœur mais ce serait un gros mensonge. En fait, j'ai passé la soirée à me retenir de bâiller et de regarder ma montre ! Raymond est très gentil mais il est ennuyeux à mourir. Très peu pour moi, ce genre de triste sire…

— Ne t'inquiète pas. Tu travailles à Rust Creek Falls où tout le monde trouve amoureux ou amoureuse à son goût. Je suis persuadée que tu vas rencontrer un homme extraordinaire qui te rendra folle de lui avant même que tu ne t'en sois rendu compte.

Elle prit une gorgée de café tandis que le souvenir de Drew envahissait à nouveau son esprit.

— Je ne suis pas à la recherche du prince charmant, Mikayla. Si ça m'arrive, tant mieux, mais je ne vais pas passer mon temps à ressasser que je suis toujours célibataire à vingt-cinq ans.

Elle s'interrompit un moment. Réfléchit. Puis se décida à parler.

— En fait, j'ai rencontré aujourd'hui un homme très séduisant. Au pique-nique organisé par l'école.

Mikayla se pencha vers elle.

— Super ! Voilà exactement le genre de nouvelles que j'ai envie d'entendre. Raconte-moi… Il est nouveau à Rust Creek Falls ?

— C'est ce qu'il m'a semblé. Il a dit qu'il n'y était que pour quelque temps. Je ne l'avais encore jamais vu mais, franchement, ce n'est pas le genre de personnage qu'une femme oublie facilement.

Elle joua un moment avec le bout de sa natte qu'elle avait ramenée sur son épaule.

— Je me demandais si par hasard tu ne le connaîtrais pas.

— Moi ? s'étonna Mikayla. Comment veux-tu que ce soit possible ? On ne peut pas dire que j'ai eu une vie sociale intense depuis que je suis ici !

— Il est gynécologue. Il s'agit du Dr Drew Strickland. Ce nom te dit quelque chose ? Je pensais que tu avais peut-être eu l'occasion de le rencontrer à la clinique.

Un sourire malicieux éclaira le visage menu de Mikayla.

— Je l'ai vu plus que ce que tu peux imaginer ! C'est lui qui s'est occupé de moi la nuit où le travail de mon accouchement s'est déclenché de façon prématurée.

Cela ne la surprit pas. Rust Creek Falls était une petite ville où il n'y avait pas pléthore de gynécologues.

— Tu veux dire que c'est lui qui t'a aidée à mettre Hazel au monde ?

Mikayla hocha la tête.

— Exactement. C'est un médecin sensationnel, très

attentionné, sérieux, compétent. Le seul reproche que j'aurais à lui faire, c'est qu'il n'est pas très bavard.

— Il est renfrogné ?

— Non. En fait, il est plutôt aimable mais il réduit les conversations au minimum et, autant que je me souvienne, il ne m'a jamais souri une fois. Je dois tout de même reconnaître que mon accouchement était plutôt compliqué.

Josselyn avait en effet remarqué que Drew Strickland laissait volontiers son fils faire la conversation à sa place. En tout cas, jusqu'au moment où le petit garçon avait abordé la question du mariage de son père. À ce moment-là, il avait pris un air embarrassé. Fâché, même. Il avait sans doute ses raisons…

— Je comprends bien que ton accouchement n'a été une partie de plaisir ni pour toi ni pour lui. Il n'avait aucune raison de sourire, c'est sûr.

— Que faisait-il au pique-nique de l'école ? Tu lui as parlé ?

— Oui, brièvement. Son fils s'était avancé vers moi pour se présenter et me présenter son père.

— Ah bon… Il a donc un fils ?

— Oui. Un fils de sept ans qui est au cours élémentaire. Un gamin adorable, je dois dire.

— Eva m'avait un peu parlé de lui mais sans jamais mentionner l'existence d'un enfant. À la clinique non plus, personne n'en a jamais parlé.

— Bizarre…, conclut Josselyn. Les infirmières étaient certainement au courant. Est-ce que tu sais autre chose à son sujet ? Je me demande où était la mère du petit garçon parce qu'elle ne les accompagnait pas.

Mikayla croqua un cookie en réfléchissant.

— Elle était sûrement occupée à parler un peu plus loin avec des amis.

— C'est possible… Mais Dillon, le petit garçon, a glissé qu'il cherchait une fiancée pour son père.

— Pauvre gosse ! s'exclama Mikayla. Il doit avoir cruellement besoin d'une mère.

Le souvenir du regard ardent que Dillon avait posé sur elle lui serra le cœur. Elle y avait lu un réel désir de lier connaissance avec elle, qu'elle n'avait pas compris complètement à ce moment-là.

— Tu as sûrement raison, Mikayla… Il n'a peut-être pas de mère du tout.

— À mon avis, ton beau médecin est soit divorcé soit veuf.

Veuf ?

Voilà qui paraissait peu probable. Drew devait avoir la trentaine. À cet âge-là, il y avait peu de chances pour que sa femme soit décédée. Pourtant, il lui avait paru si triste que cette hypothèse n'était pas à écarter totalement.

— Si tu te poses tant de questions au sujet du Dr Strickland, remarqua Mikayla, c'est que tu t'intéresses à lui, non ?

Josselyn serra sa tasse dans ses mains et baissa les yeux sur le café encore fumant tandis que le rose lui montait aux joues.

— Sans doute un peu, admit-elle. Tu comprends, il est réellement très, très séduisant. Et, à voir comme son fils est sympathique et dégourdi, il doit être un bon père. Tu n'es pas de cet avis ?

— Tout ce que je peux te dire, c'est qu'à la clinique tout le monde l'adore en tant que professionnel, mais je ne sais rien sur sa vie privée. Tu devrais mener toi-même ta petite enquête.

Josselyn laissa échapper un long soupir.

— Je n'aurai probablement plus l'occasion de le

rencontrer. En plus, j'ai eu l'impression de ne pas du tout l'intéresser.

— Qu'est-ce que tu en sais ?

Un petit rire désabusé sortit de sa gorge.

— Dès que son fils a prononcé le mot « fiancée », il a pris ses jambes à son cou. Je ne l'ai plus aperçu de toute la journée, ce qui me laisse penser qu'il est parti tout de suite après notre entrevue.

— À ta place, je ne penserais pas être la cause de cette disparition. Je crois plutôt qu'il s'est senti gêné de ce que son fils venait de te dire.

— C'est vrai que je l'ai vu rougir avant qu'il ne tourne les talons.

— Écoute, s'il t'intéresse vraiment, je sais qu'il habite à la Strickland's Boarding House. Old Gene et Melba sont ses grands-parents.

— Ah, je n'avais pas fait le lien de son nom avec celui de la pension. Tu sais s'il a de la famille dans les environs de Rust Creek Falls ?

— Oui. Il a trois cousines, Claire, Tessa et Hadley. Claire est l'épouse de Levi Wyatt, et il me semble qu'ils ont une petite fille, Bekka. C'est Claire qui fait la cuisine à la pension. Tessa est designer et mariée à Carson Drake. Ils ont des jumeaux. Hadley est vétérinaire, mariée à Eli Dalton. Ils n'ont pas encore d'enfant.

— Je me demande comment sont ses parents et s'il a des frères et sœurs.

Puis, comme elle sentait ses joues devenir de plus en plus rouges sous le regard observateur de Mikayla, elle ajouta vivement :

— Oublie tout ce que je viens de te dire, ma tête ne tourne pas rond ce soir ! Je te raconte des choses complètement idiotes. Je ferais sans doute bien de manger quelque chose pour remettre tout cela d'aplomb.

— Tiens, proposa Mikayla en lui tendant l'assiette de cookies. Un peu de sucre te remettra les idées en place !

Elle obéit mais, tout en mordant dans la délicieuse pâtisserie, elle éprouva l'inquiétante certitude qu'il lui faudrait bien davantage pour écarter le Dr Strickland et son fils de son esprit.

- 3 -

Ce lundi matin, pendant que Dillon finissait de se préparer pour aller à l'école, Drew terminait tranquillement de prendre son petit déjeuner à la table de la cuisine de la pension.

La plupart des autres pensionnaires aimaient savourer leurs toasts et leurs œufs au bacon dans la grande salle à manger de la vieille demeure de trois étages. Il préférait son intimité. S'entretenir avec les uns et les autres en prenant son café matinal ne correspondait pas à ses goûts. D'autant moins que, depuis qu'on savait qu'il était médecin, chacun s'appliquait à lui faire part de ses petits soucis de santé dans l'espoir qu'il lui donnerait un conseil pour y remédier.

Contrairement à lui, Dillon adorait manger avec les autres pensionnaires et écouter leurs conversations. Cela s'ajoutant au fait qu'il avait toujours vécu avec des adultes, il n'y avait rien d'étonnant à ce que, malgré ses sept ans, il ait la maturité d'un adolescent.

Se souvenant de la question indiscrète posée par son fils à Josselyn Weaver, il se demanda ce qu'elle avait bien pu penser de lui. Chercher une fiancée pour son père ne fait normalement pas part des préoccupations d'un enfant de sept ans ! Une journée s'était écoulée depuis cette désastreuse kermesse mais le souvenir de l'incident continuait à le mettre mal à l'aise.

La veille, alors qu'ils rentraient à pied, il avait essayé de faire la leçon à Dillon en lui expliquant qu'on ne doit pas dire certaines choses à une dame, même si on la trouve très sympathique. Dillon s'était appliqué à prendre un air contrit mais Drew avait bien compris que, malgré sa mimique très étudiée, son fils ne regrettait absolument pas son audace.

— Il me semble que je t'ai entendu soupirer… Qu'est-ce qui t'arrive ? demanda Claire tout en faisant cuire des pancakes dans une grande poêle.

— Rien du tout, ne t'inquiète pas ! Ta cuisine est aussi délicieuse que d'habitude.

— Pourtant, toi, tu as l'air moins en forme que d'habitude. Tu as des soucis ?

— Non. J'adore mon travail. J'ai même bien plus à faire que je ne l'aurais cru dans cette petite ville.

Claire fit sauter ses pancakes avant de les faire glisser dans un plat qu'elle avait tenu au chaud.

— Rust Creek Falls doit tout de même te paraître une bien petite ville après Thunder Canyon, et j'imagine que tes parents et tes frères te manquent.

Sans le dire à haute voix, il fallait bien admettre qu'il avait réellement mal vécu l'éloignement à son arrivée à Rust Creek Falls. Jusque-là, il n'avait pas réalisé à quel point il comptait sur ses parents pour s'occuper de Dillon. Maintenant que c'était à lui de poser des limites à l'énergie de son poulain, il trouvait la tâche bien compliquée…

Quant à ses frères, ils étaient tous les quatre plus jeunes que lui. Billy et LJ étaient ranchers comme leur père. Benjamin était médecin, et Trey s'occupait des chevaux et des écuries de la station de Thunder Canyon. Chacun était très pris par son travail et, de ce fait, Drew et ses frères ne passaient guère de temps ensemble.

Il poussa un soupir.

— Ma famille me manque, effectivement. Pour te dire la vérité, au début je ne pensais pas apprécier de vivre ici, dans cette petite ville, mais je m'y suis habitué beaucoup plus vite que prévu et je m'y sens très bien.

— Tant mieux, parce qu'il me semble que Dillon est heureux ici comme un poisson dans l'eau. Tu vas peut-être avoir du mal à retourner à Thunder Canyon !

— En plus, Dillon s'entend très bien avec grand-père. Ils sont devenus très proches. Au moins, cela lui évite de rester à la maison en pleurant de nostalgie pour Thunder Canyon et ses copains.

— Quelque chose dans ta voix me laisse supposer que tu n'es pas si content que ça de savoir Dillon si complice avec Old Gene ? Tu ne serais pas un peu jaloux de leur relation privilégiée ?

— Non…

Il posa sa serviette sur la table.

— En fait, c'est vrai que je suis un peu jaloux mais je ne leur en veux pas. Par contre, je me demande si je suis capable d'élever correctement son fils.

Claire s'avança vers lui, un sourire rassurant sur le visage.

— Écoute, Drew, il n'y a pas un parent au monde qui n'ait des doutes sur sa compétence en tant que père ou mère. En ce qui concerne Bekka, je me pose cette question chaque jour que Dieu fait !

Apparemment, pareille incertitude devait faire partie du quotidien de tous les parents. En réalité, Claire avait toujours été une mère dévouée qui s'était toujours occupée elle-même de sa fille, alors que lui-même avait pratiquement abandonné son fils de moins d'un an à la garde de ses parents pour qu'ils en prennent soin à sa place. À l'époque, il lui avait semblé que c'était la seule chose à faire. La mort d'Evelyn avait détruit son univers. Il arrivait à peine à faire face à ce qui le concernait lui-même, comment aurait-il pu accorder de l'attention à un bébé qui exigeait tant de soins et de sollicitude ? Sans parler du fait que, chaque fois qu'il regardait Dillon, il était submergé par la douleur d'avoir perdu sa femme dans un accident absurde dont il se tenait en partie pour responsable.

— Ce que tu ne comprends pas, Claire, c'est qu'à la mort d'Evelyn je n'étais plus qu'un zombi qui tenait à peine debout. Je n'avais plus rien d'humain.

— Tu n'as pas le droit de dire une chose pareille, Drew. Tu venais d'affronter une perte abominable, n'importe qui à ta place se serait senti dans le même état. Evelyn a été victime d'un accident comme il en arrive rarement. Un arbre est tombé sur sa voiture pendant qu'elle conduisait votre bébé à la crèche, c'est absurde et épouvantable mais tu n'y pouvais strictement rien !

Il sentit son cœur se serrer. Parler de l'accident qui avait causé la mort d'Evelyn était pour lui un supplice ! Il ne supportait pas de se souvenir que c'était à son tour d'effectuer ce trajet ce matin-là. Evelyn lui avait proposé de le faire à sa place, et cela lui avait coûté la vie. Six années s'étaient écoulées depuis, mais ce remords le hantait toujours, le faisant vivre dans un interminable cauchemar.

Luttant contre le malaise qui montait en lui, il s'efforça de revenir au présent.

— Oui, tu as raison, Claire, c'est absurde. Et je continue à ressentir une grande colère quand j'y pense. Mais je suis encore plus en colère contre moi de ne pas avoir compris que c'était à cette époque, quand mon fils était tout petit et découvrait la vie, que j'aurais dû nouer un lien avec lui. Pas maintenant, six ans plus tard.

Claire lui adressa un regard plein d'affection.

— Drew, tu es un bon père mais tu ne l'as pas encore compris. À l'époque, tu as fait du mieux que tu pouvais. Le résultat est que Dillon est un petit garçon heureux de vivre. Maintenant que tu te sens mieux, vous allez vous retrouver, tu ne peux pas faire davantage !

Il se leva pour aller déposer son assiette et ses couverts sales dans l'évier.

— Ce que je comprends très bien par contre, Claire, c'est que tu es une cousine adorable.

Après avoir pris une dernière gorgée de café, il se dirigea vers l'escalier.

— Maintenant, je vais voir pourquoi Dillon traîne comme ça. Quant à toi, fais attention à ce que grand-mère ne te fasse pas trop travailler !

— N'aie crainte, répondit Claire en riant, je sais me reposer quand elle tourne le dos !

Ce matin-là, Josselyn se trouvait dans le centre de documentation, occupée à remettre en place les livres qui avaient été rendus par leurs emprunteurs, lorsque la classe du cours élémentaire y pénétra. La pièce tranquille jusque-là se mit à résonner des voix et des pas pressés des petits élèves.

— Bonjour, mademoiselle Weaver, tu te souviens de moi ?

Pivotant sur elle-même, elle eut la surprise de découvrir le jeune Dillon Strickland, tout sourire et fossettes craquantes. Depuis la rentrée des classes, c'était la première fois qu'elle voyait le petit garçon à la bibliothèque.

— Bien sûr que je me souviens de toi ! Tu es Dillon Strickland.

Le petit garçon avait les mêmes yeux noirs que son père, brillants d'intelligence.

— Je suis le fils de Drew, tu te souviens de lui aussi ?

Hélas, pensa-t-elle avec ironie, voilà bien une rencontre qu'elle n'était pas près d'oublier… Pendant tout le week-end les visages de Dillon et de son père n'avaient cessé de faire des incursions dans son esprit.

— Oui, je m'en souviens très bien.

Puis, estimant qu'il était temps d'en venir à des sujets plus académiques, elle adopta son ton professionnel.

— Je suis contente de voir à la bibliothèque, Dillon. Il me semble que c'est la première fois que tu y viens depuis la rentrée.

Dillon regarda autour de lui avec l'air de celui qui débarque en pays inconnu. Visiblement, il découvrait seulement aujourd'hui les étagères chargées de livres et de documents.

Il écarta d'une main la mèche de cheveux noirs qui retombait devant ses yeux.

— Heu… Oui. J'ai commencé par lire les livres que j'ai à la maison. Maintenant que j'ai fini, je viens en chercher d'autres. C'est intéressant de lire. J'adore ça !

Elle retint un sourire.

— Je suis ravie de te l'entendre dire ! Dis-moi… Quel genre de livres es-tu venu chercher aujourd'hui ? Je peux sans doute t'aider à en trouver un qui te plaise.

— Oh ! Pas de problème ! Je les aime tous.

Pourtant, c'est d'un air un peu stupéfait et incertain qu'il parcourait des yeux les étagères qui les environnaient.

— Est-ce qu'ici il y a des livres sur les poissons ? demanda-t-il d'une voix hésitante.

— Certainement. Tu t'intéresses spécialement aux poissons ?

Dillon parut soulagé par cette réponse.

— Oui. Parce qu'avec mon grand-père nous allons souvent à la rivière pêcher des truites.

Mikayla avait mentionné qu'Old Gene et Melba étaient les grands-parents de Drew. Dillon faisait sans doute allusion à Old Gene. À moins que Drew ou sa femme n'aient leurs parents à Rust Creek Falls ?

Elle s'appliquait à se dire que rien de tout cela ne la concernait, lorsque tout à coup Dillon interrompit ses pensées.

— J'aurais dû dire « mon arrière-grand-père » parce que mon Grandpa Jerry vit à Thunder Canyon avec Grandma. C'est Old Gene qui habite ici.

— Donc, si je comprends bien, Old Gene est ton arrière-grand-père ?

Un nouveau sourire à fossettes éclaira le visage de Dillon.

— Exactement. Je l'appelle Gramps. Tu le connais sûrement parce qu'ici tout le monde le connaît ! Il a plein d'amis.

— Non, je ne le connais pas. J'ai entendu parler de lui mais je n'ai jamais eu l'occasion de le rencontrer.

Tout en parlant, elle s'était aperçue qu'une petite fille aux longues nattes brunes lui faisait des signes plus ou moins désespérés pour attirer son attention.

— Écoute, suis-moi, nous allons voir si nous trouvons un livre sur la pêche.

— Mademoiselle Weaver, appela la petite fille, moi aussi, j'ai besoin de ton aide !

— J'arrive tout de suite, Crissy. En attendant ton tour, va jeter un coup d'œil sur la table des nouveautés.

La petite fille obéit, non sans avoir au préalable jeté un regard meurtrier sur Dillon.

— Je trouve que Crissy n'est pas très bien élevée, protesta Dillon.

Josselyn se retint d'approuver à voix haute, mais ce

n'était pas la première fois que la fillette essayait d'attirer l'attention sur elle pour passer avant les autres.

— Ou alors, elle ne sait pas, corrigea Dillon. Peut-être qu'elle est dans le même cas que moi et qu'elle n'a pas de mère pour lui apprendre les bonnes manières.

La remarque était faite sur un ton si triste qu'elle eut beaucoup de mal à se retenir pour ne pas poser quelques questions concernant Drew Strickland. Sa conscience professionnelle prit le dessus, heureusement, car ce n'était ni l'endroit ni le moment pour aborder des questions concernant leur vie privée. De toute façon, même s'ils s'étaient trouvés dans un autre cadre, elle ne souhaitait pas profiter du désarroi de l'enfant pour soutirer des informations sur la vie qu'il menait avec son père.

— Ne t'inquiète pas, Dillon. Je vais m'occuper d'elle très vite. Cherchons plutôt un livre sur la pêche. Et pourquoi pas un où il y aurait un grand-père ? Ça te plairait ?

Dillon leva vers elle un visage radieux.

— Ça serait super ! Je promets de le lire de la première page à la dernière.

Ce soir-là, à la pension Strickland, Melba regardait Drew plongé dans la lecture d'une revue médicale.

Au bout d'un moment, elle se redressa dans le fauteuil où elle venait enfin de s'asseoir.

— On dirait que l'école fait beaucoup de bien à Dillon, tu ne trouves pas ? demanda-t-elle.

Il leva le nez vers sa grand-mère, tout étonné de voir qu'elle avait enfin trouvé un moment pour se poser. Depuis qu'il vivait dans leur pension avec Dillon, il avait découvert que ses grands-parents étaient sans cesse occupés et déployaient une énergie de jeunes gens. Où puisaient-ils un tel dynamisme ? Ce serait intéressant de découvrir leur secret !

— Tu trouves ?

Melba tourna son visage vers le coin de la pièce où, installé sur le canapé à côté de Gramps, Dillon était en train de lire une histoire dans le livre qu'il tenait sur ses genoux.

— C'est la première fois que je vois Dillon avec un livre. Il lisait autrefois, à Thunder Canyon ?

Drew aurait dû se sentir heureux de voir son fils s'intéresser à la lecture, qui reste le meilleur moyen de s'ouvrir à des mondes nouveaux et aide les enfants à devenir de meilleurs élèves. En fait, il ne pouvait s'empêcher de ressentir une pointe de jalousie en voyant que c'était à Gramps que Dillon avait eu envie de faire la lecture. Il y avait déjà une bonne demi-heure qu'il était rentré de la clinique mais, au lieu de venir s'asseoir à côté de lui, Dillon avait préféré ne pas tenir compte de sa présence pour aller s'installer près d'Old Gene.

Pourtant, c'était bien dans le but se rapprocher de son fils qu'il était venu s'installer à Rust Creek Falls. En tout cas, c'est ce qu'avaient pensé ses parents quand ils l'avaient encouragé à prendre ce poste temporaire à la clinique de la petite ville. Apparemment, ils s'étaient trompés. Le résultat avait été de lier Dillon et Gramps bien plus que Dillon et lui-même.

— Il me semble que lire est une activité nouvelle pour Dillon, déclara-t-il enfin tout en se reprochant d'avoir été jaloux.

Puisque cette relation était aussi bonne pour son grand-père que pour son fils, de quoi pouvait-il se plaindre ?

Melba se pencha vers le panier en osier placé à côté de son fauteuil pour en retirer le pull-over qu'elle était en train de tricoter.

— C'est très bien qu'il prenne le goût des livres. Cela lui donnera peut-être envie de devenir médecin comme toi ou son oncle Ben.

Il serra les dents. Jamais Dillon n'avait évoqué la perspective de devenir médecin. Ni même le désir de ressembler à son père en quoi que ce soit.

— Je doute sérieusement de la vocation médicale de Dillon, Grandma. Il préfère s'imaginer cavalier comme son oncle Trey ou rancher comme son grand-père Jerry. Il trouve cela bien plus amusant !

Sans lever les yeux de dessus son ouvrage, Melba sourit doucement.

— Il n'y a rien de mal à ça ! La plupart des petits garçons ont envie de mener au grand air la rude vie des cow-boys, mais dans quelques années il aura peut-être changé d'avis et choisira un métier complètement différent, comme avocat ou homme d'affaires, qui sait ?

Evelyn avait souvent parlé de l'avenir de leur enfant et des rêves qu'elle formait pour lui. Ils se résumaient tous en une phrase : qu'il soit heureux ! C'était cela qu'elle souhaitait pour son fils, le bonheur. Depuis qu'elle était morte, Drew n'avait pas réellement joué son rôle pour réaliser ce projet mais il était décidé à changer. Il allait faire en sorte que le souhait d'Evelyn devienne réalité.

— Tu sais, Grandma, je me demande parfois si je n'ai pas fait un mauvais choix en devenant médecin. J'ai été élevé dans un ranch. Je serais peut-être plus heureux si j'avais continué dans cette voie.

Cette fois, Melba leva la tête et lui adressa un regard courroucé.

— Comment peux-tu dire une chose pareille, Drew ? Tu as fait des études longues et difficiles. Les bébés portent les rêves et les espoirs de toute une famille. En les aidant à venir au monde, tu exerces une profession admirable !

Et qui dévore ma vie… En ce moment même, alors qu'il était tranquillement assis dans le salon de ses grands-parents, sa soirée pouvait être interrompue à tout instant par un coup de fil lui annonçant une urgence. Les bébés arrivent quand ils en ont envie, pas quand cela vous convient.

— Oui, mais…

Comme il s'interrompait brusquement, Melba le scruta de son regard perçant.

— Mais quoi ? Tu veux dire que si tu avais exercé une autre profession Evelyn serait encore avec toi ?

Il se mordit les lèvres, persuadé que sa grand-mère allait le pousser dans ses derniers retranchements.

Il n'en pouvait plus. Ce matin, Claire avait commencé à le harceler, ce soir, c'était sa grand-mère qui prenait le relais alors qu'il ne souhaitait pas parler de sa femme disparue. Elles devaient parfaitement savoir que, pour lui, évoquer Evelyn à haute voix était aussi douloureux qu'avaler des morceaux de verre. Malgré cela, elles n'avaient de cesse de ressusciter toute la tragédie, comme si cette évocation allait dissiper sa douleur et occulter la disparition de son épouse adorée. Pourquoi ne voyaient-elles pas que rien, rien au monde, ne pourrait jamais le consoler ?

Brusquement, il replia son journal.

— Oui, c'est un peu ça…

Melba secoua la tête.

— Drew, tu n'es pas raisonnable quand tu dis des choses pareilles.

Malgré lui, cette remarque l'agaça.

— Tu trouves ? Tu as oublié que c'est une urgence qui m'a envoyé au travail alors que je devais conduire Dillon à la garderie ? C'est à cause d'un appel de la clinique qu'Evelyn a pris le volant ce matin-là. Si j'avais travaillé au ranch, cet accident ne serait jamais arrivé.

— C'est peut-être ce que tu penses mais je ne suis pas d'accord avec toi.

Melba avait posé aiguilles et ouvrage sur ses genoux. Il sentit son regard clair, lumineux d'intelligence et de bonté se poser sur lui.

— Tant que tu n'auras pas appris à accepter ce que la vie t'envoie, tu ne pourras pas être heureux, Drew. Réfléchis bien à ce que je te dis.

Heureux ? Voilà un état qu'il ne s'attendait plus à connaître. Son bonheur s'était éteint en même temps qu'Evelyn, au pied d'un vieux chêne fracassé sur le bord de la route.

Il cherchait que répondre à sa grand-mère lorsqu'une sonnette retentit, prévenant ses grands-parents que quelqu'un les demandait au bureau de la pension.

Melba jeta un regard étonné sur la pendule accrochée au mur.

— Qui donc cela peut-il être ? Tous les pensionnaires ont leur propre clé.

— C'est peut-être un nouveau venu ? suggéra Old Gene.

Melba déposa son ouvrage dans la corbeille en osier qui restait toujours placée à côté de son fauteuil préféré.

— Je vais voir.

— Je t'accompagne, proposa Old Gene.

— Non, ne te dérange pas. Il nous reste un studio à louer, je m'occuperai d'inscrire le nouveau pensionnaire si c'est le cas.

— Peu importe, je t'accompagne tout de même, insista Old Gene.

— Mais, Gramps, je n'ai pas fini de te lire l'histoire ! protesta Dillon.

Old Gene tourna son regard aux sourcils broussailleux vers le petit.

— Va la terminer avec ton père !

— Mais il n'aime pas la pêche…

— Justement, c'est l'occasion de lui en donner le goût. Allez, hop ! File près de lui.

Sur ce, Old Gene emboîta résolument le pas à son épouse.

À la grande surprise de Drew, Dillon se mit à bouder. Voilà qui ne lui ressemblait pas du tout.

— Viens, proposa-t-il. Viens me montrer ton livre.

Lèvres serrées, Dillon referma l'ouvrage d'un bruit sec.

— Non, j'ai plus envie de lire.

Il réprima un soupir désolé.

— Peu importe. Viens tout de même t'asseoir à côté de moi, j'ai à te parler.

Dillon coinça le livre sous son bras et s'approcha avec inquiétude.

— Tu vas me gronder parce que j'ai fait une bêtise ?

Une vague de désespoir menaça de déferler sur lui. Était-il si mauvais père pour que Dillon n'envisage pas autre chose qu'une punition lorsqu'il lui demandait de s'approcher de lui ?

— Non, dit-il en tapotant le coussin posé à côté de lui. Tu penses que tu as fait quelque chose de mal ?

Dillon grimpa sur le canapé et se cala contre le dossier. Ses chaussures de sport se balançaient au-dessus du sol.

— Heu… Non. Peut-être que j'ai pas parlé très gentiment à Gramps tout à l'heure ?

— Le fait est que tu aurais pu te montrer un peu plus aimable. Tu es assez grand maintenant pour comprendre que Gramps a du travail. Assez grand aussi pour parler correctement : je n'ai pas…

Dillon fit une grimace.

— D'accord. Gramps a du travail, mais pas comme toi. Toi, tu travailles tout le temps !

Dillon lui aurait envoyé un grand coup de pied dans les chevilles que cela n'aurait pas été plus douloureux.

— Je ne suis pas en train de travailler en ce moment ! Allez, montre-moi ton livre.

À regret, Dillon ouvrit le livre sur ses genoux.

— Tu vois, c'est l'histoire d'un garçon qui a attrapé un énorme poisson mais personne le croit.

— Personne ne le croit, Dillon. Mais pourquoi donc ? Il n'a qu'à le montrer à tout le monde !

— C'est impossible parce que, pendant qu'il avait le dos tourné, un raton laveur le lui a volé. Personne ne croit ça non plus !

— Voilà ce pauvre garçon dans une situation bien difficile !

Dillon hocha la tête.

— Oui. Pour le moment, il est très triste. J'espère qu'il va s'en sortir à la fin du livre.

— Moi aussi. C'est dommage d'être triste.

Il désigna le livre.

— Tu as pris cet ouvrage à l'école ou est-ce qu'il appartient au petit garçon qui habite au rez-de-chaussée avec sa maman ?

— Tu veux parler de Robbie ?

— C'est ça.

— Non, Robbie a un problème avec ses yeux. Il n'arrive pas à lire parce qu'il ne voit pas comme tout le monde.

En effet, Drew avait remarqué que le petit garçon en question avait l'air extrêmement timide. Il paraissait avoir à peu près le même âge que Dillon mais se cachait perpétuellement derrière sa mère, une jeune femme à l'air épuisé.

— Comment sais-tu ça ?

— C'est Robbie qui me l'a dit. Il faut qu'il aille suivre des leçons en plus de la classe pour faire des progrès.

Décidément, Dillon en savait bien plus que lui sur les gens qui les environnaient. Comme Evelyn, il était doué pour les relations humaines.

— J'ai pris ce livre à la bibliothèque de l'école. Mlle Weaver m'a aidé à le choisir.

Mlle Weaver…

Il avait plus ou moins écarté de sa mémoire le souvenir de leur rencontre. Du moins, c'est ce qu'il avait voulu croire, mais son doux sourire et son regard vert dansaient encore devant ses yeux. Non, il était vraiment bien loin de l'avoir oubliée…

— Tu veux parler de Mlle Weaver que nous avons rencontrée à la fête de l'école ?

Le visage jusque-là boudeur de Dillon s'illumina d'un large sourire.

— Exactement. Celle qui est si jolie. Si tu savais comme elle est gentille, papa ! En plus, elle sait plein de choses sur les livres.

Il s'apprêtait à expliquer à son fils que c'était normal puisque c'était là son métier mais il s'arrêta avant d'avoir commencé. Dillon n'était qu'un enfant. Il n'avait pas besoin d'entendre la plate réalité.

— Je suis très heureux qu'elle ait pu t'aider comme tu le souhaitais. Tu ne lui as pas parlé de moi, j'espère ?

Le sourire de Dillon s'effaça à moitié.

— Non. Il y avait beaucoup d'enfants autour de nous. De toute façon, je suis sûr qu'elle pensait à toi.

Il avait depuis longtemps pris l'habitude d'être surpris par les remarques de Dillon, mais cette réponse le laissa bouche bée.

— Qu'est-ce qui te permet de penser une chose pareille ? Elle ne me connaît même pas !

— Mais si, puisqu'elle nous a rencontrés à la fête. C'est pour ça que, quand elle me voit, elle pense forcément à toi puisqu'elle n'est pas mariée. C'est évident !

Bon sang. Ce qui lui paraissait évident, c'était cette obstination de Dillon à lui trouver une fiancée. Pourquoi s'était-il mis cette idée dans la tête ? Son fils, bien que privé de sa maman, n'avait pas manqué d'attention maternelle grâce à sa grand-mère et à son arrière-grand-mère. Ce n'était pas comme s'il avait été élevé dans un environnement exclusivement masculin, dépourvu de tendresse et de douceur.

— Écoute, évident ou pas, je veux que tu arrêtes de passer ton temps à me chercher une fiancée. Arrête d'aborder ce sujet avec qui que ce soit, tu entends ? Tu peux me le promettre ?

Il s'attendait à entendre son fils protester avec véhémence. Au lieu de quoi Dillon se contenta de répondre :

— D'accord, papa, c'est promis.

Il poussa un soupir de soulagement.

— Parfait. Et maintenant, montre-moi ce livre. Tu sais que tu t'es complètement trompé tout à l'heure quand tu as dit à Gramps que je n'aimais pas pêcher ?

Le visage de Dillon afficha un étonnement sans bornes.

— Alors pourquoi on ne va jamais à la pêche tous les deux ?

— Il y a bien longtemps que je n'y suis pas allé, à peu près six ou sept ans. J'y emmenais souvent ta maman à Thunder Canyon. Il y avait une jolie rivière au ranch, une rivière pleine de truites. Quand nous en avions pris plusieurs, nous rentrions au ranch et nous faisions un dîner de poissons.

— Oh ! Mais c'est super ! Pourquoi on ne fait plus ça maintenant, papa ?

Oui, pourquoi ?

Parce qu'Evelyn n'était plus là. Parce que, sans elle, ce ne serait plus la même chose…

Il pinça les lèvres. Il y avait six ans qu'il se donnait cette excuse. Quand allait-il enfin s'en débarrasser pour profiter de la vie en compagnie de son fils au lieu de se cramponner à un passé révolu ?

Ce reproche qu'il s'adressait à lui-même lui fit mal au cœur. Il tourna son regard vers la fenêtre. Si seulement il lui suffisait de l'ouvrir pour que s'envolent tous ses souvenirs douloureux…

— Papa, dis-moi pourquoi tu ne vas plus à la pêche ?

Cette question posée une fois de plus le tira de sa sombre rêverie. Il se tourna vers son fils.

— Je vais te dire quelque chose, Dillon. Si tu finis de me lire cette histoire, je te promets que nous irons à la pêche tous les deux.

Au lieu de sauter de joie, Dillon le considéra d'un air sceptique.

— C'est vrai ? Tu me diras pas que tu as trop de travail ?

— Tu ne me diras pas…

Seigneur… Il avait décidément un long chemin à parcourir avant de se prouver qu'il était un bon père.

— Non, Dillon. Je te le promets solennellement.

— Super, papa ! Marché conclu.

Dillon lui tendit la main pour qu'il tape dedans, et il éprouva un véritable sentiment de triomphe.

Lorsque la fin de la semaine arriva, Josselyn commença à penser que quelque chose ne tournait pas rond chez l'élève Dillon Strickland. Le petit garçon était venu à la bibliothèque chaque jour de la semaine, parfois même à des moments où il aurait dû se détendre avec ses copains dans la cour de récréation.

Comme elle ne voulait pas lui causer d'ennuis, elle n'avait jusqu'à présent pas mentionné son attitude bizarre aux différents professeurs. Après tout, s'inquiéter parce qu'un enfant fréquentait assidûment la bibliothèque risquait de paraître ridicule. Elle-même n'était pas loin de le penser. Pourtant, Dillon empruntait beaucoup plus de livres que ce qu'un enfant de son âge pouvait lire en un mois. Et, chaque fois qu'elle lui posait des questions à propos de ses lectures, il faisait dévier la conversation pour revenir sans cesse à son histoire de pêche.

À coup sûr, il avait lu ce livre. Il lui avait même raconté qu'il allait faire comme le héros de l'histoire et attraper lui-même le plus gros poisson de Rust Creek Falls. Mais, par contre, elle était persuadée qu'il n'avait même pas ouvert les autres ouvrages qu'il avait empruntés.

Désemparée, elle fixa un moment la liste des numéros de téléphone des parents d'élèves, communiquée à l'école en début d'année. Puis, elle jeta un coup d'œil sur la grande pendule. Drew Strickland était médecin. L'idée de l'interrompre en plein travail lui déplaisait mais, comme il était près de midi, elle pouvait penser qu'il en avait presque terminé avec ses patients de la matinée.

S'armant de tout son courage, elle composa le numéro qu'elle avait repéré. Au moment où la sonnerie retentit, elle se demanda pourquoi son cœur se mettait à battre si vite. Il ne s'agissait après tout que d'un coup de fil professionnel qu'elle donnait à un homme qu'elle ne connaissait pratiquement pas.

— Dr Strickland à l'appareil.

Dès que sa voix grave arriva à ses oreilles, une onde de

chaleur déferla sur elle, et elle sentit le rouge lui monter aux joues. Par chance, personne à part elle-même ne pouvait s'en rendre compte.

— Bonjour, docteur. Je suis Josselyn Weaver, la documentaliste de l'école que fréquente votre fils. Nous nous sommes rencontrés récemment à la fête de l'école.

— En effet, je m'en souviens, mademoiselle Weaver. Comment allez-vous ?

— Heu… Très bien. Je… Pardonnez-moi de vous déranger au travail mais je souhaiterais vous parler un instant si c'est possible. Je n'en ai pas pour longtemps.

— Votre appel tombe à un moment parfait. Mon infirmière est partie déjeuner, je suis donc disponible pour vous écouter. Est-ce que je peux faire quelque chose pour vous ?

Sa bouche était devenue aussi sèche qu'une rivière au cœur de l'été.

— En fait, je vous appelle au sujet de Dillon. Il vient très souvent au centre de documentation.

— Voilà une bonne nouvelle. Il est peut-être en train de prendre goût à la lecture !

En entendant le son heureux de sa voix, elle ne put s'empêcher d'imaginer ses lèvres pleines et bien dessinées, les fossettes qu'elle avait vues se creuser dans ses joues quand il souriait. Elle avait du mal à respirer.

— En effet… C'est ce que j'espère moi aussi.

Il avait dû percevoir quelque chose d'étrange dans sa voix car, tout à coup, il manifesta une certaine inquiétude.

— J'espère que mon fils ne s'est pas mal conduit ? S'il s'est montré bruyant, je n'en serais pas surpris, il a encore un peu de mal à comprendre que la bibliothèque est un endroit où il faut respecter le silence.

Elle déduisit de cette réponse que le Dr Strickland n'avait pas mis les pieds dans une bibliothèque depuis un certain temps… Mais ce n'était pas étonnant. Quantité d'hommes se contentent de lire le journal et quelques magazines.

— Les professeurs enseignent aux élèves les règles à respecter dans le centre de documentation, et Dillon ne s'est absolument pas montré incorrect. C'est plutôt que… il vient tous les jours et sort un nombre impressionnant d'ouvrages. Quand je l'interroge à ce sujet, il me répond qu'il les lit tous. Est-ce que vous le voyez lire beaucoup à la maison ?

Un long silence suivit cette question.

— Je ne peux pas vraiment vous répondre. Je passe peu de temps à la pension à cause de mon travail et des urgences auxquelles je dois répondre. Il est possible qu'il lise en dehors de ma présence.

C'est-à-dire très souvent, acheva Josselyn dans son for intérieur. Elle commençait à deviner la situation. Apparemment, en plus d'une mère, Dillon avait également besoin de la présence de son père. Mais ce n'était pas à elle de le souligner. Drew Strickland élevait son fils comme bon lui semblait, cela ne la concernait pas.

— Je comprends…

Au bout d'un moment, il reprit la parole.

— Mademoiselle Weaver, est-ce que vous pensez que mon fils a un problème ?

Elle se sentait incapable de répondre à cette question. Par contre, elle était de plus en plus persuadée qu'elle-même en avait un. Un problème qui se manifestait sous la forme d'un homme de grande taille, brun, avec des fossettes quand il souriait. Le simple fait d'entendre sa voix lui donnait la chair de poule.

— Je ne sais pas. Je veux simplement vous signaler qu'il passe énormément de temps à la bibliothèque.

— Cette remarque me paraît surprenante de la part d'une bibliothécaire.

Cette remarque l'irrita. Peu importait que cet homme soit la séduction incarnée, elle n'avait pas à subir ses sarcasmes.

— Exactement. Faites ce que vous voulez de cette information. En tant que membre de l'équipe éducative, il m'a semblé bon de vous faire part du comportement étrange de votre fils. Je vous remercie de m'avoir écoutée. Au revoir, docteur Strickland.

Sur ce, elle raccrocha brusquement, puis, réalisant qu'elle tremblait, elle se leva pour se rapprocher de la fenêtre d'où elle apercevait la cour de récréation. À part quelques feuilles jaunies qui volaient au vent, tout était calme. Dans quelques instants, une fois le repas terminé à la cantine, la cour se remplirait d'enfants qui joueraient, crieraient, se poursuivraient. Dillon se trouverait-il parmi eux ? Ou bien, comme il l'avait fait la veille et les jours précédents, préférerait-il venir à la bibliothèque parler avec elle plutôt que de rester avec ses camarades ?

Elle n'avait pas mentionné ce fait au Dr Strickland. À quoi bon, puisqu'il paraissait trouver exagéré le souci qu'elle se faisait pour son fils ?

« Peut-être qu'elle est dans le même cas que moi et qu'elle n'a pas de mère. »

Cette réflexion de Dillon à propos de l'impatience déplacée de la petite Crissy la hantait. Presque aussi assidûment que le faisait l'ombre de tristesse qu'elle avait perçue dans le regard envoûtant de Drew Strickland.

- 4 -

Le lundi suivant, une demi-heure avant la fin des cours et le moment où il ramènerait Dillon à la pension, Drew se dirigeait vers le centre de documentation, aimablement guidé par une surveillante.

— Vous pouvez entrer sans frapper, lui conseilla cette dernière. Vous trouverez Mlle Weaver sans aucun doute car elle part toujours bien après que la cloche a sonné.

— Je vous remercie.

Une fois seul, il prit une profonde inspiration et se décida à pénétrer dans l'univers où son fils passait plus de temps qu'il ne paraissait raisonnable à la principale intéressée.

Au cours du week-end, il avait eu tout le loisir de penser à son coup de fil. Les mots qu'elle avait prononcés et le ton sur lequel elle les avait dits s'étaient enfoncés en lui comme autant d'épines cruelles. Son fils ne bénéficiait pas de suffisamment d'attention chez lui. Ce n'étaient pas exactement les mots qu'elle avait employés, mais le message était clair. Il l'avait reçu cinq sur cinq. Et Dieu sait si cela le contrariait.

Dès le premier coup d'œil, il aperçut un grand bureau en chêne placé près de la fenêtre. Pour l'instant, personne ne se trouvait derrière, bien que la surveillante lui ait assuré que Mlle Weaver serait encore présente.

Il regarda les étagères chargées de livres. La pièce était aussi silencieuse qu'une tombe.

Puis, il entendit un bruit léger de pas sur le plancher. Il se retourna et aperçut Josselyn émerger du labyrinthe d'étagères. Aussitôt, sa gorge se serra.

Le jour du pique-nique, dans son jean délavé et son T-shirt ordinaire, elle lui avait semblé si jeune. Aujourd'hui, avec son chemisier blanc soigneusement rentré dans la jupe rouge sombre qui lui moulait les hanches, il avait l'impression de découvrir une tout autre personne. Une vraie femme.

— Oh… J'avais entendu quelqu'un entrer mais je pensais qu'il s'agissait d'un élève.

Il attendit qu'elle s'approche de lui et mit à profit ce moment pour noter quantité de détails, comme le rose qui colorait ses lèvres, les chaussures en vernis noir à hauts talons, les cheveux dénoués qui cascadaient sur ses épaules… Il n'y avait rien d'étonnant à ce que son fils vienne passer autant de temps en compagnie de cette femme attirante. Il la parait sans aucun doute de tous les attributs des princesses des contes de fées.

— Une surveillante m'a guidé jusqu'ici. J'espère que je ne vous dérange pas… Je souhaitais vous parler un moment avant la fin de la classe.

À voir son expression, il était clair qu'elle ne s'attendait pas à sa visite. Il aurait pu lui dire que lui-même était fort surpris de se trouver dans ce lieu.

— Bien volontiers. Voulez-vous vous asseoir un moment ?

— Oui, merci.

Il la suivit jusqu'au bureau et il s'assit sur l'une des deux chaises en bois qui se trouvaient à côté. Il s'attendait à ce qu'elle prenne place derrière le bureau mais elle n'en fit rien et s'installa sur l'autre chaise, en face de lui.

Lorsqu'elle croisa ses longues jambes et tira le bas de sa jupe, il voulut détourner le regard mais il ne put y réussir, ce qui l'agaça profondément. Dans son métier, il voyait des femmes à longueur de journée, mais le seul point qui retenait alors son attention, c'était leur état de santé. Tout le reste le laissait indifférent. Alors pourquoi le spectacle des jambes de Josselyn Weaver réveillait-il en lui des émotions troublantes qu'il n'avait pas ressenties depuis des années ?

Afin de trouver un peu d'assurance, il s'éclaircit la voix.

— J'ai réfléchi au coup de fil que vous m'avez donné la semaine dernière et j'ai compris que j'avais été assez peu coopératif. Il faut dire à ma décharge que j'avais eu une matinée difficile à la clinique et que j'étais encore préoccupé.

— C'est tout à fait compréhensible. D'ailleurs, c'est quelque chose qui arrive à tout le monde de temps en temps.

De temps en temps ?

Il dut admettre qu'en ce qui le concernait, même s'il s'efforçait de fonctionner comme une personne normale, c'était en permanence qu'une part de son esprit était occupée par le souvenir d'Evelyn et par la douleur que lui causait son absence.

— Je vous remercie de votre compréhension… Je ne suis pas sûr de la mériter.

Elle le regarda d'un air surpris, et il fut tout heureux qu'elle ne lui demande pas d'expliquer le curieux commentaire qui lui avait échappé.

— Docteur Strickland, je suis désolée si mon appel vous a donné du souci. Ce n'était pas du tout mon intention, d'autant moins que Dillon est un petit garçon intelligent et fort agréable. J'apprécie énormément ses visites à la bibliothèque mais… disons que… Dillon me paraît un peu exagérer de ce point de vue. Parfois, il saute la récréation pour venir passer son temps ici. Je trouve qu'il ferait mieux d'aller jouer dehors avec ses copains. J'ai essayé de l'y encourager mais j'ai l'impression qu'il préfère rester parler avec moi. Vous comprenez ma préoccupation, docteur Strickland ?

— Si vous m'appeliez par mon prénom ? Je suis ici en tant que simple parent d'élève, pas du tout en tant que praticien. Appelez donc moi Drew.

— Si vous préférez, je n'y vois pas d'objection.

— Pour en revenir à mon fils, je n'avais pas idée que Dillon se comportait de cette manière. De quoi a-t-il envie de vous parler, mademoiselle Weaver ?

— Mon prénom est Josselyn, précisa-t-elle avec un sourire.

— D'accord, Josselyn. Avez-vous remarqué un sujet qui paraît préoccuper particulièrement Dillon ?

Le sourire de cette dernière le rassura.

— Oh ! rien de grave. Il parle de ces choses qui intéressent tous les petits garçons de la terre ! En particulier, des parties de pêche avec son arrière-grand-père. Il me raconte aussi qu'il a vécu dans un ranch à Thunder Canyon et qu'il montait à cheval avec son grand-père. Est-ce la vérité ou bien se contente-t-il de rêver ?

— Non, c'est bien la vérité. Nous avons quitté Thunder Canyon il y a quelques semaines seulement.

— C'est vrai que vous m'aviez dit l'autre jour que votre fils était nouveau ici, mais je pensais que vous parliez de quelques mois, pas de quelques semaines seulement.

Il haussa les épaules.

— Il aurait mieux valu que nous arrivions plus tôt à Rust Creek Falls. Il aurait eu davantage de temps pour découvrir son nouvel environnement avant le début des cours mais c'est compliqué pour un médecin de confier son cabinet et sa patientèle à un autre praticien. Cela demande beaucoup de démarches. Je n'ai pas réussi à me libérer avant le mois d'août.

— Je comprends très bien. Où se trouve Thunder Canyon ?

— C'est aussi dans le Montana, au sud de Bozeman. Mes parents possèdent un ranch là-bas, et je travaillais à la clinique de la ville. C'était pratique car, pendant ce temps, mes parents s'occupaient de Dillon.

— Donc, c'est bien vrai qu'il montait à cheval et aidait à trier les vaches ?

— Complètement vrai. Dès qu'il a su marcher, mon père l'a habitué à participer au travail du ranch. Dans la mesure de ses forces, bien entendu, mais Dillon sait énormément de choses en matière d'élevage et de chevaux.

— Et vous ? Est-ce que vous avez aussi mené la vie des cow-boys ?

Oui, il y a un siècle…

Tout au moins, c'est ce qu'il lui semblait. Tant de choses s'étaient passées depuis qu'il avait quitté le ranch pour suivre ses études de médecine.

— J'ai grandi dans cet environnement et j'ai moi aussi été habitué à aider mon père dans son travail. J'en sais à peu près autant dans ce domaine que dans le domaine médical.

— Voilà qui me surprend !

— Pourquoi donc ?

— Parce que vous ressemblez vraiment à un médecin, pas à un cow-boy ! Et je vous assure que je m'y connais puisque mes deux frères travaillent dans un ranch dans les environs de Laramie, dans le Wyoming.

Ainsi donc, Josselyn Weaver avait des frères... Peut-être aussi des sœurs, des parents ? Et, plus important encore, un homme qui comptait particulièrement dans sa vie ?

Mais pourquoi souhaitait-il tant en apprendre davantage sur sa vie personnelle ?

— Bref, reprit-il en riant, comme le dit le proverbe, l'habit ne fait pas le moine, n'est-ce pas ?

— C'est tout à fait vrai.

À son tour, elle s'était mise à rire, ce qui lui permit de retrouver le plaisir qu'il avait éprouvé l'autre jour à l'écouter. Il aurait aimé l'entendre encore, et encore. Mais il commençait à abuser de sa disponibilité et de sa gentillesse. La cloche allait bientôt sonner, Dillon allait l'attendre dans la voiture.

Il se leva à contrecœur.

— Dillon a peut-être la nostalgie du ranch, déclara-t-il, ramenant prudemment la conversation sur son fils. Mais, si c'est le cas, il ne m'en a rien dit.

— Maintenant que vous m'avez précisé que vous êtes ici depuis vraiment très peu de temps, je comprends mieux son comportement. Tout est nouveau pour lui, il a perdu ses repères et il s'applique à en trouver d'autres. Je pense qu'il va bientôt se stabiliser.

Si seulement il pouvait en être si sûr ! À ses yeux, la conduite de Dillon n'était pas à mettre en relation avec sa nostalgie de Thunder Canyon mais avec son désir de lui trouver une épouse. Évidemment, il n'était pas question d'expliquer cela à Josselyn, Dillon en avait assez dit sur ce point lors de leur première rencontre à la kermesse. Dieu soit loué, elle paraissait avoir oublié l'audace que son fils avait manifestée ce jour-là.

— J'espère que vous avez raison, reprit-il.

Mais, dès qu'il eut pris sa main dans la sienne pour lui dire au revoir, il oublia son intention de partir.

Leurs regards se rencontrèrent à ce moment-là, déclenchant chez lui une réaction inattendue. Plonger dans ses yeux verts lui apportait le même apaisement qu'une promenade dans une prairie verte et fraîche.

— J'espère que cette obsession que Dillon manifeste pour la bibliothèque va se calmer et qu'il retrouvera le comportement normal d'un enfant de son âge.

— Oh ! ne vous méprenez pas ! Je souhaite réellement que Dillon continue à accorder une grande place aux livres dans sa vie. Il lui suffit de trouver un équilibre.

Il s'éclaircit la voix et se força à lâcher la petite main douce qu'il tenait encore dans la sienne.

— C'est ce que je souhaite aussi.

— Au fait, avant que vous ne partiez, je souhaite vous inviter à une rencontre parents-enseignants au sujet de la lecture. Elle aura lieu ici même jeudi prochain après la classe. Je donnerai quelques conseils pour amener les enfants à s'intéresser aux livres et nous discuterons des nouveaux ouvrages que nous souhaitons acquérir cette année. Je sais que vous êtes très pris mais, si vous êtes disponible, j'espère que vous envisagerez d'y participer.

Évidemment ! Comment laisser passer une nouvelle occasion de retrouver Josselyn Weaver ?

— Je ferai mon possible.

Sur ce, la cloche de la sortie se fit entendre.

— Je file retrouver Dillon. Merci encore de m'avoir reçu.

Comme il se hâtait vers sa voiture, il éprouva l'étrange sensation que Josselyn le suivait des yeux.

Le jeudi suivant, sur le coup de 19 h 7, Josselyn se dit que Drew ne viendrait pas assister à la réunion. Cela la surprenait un peu car il lui avait paru sincèrement intéressé par le sujet, quand elle en avait parlé avec lui au début de la semaine, et très désireux d'aider son fils à se maintenir sur de bons rails, que ce soit à l'école ou à la maison. Sans doute avait-elle trop attendu de cette rencontre. Quoi qu'il en soit, envoûtée par la séduisante présence du père, elle se souvenait du mal qu'elle avait eu à évoquer la conduite du fils.

Drew Strickland était médecin. Il pouvait parfaitement être retenu à la clinique par une de ses patientes. Vu le nombre de femmes enceintes qu'elle rencontrait dans la rue, il y avait toutes les chances pour qu'un accouchement l'ait retenu.

Sans attendre davantage, elle se rapprocha de la table sur laquelle elle avait disposé un saladier de punch, du café et du chocolat chaud. Au moment où elle jetait un dernier regard sur l'assemblée, elle vit la porte de la bibliothèque s'ouvrir pour laisser entrer Drew. Aussitôt, son pouls s'affola.

Elle envisagea un instant de s'avancer vers lui pour l'accueillir personnellement mais y renonça très vite. À quoi bon courir le risque de donner matière à commérages ? Après tout, il n'était ce soir qu'un parent d'élève comme les autres. D'ailleurs, si elle se répétait cela suffisamment, elle finirait peut-être par le croire ?

Drew s'avança au milieu du groupe à la recherche d'une chaise libre. Quelques personnes lui adressèrent un petit salut. L'une d'entre elles attira son attention pour lui demander quelque chose. À en juger par l'air contrarié qui s'afficha sur le visage de Drew, la dame était certainement en train de lui demander un conseil médical. Josselyn décida d'aller à son secours en s'avançant pour le saluer.

— Bonsoir, docteur Strickland, je suis heureuse que vous ayez réussi à vous libérer pour être des nôtres ce soir.

Il s'excusa auprès de la femme qui l'avait arrêté en chemin puis se tourna vers elle avec un sourire reconnaissant.

— Bonsoir, mademoiselle Weaver, je vous prie d'excuser mon retard. Il y avait beaucoup de remue-ménage ce soir à la pension, et je n'étais pas certain que mes grands-parents pourraient s'occuper de Dillon. Par chance, les choses se sont calmées et j'ai pu le leur confier.

— Tant mieux ! Chaque personne ici présente a le droit de poser toutes les questions qu'elle souhaite. Mes talents d'oratrice sont très limités mais, par contre, tout ce qui peut inciter les enfants à aimer la lecture me passionne. J'espère donc que nous allons échanger beaucoup d'idées sur ce sujet si important.

À la suite de cette introduction, elle eut la satisfaction de voir Drew esquisser un sourire.

— Je crois volontiers que vous avez transmis votre passion à mon fils. Quand je l'ai quitté tout à l'heure, il était en train de lire un livre à son grand-père et ce n'était plus son histoire de pêcheur.

— Voilà une nouvelle tout à fait encourageante !

Puis, comprenant que les regards de tout le monde étaient fixés sur elle, elle jeta un coup d'œil sur la pendule.

— Eh bien, je pense qu'il est temps de commencer notre réunion.

Sagement assis au milieu d'autres parents d'élèves, Drew avait du mal à croire qu'il utilisait le peu de temps libre que lui laissait son travail pour venir écouter parler de livres et d'enfants. Sa journée avait été particulièrement chargée. Une de ses patientes avait eu une toxémie, une autre avait fait une fausse couche et une troisième menaçait d'entrer en travail bien avant son terme. Il avait dû envoyer la première à l'hôpital de Kalispell tandis que les deux autres étaient restées à la clinique, sous médication et au repos total. Tout cela ne représentait qu'une partie de sa journée, remplie par ailleurs des consultations habituelles souvent interrompues par des demandes de conseil de patientes inquiètes sur leur état de santé.

Le moins qu'on puisse dire, c'est qu'il aurait apprécié un moment de calme. Pourtant, depuis qu'il avait parlé avec Josselyn Weaver, trois jours plus tôt, elle n'avait plus quitté son esprit, lui rappelant qu'il n'était pas seulement un père de famille habité des meilleures intentions envers son fils mais aussi un homme jeune en parfaite santé. Pour dire les choses clairement, il lui fallait bien reconnaître que, s'il se trouvait assis au milieu de tous ces gens qu'il ne connaissait pas, c'était tout simplement parce qu'il avait envie de revoir cette jolie blonde.

Et le déplacement valait la peine ! Il la regardait : debout devant un présentoir sur lequel étaient exposées différentes collections de livres, dans sa robe rose en lainage fin qui la moulait juste comme il convenait, elle était ravissante. Aujourd'hui, elle avait attaché ses longs cheveux sur sa nuque en un chignon tressé. Autour du cou, elle portait un petit collier de perles assorti à ses boucles d'oreilles. Élégante et sexy en même temps… Il n'arrivait pas à comprendre pourquoi maintenant, après tant d'années où il n'avait éprouvé que de l'indifférence envers les femmes, celle-ci retenait son attention. Il s'en étonnait d'autant plus qu'il n'était pas à la recherche d'une compagne, ni même d'une aventure. En fait, il doutait réellement d'être jamais à nouveau capable d'aimer.

Alors, pourquoi perdait-il son temps ici, au milieu de

tous ces gens qu'il ne connaissait pas, alors qu'il aurait pu rester tranquillement chez lui ?

Face à son auditoire, Josselyn commença la réunion.

— Je vous remercie tous d'être venus participer à cette rencontre autour du livre. N'hésitez pas à me faire part de vos propositions ni à me demander des conseils à propos des lectures de vos enfants.

Ces paroles le ramenèrent au moment présent. Il s'intéressa aux échanges qui suivirent et constata avec un peu de dépit que lui-même n'avait aucune proposition à faire. Après la réunion, il attendit que les derniers parents présents aient fini de parler avec Josselyn avant de quitter son siège pour s'avancer vers la table qu'elle remettait en ordre.

— Merci pour cette réunion, Josselyn.

Elle jeta un coup d'œil autour d'elle.

— J'ai bien remarqué quelques bâillements mais personne ne s'est endormi !

Il désigna d'un geste la pile de livres qu'elle avait disposés au bout de la table.

— Je peux peut-être vous aider à les remettre en place ? Ou ranger les chaises si vous préférez ?

Elle se redressa, et ils se retrouvèrent face à face. Était-elle aussi jolie la dernière fois qu'il l'avait rencontrée ? Il croyait l'avoir bien observée. Et pourtant, il découvrait maintenant à quel point sa peau irradiait de lumière et combien son regard étincelait de vie.

— Non, c'est inutile, je vous remercie. Je rangerai les livres demain, et l'appariteur se chargera de remettre les chaises à leur place.

— Vous avez donc terminé ?

Cette question les surprit autant l'un que l'autre.

— Oui. Vous vouliez peut-être me parler de quelque chose en particulier ?

Il se sentit complètement désarçonné.

— Heu, non. Je… Je me demandais si vous accepteriez de venir prendre un café avec moi. Daisy's Donut Shop est encore ouvert à cette heures-ci.

Elle n'eut qu'un bref instant d'hésitation.

— Oui, volontiers. J'apprécierai un moment de détente avant de rentrer chez moi. Merci pour votre invitation !

Un sursaut de joie le traversa. Il l'estima totalement ridicule mais peu importait…

— C'est moi qui vous remercie d'accepter. Ma voiture est garée juste devant le portail de l'école, je vous y raccompagnerai ensuite.

— Parfait. Laissez-moi le temps d'attraper mon sac et mon cartable, et je vous suis.

Quelques instants plus tard, ils étaient assis à une petite table de l'unique pâtisserie de la ville et Josselyn plantait sa fourchette dans une tranche de gâteau aux noix de pécan.

— Hum…, dit-elle après l'avoir portée à sa bouche. Personne ne fait d'aussi bons desserts qu'Eva Stockton ! C'est une chance qu'elle cuisine ici plutôt qu'à Sunshine Farm parce que je pèserais plus de cent kilos à l'heure qu'il est.

Tout en dégustant sa pâtisserie, elle avait du mal à croire que le Dr Strickland l'avait invitée. Pourquoi avait-il pris cette peine ? Étant donné sa prestance et son statut social, il ne devait pas avoir de difficulté à trouver de la compagnie féminine. Sans compter qu'il avait peut-être laissé à Thunder Canyon une petite amie qui l'aidait à surmonter la peine de son amour perdu.

— Sunshine Farm ? répéta-t-il d'un air pensif. J'ai déjà entendu prononcer ce nom à la clinique. Il paraît que c'est l'ancienne propriété des Stockton. C'est vrai ?

— Exactement. Est-ce que vous avez un lien de parenté avec cette famille ?

Il hocha la tête.

— En fait, je suis parent avec la plupart des vieilles familles de Rust Creek Falls. Il y a toujours eu des Strickland ici, ce qui fait que cette ville est un peu chez moi aussi. Luke Stockton m'avait invité avec mes quatre frères à sa fête d'enterrement de vie de garçon.

Elle hocha la tête.

— Depuis que je suis installée ici, j'ai appris à faire attention à ce que je dis parce que tout le monde paraît être plus ou moins parent ou ami avec tout le monde. Quant à Sunshine Farm, beaucoup de gens l'appellent aussi « Lonelyhearts Ranch ». Il paraît que de nombreux résidents ont trouvé l'amour de leur vie au cours de leur séjour là-bas.

— C'est là que vous habitez ?

— Oui. Je loue un des chalets.

— Il y a des années que je ne suis pas allé là-bas. J'avais oublié qu'ils proposaient des chalets à la location.

— D'après ce qu'on m'a dit, les parents Stockton commençaient à les construire lorsqu'ils ont été tués dans ce tragique accident de la route. Vous êtes sans doute au courant de ce drame ?

À cette évocation, elle vit son visage devenir tout pâle tandis qu'il serrait très fort sa tasse de café entre ses deux mains.

— Oui, bien sûr. Ce fut vraiment une tragédie parce qu'elle a fait éclater la famille en séparant les enfants, qui ont été accueillis dans des familles différentes. C'est le point commun à toutes les tragédies, elles séparent les gens qui s'aiment.

La tristesse de sa voix prouvait clairement qu'à un moment ou à un autre de sa vie il avait lui-même traversé un enfer de ce genre. Peut-être avait-il perdu de cette manière brutale la mère de Dillon ? Elle commençait à le penser. Malgré son violent désir d'en savoir davantage, elle réussit à réprimer sa curiosité. Il était vraiment trop tôt pour lui poser une question aussi personnelle.

— Elle peut aussi les rapprocher au contraire, suggéra-t-elle sur un ton plus gai. Les fils Stockton continuent à restaurer Sunshine Farm et ont terminé la plupart des chalets. Il y en a sept maintenant. Ils louent également un certain nombre de chambres dans le bâtiment principal. D'ailleurs c'est là que réside l'une de vos patientes, Mikayla Brown. Elle va y rester jusqu'à ce que Jensen Jones, son fiancé, trouve une maison pour les accueillir tous les trois.

Comme il relevait son visage, elle eut le soulagement de voir qu'il avait retrouvé sa coloration normale.

— Je suis heureux d'apprendre que les choses s'arrangent pour Mme Brown et son bébé. J'ai appris qu'il avait pu sortir de l'hôpital il y a deux jours. Tout le monde à la clinique était bien content pour elle.

— J'ai déjà fait la connaissance de cette petite fille. Elle est magnifique ! Sa maman lui a donné le prénom de Hazel.

Un silence suivit, pendant lequel chacun savoura tranquillement son café. Puis, il la regarda d'un œil pensif.

— Vous-même souhaitez avoir des enfants, m'avez-vous dit l'autre jour ?

Un peu surprise par cette question, elle se raisonna : le métier de cet homme était de mettre les enfants au monde, il ne pouvait sans doute pas s'empêcher de penser à de futures naissances. Par conséquent, elle ne devait voir dans cette question rien d'autre qu'un intérêt professionnel.

— Oui, je souhaite avoir des enfants. Plus tard.

Quand le moment sera venu et que j'aurai rencontré l'homme parfait.

Un sourire amer étira ses lèvres.

— Je ne savais pas que ce genre d'homme existait !

Elle sentit ses joues rosir et s'empressa de corriger.

— J'aurais dû dire « l'homme parfait pour moi » !

— Autrement dit, vous ne l'avez pas encore rencontré ?

Son cœur s'affolait, battait de plus en plus vite.

— Non. J'ai fréquenté quelques jeunes gens à Laramie mais je n'ai jamais eu de relation sérieuse. À l'époque, j'étais surtout intéressée par mes études. Il m'a fallu pas mal de temps pour passer mon diplôme. J'avais une bourse pour m'aider à assumer une partie des dépenses mais suivre un cursus universitaire revient très cher. Mes parents travaillent beaucoup mais ils ne sont pas riches. J'ai été obligée de prendre un emploi à temps partiel pendant que j'étudiais.

— Ça a été la même chose pour moi. J'ai obtenu une bourse mais elle était loin d'être suffisante pour me permettre de faire toutes mes années de médecine. Ce qui fait que, moi aussi, j'ai exercé plusieurs petits métiers pour faire face à la dépense.

Mais, pendant qu'ils devisaient ainsi, une question accaparait son esprit. Qu'en était-il de la mère de Dillon ? Quand l'avait-il rencontrée ? Où était-elle maintenant ? Certes, toutes ces interrogations lui brûlaient la langue. Mais poser ces questions lors de sa première sortie avec lui aurait été déplacé. Sans compter que cette première sortie était certainement aussi la dernière. Autant ne pas la gâcher en se montrant trop curieuse de sa vie privée, même si lui-même ne s'était pas gêné pour lui demander si elle avait un petit ami.

— Ainsi, vous êtes de Laramie, reprit-il. Je connais la

ville de Cheyenne mais je ne suis jamais allé à Laramie. Vous avez toujours vécu dans cette ville ?

— Oui, j'y suis née et j'y ai grandi. Mon père travaille pour une compagnie d'électricité locale depuis trente ans. Ma mère est infirmière dans l'un des hôpitaux de la ville.

Il paraissait plus détendu maintenant qu'il s'appuyait contre le dossier de sa chaise. Elle ne pouvait s'empêcher de remarquer sa large carrure, surprenante chez un homme qui travaillait à l'intérieur. Peut-être avait-il l'habitude de fréquenter une salle de sport ou de faire de grandes promenades dans les montagnes environnantes ? Il paraissait dans une forme physique parfaite.

— Mes parents ont toujours été des ranchers et j'ai quatre frères, Trey, Benjamin, LJ et Billy.

Comme il semblait décidé à partager avec elle quelques informations concernant sa famille, elle décida d'en faire autant.

— Lloyd et Cameron, mes deux frères aînés travaillent aussi dans un ranch. J'ai aussi une sœur plus jeune que moi qui termine ses études. Elle s'appelle Patricia mais nous l'appelons toujours Patti. Nous sommes une famille très unie, même si de temps en temps nous avons une petite prise de bec.

— C'est comme ça chez nous aussi ! C'est un peu étonnant que vous ayez eu envie de vous éloigner d'eux ? Il n'y avait pas de poste de bibliothécaire à Laramie ?

— Il y avait quelques possibilités, une en particulier que mes parents me poussaient à accepter. Mon salaire aurait été plus intéressant que celui que je touche ici en travaillant à l'école primaire mais il s'agissait d'une bibliothèque privée, et j'avais envie de me consacrer à des enfants.

Elle marqua une courte pause, puis reprit avec un petit sourire espiègle :

— De toute façon, il paraît que j'ai toujours été la plus aventurière de la famille ! J'aime découvrir un nouvel environnement, rencontrer des personnes inconnues… C'est exactement ce qui se passe depuis que je me suis installée à Rust Creek Falls.

— Vous vous plaisez ici ?

— Beaucoup. Il y a quelque chose dans cette petite ville, une atmosphère, une ambiance, je ne saurais dire quoi exactement, qui fait son chemin dans le cœur des gens. En tout cas, c'est ce qui s'est produit pour moi.

Elle porta sa tasse à ses lèvres, but une gorgée de café.

— Et vous ? Vous êtes ici pour quelque temps ?

— Tant que la clinique aura besoin de moi.

Il hocha les épaules avant de poursuivre.

— Pour parler franchement, je n'avais pas tellement envie de venir ici mais mes parents ont beaucoup insisté en me disant que ce changement ferait du bien à Dillon… et à moi aussi. Par ailleurs, la clinique avait désespérément besoin d'un gynécologue. Tout cela a fait que je me suis décidé.

— Je comprends.

— Vraiment ? Pour vous, le changement a été facile à accepter, pour moi, c'est différent. Il faut que je pense à Dillon et il me semble que…

Comme il paraissait ne pas vouloir poursuivre, elle hasarda une question.

— Vous pensiez qu'il aurait du mal à s'adapter ?

La crispation qui marqua sa bouche lui prouva que ce changement avait été beaucoup plus bouleversant pour le père que pour le fils.

— Vous comprenez, reprit-il, il y a des années que je n'ai pas quitté Thunder Canyon. Depuis la mort de ma femme. Je n'étais pas certain de savoir m'occuper tout seul de Dillon. À Thunder Canyon, mes parents étaient toujours disponibles quand j'avais besoin d'eux.

Depuis la mort de ma femme...

Ces quelques mots et le ton plein de tristesse sur lequel ils avaient été prononcés lui firent mal au cœur.

— Je comprends mieux maintenant. Je suis désolée...

— Il y a quelque chose que vous n'aviez pas compris ?

— Oui. Dillon disait qu'il n'avait pas de mère mais je pensais que celle-ci vivait ailleurs. Du coup, il n'y a rien d'étonnant à ce que...

Elle s'interrompit brusquement.

— À ce qu'il cherche une fiancée pour son père ?

— Oui, plus ou moins. Il recherche la compagnie féminine. À l'école, il est très copain avec Rory, la petite fille aux grandes nattes.

— C'est vrai qu'il en parle souvent. Il paraît qu'elle est excellente au base-ball, ajouta-t-il en piquant un morceau de sa tarte aux pommes avec sa fourchette. Mais je me demande pourquoi il a décidé maintenant qu'il avait besoin d'une mère.

Il leva le visage vers elle.

— Vous comprenez, il ne sait même pas ce que c'est que d'avoir une mère. Quand Evelyn est morte il n'avait pas encore un an. Il ne se souvient pas d'elle. Comment ce qu'il n'a jamais eu pourrait-il lui manquer ?

Elle fit de son mieux pour dissimuler sa surprise. Étant donné que Dillon avait sept ans, cela signifiait que Drew était veuf depuis six longues années. Était-il encore amoureux de sa femme ? Ou bien ne s'intéressait-il à rien ni à personne en dehors de son travail ? Cette idée la blessa. Ce qui était complètement ridicule, pensa-t-elle aussitôt. Elle était en train de prendre un café avec le Dr Strickland, pas en train de faire des projets d'avenir !

Ce qui comptait pour l'instant, c'était d'apaiser l'inquiétude de cet homme visiblement malheureux.

— C'est sans doute parce que ses camarades de classe lui ont parlé de leur mère et qu'il a envie d'être comme eux. J'imagine que cela lui passera, mais pour vous…

— Moi ? Que voulez-vous dire ? répliqua-t-il vivement, sur la défensive.

Elle se mordit la langue. Pourquoi diable n'avait-elle pas su se taire ?

— Je veux dire… Il y a longtemps que vous êtes seul. Est-ce que vous souhaitez passer toute votre vie de cette manière ?

— Ce que nous souhaitons et ce que la vie nous offre sont deux choses complètement différentes. De toute évidence, mon destin est de vivre seul, sans cela, Evelyn serait encore avec moi.

Elle avait connu un certain nombre d'hommes repliés sur eux-mêmes, mais aucun aussi sombre que Drew. Il lui donnait l'impression d'envisager le futur comme un long tunnel noir et étroit.

— La plupart des gens se remarient pourtant, après avoir surmonté la période de leur deuil.

Il la regarda, ses narines se pincèrent. Exactement comme si elle lui avait fait une remarque insultante. Mais elle renonça à lui présenter des excuses. Si elle devait peser chacun de ses mots chaque fois qu'elle lui adressait la parole par crainte de l'offenser, il ne valait pas la peine qu'elle s'intéresse à lui.

— Je ne suis pas « la plupart des gens », répliqua-t-il brusquement. J'ai déjà eu une épouse, je n'en veux pas d'autre.

Eh bien…

Il était si pénétré d'amertume qu'on aurait dit qu'elle l'environnait comme une auréole maléfique. Dommage, pensa-t-elle. Oui, dommage, parce qu'elle commençait réellement à le trouver sympathique.

— Je suis sûre qu'en grandissant Dillon comprendra pourquoi vous n'avez pas voulu lui donner de belle-mère. Qui sait, il sera même peut-être très heureux que vous ne l'ayez pas fait ! Sans qu'on sache pourquoi les enfants changent souvent d'avis.

Il arqua le sourcil.

— À part leur donner des conseils de lecture, qu'est-ce que vous y connaissez en matière d'enfant ?

Elle éclata de rire.

— J'en étais une moi-même il n'y a pas si longtemps !

À son grand soulagement, elle le vit esquisser un sourire.

— C'est vrai que, moi aussi, à un moment donné, j'ai dû avoir l'âge de Dillon… Mais c'était il y a si longtemps, et il s'est passé tant de choses dans ma vie, depuis, que j'ai du mal à me souvenir de cette période insouciante.

Sans réfléchir, elle posa sa main sur la sienne.

— Est-ce que vous accepteriez de me raconter ce qui est arrivé à votre femme ?

À cette question, ses yeux noirs s'assombrirent encore davantage. Pendant quelques secondes, elle pensa qu'il allait la rabrouer et lui conseiller de s'occuper de ses propres affaires. Mais son regard s'attarda sur la main qu'elle avait posée sur la sienne. Visiblement, ce contact était pour lui quelque chose de tout à fait inhabituel.

— Elle conduisait Dillon à la garderie un matin de bonne heure. Elle venait de marquer un stop lorsqu'un vieux chêne s'est abattu sur sa voiture, la tuant sur le coup. Dillon, qui était assis à l'arrière, n'a pas eu une égratignure.

Elle frémit. C'était abominable. Parfaitement insupportable.

— Drew… C'est affreux.

— Cet arbre était à moitié mort. La veille, il y avait eu une forte tempête qui avait fragilisé le tronc. La mairie avait déjà prévu de venir l'enlever, mais c'était trop tard.

Il se tut un long moment pendant lequel elle n'eut pas envie d'intervenir.

— Je suis resté en état de choc pendant des années. À part travailler, je n'étais capable de rien. Puis, au fur et à mesure que le temps a passé, la colère n'a cessé de monter en moi face à l'absurdité de cet événement. Sans parler de la culpabilité qui me rongeait.

— De la culpabilité ? Mais pourquoi ? L'accident n'était pas votre faute.

Il fit une grimace. Apparemment, il ne parlait que rarement du décès de sa femme, ce qu'elle comprenait parfaitement étant donné la foule de mauvais souvenirs que cela lui ramenait à l'esprit.

— Ce matin-là, c'était à mon tour de conduire Dillon mais, comme j'avais reçu un appel en urgence, Josselyn s'est proposée pour le faire à ma place.

— Sa réaction me paraît tout à fait naturelle, c'est le genre d'entraide qu'on s'apporte dans un couple. Mais cela est à côté de la question. Ni votre colère, ni votre culpabilité, ni votre chagrin ne changeront rien au fait que c'était elle qui se trouvait dans la voiture ce matin-là.

— C'est la manière logique et raisonnable d'envisager les choses. Mais cela ne colmate en rien le gouffre qui s'est ouvert dans ma vie et ne remplace pas tout ce qui a manqué à Dillon.

— Oui, c'est vrai, mais cela peut vous aider à aller de l'avant. À regarder vers le futur.

Un instant, elle pensa qu'il allait à nouveau lancer

une remarque pleine de découragement mais ce ne fut pas le cas. Il venait sans doute de sortir momentanément de sa mélancolie car il esquissa un sourire.

— Ce doit être agréable d'avoir votre optimisme !

La chaleur qui émanait de Drew se diffusa le long de ses doigts jusqu'à atteindre ses épaules. Elle réalisa alors qu'elle n'avait rien fait pour retirer sa main pendant tout ce temps, comme si elle avait le droit de se permettre cette familiarité.

Très gênée, elle retira sa main et la posa sur ses genoux, sous la table.

— Vous pensez certainement que je suis trop jeune et inexpérimentée pour comprendre ce que représente la perte d'une personne qu'on aime, mais vous vous trompez.

— Quel âge avez-vous ?

— Vingt-cinq ans.

— C'est très jeune en effet par rapport à mes trente-trois ans.

Elle lui adressa un sourire chaleureux.

— Vous avez encore toute la vie devant vous !

Il ne répondit rien, se contentant de terminer sa tarte. Elle en fit autant, préoccupée par la souffrance qui pesait si lourd sur lui.

Pourquoi l'avait-il invitée à passer ce moment avec lui ? D'après ce qu'il venait de lui confier, il n'était pas à la recherche d'une petite amie. Comment l'aurait-il pu ? Il était évidemment encore amoureux de sa femme.

— Vous avez mentionné tout à l'heure la perte de quelqu'un de proche.

— J'ai perdu ma grand-mère maternelle quelques jours après avoir quitté le lycée. Elle est morte brusquement et, pour moi, ce fut un véritable cataclysme. Elle était bien plus que ma grand-mère ! Elle était mon modèle et mon mentor. Personne ne me comprenait aussi bien qu'elle. C'est elle qui m'a transmis l'amour des livres. Je suis sûre qu'elle serait heureuse du métier que j'ai choisi.

— Je n'en doute pas !

Après cet échange lourd d'émotions, ils abordèrent des questions plus anodines, et le temps passa sans qu'elle n'en ait conscience. Ils avaient tous les deux terminé de manger leur pâtisserie et bu deux tasses de café.

— Il faut que je rentre, maintenant, déclara Drew. Demain est un jour de classe et je ne veux pas que Dillon refuse d'aller se coucher sous prétexte que je ne suis pas encore rentré.

Elle attrapa son sac.

— Bien sûr ! Je dois rentrer moi aussi, il se fait tard.

Après avoir réglé leurs consommations, il la reconduisit sur le parking de l'école. Le temps s'était rafraîchi. En la voyant frissonner, il l'aida à enfiler la veste qu'elle avait gardée sur son bras.

— Voilà, vous serez bien au chaud, dit-il en disposant le lainage sur ses épaules.

Ce contact la fit frissonner de plus belle mais elle se hâta de fermer le col de sa veste, comme si c'était là la solution.

— Sunshine Farm n'est qu'à quelques minutes d'ici, je n'aurai pas le temps d'avoir froid. Merci pour cet agréable moment.

— Promettez-moi d'être prudente au volant !

Il faisait déjà bien sombre mais elle perçut clairement qu'il la dévisageait avec une certaine inquiétude. Se souciait-il réellement de sa sécurité ou bien pensait-il encore à l'accident dont sa femme avait été victime ?

Cela n'avait aucune importance… et pourtant si !

— Je suis toujours prudente.

— Parfait. Merci à vous aussi d'avoir accepté mon invitation.

Il la regardait encore. Puis, avant qu'elle n'ait pu deviner ses intentions, il posa les mains sur ses épaules, l'attira vers lui et posa ses lèvres sur les siennes pour lui donner un baiser brûlant.

Ce contact intime et inattendu la surprit si vivement qu'un court instant ses sens s'en trouvèrent comme anesthésiés, la laissant incapable de réaction. Très vite pourtant, une coulée de plaisir délicieux réchauffa son sang dans ses veines, l'amenant à entrouvrir les lèvres pour lui rendre son baiser.

Elle aurait été incapable de dire combien de temps ils demeurèrent enlacés. Quelques secondes ou plusieurs minutes ? Quoi qu'il en soit, lorsqu'il se détacha d'elle, elle était haletante, avide de recommencer.

— Bonne nuit, Josselyn.

Totalement déconcertée, elle le regarda s'éloigner en direction de son véhicule. Il n'avait rien trouvé de mieux à lui dire après ce baiser passionné ?

Les mains tremblantes d'émotion, elle se glissa dans sa propre voiture. Lorsqu'elle mit le contact, elle remarqua que la voiture de Drew n'avait pas bougé. Sans doute voulait-il s'assurer qu'elle quittait le parking sans encombre ?

Autrement dit, il n'avait pas compris le danger qu'il représentait pour elle. Plus que sa sécurité sur la route, c'était la tranquillité de son cœur qui était en péril…

- 5 -

Le lendemain après-midi, Drew était assis à son bureau, essayant d'étudier le dossier d'une de ses patientes. Hélas, la seule chose sur laquelle il était capable de se concentrer était le baiser qu'il avait posé sur les lèvres de Josselyn.

Quel démon s'était donc emparé de lui pour l'amener à faire une chose pareille ? Depuis la mort d'Evelyn, il n'avait jamais touché, et encore moins embrassé, une femme en dehors de son travail. Et Dieu sait qu'il n'en avait jamais eu envie.

Avec un gros soupir, il se détourna de son ordinateur et passa les doigts dans ses cheveux. Il aurait dû écouter ce que lui conseillait son bon sens et rester à Thunder Canyon. Depuis qu'il était arrivé à Rust Creek Falls, sa vie était complètement bouleversée.

Pourquoi est-ce que cela te dérange, Drew ? Parce que pour la première fois en six ans quelque chose bouge dans ta vie ? Parce qu'il y a ici quelque chose dans l'air qui t'incite à redevenir un homme ? Et un vrai père pour Dillon ? Tu as peut-être envie de ne pas relever le défi, voilà pourquoi cela t'agace !

Tout en maudissant le reproche qu'il se faisait à lui-même, il s'avança jusqu'à la fenêtre qui dominait South Lodgepole Lane. Deux rues plus loin se trouvait l'école élémentaire que fréquentait Dillon. Et où travaillait

Josselyn… Allons, il fallait bien qu'il l'admette, il avait envie de la revoir. De la revoir et de l'embrasser.

Un petit coup frappé à sa porte le tira de ces pensées qui le mettaient à la torture. Nadine Rutletge, l'une des deux infirmières qui le secondaient, fit son apparition. Elle était au milieu de la quarantaine et arborait un visage plein de bonté.

— Entrez, Nadine. On a besoin de moi ?

— Oui, docteur Strickland. On a toujours besoin de vous ! ajouta-t-elle avec un sourire amical. Mme Peters vous attend en salle 2.

Fronçant les sourcils, il s'avança vers l'infirmière.

— Je ne me souviens pas qu'elle ait pris rendez-vous pour aujourd'hui.

— En effet. Elle s'est présentée il y a quelques instants en disant qu'elle ne se sentait pas bien. J'ai pris sa tension qui est beaucoup trop élevée.

Il attrapa sa blouse blanche accrochée derrière la porte et l'enfila à la hâte.

— J'espère que ce n'est pas un autre cas de toxémie. Sa grossesse est loin d'être suffisamment avancée pour qu'elle entre en travail.

Avant qu'il ne sorte, Nadine l'attrapa par la manche.

— Il faut que vous sachiez qu'elle se trouve dans une situation très stressante.

— Quel genre de stress ? Familial ? Professionnel ?

Nadine hocha la tête.

— Familial. Ou plus exactement, par manque de famille. Le père du bébé a disparu dans la nature… D'après ce que j'ai compris, il a tout à coup décidé qu'il ne se sentait pas capable d'assumer la responsabilité d'une femme et d'un enfant.

Il retint un vilain mot.

— Nous ne pouvons pas grand-chose pour elle de

ce côté-là. Par contre, nous allons faire notre possible pour qu'elle-même et son bébé restent en bonne santé. Faites-lui une prise de sang, j'arrive tout de suite.

Nadine se hâta vers la patiente. Il lui emboîta le pas. Pendant les minutes qui suivirent, il n'eut plus le loisir de penser à embrasser Josselyn.

À la fin de cet après-midi, Josselyn déposait un grand sac plein de livres sur le siège arrière de sa voiture lorsqu'un véhicule noir vint se garer à côté d'elle.

Bizarre… Normalement, à cette heure, les enseignants et toute l'équipe d'entretien n'arrivaient pas à l'école mais au contraire la quittaient.

Cette voiture avait pourtant un air familier et, très vite, elle reconnut celle de Drew. Que venait-il faire ici ? Certainement pas récupérer Dillon puisque les cours s'étaient terminés deux heures plus tôt.

Le cœur battant joyeusement, elle resta debout à côté de sa petite voiture rouge et attendit qu'il la rejoigne.

— Salut, Drew !

— Bonsoir, Josselyn. J'ai l'impression que je suis arrivé juste à temps pour vous empêcher de partir.

La lumière déclinante sculptait les traits de son visage, faisant ressortir la fatigue autour de ses yeux et de sa bouche mais, au lieu de le rendre moins séduisant, cela le faisait au contraire apparaître plus humain et vulnérable. Et encore plus désirable.

— En effet, j'allais rentrer chez moi.

— Je sors juste de la clinique et j'ai eu envie de passer par l'école pour voir si vous y étiez encore.

— Vous vouliez me voir ?

Après le baiser de l'autre soir, cela n'aurait pas dû la surprendre, et pourtant, elle était étonnée. Elle était en effet rentrée à Sunshine Farm la veille en se disant qu'il était beaucoup trop prisonnier de son passé pour la regarder une seconde fois. Elle s'était peut-être trompée ? Quoi qu'il en soit, son cœur battait la chamade.

Elle vit sa bouche sensuelle s'incurver en un petit sourire amusé.

— C'est si difficile à croire ?

En dépit de l'air frais qui descendait des montagnes, elle sentit ses joues devenir brûlantes.

— Honnêtement, oui.

Cette réponse amena un vrai sourire sur son visage, qui creusa cette fois deux adorables fossettes.

Elle en perdit le souffle.

— Vous savez quoi ? reprit-il. Pour être honnête, j'en suis aussi surpris que vous.

Nerveusement, elle essayait d'arranger l'écharpe rouge qu'elle avait hâtivement nouée autour de son cou.

— Voyons… Vous avez un problème avec Dillon ? Les livres qu'il a choisis ne lui conviennent pas ?

— Non. Au contraire, il paraît très content et il lit. Ou, tout au moins, il en donne l'impression !

Il avança d'un pas.

— Je voulais vous demander ce que vous penseriez d'une partie de pêche avec nous ce week-end. Vous n'êtes peut-être pas une adepte des sorties au grand air mais je sais que votre présence rendrait Dillon très heureux. Et moi aussi, d'ailleurs.

Ce n'était pas réellement une invitation à sortir avec lui, mais cela y ressemblait tout de même beaucoup. En tout cas, cela suffisait pour la faire frissonner d'excitation.

— Aller à la pêche ? Oh la la… J'y allais autrefois avec mes frères, mais il y a vraiment très longtemps !

— C'est pareil pour moi. Nous rafraîchirons nos connaissances ensemble. De toute manière, peu importe si nous n'attrapons rien, cette sortie fera du bien à Dillon.

Et à moi aussi, répéta-t-il, comme si elle avait besoin de cet argument pour se laisser persuader.

Alors que son cœur bondissait de joie dans sa poitrine, elle fit semblant de réfléchir.

— Quel jour avez-vous prévu cette sortie ?

— Demain, c'est samedi. Si vous êtes libre, je peux passer vous prendre vers 10 heures. J'ai envie d'aller dans les montagnes, du côté des cascades. Si je me souviens bien, il y a des truites là-haut.

Après un petit silence, il ajouta :

— Je demanderai à Claire de nous préparer un pique-nique. Ça vous va comme programme ?

Elle ne chercha pas à dissimuler son plaisir à cette perspective.

— Je serai prête à 10 heures.

Puis, elle porta la main sur le revers de la blouse blanche qu'il n'avait pas retirée.

— Vous travaillez encore ?

— Non, mais j'ai terminé tout à l'heure et je suis parti si vite que j'ai oublié de laisser ma blouse à la clinique. Mais ne vous inquiétez pas ! Demain, il n'y aura pas de Dr Strickland !

Elle découvrait un aspect inédit de cet homme. Un nouveau Drew, qui lui paraissait tout à fait charmant sans faire le moindre effort pour cela.

— Oh ! ne dites pas ça ! Si jamais je me plante un hameçon dans la main, je serai bien contente de trouver un médecin sur place !

Il lui prit la main.

— Une si jolie petite main ! Comme ce serait dommage… Je ferai en sorte que cela n'arrive pas.

Le regard sombre et brûlant de Drew remonta de sa main, qu'il tenait encore, jusqu'à ses lèvres.

— Voyons… Est-ce qu'il faut que j'apporte quelque chose ? réussit-elle enfin à demander.

— Non, c'est inutile. Gramps – c'est ainsi que Dillon appelle son arrière-grand-père – a toutes sortes de matériels de pêche. J'aurai tout ce qu'il faudra pour nous trois. Ainsi que le pique-nique, comme je vous l'ai dit. Il suffit que vous nous apportiez votre présence pour que nous soyons contents.

— Pas de problème avec ça !

Il continuait à la regarder d'une telle manière que le contact de leurs mains était devenu brûlant. Le silence environnant s'était fait lourd. Finalement, il la relâcha et fit un pas en arrière.

— À demain, Josselyn.

— C'est ça. À demain, 10 heures.

Il fit un nouveau pas en arrière, ce qui l'amena à heurter la portière du passager de sa voiture. Mais au lieu de faire le tour pour s'installer au volant, il continuait à la regarder.

— Vous avez autre chose à me dire ? demanda-t-elle, amusée par sa gaucherie.

— C'est… le baiser que nous avons échangé l'autre soir… Bref, c'était très agréable.

Son cœur faisait des bonds de gazelle dans sa poitrine. Comment réussir à calmer pareilles galipettes ?

— Oui. C'était très agréable en effet.

— Bon, il faut que je rentre maintenant.

Il lui fit un signe de la main. Elle lui répondit de la même manière avant de se glisser au volant.

Ce n'est que longtemps après être sortie de la ville qu'elle retrouva une respiration normale et que le sourire s'effaça de son visage.

Elle allait passer la journée du lendemain avec le

Dr Drew Strickland ! Décidément, Rust Creek Falls était un endroit magique.

Samedi matin, en compagnie de Dillon, Drew conduisait vers Sunshine Farm.

— Papa, si jamais nous revenons bredouille, Mlle Weaver va penser que je suis nul !

Il retint un grognement. Son fils avait à peine sept ans et, déjà, il avait envie d'impressionner une femme ! Pareille idée ne lui serait jamais venue à l'esprit au même âge. Ou alors avait-il oublié ?

— Ne t'inquiète pas, Dillon. Quelque chose me dit que tu vas attraper un poisson. Et pour aujourd'hui, juste pour aujourd'hui, tu entends, tu pourras appeler Mlle Weaver par son prénom, Josselyn.

Assis à l'arrière, Dillon se pencha vers lui jusqu'à ce que la ceinture de sécurité soit tendue sur sa poitrine.

— Tu crois vraiment ?

— Oui, mais à l'école, il faudra te montrer respectueux et recommencer à l'appeler Mlle Weaver. Tu t'en souviendras ?

— Oui, papa, mais qu'est-ce que c'est « respectueux » ? Est-ce que je sais faire ça ?

Il jeta un regard dans le rétroviseur. Le visage de son fils lui apparut avec un pli soucieux sur le front.

— Oui, par moments. Être respectueux, cela signifie montrer que tu es bien élevé, être poli. Tu sais très bien tout cela.

— Ouais… Et ce n'est pas rigolo ! Surtout quand je dois me taire et rester assis. Qui est content de faire ça ? Personne !

Drew ne put retenir un éclat de rire, ce qui n'échappa pas à son fils.

— Papa ! Je t'ai entendu rire ! D'habitude, tu es tout le temps sérieux. Tu dois être bien content ce matin.

Cette remarque lui donna à réfléchir. Effectivement, il se sentait de fort bonne humeur ce matin. En pleine forme. Presque heureux. C'était quelque chose qui ne lui était pas arrivé depuis la mort d'Evelyn. Est-ce que cela était la preuve qu'il recommençait à vivre ? Ce sentiment délicieux allait-il durer, ou bien s'effacerait-il au bout de quelques jours ou de quelques semaines ?

Il haussa les épaules. À quoi bon se poser pareilles questions ? Aujourd'hui, il ne voulait pas céder aux sirènes de la mélancolie.

— Oui, Dillon, je suis content aujourd'hui. J'emmène mon fils à la pêche.

— Et en plus, Mlle Weaver, je veux dire Josselyn, vient avec nous ! Youpi ! On va bien s'amuser.

S'amuser ?

Il espérait que, d'ici la fin de la journée, il aurait réappris le sens de ce mot.

La matinée s'annonçait claire et splendide. Seuls quelques petits nuages à la dérive flottaient dans le ciel éclatant. Depuis son arrivée à Rust Creek Falls, Josselyn avait découvert que, comme le Wyoming, le Montana au mois de septembre pouvait être froid pendant la nuit et en début de journée. Elle enfila donc un jean, des bottes et une chemise en flanelle bien chaude sur laquelle elle passa une pelisse de mouton.

À 9 h 55, elle était assise sur le petit porche de son chalet lorsqu'elle vit une jeep vert foncé s'engager dans l'allée conduisant à Sunshine Farm. Elle reconnut Drew et Dillon.

Pleine d'entrain, elle attrapa son sac et s'avança à leur rencontre.

Dillon fut le premier à sortir de la jeep. Il courut vers elle, un immense sourire sur le visage.

— Bonjour, mademoiselle Weaver ! Papa a dit que je pouvais t'appeler Josselyn aujourd'hui. Est-ce que tu es d'accord ?

Comme Drew arrivait vers elle, leurs regards se rencontrèrent et il lui adressa un petit clin d'œil de conspirateur. Cette complicité lui fut encore plus agréable que l'expression heureuse de son visage.

— Oui, Dillon. Aujourd'hui, nous ne sommes pas à l'école. Nous sommes simplement des amis en route pour une partie de pêche, c'est bien ça ?

— Parfaitement !

Il leva la main pour qu'elle tape en signe d'accord, ce qu'elle fit bien volontiers.

Dillon, satisfait de cette connivence, adressa à son père un sourire radieux.

— Tu vois, je te l'avais bien dit, Mlle Weaver est super !

En voyant le visage de Drew refléter une certaine gêne, elle se hâta de passer à autre chose.

— Est-ce que vous voulez entrer prendre quelque chose de chaud avant que nous nous mettions en route ?

— Non, merci. Peut-être au retour. Si vous êtes prête, il vaut mieux que nous partions tout de suite. Dillon dit que, lorsque le soleil est haut dans le ciel, les poissons mordent moins.

— C'est Gramps qui me l'a appris, se hâta de rectifier le petit. Et il sait tout sur la pêche à la truite !

— Alors partons vite ! Je suis prête à vous suivre.

— J'ai emprunté la jeep de mon grand-père aujourd'hui, expliqua Drew. Nous allons passer par des sentiers assez cahoteux. J'espère que vous n'y voyez pas d'inconvénient ?

Elle éclata de rire.

— Vous plaisantez ? Dans le Wyoming, mes frères me trimballaient à travers les montagnes dans un vieux pick-up équipé d'un banc en bois en guise de siège ! Cette jeep me paraît le comble du luxe.

Il l'aida donc à s'installer à l'avant du vieux véhicule, puis s'assura que Dillon avait bien mis sa ceinture de sécurité à l'arrière. Cela fait, ils se mirent en route sur l'allée de gravier en direction de la route principale. Tout en conduisant, il regardait le bâtiment à deux étages et la belle grange jaune qui s'élevait un peu plus loin.

— Les Stockton ont fait beaucoup de travaux d'aménagement. La dernière fois que je suis venu, la propriété m'avait semblé en assez mauvais état.

— D'après ce que j'ai compris, plusieurs années se sont écoulées avant que la famille n'apprenne que la propriété leur appartenait toujours. Quand ils ont découvert qu'elle était restée au nom des Stockton, ils ont décidé de la rénover. Eva m'a dit que le bâtiment principal avait demandé beaucoup de travaux de restauration, la grange aussi. Mais, peu à peu, ils arrivent au bout de leurs peines.

Dillon regardait lui aussi par la fenêtre.

— Je trouve que cette grange est d'une drôle de couleur. Normalement, les granges sont peintes en rouge, comme celle de Grandpa Jerry à Thunder Canyon, non ?

Drew jeta un coup d'œil à son fils dans le rétroviseur.

— On peut les peindre de la couleur qu'on veut, et même de plusieurs couleurs, comme un arc-en-ciel, si on en a envie.

Il se tourna vers Josselyn.

— Avouez que vous n'imaginiez pas que je puisse avoir des idées aussi originales !

— Waouh, papa, tu dis n'importe quoi aujourd'hui. J'aime bien, c'est rigolo !

Cette plaisanterie rendit Drew encore plus attachant à ses yeux. Il continuait à conduire avec prudence, et ils avaient commencé à pénétrer dans les montagnes. De temps en temps, elle jetait un coup d'œil en coulisses dans sa direction, admirant son beau profil ciselé par la lumière du matin. Comment allait-elle arriver au bout de cette journée sans tomber follement amoureuse de lui ?

Avant d'arriver au sommet de la montagne où se trouvaient les cascades, Drew dirigea la jeep sur un chemin plein de cailloux qui menait au cœur de la forêt.

Josselyn regardait autour d'elle les grands pins et les sapins qui s'élevaient au-dessus des broussailles comme si elle était à la recherche de quelque chose.

— Je n'ai pas aperçu de panneau. Vous savez à qui appartient cet endroit ?

Il engagea la jeep sur le chemin cahoteux.

— Je n'en sais trop rien mais Gramps m'a assuré qu'il était disponible pour quiconque avait envie d'y pêcher.

— C'est un lieu magnifique. Les forêts autour de Laramie ne sont pas aussi épaisses.

— Quand mes frères et moi-même étions adolescents, nous venions passer les vacances à Rust Creek Falls, chez nos grands-parents. Gramps nous amenait ici pour pêcher, alors qu'à cet âge ce dont nous avions réellement envie, c'était de traîner en ville à la recherche de nos copines. Mais, pour lui faire plaisir, nous pêchions et nous faisions semblant d'être contents.

— Papa, tu n'auras pas besoin de faire semblant aujourd'hui, déclara Dillon en avançant sa frimousse entre les deux sièges avant. Tu as une très jolie copine à qui parler pendant que tu pêches !

Drew se mit à rire tout en frictionnant affectueusement la tête de son fils.

— Dis donc, toi, arrête de faire le petit malin !

Il remarqua en même temps que ce compliment détourné avait fait monter le rose aux joues de Josselyn. Comme il aimait contempler son joli visage au teint frais et à la bouche vermeille ! Elle n'était pas seulement belle, quelque chose dans sa façon de sourire le ramenait à la vie et lui donnait le sentiment de redevenir lui-même.

— Dillon grandit, grâce à tous les livres qu'il est en train de lire depuis la rentrée.

— Espérons que vous dites vrai…

Quelques minutes plus tard, ils étaient arrivés au bout du chemin de terre qui s'ouvrait sur une grande clairière où ils campaient autrefois lors de leurs expéditions. Après avoir aidé Josselyn et Dillon à descendre, Drew regarda autour de lui, se souvenant des nuits qu'il avait passées ici, enroulé dans son sac de couchage, à regarder les étoiles. À l'époque, il se demandait s'il deviendrait un jour un homme dont son père serait fier.

— Regarde ça, papa, s'écria Dillon.

Son fils se tenait debout près d'un cercle de pierres destiné à accueillir un feu de camp. Juste à côté, un solide tronc d'arbre avait été grossièrement taillé de manière à former une table rustique. Deux troncs plus petits posés à côté destinés à servir de sièges complétaient cette salle à manger de campagne.

— À part le foyer et le coin de pique-nique que d'autres campeurs ont mis en place, rien n'a changé. Tout est exactement comme autrefois ! Je ne m'attendais pas à trouver cet endroit aussi semblable à celui que j'ai connu quand j'étais jeune.

Visiblement, elle partageait sa satisfaction.

— C'est agréable de constater que les bonnes choses ont été conservées. Surtout si elles sont liées à de bons souvenirs personnels.

— Tout à fait. Et c'est bien agréable aussi de se fabriquer de nouveaux souvenirs, avec vous et Dillon.

Pour toute réponse, elle glissa sa main dans la sienne. En sentant la tiédeur de ses doigts au creux de sa paume, il trouva tout à coup le ciel plus bleu.

Il s'éclaircit sa voix enrouée par l'émotion.

— Allons voir ce que fait Dillon…

Ils trouvèrent son fils occupé à remuer les cendres froides à l'aide d'un long bâton.

— On fait un feu, papa ? On va en avoir besoin pour éloigner les animaux sauvages. Tu sais, je suis sûr qu'il y a des coyotes et des ours dans le coin. Ils vont s'approcher de nous quand ils vont sentir de la nourriture.

Josselyn et lui échangèrent un sourire amusé.

— Tu sais, Dillon, je ne pense pas que les animaux sauvages se montrent en plein jour. Pour le moment, nous allons laisser le pique-nique dans la jeep. Ce n'est pas la peine de le descendre au bord de l'eau avec notre matériel de pêche. Mais nous ferons un feu tout à l'heure, quand nous mangerons. Ça vous va à tous les deux comme programme ?

— Super ! s'écria Dillon en sautant de joie. Et toi, Josselyn, tu es d'accord ?

— Bien sûr ! Je ne regrette qu'une chose, c'est de ne pas avoir apporté de marshmallows pour les faire rôtir sur le feu.

— Inutile de regretter quoi que ce soit, intervint-il. Claire en a mis un paquet dans le panier du pique-nique.

Le programme ayant été ainsi déterminé, ils allèrent vers la jeep prendre le matériel de pêche et les cannes.

— La prochaine fois que je rencontrerai Claire, il faudra que je la remercie d'avoir pensé à tout pour notre pique-nique. Elle est bien mariée à Levi Wyatt ?

— Oui, c'est bien ça. C'est ma cousine et son nom de jeune fille est Strickland. Vous la connaissez ?

— Je l'ai rencontrée à la fête de l'école. Sa petite fille, Bekka, est encore trop jeune pour être scolarisée chez nous mais elle avait envie de lui faire faire déjà connaissance avec les enseignants et les locaux qu'elle fréquentera bientôt. Je ne savais pas que vous étiez parents.

— Son père, Peter, et le mien, Jerry, sont frères. Comme vous le disiez l'autre jour, tout le monde à Rust Creek Falls est plus ou moins parent.

— Elle m'a paru très sympathique.

— Elle l'est, en effet. Elle est travailleuse et curieuse de tout. Comme vous, ajouta-t-il en lui présentant une canne à pêche.

— Ne me faites pas trop de compliments avant de m'avoir vue à l'ouvrage ! Vous allez vite vous apercevoir que mes talents en matière de pêche sont loin d'être remarquables. Je vais probablement rapporter plus de vieilles branches que de truites.

— Peu importe, nous ne faisons pas un concours.

Dillon se précipita à côté de Josselyn.

— Je veux porter ma canne moi-même. Gramps me laisse toujours faire.

Drew lui tendit la plus courte des trois cannes.

— D'accord, mais ne cours pas !

— Pourquoi ?

En réalité, il n'avait pas envie de gâcher la journée du petit en lui parlant de chutes éventuelles ou d'accidents toujours possibles.

— Parce que ce n'est pas le moment.

Contrarié par son interdiction, Dillon commença à faire la moue. En voyant sa réaction, Josselyn lui tapota le dessus de la tête.

— Ton père ne veut pas que tu tombes et que tu te fasses mal, tu comprends ? C'est parce qu'il t'aime.

Il ne réussit pas à savoir si Dillon avait bien compris le message ou s'il était seulement content qu'une voix féminine s'adresse à lui, toujours est-il que le sourire revint sur son visage.

— D'accord, Josselyn. Je vais me retenir de courir.

Puis, jetant vers lui un regard plein d'espoir :

— Papa, est-ce que j'ai le droit de sauter ?

Il jeta un regard impuissant à Josselyn qui s'efforçait de se retenir de rire. En temps ordinaire, il aurait déjà perdu patience mais, en compagnie de Josselyn, il était capable de s'amuser des petits caprices de son fils. Par quel tour de magie réussissait-elle à lui faire voir les choses d'une manière toute différente ?

— Dès que nous aurons quitté ce chemin plein de cailloux et que nous serons arrivés au ruisseau, tu pourras sauter tant que tu voudras. Mais souviens-toi que les bruits de pas au bord de la rive font fuir les poissons.

— Ah… C'est vrai, j'avais oublié, reconnut Dillon.

Tout cela mis au point, Drew ferma la jeep et ils s'engagèrent tous les trois sur un sentier tracé au milieu d'un mélange de broussailles et de grands arbres. Les oiseaux gazouillaient dans les branches au-dessus de leurs têtes, et deux écureuils sautèrent de branche en branche en haut d'un chêne. De temps à autre, une trouée dans la canopée permettait à un rayon de soleil de parvenir jusqu'à eux. Chaque fois, il en profitait pour regarder les traînées d'or qu'il faisait flamboyer dans les cheveux blonds de Josselyn.

Depuis la mort d'Evelyn il ne s'était intéressé à aucune femme. Mais ce jour-là, tout en regardant Josselyn marcher tranquillement à côté de son fils, il eut le sentiment d'avoir découvert une précieuse pépite.

Le moment est venu de te réveiller, Drew ! Qu'est-ce que tu comptes faire de cette chance ? La laisser filer entre tes doigts ? Ou bien la retenir de toutes tes forces ?

— Oh ! Regardez ! Une biche !

Le cri poussé par Dillon mit fin à ce questionnement. Il regarda dans la direction pointée par son fils. Effectivement, une biche se tenait, tête levée, nez au vent. À côté d'elle, son faon grignotait un buisson, inconscient de la présence humaine toute proche.

— Regarde, souffla Josselyn à l'oreille de Dillon, comme cette mère biche veille à ce que nous ne faisions pas de mal à son petit.

Au bout d'un moment, les deux gracieux animaux s'enfoncèrent dans les sous-bois où ils se sentaient davantage en sécurité.

— Eh oui, déclara Dillon en les regardant s'éloigner. Les faons sont comme les enfants, ils ont besoin d'une maman pour veiller sur eux.

Elle ne répondit rien, se contentant de poser la main sur l'épaule de l'enfant pour l'inciter à avancer.

Drew les regardait, le cœur serré. Tellement serré qu'il avait de la peine à respirer.

Le geste doux et rassurant qu'elle venait d'avoir ne signifiait pas qu'il devait lui faire la cour simplement pour donner une mère à Dillon. Non, elle méritait mieux. Elle méritait l'amour d'un homme bien vivant, pas celui d'un homme qui faisait seulement semblant d'y croire encore.

— Vous vous trompez, Dillon a du respect et de l'admiration pour vous.

— Respect n'est sans doute pas le mot qui convient. C'est juste que ma relation avec lui n'est pas aussi forte que celle qu'il entretient avec eux. Pendant assez longtemps après la mort d'Evelyn, j'avoue que cela ne m'a pas du tout tracassé. Il me suffisait de savoir que mon fils était en bonne santé et qu'on s'occupait bien de lui. Je n'imaginais pas alors que ce serait si compliqué de créer un lien avec lui. Je commence même à penser que c'est devenu impossible.

Elle écoutait sans mot dire. Si le décès de sa femme avait plongé Drew dans un tel état dépressif au point qu'il avait été incapable de s'occuper de son fils, cela signifiait qu'il avait été follement amoureux d'elle. Peut-être même lui manquait-elle encore ? Elle espérait pourtant qu'il avait trouvé la force d'aller de l'avant et de penser à son avenir.

— Je vous trouve très sévère avec vous-même. Je suis sûre que vous avez toujours été un bon père.

— Dans le sens où j'ai toujours veillé à ce qu'il ne manque de rien, vous avez raison. Mais il y a eu de longues périodes au cours desquelles je ne me trouvais pas près de lui alors qu'il avait besoin de moi.

En entendant ces mots, son cœur se serra.

— Où étiez-vous ? Loin de lui ? Perdu dans votre chagrin ?

— Les deux à la fois. Je passais le plus clair de mon temps à la clinique dans l'espoir que le travail chasserait les noires pensées qui m'obsédaient. Pendant ce temps, Dillon grandissait loin de moi.

Elle s'efforça de présenter la situation sous un jour moins dramatique.

— Il est avec vous maintenant. Et, quand je vous

regarde tous les deux, je vois clairement un père et son fils, pas un homme en train de faire le baby-sitter d'un petit garçon.

Il ramassa un petit caillou qu'il jeta dans le courant.

— Il faut que je vous avoue une chose, Josselyn. Si mes parents ne m'y avaient pas vigoureusement incité, je ne serais jamais venu à Rust Creek Falls. Ils avaient clairement perçu que Dillon et moi avions besoin d'être ensemble, loin d'eux, pour apprendre à nous débrouiller ensemble sans le filet de sécurité qu'ils représentaient.

Désireuse de le rassurer, elle posa la main sur son avant-bras.

— Je suis sûre que vous avez pris la bonne décision, pas vous ?

Il leva les yeux sur son visage, et elle sentit son cœur battre de plus en plus vite.

— Il me semble que c'est la meilleure décision que j'ai prise depuis des années.

Elle plongea son regard dans celui de Drew. Elle avait envie de se rapprocher de lui, de lui dire tout ce qui lui passait par la tête, même en sachant que la plupart de ses aveux le feraient partir en courant.

— Papa, regarde ! hurla Dillon à ce moment-là. J'ai essayé de faire comme tu m'as dit et ça a marché. Regarde, je vais te montrer !

Les cris enthousiastes du petit garçon dissipèrent l'enchantement dans lequel elle était en train de se laisser glisser avec Drew.

Elle retint un soupir de déception et retira sa main.

— Et voilà la preuve que vous n'avez pas tout raté !

Il se mit à sourire et se leva pour retourner auprès de son fils. Elle les regarda tous les deux s'exercer en se demandant si elle avait quelque chance d'être un jour celle qui remplirait le vide de leurs vies à tous les deux. À moins que cela ne demeure un rêve impossible ?

Josselyn, tu as toujours vécu dans le monde imaginaire des livres… Sans cela, tu aurais déjà compris que, dans le cœur de Drew, il n'y aura jamais de place pour une autre femme qu'Evelyn.

Il y avait bien des chances pour que cette petite voix moqueuse ait raison mais peu importait. Elle n'allait pas se laisser décourager par ce message défaitiste. Dans le fond, elle avait un caractère plein d'optimisme. Toujours, elle avait préféré penser que l'impossible pouvait arriver. Alors, pourquoi pas cette fois-ci ?

Il avait certainement connu des années noires, mais cela ne signifiait pas pour autant qu'il avait complètement oublié le goût du bonheur et de l'amour. C'était à elle de le guider dans cette direction.

Comme le jour suivant était un dimanche, la clinique était fermée. Drew avait donc le temps de flâner dans la pension. Tout au long de la journée, Dillon resta avec lui, véritable moulin à paroles qui ne cessait de revenir sur leur journée de pêche et sur Josselyn.

En temps normal, il se serait vite lassé de l'entendre revenir infatigablement sur le même sujet, mais ce ne fut pas le cas cette fois. Pas du tout. Au contraire, il découvrait combien c'était important d'écouter son fils. À cela s'ajoutait son bonheur d'avoir fait quelque chose qui lui permettait d'avoir créé un lien véritable avec lui.

Le soir, en se mettant au lit, Dillon parlait encore de Josselyn comme si sa présence avec eux la veille était un événement beaucoup plus important que la dent qu'il avait perdue dans l'après-midi.

— Papa, tu aimes bien Josselyn, pas vrai ?

Il acheva de border son fils, remonta le drap sous son menton, puis regarda le petit visage anxieux d'entendre la réponse qu'il souhaitait.

— Oui. Je l'aime bien.

Et tout en parlant, il réfléchissait à la signification de ces quelques mots. Au cours des six années précédentes, l'idée qu'il pourrait un jour à nouveau apprécier une présence féminine ne lui était jamais venue à l'esprit. Josselyn avait pourtant le pouvoir de faire disparaître toutes les barrières qu'il avait érigées autour de son cœur. Il commençait à se sentir vivant à nouveau. À éprouver des sentiments. Cela l'enchantait et le terrifiait en même temps.

— Tant mieux, conclut Dillon. Parce que, moi, je l'aime beaucoup. Tu sais ce que je préfère chez elle ?

Avec un sourire attendri, il écarta la mèche de cheveux qui retombait sur le front de Dillon.

— Voyons… Laisse-moi deviner. Tu l'aimes bien parce qu'elle est jolie et qu'elle t'aide à choisir des livres intéressants ?

Dillon afficha un large sourire qui montrait le vide laissé par l'incisive disparue. Plus tard, dans la nuit, une fois qu'il serait endormi, la petite souris passerait laisser une pièce de monnaie sous son oreiller. Mais, pour l'instant, cette perspective ne paraissait pas du tout le préoccuper. Josselyn était pour lui beaucoup plus importante que la visite de la fameuse petite souris.

— C'est vrai ce que tu dis, papa, mais je l'aime surtout parce qu'elle te fait sourire. Tu sais, c'est ça qui me rend heureux.

Une boule d'émotion lui noua la gorge. Il n'osa rien répondre de peur d'entendre sa voix se briser. Dire que, jusqu'à aujourd'hui, il avait pensé que Dillon n'éprouvait pour lui que de l'indifférence ! Il se rendait compte à quel point il s'était trompé.

— C'est vrai, Dillon. Josselyn me donne envie de sourire. Avant de la connaître, je crois que je ne savais plus le faire.

Le sourire de son fils s'élargit encore.

— Ça veut dire que tu vas l'inviter à sortir avec toi et lui demander de t'épouser ?

Il prit un air fâché.

— Dillon, tu vas beaucoup trop vite ! Il faut fréquenter longtemps une femme avant de savoir si on veut la demander en mariage. Et même quand on a envie de le faire, ce n'est pas sûr du tout que la femme soit d'accord !

— Il faut qu'elle dise oui, c'est ça ?

— Exactement.

— Alors ne t'inquiète pas, papa. Je suis sûr que Josselyn dira oui.

— Ah bon ? Tu me parais bien assuré. Pourtant, dans la vie, les choses ne se passent pas toujours comme on le pense.

Dillon remua la tête sur son oreiller.

— Cette fois, ça se passera exactement comme il faut. J'en suis sûr parce que, quand elle te regarde, elle a des étoiles dans les yeux.

Arrivé à ce point, il valait mieux laisser son fils à ses rêves. Sans doute était-ce mieux pour lui aussi. Il tapota ses cheveux noirs.

— Mais non, petit nigaud ! C'est à cause du soleil que son regard brillait. Et maintenant, hop, trêve de discussion, tu fermes les yeux et tu dors !

Il déposa un baiser sur le front de son fils qui lui passa les bras autour du cou et le serra contre lui un long moment.

— Je t'aime, papa.

Une émotion très douce et néanmoins bouleversante le submergea. Il comprit alors à quel point ce que Josselyn lui disait la veille était juste. Oui, il avait bien fait de venir s'installer à Rust Creek Falls. C'était la bonne décision pour lui et pour Dillon.

— Moi aussi, je t'aime, mon fils.

Sur ce, il l'embrassa une nouvelle fois et éteignit la lumière.

Le lendemain à l'heure du repas, Josselyn décida d'oublier la cafétéria de l'école pour aller déjeuner au Gold Rush Diner, justement renommé pour ses délicieux burgers. On était déjà à la mi-septembre, mais le temps était inhabituellement doux et sec. Les anciens habitants de Rust Creek Falls avaient beau prédire un hiver rigoureux, le soleil était au rendez-vous pour le moment, ce qui rendait l'automne et le feuillage flamboyant des arbres parfaitement somptueux. Elle était heureuse que sa promenade lui permette d'en profiter.

Comme elle approchait du petit restaurant, elle entendit son téléphone sonner.

— Josselyn, c'est Drew.

— Salut, Drew. Vous allez bien ?

— Très bien, oui. Je me demandais si…

Il s'interrompit un instant, puis reprit :

— Vous ne travaillez pas aujourd'hui ? Il me semble que j'entends des bruits de voiture.

— Si, mais je suis en route vers le Gold Rush Diner.

— Oh ! Ça vous ennuie de me garder une place ? J'arrive tout de suite !

Elle n'eut pas le temps de répondre quoi que ce soit. Il avait déjà raccroché.

Le téléphone rangé à nouveau, elle se força à marcher

avec la dignité que requerrait son métier de bibliothécaire mais, dans sa tête, ce n'était que sauts et gambades.

Cinq minutes plus tard, elle était installée à une table du restaurant et étudiait le menu lorsque Drew vint s'asseoir en face d'elle. Avec la chemise à carreaux bleus, le jean et les boots qu'il portait aujourd'hui, elle n'imagina pas qu'il avait passé sa matinée à s'occuper de ses patientes à la clinique. Mais, qu'il était sexy !

— Bonjour, Drew. Vous êtes de repos aujourd'hui ?

— Pas du tout.

Il jeta un regard sur ses vêtements et comprit la raison de la question qu'elle venait de lui poser.

— Ce sont là mes vêtements de travail mais personne ne les voit parce que je porte toujours ma blouse blanche par-dessus.

— Vos patientes sont certainement loin de se douter que vous avez été cow-boy avant de devenir médecin !

Il attrapa en riant un des menus posés sur la table.

— Vous pensez que cela les inquiéterait ?

— Je ne pense pas, mais ce sont deux univers tellement différents !

Elle marqua une pause.

— Si vous me disiez pourquoi vous m'avez appelée ?

Il reposa le menu.

— C'était juste pour savoir si vous pouviez quitter l'établissement scolaire au moment de la pause de midi. J'avais envie de vous inviter à déjeuner ici avec moi.

Elle ne put dissimuler le plaisir que cette réponse lui procurait. De toute façon, sa simple présence lui apportait le sentiment de vivre intensément.

— Quelle coïncidence ! J'avais justement envie de manger ici aujourd'hui moi aussi.

Il jeta un regard sur la pièce tout en longueur, au plafond bas et au plancher rustique, remplie de petites tables rondes et de banquettes en bois le long des murs. À l'entrée, un bar s'étirait sur toute la longueur de la pièce. En ce moment, tous les sièges pivotants placés par-devant étaient occupés par des clients.

— Cet endroit n'a pas du tout changé depuis mon enfance. Je me souviens qu'il était déjà exactement comme il est aujourd'hui.

— Je ne suis pas à même de faire de comparaison mais je trouve que la nourriture y est délicieuse.

Comme elle terminait sa phrase, une jeune et charmante serveuse s'avança vers eux, un carnet et un crayon à la main.

— Que souhaitez-vous que je vous apporte ? Le spécial du jour est une côte de porc accompagnée de patates douces. Un vrai délice !

— Je n'en doute pas, déclara-t-elle, mais j'ai envie d'un bon vieux burger avec des frites et du thé glacé.

— La même chose pour moi.

— Parfait, je vous apporte cela tout de suite, répondit la jeune fille, non sans jeter un long regard sur Drew.

— Je crois que vous avez une admiratrice, murmura-t-elle.

Il leva un regard surpris.

— Vous croyez ?

— J'en suis sûre ! Vous n'avez pas vu comme elle était jolie ?

— Non. Dans mon métier, je n'ai pas l'habitude de regarder les femmes de cette façon. Le regard professionnel que je porte sur elles est un regard purement médical.

Elle regrettait déjà sa remarque. Elle avait parlé comme une femme jalouse, ce qui était totalement ridicule.

— Pardonnez-moi, Drew, j'ai parlé sans réfléchir. Pourtant, votre profession m'impressionne. Comment vivez-vous le fait de vous occuper de femmes toute la journée ?

Il se redressa, croisa les mains sur la table.

— Pour moi, Josselyn, c'est un honneur. Quand j'aide une patiente à conserver sa santé ou à la retrouver, je suis heureux non seulement pour elle mais aussi pour toute sa famille et tous ceux qui l'aiment. Je les vois en tant que mères et épouses, amoureuses, sœurs… J'imagine tout leur environnement affectif, familial. Et les bébés que j'aide à mettre au monde viennent encore enrichir ces relations.

— Oui, je comprends.

La serveuse revenait vers eux avec les verres de thé.

Après en avoir pris une grande gorgée, il reprit la parole.

— Est-ce que vous avez récupéré de votre journée au grand air ?

Que répondre ? Elle ne pouvait tout de même pas lui avouer tout de go que cela avait été la meilleure journée de sa vie ! Qu'elle avait passé la moitié de la nuit à essayer de penser à autre chose qu'à son sourire creusé de fossettes et à ses yeux noirs ?

— C'était une journée magnifique, Drew. Je n'étais pas du tout fatiguée.

En voyant les fossettes apparaître sur son beau visage viril, elle ne put s'empêcher de se demander ce qu'elle ressentirait si elle pouvait l'encadrer de ses mains ou poser ses lèvres sur les siennes chaque fois qu'elle en aurait envie… Mais elle se reprit très vite en reconnaissant que ce genre de fantasme revenait trop souvent.

— Dillon non plus n'était pas fatigué. J'ai cru qu'il n'arriverait jamais à s'endormir. Au fait, au cas où il viendrait faire un tour à la bibliothèque cet après-midi, je vous informe qu'il a perdu une dent. Une incisive d'en bas.

— Il doit être tout mignon avec son sourire à trou !

— Oui. Normalement, il aurait dû perdre d'abord celles du milieu en bas, puis les deux du milieu en haut et ensuite celles du bas. Les filles généralement les perdent un peu plus tôt que les garçons.

Il s'interrompit brusquement et se mit à rire.

— Et voilà, c'était votre cours de médecine de la journée !

Elle lui rendit son sourire.

— Est-ce que la petite souris est passée ?

— Oui, bien sûr, et pourtant, Dillon n'avait pas été l'enfant modèle qu'il aurait dû. Je l'ai vu se glisser dans la cuisine et se couper deux grosses tranches des cakes que Claire avait préparés pour le petit déjeuner des pensionnaires.

— Heureusement qu'elle ne l'a pas pris sur le fait !

— Et surtout, heureusement que c'était Claire et non pas sa grand-mère qui les avait faits parce que, dans ce cas, elle lui aurait interdit de remettre les pieds dans la cuisine jusqu'à la fin de ses jours.

— J'ai remarqué au pique-nique qu'il aime bien les sucreries.

— Exactement ! Si je l'avais laissé faire, il aurait mangé tout le sac de marshmallows.

— Difficile pour moi de dire quoi que ce soit à ce sujet. J'en aurais bien fait autant moi aussi si je m'étais écoutée !

— Quoi qu'il en soit, ça vous amusera peut-être d'apprendre que Dillon est un véritable grippe-sou ! Il a tout de suite glissé dans sa tirelire la pièce que lui a apportée la petite souris.

— Ce n'est pas idiot du tout. Il a peut-être l'âme d'un futur homme d'affaires.

Elle le regarda d'un air interrogateur.

— À moins que vous ne souhaitiez qu'il devienne médecin lui aussi ?

— Je souhaite qu'il choisisse de faire ce qui lui plaira. Pour l'instant, j'ai l'impression qu'il a une vocation de marieur.

Elle se sentit devenir toute rouge.

— Cela vous contrarie ? Je me souviens qu'à la fête de l'école vous aviez l'air assez fâché contre lui.

Il baissa les yeux sur son verre de thé.

— C'est vrai. Je n'avais pas prévu que mon fils irait raconter à une parfaite inconnue que j'étais un veuf solitaire !

C'était le moment ou jamais de se montrer sincère.

— Franchement, Drew, je suis très heureuse que Dillon vous ait amené jusqu'à la table où je me trouvais. Sans cela, nous ne nous serions probablement jamais rencontrés.

— C'est vrai. À part pour me rendre à mon travail, je ne vais jamais en ville. Et je ne me souviens pas de m'être de moi-même présenté à une femme depuis la mort d'Evelyn.

Elle retint un soupir. Depuis la mort d'Evelyn… Combien de fois déjà n'avait-elle pas entendu ces mots ! Ce n'était pas facile pour elle mais elle espérait qu'ils aidaient Drew à chasser peu à peu le chagrin qu'il avait retenu trop longtemps.

Il leva les yeux vers elle. Un sourire délicieux s'amorça sur son visage, faisant bondir son cœur de joie.

— Mais je suis heureux que Dillon vous ait remarquée. C'est vraiment très agréable d'avoir quelqu'un à qui parler, quelqu'un qui m'écoute sans penser que je suis un bonhomme un peu dérangé.

Il était loin d'imaginer que le simple fait de se trouver en sa compagnie la rendait incroyablement heureuse. Et tant mieux, d'ailleurs, car sinon il aurait pensé que c'était elle la cinglée ! Ou la plus grande folle de Rust Creek Falls.

Du bout des doigts, elle toucha légèrement la main de Drew.

— Pourquoi penserait-on que vous êtes dérangé ? Vous exercez votre métier avec compétence et dévouement, tout le monde sait ça !

Il laissa échapper un petit rire qui manquait de gaieté.

— Vous savez, je ne suis pas très sociable… Quant au fait d'exercer mon métier de médecin, ne croyez pas qu'il me met à l'abri des fragilités humaines ! Nous sommes seulement plus habiles pour les cacher aux yeux de notre environnement.

Que cachait-il donc ? Mis à part le vide qu'il avait dans le cœur ? Un vide qu'elle souhaitait désespérément combler.

— Voilà une bien inquiétante réflexion ! La prochaine fois que je vais aller consulter mon généraliste, je vais me demander s'il n'est pas une sorte de Dr Jekyll et Mr Hyde !

Son éclat de rire fut pour elle comme un cadeau du ciel. Elle n'avait plus qu'un désir, l'entendre à nouveau.

Elle sentit ses doigts glisser sur sa main et l'enserrer avec force.

— Une des choses qui me plaît chez vous, c'est que vous me donnez le goût de rire. Et cela, personne n'y avait réussi avant vous.

Cette confidence la troubla. Devait-elle croire que ce repas avait quelque chose de spécial ? Ou plutôt se contenter de penser qu'il n'avait pas eu envie de déjeuner seul ?

Par chance, l'arrivée de la serveuse qui leur apportait leurs commandes mit un terme au tourbillon de suppositions qui s'était emparé de son esprit. Ils passèrent le moment suivant à manger tranquillement et c'est seulement lorsqu'elle consulta sa montre pour vérifier qu'elle ne serait pas en retard à l'école qu'il dit quelque chose qui la surprit beaucoup.

— Je pense que nous devrions nous revoir.

Il se pencha vers elle pour ajouter :

— Pour une véritable sortie en tête à tête, sans avoir avec nous un chaperon de sept ans. Que pensez-vous de cela ?

Une véritable sortie en tête à tête ? Elle ne savait pas ce que cela signifiait pour lui. Quant à elle, elle s'imaginait déjà dans un endroit tranquille, le bras de Drew passé autour de ses épaules, son visage tout près du sien. Oui, c'est cela qui serait une véritable sortie avec lui !

— Eh bien, à vrai dire, je n'avais pas encore envisagé cette éventualité..., répondit-elle en espérant que sa voix ne trahirait pas l'enthousiasme que cette proposition suscitait en elle.

Menteuse, menteuse ! criait une petite voix en elle. *Tu rêves de sortir avec cet homme depuis le jour où Dillon te l'a présenté !*

— Alors c'est le moment d'y réfléchir. Nous pourrions aller à Kalispell pour dîner, ou aller au cinéma, ou les deux si vous le souhaitez.

Inutile de jouer les timides ! Il devait déjà avoir perçu à quel point elle mourait d'envie de sortir avec lui.

— Ce programme me paraît parfait, Drew. Je serai ravie de sortir avec vous. Quel jour me proposez-vous ?

Tout en sortant quelques billets de banque qu'il déposa sur la table pour régler leur repas, il proposa :

— Qu'est-ce que vous diriez de demain soir ? Un autre médecin est prévu pour assurer la garde ce soir-là, alors que, le jour suivant, c'est moi qui le ferai. Cela nous permettrait de passer une soirée avec la certitude qu'elle ne sera pas interrompue par une urgence. Et je promets de vous ramener chez vous à une heure raisonnable ! ajouta-t-il avec un sourire.

Bien sûr, elle savait déjà qu'elle ne serait pas pressée de rentrer chez elle mais ce n'était pas quelque chose qu'elle pouvait avouer !

— D'accord. Si vous préférez, nous pouvons nous retrouver en ville demain soir. Cela vous évitera de monter jusqu'à Sunshine Farm me chercher.

— Non, pas question ! Je tiens à ce que ce soit une invitation dans les règles. Je viendrai vous chercher chez vous vers 18 h 30. À moins que cela ne vous paraisse trop tôt ?

— Non, c'est parfait.

L'émotion avait rendu sa bouche toute sèche. Elle vida son verre de thé.

— Il faut que je parte maintenant. Je ne veux pas arriver en retard à mon travail. Merci pour votre invitation.

— Moi aussi, je dois retourner au travail. Comme l'école se trouve sur mon chemin, je vous y déposerai en passant.

En fin d'après-midi ce jour-là, au lieu de rentrer directement chez elle, Josselyn passa par le centre-ville et se gara sur le parking de Cedar Corner, en face de l'unique boutique de vêtements de la ville.

Cette petite boutique était l'un des premiers magasins de Rust Creek Falls qu'elle avait fréquentés. Depuis, elle était devenue amie avec la propriétaire, Gilda, une petite blonde d'une trentaine d'années, aux goûts très romantiques malgré un mariage raté qui s'était terminé par un divorce.

La cloche de vache qui servait de signal sonore sur la porte d'entrée tinta lorsqu'elle pénétra dans le magasin où flottait un parfum de cannelle diffusé par des bâtons d'encens, tandis qu'un air de country mis en sourdine assurait une ambiance musicale agréable. Gilda se tenait près d'une jeune femme brune à qui elle montrait les derniers chandails arrivés au magasin.

— Bonjour, Josselyn ! Approche-toi, je veux te présenter ma cliente, Caroline Ruth. Caroline vient juste de prendre un poste à mi-temps chez Vivienne Shuster, qui s'occupe d'organiser les mariages. Tu as dû déjà rencontrer Vivienne ?

— Oui. Elle travaille en ce moment à Sunshine Farm où elle assure la décoration d'un mariage qui aura lieu dans la grange.

Puis, se tournant vers Caroline :

— Je crois que vous allez avoir beaucoup de travail à Rust Creek Falls ! On dirait qu'ici les gens tombent facilement amoureux et que le mariage ne tarde pas !

— Vous serez peut-être bientôt une de nos clientes ! suggéra Caroline.

— Quelle idée ! se récria-t-elle. Je ne vois pas pourquoi cela arriverait.

— Oh… Je n'en serais pas si sûre, poursuivit Caroline. J'ai bien vu comment vous regardait l'homme avec qui vous avez déjeuné au Gold Rush.

Gilda paraissait très intéressée par cette nouvelle.

— Raconte-moi ça, Josselyn ! Tu as mangé avec un homme à midi ?

Certes, Rust Creek Falls était une petite ville, mais

jamais elle n'aurait imaginé que les nouvelles circulaient aussi rapidement !

Elle regarda Caroline.

— Vous étiez au restaurant vous aussi ?

— Oui. À une table un peu éloignée de la vôtre. Mais je vous reconnais très bien. Si cela peut vous rassurer, je n'ai pas entendu un seul mot de votre conversation.

Dieu merci !

Il n'y avait strictement rien de compromettant dans ce que Drew et elle avaient dit, mais elle n'aurait pas aimé que tout le monde sache qu'il l'avait invitée à sortir avec lui. Le moment avait été tellement spécial pour elle qu'elle n'avait aucune envie de le crier sur les toits.

— Je meurs de curiosité ! intervint Gilda. Qui était le monsieur en question ?

— Le Dr Strickland. Il y a des chances pour que tu ne le connaisses pas car il est arrivé ici il y a six semaines seulement. Il est veuf, avec un petit garçon.

— Strickland répéta Gilda.

Puis, tournant la tête, elle regarda par la fenêtre du magasin. En face se dressait un bâtiment de trois étages : Strickland's Boarding House.

— Il est parent avec ces Strickland ?

— C'est leur petit-fils.

— Leur très séduisant petit-fils ! compléta Caroline. Seul et médecin ? Oh la la… Je me sens tout à coup très malade !

Elle avait beau savoir que Carolyn était en train de plaisanter, elle ressentit pourtant un petit pincement de jalousie.

— Il est gynécologue. Pour aller consulter chez lui, il faut avoir des symptômes typiquement féminins.

— Hélas, rien d'autre que le manque d'un homme dans ma vie…, répliqua Caroline d'un air triste.

— Caroline meurt d'envie de se marier, expliqua Gilda. Et elle a seulement vingt-trois ans ! Je me tue à lui expliquer que le mariage est une institution très surestimée et que c'est beaucoup plus agréable de profiter de sa liberté.

— À mon avis, l'âge n'a rien à voir avec le fait de désirer être aimée, suggéra Josselyn.

Caroline lui adressa un sourire.

— Enfin quelqu'un qui me comprend… Je suis sûre que nous allons devenir amies.

— Je l'espère bien !

Caroline ouvrit son sac à main pour prendre son téléphone qui venait de sonner.

— Pardonnez-moi un instant.

Josselyn profita de ce moment pour s'approcher du portant où étaient accrochées les robes.

— Tu cherches quelque chose pour éblouir ce beau médecin ?

— Peut-être…, répondit-elle sur un ton très évasif. À moins que j'aie seulement envie de m'offrir une nouvelle robe ? Rien d'extraordinaire, mais quelque chose d'assez joli tout de même.

— Par exemple pour une soirée en tête à tête avec un homme séduisant ? plaisanta Gilda.

Sourcils froncés, elle faisait défiler les robes sur le présentoir. Aucune d'entre elles ne retenait son attention.

— Comment peux-tu savoir que le Dr Strickland est séduisant ?

Puis, avec un soupir, elle décida de ne plus faire l'innocente.

— Bon, d'accord, Gilda, je te dis tout. Je dois effectivement sortir avec lui et je veux être… disons… à mon avantage.

Le regard de Gilda glissa le long de sa silhouette mince.

— Ma belle, tu serais séduisante même en pantoufles et en bigoudis !

Elle secoua la tête.

— Non, Gilda, pas de flatterie ! Je me suis bien regardée dans la glace. J'ai une allure de bibliothécaire, point final.

Gilda leva les yeux au ciel.

— Seigneur ! C'est vrai, tu es bibliothécaire, Josselyn, mais tu n'es pas pour autant obligée de t'habiller comme une vieille fille de quatre-vingt-dix ans !

— Bon, disons que, pour une fois, j'aimerais paraître élégante. Vraiment élégante, pas seulement propre et nette.

Gilda posa la main sur son bras.

— Si tu souhaites mettre un peu de piquant dans ton ordinaire, ce n'est pas ce sur présentoir que tu trouveras ton bonheur. Viens plutôt regarder par ici.

Elles se dirigeaient toutes deux vers le fond du magasin lorsque la voix de Caroline leur parvint.

— Le devoir m'appelle ! Il faut que je me dépêche, au revoir les filles. Et en cas de mariage, Josselyn, pensez à moi pour la déco !

Elle haussa les épaules.

— Caroline rêve… Comme si une soirée avec un homme équivalait à une demande en mariage !

— Sûrement pas, convint Gilda, mais c'est peut-être un pas dans cette direction.

Ce ne serait pas faux, pensa-t-elle, s'il s'agissait d'un autre homme que Drew. Hélas, il était différent des autres. Il avait déjà été marié et, d'après ce qu'elle avait compris, sa femme vivait toujours dans son cœur.

Même si elle réussissait à lui faire oublier sa bien-aimée Evelyn pendant quelques minutes, ou même une journée, cela ne suffirait pas pour le faire tomber amoureux.

Pareil constat mit son moral en berne. Mais elle n'était pas du genre à baisser les bras, même si la cause paraissait perdue. Elle tenait absolument à envisager cette soirée avec Drew comme un nouveau commencement pour lui et pour elle.

- 7 -

Le lendemain soir, alors qu'il était en route pour Sunshine Farm, Drew pensait encore à la réaction de ses grands-parents quand il leur avait demandé de s'occuper de Dillon parce qu'il avait invité une amie à dîner.

Melba l'avait regardé d'un air soucieux avant de le mettre en garde contre toute précipitation. D'après elle, ce n'était pas prudent de se lancer dans une relation avec une femme avant d'avoir pris le temps de bien la connaître. L'attitude d'Old Gene avait été diamétralement opposée. Il avait donné une grande tape sur son épaule en lui exprimant sa joie de le voir faire un effort pour renouer avec la vie.

Normalement, vu son caractère réfléchi, il aurait approuvé la réponse de sa grand-mère, mais ce n'était pas le cas ce soir. Old Gene au contraire avait compris qu'après avoir passé tant d'années seul, englué dans la tristesse, il avait envie de revenir à la lumière et de surmonter l'amertume et la colère qui ne l'avaient plus quitté depuis.

La courte période qui s'était écoulée depuis qu'il avait fait la connaissance de Josselyn était la plus agréable depuis que la mort d'Evelyn avait bouleversé sa vie. Et, apparemment, sa joie de vivre renaissante avait un effet très positif sur Dillon. Il avait le sentiment très net qu'ils se rapprochaient l'un de l'autre. Tout à l'heure, quand il avait appris que son père sortait avec Josselyn, son gamin avait poussé un cri de joie et s'était mis à gambader à travers la pièce.

Pourtant, malgré tout le positif qu'il ressentait depuis cette rencontre, il ne parvenait pas à se débarrasser du sentiment inconfortable qui habitait la partie encore mal cicatrisée de son cœur. Ce qu'il éprouvait pour Josselyn allait-il durer ? Est-ce que quelque chose n'allait pas se produire qui mettrait une fin rapide à leur complicité ? À moins qu'elle-même ne se rende compte qu'un médecin trop occupé et son fils un peu trop exubérant ne correspondaient pas à l'avenir qu'elle avait imaginé pour elle…

Finalement, il décida de ne pas s'appesantir sur ces pensées chagrines et de faire au contraire tout son possible pour que cette soirée en tête à tête avec la charmante documentaliste soit un moment spécial entre tous.

Quelques instants plus tard, il frappait à la porte du chalet loué par Josselyn, heureux de se dire que, après toutes les difficultés qu'ils avaient traversées, les Stockton avaient réussi à ressouder leur famille, surtout depuis que Dan et Luke étaient installés à la ferme avec leurs épouses.

Lorsque la porte s'ouvrit, Josselyn apparut, un sourire chaleureux sur le visage. Le regard de Drew glissa sur sa silhouette svelte qui se découpait à contre-jour. Elle portait un chemisier en soie vert tilleul, de la couleur exacte de ses yeux, noué souplement à la taille, et une jupe droite noire fendue sur le côté, ce qui lui donnait un air élégant et un peu coquin. Par rapport aux tenues sages qu'il l'avait vue porter jusque-là, cet ensemble était nettement plus recherché. Et cela ne lui déplaisait pas du tout.

— J'arrive peut-être un peu trop tôt ?

— Pas du tout, Drew. Je suis prête dans deux minutes.

— Nous avons tout le temps d'ici l'heure de notre réservation.

Il la suivit dans la petite salle de séjour du chalet. D'un geste gracieux, elle lui désigna le coin salon.

— Asseyez-vous où vous voulez… Je peux vous offrir quelque chose à boire ?

— Non, merci, je préfère attendre plus tard, dit-il en s'avançant vers un fauteuil.

Visiblement satisfaite de le voir installé à son aise, elle repartit vers sa chambre.

— Je reviens tout de suite.

Il la regarda disparaître, puis jeta un regard curieux autour de lui. Il s'était attendu à découvrir un décor très féminin, plein de dentelles et de napperons. Au lieu de cela, la pièce était décorée dans une harmonie de beige et crème, sobre et très reposante. De plus, alors qu'il avait imaginé trouver la pièce envahie de livres, un seul livre de poche se trouvait sur la table basse.

Étant donné sa profession, il y en avait probablement des piles dans sa chambre, pensa-t-il. Elle avait sans doute davantage l'habitude de s'endormir avec un livre qu'avec un homme…

Voilà qu'il serait intéressant de vérifier, non ?

Il fit un effort pour chasser de son esprit cette agaçante question. Honnêtement, il n'était pas prêt à faire l'amour avec une nouvelle femme. Cette idée à elle seule lui donnait le sentiment de commettre un adultère. Pourtant, il devait bien reconnaître que, chaque fois qu'il se trouvait près de Josselyn, quelque chose s'éveillait en lui, à quoi il n'osait pas donner le nom de désir, mais qui s'en approchait tout de même beaucoup.

Afin de se changer les idées, il se mit debout et s'approcha d'une petite table sur laquelle se trouvaient quelques bibelots et une photo dans un cadre en bois. Elle représentait un groupe de personnes d'âges variés, rassemblées à l'ombre d'un arbre. La seule personne qu'il reconnut fut Josselyn, debout à côté d'une autre jeune femme. Elle portait un short, un T-shirt blanc, ses cheveux étaient attachés en queue-de-cheval.

— C'est ma famille que vous voyez sur cette photo, précisa-t-elle comme elle revenait dans la pièce. Nous faisions un pique-nique tous ensemble en l'honneur de la fête nationale, un 4 juillet.

Il prit la photo dans ses mains.

— C'est votre sœur, j'imagine, qui se tient près de vous ?

Elle se rapprocha de lui. Un délicieux parfum de gardénia l'accompagnait. À moins que ce ne soit de la pivoine ? Peu importait la fleur. Le parfum lui donnait envie de plonger son visage dans le cou de cette femme si douce, si belle, et d'oublier tout ce qui ne serait pas elle.

— Oui, c'est Patti. Elle a trois ans de moins que moi et termine ses études de vétérinaire.

— Elle ne vous ressemble pas du tout !

— C'est vrai. Elle est brune, délicate et très jolie.

Il lui jeta un regard fort amusé.

— Et vous alors, vous n'êtes pas jolie ?

— Oh ! moi… Je suis comme tout le monde…

Elle s'éclaircit la voix avant de continuer.

— Mon frère Lloyd est à gauche, Cameron, à droite. Nos parents, Velma et Walt, se trouvent derrière eux, avec nos grands-parents, Otis et Laverne.

Il reposa la photo sur la table.

— Vous pensez qu'ils viendront vous voir à Rust Creek Falls ?

— Ma sœur et mes parents, certainement, mais pas

mes frères. Impossible de les arracher à Laramie ! Quant à mes grands-parents, ils aiment bien rester chez eux.

Elle leva son visage vers lui.

— Votre famille vient vous voir souvent ici ?

— Rarement. C'est difficile pour mon père de s'absenter du ranch où il y a toujours beaucoup de travail en plus des soins à donner au bétail. Mais il lui arrive de confier ses tâches à des employés fiables et de venir jusqu'ici avec ma mère. Quant à mes frères, ils sont très peu disponibles, même s'ils essaient de temps à autre de venir faire une petite visite à Melba et Old Gene qu'ils adorent.

— Si je comprends bien, vous avez des racines aussi bien à Thunder Canyon qu'à Rust Creek Falls ? Ce doit être très agréable. Je dois avouer que, moi qui ai voulu quitter Laramie pour voler de mes propres ailes, je souffre parfois de cette distance. Mes proches me manquent.

— Sans doute, mais vous êtes en train de créer vos propres racines, c'est important aussi, vous ne trouvez pas ?

À cet instant, leurs regards se croisèrent. Il se souvint alors qu'ils étaient complètement seuls, à quelques centimètres seulement l'un de l'autre. Il n'avait qu'à baisser la tête pour que leurs bouches soient toutes proches l'une de l'autre. Si proches…

Mais rien que la regarder le comblait. Il la laissa poursuivre, bercé par le doux son de sa voix.

— Ma grand-mère, celle qui est morte, disait qu'une femme n'était vraiment une femme que lorsqu'elle avait pris racine avec un homme.

Elle s'interrompit pour rire un instant.

— Comme vous pouvez voir, elle avait des idées très démodées !

Il sourit.

— Il est vrai que, de nos jours, les jeunes femmes ont souvent des idées plus progressistes.

— En effet, et je les partage. Je pense qu'une femme peut très bien vivre seule et être heureuse si tel est son désir.

Était-ce cela le désir de Josselyn ? Elle avait dit une fois attendre l'homme parfait pour elle, mais peut-être préférait-elle rester indépendante et n'avoir de compte à rendre à personne ? Avait-elle envie de devenir un jour épouse et mère ?

Autant de questions qu'il aurait aimé lui poser, mais elle se détourna pour attraper son sac et sa veste.

— Il faudrait peut-être que nous partions, vous ne croyez pas ?

Il fut déçu qu'elle mette ainsi fin à ce moment assez intime, mais elle avait sans doute raison. Sans cela, il finirait par avoir trop envie de la prendre dans ses bras et d'oublier la réservation de leur dîner à Kalispell.

— Oui, en effet. Le temps passe. Je vous aide à enfiler votre veste et nous partons !

La viande rôtie servie à Josselyn fondait dans sa bouche tandis que le vin rouge, capiteux et fruité, descendait dans sa gorge et jusque dans son estomac où il diffusait une chaleur délicieuse. La lumière des bougies posées sur la table et la musique douce créaient une ambiance particulièrement romantique, mais ce n'était rien si on les comparait au charme que dégageait l'homme assis face à elle. Drew à lui tout seul lui offrait un univers de rêve. Son visage aux traits virils devenait mystérieux à la lueur vacillante des chandelles. Sa chemise blanche et ses cheveux noirs lissés en arrière lui conféraient une allure de grand seigneur dont l'attention la troublait profondément.

— Vous n'avez guère d'appétit, remarqua-t-il en voyant son invitée demeurer la fourchette en l'air sans penser à la porter à sa bouche.

— Pas du tout ! Au contraire, je mange lentement pour savourer ce repas exquis. Ce n'est pas souvent que j'ai l'occasion de déguster des asperges ni une viande aussi délectable. La plupart du temps, je me contente le soir d'un sandwich au beurre de cacahuète et d'une tasse de thé.

Elle vit sa bouche s'étirer en un de ces sourires dévastateurs dont il avait le secret. Jamais il ne lui avait paru aussi à l'aise, aussi décontracté. On aurait dit que le fait de sortir de la ville et de s'éloigner de la clinique avait allégé le poids qu'il portait habituellement sur ses épaules.

— Ce n'est pas un si mauvais choix, vous savez. Vous y trouvez protéines et vitamines, mais je ne recommanderais pas ce régime au quotidien. Il faut aussi manger des légumes.

— Vous parlez vraiment comme un médecin !

Autour d'eux, la grande salle à manger était remplie de tables occupées par d'élégants convives. Un couple en particulier, installé à une table voisine de la leur, retint son attention. Ils paraissaient avoir dans les soixante-dix ans. En les regardant, elle se demanda ce qu'il serait advenu d'elle quand elle serait arrivée à cet âge-là. Est-ce que Drew serait devenu un simple souvenir ? Elle refusait de le croire. Puisque rêver n'était pas interdit, elle préférait penser qu'il serait toujours près d'elle.

— C'est la première fois que je viens dans ce restaurant, déclara-t-il. Une de mes infirmières me l'a recommandé après l'avoir découvert à l'occasion d'un dîner que lui avait offert son mari pour la Saint-Valentin.

Son regard sombre s'était adouci jusqu'à devenir couleur de caramel. Était-ce la lumière des chandelles qui le rendait si profond et si chaleureux ? Quoi qu'il en soit, elle trouvait cet homme tellement troublant qu'elle avait du mal à respirer.

— Josselyn, vous êtes une femme spéciale. C'est pour cela que nous sommes ici. C'est pour cela aussi que j'ai souhaité avoir votre compagnie.

Et Evelyn, vous l'avez oubliée ? avait-elle envie de demander. Parfois, elle avait eu l'impression que son épouse d'autrefois se glissait entre eux deux. Mais, ce soir, ce n'était pas le cas. Et heureusement, car elle voulait toute l'attention de Drew pour elle seule.

— C'est très gentil, Drew, de me dire une chose pareille.

Elle baissa le nez sur son assiette. Il avait raison, elle n'avait pratiquement pas touché à sa nourriture. Diable, depuis qu'elle l'avait surpris en train d'étudier sa famille, un déclic s'était opéré en elle. Ou en lui. Ou peut-être chez eux deux ? Tout ce qu'elle savait à coup sûr, c'est que, depuis le moment où elle s'était tenue près de lui dans l'intimité de son petit chalet, tout avait changé.

Pendant le trajet vers Kalispell, elle aurait juré que des ondes électriques fusaient à l'intérieur de la voiture. Maintenant, c'était l'espace environnant leur table qui paraissait investi de la même énergie.

— Je n'essaie pas de me montrer aimable, Josselyn, je suis simplement honnête.

Comme elle posait à nouveau son regard sur son visage séduisant, elle sentit son cœur se gonfler d'une émotion qu'elle préférait encore ne pas nommer. Où tout cela allait-il l'amener ? N'était-elle pas en train de se préparer à être oubliée très vite ? Ou, pire encore, à essuyer la déception de sa vie ?

Il était trop tard pour s'en inquiéter, décida-t-elle. Puisqu'elle avait accepté ce rendez-vous sans trop se poser de questions, mieux valait oublier tous ses doutes pour simplement profiter de l'instant présent. L'avenir déciderait lui-même de la suite de cette rencontre.

— Dans ce cas, je vais être honnête moi aussi. Je voulais vraiment passer cette soirée avec vous.

Avec un sourire, il leva son verre de vin en la regardant dans les yeux.

— Trinquons donc au plaisir d'être ensemble.

— Oui, ensemble..., murmura-t-elle à voix basse.

Ensemble pour toujours...

Mais, ces mots-là, elle ne les formula pas à voix haute. Ils demeurèrent dans le secret de son cœur.

Une demi-heure plus tard, Drew terminait son cheesecake à la cerise lorsque de la musique se fit entendre dans la pièce voisine.

Josselyn tendit l'oreille.

— Oh ! j'espère qu'il s'agit d'un orchestre et que l'on ne s'est pas contenté de monter le son !

— Je suis sûr qu'il s'agit bien d'un orchestre car il y a une salle de bal juste derrière nous.

Amusé, il vit son regard vert se mettre à briller, comme pour lui lancer un défi.

— Docteur Strickland, savez-vous danser ?

— Comme s'il y avait quoi que ce soit à savoir là-dedans ! Il suffit de traîner ses pieds par terre et d'avoir l'air de savoir ce qu'on fait.

D'un air décidé, elle posa sa fourchette à dessert sur le bord de son assiette.

— Alors venez tout de suite me montrer comment vous vous y prenez !

Il repoussa sa chaise et se mit debout.

— Oui, à condition que vous ne vous mettiez pas à pleurer quand je vous marcherai sur les pieds.

Cette fois encore, le rire qui s'échappa de sa gorge lui fit l'effet d'une transfusion d'énergie et d'espoir.

— Pas de problème ! Puisque vous êtes médecin, vous saurez réparer mes orteils !

Le cœur aussi léger que s'il venait de retomber en adolescence, il prit sa main et la guida à travers les tables jusqu'à la salle de bal, où déjà quelques couples évoluaient sur le plancher rutilant.

— Magnifique ! s'exclama-t-elle en découvrant les arbres en pot, les lumières tamisées et l'estrade sur laquelle les musiciens jouaient un air qu'elle reconnut aussitôt.

— Je ne pensais pas que l'on jouait encore du Gershwin ! Vous ne trouvez pas que c'est romantique ?

Il hocha la tête. Avec elle, même être assis sur un caillou au fin fond du désert lui aurait semblé romantique !

— Tellement romantique que je vous invite à danser tout de suite ! dit-il en l'encerclant de ses bras.

Une fois qu'ils se retrouvèrent mêlés aux autres couples déjà sur la piste, il sentit qu'elle se détendait et se laissait aller contre lui. Le visage posé sur ses cheveux blonds, il ferma les yeux, oubliant presque que l'orchestre ne jouait pas pour eux seuls.

— Vous m'avez menti tout à l'heure, vous dansez parfaitement bien, constata-t-elle au bout d'un moment. Où avez-vous appris tous ces pas ?

Afin de l'impressionner encore davantage, il la fit chavirer en arrière par-dessus son bras gauche. Elle éclata de son petit rire adorable.

— Allons, dites-moi qui a été votre professeur !

— Ma mère, tout simplement. Elle adore danser.

— Vos frères ont été aussi bons élèves que vous ?

— Non. De ce point de vue, ils ne sont pas très dégourdis. Ils réussissent à s'entraver dans leurs propres pieds !

— C'est une plaisanterie, n'est-ce pas ?

— Oui, un peu. En réalité, ils sont plutôt charmants, tout au moins quand ils ont décidé de l'être !

La musique s'arrêta mais l'orchestre attaqua immédiatement un nouveau morceau. Cette fois, une jeune femme aux longs cheveux bruns, vêtue d'une robe de soirée à paillettes, s'avança jusqu'au micro et commença à chanter.

— Oh ! j'adore cette chanson ! s'exclama Josselyn.

Tout en continuant à danser, elle se mit à fredonner à mi-voix, sa joue reposant contre l'épaule de Drew. Le parfum de ses cheveux monta à ses narines. Il sentait son corps aux formes parfaites se mouler contre le sien. Avait-il jamais dansé de cette manière ? Il avait l'impression d'évoluer sur un nuage éclairé par la lumière dorée du soleil.

— Je crois que c'est en train de devenir ma préférée à moi aussi ! dit-il d'une voix rauque.

Comment nier plus longtemps qu'il désirait cette femme ? Il avait envie de la toucher, de la caresser, de lui faire l'amour. Cette découverte le bouleversa, lui donnant l'impression de tout juste s'éveiller d'un sommeil qui avait duré plusieurs années.

— Et moi, je parie que c'est la première fois que vous l'entendez !

Comme elle levait vers lui un regard brillant de malice, il lui adressa le même en retour.

— Vous savez ce que je viens de découvrir ?

demanda-t-il en plongeant son regard dans le sien, vert et envoûtant.

Elle répondit sans hésiter :

— Que j'ai besoin de prendre quelques cours de danse supplémentaires, n'est-ce pas ?

— Pas du tout. Quitte à vous faire de la peine, je viens de découvrir que vous ressemblez beaucoup plus à votre grand-mère vieux jeu que vous ne le pensez.

Son visage s'assombrit.

— Voilà qui n'a guère l'air d'un compliment…

— Tout dépend… En tout cas, comme elle, vous pensez qu'une femme n'a vraiment pris racine dans sa vie qu'au moment où elle a trouvé un compagnon.

Elle leva les yeux, et leurs regards se rencontrèrent. Soudain, il se sentit si profondément troublé qu'il comprit qu'un lien secret et puissant les attachait l'un à l'autre. Une explosion déclenchée par la rencontre de deux comètes… et il se sentait la tête vide, incapable de faire autre chose que continuer à la regarder.

— Je ne sais pas, finit-elle par répondre. Vous avez peut-être raison.

Il la serra un peu plus fort contre lui.

— Est-ce que je vous ai déjà dit combien je vous trouve belle ce soir ?

Ses doigts légers se crispèrent légèrement sur son épaule.

— C'est la lumière tamisée et la musique romantique qui produisent leur effet. N'importe quelle femme serait belle dans un pareil contexte.

— Vous n'êtes pas n'importe quelle femme, Josselyn.

Il se pencha vers elle pour murmurer contre sa joue.

— Et je veux vous en remercier… T'en remercier, si tu me le permets.

— Je te permets bien volontiers. Mais me remercier de quoi ?

— De me faire sentir à nouveau vivant.

Josselyn avait compris qu'il n'attendait pas de réponse de sa part. Elle se contenta de nicher son visage dans le creux de son épaule, avec le sentiment qu'enfin elle avait trouvé son port d'attache.

Beaucoup plus tard ce soir-là, pendant qu'il la reconduisait à son chalet, elle se demandait l'attitude qu'elle allait adopter en arrivant. Mis à part un minuscule reste de bon sens, tout en elle lui conseillait d'inviter Drew à entrer avec elle.

Pour une tasse de café ? Une série à la télévision ? N'importe quelle raison serait bonne pour l'amener sur son canapé et dans ses bras. Elle n'était pas sûre d'être prête à coucher avec lui. Pourtant, si elle se fiait à ce qu'elle ressentait en ce moment, il n'aurait qu'à le lui demander pour qu'elle accepte sans hésiter.

— Drew, j'ai passé une soirée délicieuse, dit-elle en défaisant sa ceinture de sécurité. Merci de m'avoir invitée à dîner et à danser, c'était un vrai plaisir.

Il coupa le moteur, se tourna vers elle.

— Tout le plaisir était pour moi, Josselyn.

Le cœur battant, toujours indécise sur la conduite à tenir, elle hésita un instant avant de reprendre :

— Il se fait tard et, comme nous travaillons tous les deux demain, je ferais bien de rentrer maintenant.

— Laisse-moi te raccompagner jusqu'à la porte.

— Non ! s'écria-t-elle si vivement qu'il la considéra d'un air surpris. Je veux dire… c'est inutile. J'ai laissé la lumière du porche éclairée, je ne risque pas de trébucher !

Il hocha la tête de l'air de celui qui a tout compris.

— Et comme ça, tu n'auras pas besoin de m'inviter à entrer, c'est ça ?

Elle laissa échapper un gros soupir.

— Plus ou moins. J'aimerais beaucoup t'inviter à entrer mais…

— Mais tu redoutes ce que cela pourrait entraîner.

Malgré elle, un rire s'échappa de sa bouche.

— Dis donc, tu es médecin ou tu as le don de lire dans les pensées ?

Il se pencha vers elle, posa les mains sur ses épaules. À ce contact, elle sentit son corps devenir tout mou. Comment résister dans ces conditions ?

— Seulement dans celles de la femme blonde aux yeux verts qui se trouve dans cette voiture, assise à côté de moi.

— Drew…

Ce fut le seul mot qui réussit à se frayer un passage dans sa gorge serrée. Mais même cette réponse laconique s'avéra superflue, car la bouche de Drew se posa sur la sienne, aventureuse et déterminée.

Les mains posées sur ses épaules carrées, elle se laissa emporter. Ses doigts remontèrent le long de son cou, jusqu'à se perdre dans ses cheveux. Renversée en arrière, elle désirait simplement que ce baiser voluptueux ne se termine jamais.

Lorsqu'à son tour il posa les mains sur sa nuque de manière à mieux encore joindre leurs lèvres, elle laissa échapper un petit murmure de désir. On aurait dit qu'un incendie venait de s'allumer en elle et qu'il envoyait des étincelles brûlantes dans chaque parcelle de son corps. Rien, jamais, ne lui avait paru aussi bon. Même dans ses rêves les plus doux, elle n'avait jamais imaginé cette délicieuse sensation, comme si elle était enveloppée dans un nuage de pur plaisir.

Très vite, leur baiser se fit de plus en plus avide et exigeant. Comme mus par une volonté propre, ses bras se retrouvèrent noués autour du cou de Drew tandis qu'elle se serrait contre lui de toutes ses forces.

Elle avait renoncé à réfléchir et encore plus à résister. Elle n'en avait aucune envie. Le petit lambeau de raison auquel elle s'était accrochée auparavant avait disparu depuis longtemps. Tout ce qu'elle souhaitait maintenant, c'était qu'il la prenne dans ses bras, la ramène au chalet et lui fasse l'amour, lentement, délicieusement.

Le désir qui la consumait avait dû passer dans son baiser car ses mains viriles et audacieuses venaient de déboutonner son chemisier pour se glisser à l'intérieur. Ses doigts commencèrent à lui caresser les seins à travers la dentelle de son soutien-gorge. Elle respirait de plus en plus vite. Hélas, comme pris de scrupule, il releva la tête.

— Malgré l'envie que j'ai de continuer, je crois qu'il vaut mieux arrêter. Tout de suite. Avant qu'il se passe quelque chose que nous regretterions tous les deux.

Regretter ? Jamais de la vie ! Comment pourrait-elle jamais regretter d'avoir fait l'amour avec lui ? C'était impossible.

Une pensée s'imposa alors à elle. Pour lui, il ne s'agissait pas de faire l'amour. Il s'agissait seulement de sexe. Une réaction brute, instinctive, de leurs corps, et rien de plus.

Cette idée lui fit l'effet d'une douche glacée. Elle se redressa aussitôt et rajusta son chemisier.

— Tu as raison, Drew. Je comprends que tu n'avais pas prévu ce qui nous arrive. Ni toi ni moi ne souhaitons céder à une simple impulsion qui nous pousserait à coucher ensemble.

Le visage brûlant d'humiliation, elle se dépêcha d'ouvrir la portière.

— Ne te dérange pas, j'y vois très bien jusqu'à ma porte. Bonsoir, Drew.

Comme elle descendait de la voiture, il ajouta tout de même :

— Josselyn, nous nous reverrons, n'est-ce pas ?

Elle se retourna vers lui. Il avait déjà repris sa place derrière le volant, sa main droite tenait la clé du démarreur, prête à mettre le moteur en marche. C'était évident, il avait envie de partir le plus vite possible.

— Oui, si tu le souhaites. On peut se retrouver pour quelque chose de tranquille, comme prendre un café chez Daisy's Donut Shop.

Après lui avoir fait un petit signe de la main, elle se hâta vers son chalet. Une fois qu'elle fut à l'intérieur, elle aperçut les phares de la voiture de Drew balayer le gazon devant sa porte et prendre la direction de Rust Creek Falls.

Il rentrait chez lui, voilà tout. Chez ses grands-parents où il retrouverait son fils. Et, en même temps, les souvenirs d'Evelyn et de l'amour qu'il ne voulait pas oublier.

- 8 -

Le vendredi soir, après une semaine particulièrement éprouvante, pleine d'urgences et d'un surcroît de patientes, Drew rentrait à la pension en espérant y passer une soirée calme. Hélas, à peine venait-il de pousser la porte qu'il tomba sur Dillon qui dévalait l'escalier aussi vite que s'il avait eu le diable à ses trousses. En fait, ce n'était pas vraiment le diable mais Robbie qui le poursuivait, le visage recouvert d'un masque d'Halloween, plein de verrues hideuses et de longues moustaches.

Il se serait volontiers passé de pareil accueil. Il attrapa son fils par les épaules au moment où ce dernier sautait à pieds joints à côté de lui.

— Dillon ! Combien de fois t'ai-je dit que c'était interdit de courir dans la pension ? Et particulièrement dans les escaliers ?

— Mais papa, tu vois bien que Robbie, je veux dire Troll Monster, veut m'attraper ! Il faut que je me sauve !

Robbie qui avait déjà compris sa bêtise se dépêchait de retirer son masque de caoutchouc. Les yeux écarquillés, le gamin se réfugia contre la rampe comme s'il avait peur que Drew ne l'étrangle. Cette pensée lui fit mal au cœur. Seigneur, il n'avait vraiment pas envie de passer pour un croque-mitaine aux yeux des copains de son fils !

— Je comprends que vous vous amusiez mais, tout de même, rappelez-vous qu'on peut se faire mal si on dégringole dans les escaliers, expliqua-t-il d'une voix radoucie. Ce n'est pas encore Halloween, qu'est-ce que vous ferez si vous vous retrouvez avec des béquilles au moment de la fête ?

— Quelle fête ? demanda Robbie.

Dillon le regarda d'un air de reproche.

— Allez, Robbie, ne fais pas l'idiot ! Tu sais bien qu'on fait la fête pour Halloween et qu'on mange tout ce qu'on n'a pas le droit de manger les autres jours.

Il frictionna les cheveux emmêlés de son fils.

— C'est à peu près ça, en effet.

Robbie les regarda l'un et l'autre.

— On va faire la fête ici ?

— Oui. C'est bien vrai, papa ?

— Oui, il y aura sûrement quelque chose de spécial ce jour-là à la pension.

Puis, jetant un coup d'œil sur sa montre.

— Dépêchez-vous d'aller vous laver les mains. Melba n'aime pas qu'on arrive en retard pour dîner.

— Est-ce que Dillon a la permission de dîner avec moi à la grande table ce soir ? demanda Robbie. Je préfère quand il est là.

En quittant la clinique un peu plus tôt, Drew avait rêvé d'un repas tranquille dans son appartement. Se joindre aux autres pensionnaires autour d'une table bruyante, animée par conversations variées, était bien la dernière chose qu'il avait envisagée, mais Dillon adorait cela. De plus, bien que très occupé par son travail et par sa vie personnelle, il avait remarqué le petit Robbie. Sans savoir ce qui s'était passé dans la vie du petit garçon et dans celle de sa mère avant qu'ils ne viennent vivre à la pension, il avait compris que cet enfant avait besoin d'attention.

— D'accord, Robbie. Nous mangerons avec toi à la

grande table. À condition toutefois que tu me promettes de ne plus courir dans les escaliers !

Les deux garçons se mirent à sauter de joie.

— Promis ! crièrent-ils tous les deux avant de filer vers les sanitaires.

Quelques instants plus tard, pendant que lui aussi se préparait pour aller dîner, il se mit à sourire en se disant qu'il perdait de plus en plus de sa rigidité initiale. Était-il en train de devenir un vrai « tendre », après avoir été non pas un vrai « dur », mais tout au moins un bastion d'indifférence ? Était-ce son rôle d'essayer d'amener un sourire sur le visage d'un enfant qui n'était pas le sien ? Avant son arrivée à Rust Creek Falls, il se serait dit que l'équilibre émotionnel du petit copain de Dillon ne le regardait pas.

En fait, il avait beaucoup changé. Quand et comment cette transformation s'était-elle opérée, il n'aurait su le dire, mais il n'était plus le même homme que quelques semaines plus tôt. L'amertume et la tristesse qui avaient noué son cœur si longtemps s'étaient peu à peu dissipées et, depuis qu'elles avaient disparu, tout autour de lui était redevenu vivant. Au lieu de se contenter d'examiner ses patientes et d'étudier leur dossier, il avait commencé à comprendre les besoins et les désirs de son fils. Il s'était rendu compte à quel point sa famille et ses frères comptaient pour lui. Noël était encore loin mais déjà il éprouvait le sentiment de bonheur que procurent l'attachement aux autres et le désir de les retrouver.

Tu sais très bien à qui tu dois ce changement… Pourquoi refuses-tu de reconnaître l'importance que Josselyn a prise dans ta vie ?

Cette question l'incita à se regarder sans complaisance dans le miroir devant lequel il se tenait.

Josselyn…

Trois jours s'étaient écoulés depuis leur soirée à Kalispell et, malgré son emploi du temps qui ne lui laissait pas une minute de repos, il n'avait pas réussi à la chasser de son esprit. Et encore moins le moment qu'ils avaient passé en tête à tête avant de se quitter.

La violence du désir qu'il avait éprouvé pour elle à ce moment-là l'avait laissé abasourdi. À vrai dire, il n'en était pas encore remis. Comment avait-il pu à ce point perdre le contrôle de lui-même ?

Même pour Evelyn, il n'avait jamais ressenti cet emportement passionné. Leur relation était faite de tendresse et de douceur. Jamais il n'avait éprouvé cet élan presque animal qui l'avait poussé vers Josselyn.

« On peut se retrouver pour quelque chose de tranquille, comme prendre un café chez Daisy's Donut Shop. »

Cette proposition désenchantée lui avait bien fait comprendre à quel point il l'avait frustrée. Comment lui en vouloir ? Quand il avait mentionné le risque de regretter ensuite ce qu'ils étaient sur le point d'accomplir, c'était à elle qu'il pensait. Elle était si jeune par rapport à lui ! Et elle était le genre de femme qui ne se contente pas de sexe avec un homme, elle voulait de l'amour dans leur relation. Il le savait. Si jamais elle se décidait à coucher avec lui, il voulait être bien certain qu'elle était au clair avec elle-même.

— Papa, tu sais que demain c'est samedi ?

Il était en train de refermer le dernier bouton de sa chemise western lorsque la petite voix de Dillon lui fit tourner la tête. Debout dans l'encadrement de la porte de sa chambre, Dillon arborait l'air d'un jeune homme tout fier d'être tiré à quatre épingles. Il avait essayé de dompter ses cheveux en les plaquant en arrière à grand renfort d'eau et de coups de brosse. Quelques-unes de ses mèches étaient effectivement collées contre son crâne alors que d'autres qui avaient échappé à cette tentative de domestication continuaient à se dresser sur sa tête. Il estima sagement que l'effort déployé par Dillon pour se donner bonne allure comptait plus que le résultat.

— Oui, mon fils. Je sais que demain c'est samedi.

— Le samedi, tu es libre, c'est ça ? Sauf si une dame se met tout à coup à faire naître son bébé.

— Exactement. Pourquoi cette question ?

Dillon avait certainement une idée derrière la tête, autant essayer de la découvrir au plus vite.

— Tu penses qu'il est temps d'organiser une autre sortie de pêche ?

Dillon fit un bond de joie.

— Ça serait vraiment super, papa ! On fera ça bientôt mais, en attendant, il faut que tu revoies Josselyn. Si tu l'emmenais se promener en forêt avec toi ou faire un pique-nique dans le parc ?

Il se retint de sourire ouvertement.

— Tu penses que les filles aiment ce genre de chose ?

— Bien sûr. C'est ce que je vois à la télé, et les filles sont toujours en train de rire. C'est comme ça que je sais que ça leur plaît.

— Ce ne sont que des publicités, Drew !

— Pas grave… Je parie que Josselyn adorerait faire ça avec toi, surtout si tu lui tiens la main et que tu lui souris.

Eh bien, voilà que l'adolescence de Dillon pointait déjà son nez !

— Tu as peut-être raison. Si aucun bébé ne décide de naître demain, c'est quelque chose que je peux lui proposer.

Dillon le gratifia d'un sourire satisfait.

— Bravo, papa. Tu commences à comprendre. Je suis fier de toi !

Bref, pensa-t-il en prenant Dillon par la main, *c'est le monde à l'envers...*

— Viens, descendons dîner maintenant. Au fait, fais bien attention à être gentil avec Robbie, d'accord ?

— Zut, papa ! Pourquoi tu me dis ça ? Je suis toujours gentil avec lui ! Souvent, je lui montre comment se débrouiller parce que je sais plus de choses que lui, mais c'est normal. Entre amis, on doit se venir en aide, pas vrai ?

— Qui t'a enseigné cette belle philosophie ?

— Toi, papa, bien sûr !

Malgré lui, il bomba le torse. Pour la première fois depuis des années, il commençait à se sentir réellement père.

L'après-midi du lendemain, Josselyn eut la surprise de recevoir la visite de Mikayla sans sa petite Hazel.

— Mikayla, ta visite me fait grand plaisir, mais je suis déçue que tu ne m'aies pas amené ton bébé. J'espère qu'elle va bien.

— Oui, très bien. Un peu grognon, mais rien de grave. Quand j'ai enfin réussi à l'endormir, Eva m'a carrément mise dehors en me disant que j'avais besoin de me détendre. J'ai eu beaucoup de travail avec les cartons à préparer.

— Tu veux dire que Jensen a trouvé une maison pour vous trois ?

Les yeux brillants d'excitation, Mikayla hocha la tête.

— Oui ! Il a loué une maison victorienne du côté de Falls Street, au nord de la rivière. Une de celles que Jonah Dalton a rénovées il y a deux ou trois ans.

— Oui, je vois très bien. Elles sont magnifiques et

proches de l'école primaire. Super, Mikayla ! Quand vas-tu déménager ?

— Dans deux jours. C'est pour ça que j'ai déjà commencé à faire mes paquets.

— Tu vas me manquer, c'est sûr, mais je suis heureuse que vous soyez réunis tous les trois. Entre, viens t'asseoir un moment.

Mikayla obéit avec plaisir et prit place dans le fauteuil qu'elle lui montrait.

— Je ne sais pas combien de temps nous resterons là-bas, reprit-elle. Jensen a le projet d'acheter un terrain pour faire construire une maison conçue pour nous.

— Super, Mikayla. Un bébé, un mariage bientôt et un projet de maison, c'est magnifique, tout ça !

— Oui, j'ai l'impression d'être une princesse.

— Fais attention à bien couvrir ta petite Hazel pendant le déménagement. Il faut qu'elle soit en pleine forme pour ton mariage. En fait, elle te volera la vedette ce jour-là, tu veux parier ?

— Ne t'inquiète pas, je suis très vigilante. Je n'ai pas envie qu'elle rechute.

— Au fait, à propos de mariage, j'ai fait récemment la connaissance de Caroline Ruth, à la boutique de Gilda.

— Caroline Ruth ? Je ne vois pas de qui tu parles.

— Elle travaille à temps partiel avec Vivienne Shuster. Tu auras l'occasion de faire sa connaissance en préparant ton mariage. Elle est très jolie et s'amuse à prédire l'avenir.

— Qu'est-ce qu'elle a prédit en ce qui te concerne ?

— Que c'était moi la prochaine sur la liste de ses clientes !

— Qu'est-ce qui lui a donné cette idée ?

— Elle m'a vu déjeuner en compagnie de Drew au Gold Rush et, à partir de là, elle a déjà bâti un roman.

— Tu ne m'as jamais dit que tu connaissais le Dr Strickland.

Elle soupira. Elle n'avait parlé à personne de la relation qu'elle était en train de nouer avec Drew. Ni à ses collègues à l'école ni à sa famille à Laramie. C'était beaucoup trop tôt. Pourquoi faire part de quelque chose qui avait toutes les chances de se terminer avant même d'avoir réellement commencé ?

— C'est vrai. Je n'ai pas tellement de temps pour le faire. Il m'a invitée à dîner à Kalispell l'autre soir.

Mikayla ouvrit des yeux ronds.

— Pas possible !

À ce souvenir, elle sentit qu'elle rougissait. Elle avait espéré qu'au bout de quatre jours le souvenir brûlant du moment qu'elle avait passé dans les bras de Drew se serait apaisé pour se muer en une image ternie et inoffensive. Hélas, c'était le contraire qui s'était produit. Chaque jour, cet instant paraissait prendre de plus en plus de vivacité et la brûlait comme au premier jour.

— Si. Et nous avons passé un très bon moment.

Mikayla afficha un air déçu.

— Un très bon moment ? C'est tout ? Il ne s'est rien passé de plus ?

— Tu trouves que ce n'est pas suffisant ?

— Non. Moi, j'ai envie d'entendre la musique des sphères ! Je veux que tu m'annonces que tu as rencontré l'homme de tes rêves.

Elle retint un gros soupir. Il y avait bien eu la « musique des sphères » dont parlait Mikayla. Drew était bien l'homme qu'elle avait toujours espéré rencontrer. Et pourtant, étant donné la façon dont leur soirée s'était terminée, elle ne pouvait pas en parler avec passion. Elle avait été rejetée, elle en souffrait encore. Amèrement.

Contrariée par cette pensée, elle se leva et commença à faire les cent pas dans la petite pièce.

— C'est beaucoup trop tôt pour ça.

— Tu as eu des informations sur sa femme ?

— Oui. Elle est morte dans un accident de voiture quand Dillon avait un an.

— Ce pauvre homme a dû être complètement dévasté.

— En effet. C'est à peine maintenant, six ans après cet accident, qu'il recommence à avoir une vie sociale. Mais, tu vois, je suis en compétition avec le souvenir de sa femme et je suis en train de perdre la bataille.

Mikayla bondit sur ses pieds pour se rapprocher d'elle.

— Comme tu as l'air malheureuse ! Tu es déjà tombée amoureuse de lui, c'est ça ?

— Je ne sais pas. Il me semble que oui, même si je sais que c'est sans espoir.

Elle laissa échapper un petit rire triste.

— Dans ma famille, on m'a toujours dit que j'étais la championne des causes perdues. Apparemment, c'est tout à fait juste.

Mikayla tapota affectueusement son épaule.

— Josselyn, tu es en train de mettre la charrue avant les bœufs. Il y a trop peu de temps que tu connais le Dr Strickland pour savoir si cette histoire est sans espoir ou à peine en train de commencer. En plus, tu n'es pas le genre de femme qui baisse les bras à la première difficulté. Tu fais partie de celles qui se battent pour obtenir ce qu'elles désirent.

— Arrête, Mikayla ! J'ai l'impression que tu me fais la leçon.

— Pas du tout, mais je crois à la force de la volonté. Regarde, je suis sûre que Hazel fait déjà partie de cette catégorie. C'est une bagarreuse, comme moi.

— Je déduis de cela que tu m'incites à puiser dans mes forces profondes pour gérer ce problème ?

— Exactement.

— Soit. J'ai entendu le message, déclara-t-elle en relevant la tête. Et maintenant, si je nous faisais une tasse de café ?

— Je te répondrais que c'est une excellente idée !

Mikayla venait de rentrer chez elle lorsque le téléphone de Josselyn sonna. Dès qu'elle reconnut le numéro de Drew, son cœur se mit à battre la chamade. Elle n'avait pas eu de ses nouvelles depuis la fameuse soirée de Kalispell et elle commençait à se demander s'il n'avait pas décidé de mettre fin à leur histoire sans prendre la peine de lui donner le moindre mot d'explication.

— Salut, Josselyn. Tu as un petit moment à m'accorder ?

Elle pria le ciel que sa gorge serrée lui permette de parler d'une voix normale et pas comme une vieille grenouille enrouée.

— Heu… Oui. Je suis tranquille chez moi.

Un silence s'ensuivit avant qu'il ne reprenne la parole.

— Ça t'ennuierait que je vienne chez toi passer un moment ?

Avait-elle bien compris ? Cette requête la prit tellement au dépourvu qu'elle se cramponna à la table de la cuisine pour garder son équilibre.

— Non, pas du tout. Si tu en as envie.

— J'en ai grande envie.

— Alors passe dans une demi-heure.

Il raccrocha, et elle s'effondra sur la première chaise venue.

À leur retour de Kalispell, rien n'aurait pu décider Drew à pénétrer chez elle ; ce soir, en revanche, il avait envie de lui rendre visite. Que lui arrivait-il ?

Tout en continuant à se le demander, elle se hâta vers sa chambre où elle enfila une jupe beige clair et un sweat blanc. Cela fait, elle décida de renoncer à comprendre les motivations de Drew. Il avait envie de la revoir, c'était tout ce qui comptait.

Lorsqu'il frappa chez elle, la nuit commençait à tomber sur Sunshine Farm et, avec l'arrivée de l'obscurité, la température chutait notablement. Un courant d'air froid pénétra dans le chalet lorsqu'elle ouvrit la porte.

— Bonsoir, dit-il simplement.

Il n'en fallut pas davantage pour la faire sourire.

— Bonsoir, Drew. Entre vite, il fait froid dehors.

La délicieuse odeur de poulet rôti qui s'échappait du sac en papier brun calé au creux de son bras la fit saliver.

— Oui, c'est vrai, l'hiver approche à grands pas.

Une fois qu'il se trouva à l'intérieur, elle eut l'impression que sa présence emplissait complètement la petite pièce. Sa présence, mais aussi le souvenir du moment où il l'avait tenue dans ses bras et embrassée avec passion.

Sans paraître remarquer son émotion, il désigna le sac qu'il portait.

— J'espère que tu n'as pas encore dîné. Dillon avait pensé qu'un pique-nique te ferait plaisir aujourd'hui mais j'ai eu des urgences qui m'ont rendu indisponible. Il m'a semblé que le mieux que je pouvais faire était d'apporter un repas.

Il avait prévu de l'inviter à pique-niquer ? Cette simple pensée mit son cœur en fête.

— Hum, ça sent très bon et j'ai très faim ! Portons tout ça dans la cuisine, je vais nous préparer quelque chose à boire.

Il la suivit et déposa son paquet sur la table en pin. Pendant qu'elle attrapait des verres dans l'un des placards, il considéra les rideaux à carreaux qui habillaient la fenêtre, les casseroles en cuivre rangées par taille au-dessus de la plaque de cuisson.

— C'est chaleureux, chez toi. En plus, on a l'impression d'être chez une véritable cuisinière.

— Mais je suis une véritable cuisinière ! Quand j'ai commencé à aider ma mère, j'avais à peine six ou sept ans.

— Alors comment se fait-il que tu te nourrisses de sandwichs au beurre de cacahuète ?

Toute contente de voir qu'il se souvenait d'un détail aussi banal, elle se mit à sourire.

— Tu sais, ce n'est pas très drôle de cuisiner pour une seule personne. Et pas davantage de manger sans compagnie.

Il s'avança près d'elle.

— C'est exactement ce que me dit Dillon. Il préfère manger dans la grande salle à manger avec les autres pensionnaires.

— Et toi ?

Il fit une petite moue d'hésitation.

— Disons que je commence à y prendre plaisir.

Tout en s'affairant, elle regardait son invité. Dans sa chemise en flanelle à carreaux verts et bleus, son jean délavé et ses bottes râpées, il avait plus belle allure que la loi n'aurait dû le permettre !

— Je m'en réjouis pour toi et pour Dillon.

— Parfois, il y a tellement de bruit qu'on ne s'entend même pas.

— C'est signe que les gens sont heureux de se retrouver ensemble, tu ne crois pas ?

Comme elle disposait les verres sur un plateau, il posa la main sur son avant-bras. Elle interrompit son geste, le cœur battant.

— Josselyn, j'ai été nul l'autre soir. J'ai pensé plusieurs

fois depuis à la façon dont s'est terminée notre soirée… Je tiens à te dire que tu n'es pour rien dans mon départ précipité. C'est moi qui n'ai pas su comment gérer la situation.

Une tension inconfortable venait de s'installer entre eux. Elle baissa les yeux.

— Peu importe. J'ai bien compris que tu ne souhaitais pas te rapprocher de moi à ce point.

Elle sentit ses doigts serrer plus fort son bras.

— Non, tu te trompes. Tu te trompes complètement.

Le cœur serré, elle réussit à articuler :

— Alors tu étais submergé par la culpabilité.

Il fit une nouvelle grimace et lui posa les mains sur les épaules.

— Non, tu te trompes à nouveau. Tu es très jeune, Josselyn. Je veux…

Le souffle court, elle attendit qu'il termine sa phrase et, comme il ne le faisait pas, elle décida de le faire à sa place.

— Tu préfères que notre relation reste platonique, c'est ça ?

Un étonnement sans bornes apparut sur son visage. Sans un mot, il l'attira contre lui jusqu'à ce que leurs deux corps soient collés l'un contre l'autre.

— Je pensais que ce que je ressentais était évident. Je croyais que tu avais compris que lorsque je te regarde, quand je te touche, il n'y a rien de platonique là-dedans.

Il laissa ses mains glisser le long de son dos, et un délicieux frisson la parcourut tout entière.

— J'en ai assez de toute cette retenue, poursuivit-il. J'ai envie de sauter à pieds joints dans le feu qui nous brûle. Mais je ne le ferai que si tu es sûre de moi. Et de toi.

Ce dont elle ne doutait pas, c'est qu'elle désirait cet

homme avec chacune des fibres de son être. Pour ce soir, ce serait suffisant.

Le soupir qui s'échappa de ses lèvres en dit suffisamment long sur l'impatience qui la dévorait.

— Je suis sûre, Drew. Complètement sûre.

Une étincelle brilla dans le regard sombre de Drew.

— Tu crois… Tu crois que nous pouvons remettre le dîner à plus tard ?

Tout en posant la question, il avait penché la tête sur Josselyn. Elle n'attendit pas plus longtemps pour lui passer les bras autour du cou et lever son visage vers le sien.

— Pour l'instant, c'est de toi que j'ai faim…

Avec un petit murmure de bonheur, elle accueillit les lèvres de Drew sur les siennes et répondit à son baiser avec une ardeur dont elle ne se serait jamais crue capable. Il la serrait si fort contre lui que ses seins étaient écrasés contre sa poitrine, leurs hanches plaquées les unes contre les autres.

Un désir primitif, presque sauvage, montait en elle, s'emparait de ses sens à tel point que plus rien ne comptait que son impatience à sentir cet homme lui faire l'amour. Sans interrompre leur baiser, elle commença à défaire les boutons de sa chemise.

Elle avait eu le temps d'en libérer trois avant qu'il ne mette fin à leur étreinte. Sous ses mains, elle sentait le cœur de Drew battre aussi fort que le sien.

— Si nous…

— Oui, allons dans ma chambre, termina-t-elle dans un souffle.

Elle le prit par la main et le guida hors de la cuisine.

Il faisait sombre dans la petite pièce, aussi alluma-t-elle tout de suite la lampe de chevet.

— Excuse le désordre, dit-elle en se tournant vers

lui. J'ai pratiquement vidé mon placard tout à l'heure pour trouver une tenue susceptible de te plaire.

— Tu me plairais même revêtue de papier d'emballage ! Mais je suis sûr que tu me plairas encore davantage sans rien du tout.

— Tu risques d'être déçu. Tu vois tant de femmes nues !

Il secoua la tête.

— Je ne les regarde pas du tout comme toi.

— Et moi, comment me regardes-tu ?

— Comme la femme que je désire.

À ces mots, son cœur fit un bond de joie supplémentaire.

— Je suis tellement heureuse que tu sois venu. Que tu aies envie d'être avec moi de cette façon.

Il la rapprocha de lui. Elle sentait son cœur battre contre le sien. Elle sentait aussi son érection contre son ventre.

Instinctivement, elle entrouvrit la bouche pour laisser sa langue jouer avec la sienne. Il l'embrassait si bien qu'elle sentit ses genoux ployer sous elle et qu'elle dut s'accrocher à lui pour ne pas s'écrouler à ses pieds.

— Si tu continues comme ça, je vais me liquéfier complètement ! Tu es sûr que tes talents de médecin sauront me ranimer ?

Sans répondre autrement que par un clin d'œil, il commença à soulever le bord de son chandail, et elle leva les bras pour lui permettre de le retirer. Cela fait, il défit la fermeture Éclair de sa jupe et l'en débarrassa avant de l'allonger sur le lit et de retirer ses bottines.

Elle se retrouva vêtue seulement de ses sous-vêtements en dentelle noire. À travers ses cils, elle le regarda se déshabiller. Le simple fait de contempler son corps sublime la mettait au supplice : elle avait besoin de le sentir en elle pour éteindre l'incendie qui brûlait au creux de son ventre.

Une fois nu lui aussi, mis à part son caleçon, il la rejoignit sur le lit. Elle roula vers lui. Ils tendirent les bras l'un vers l'autre en même temps. Lorsque leurs peaux se rencontrèrent, elle eut l'impression de défaillir. Il était si tiède et si dur, tout contre elle ! De sa peau émanait un parfum de sous-bois qui lui parut éminemment érotique. Jamais elle ne se lasserait de le caresser, jamais elle n'assouvirait son désir de l'embrasser…

— Comme tu es belle, Josselyn, et douce sous mes doigts.

Tout en parlant, il traçait de ses lèvres un sentier de feu le long de son cou, dégrafait par-derrière la fermeture du soutien-gorge qui glissa de lui-même sur les draps. Alors commença l'exploration grisante de ses seins, les caresses enivrantes sur les pointes dressées par le désir, qu'il mordillait entre deux baisers.

Sans qu'elle ait eu besoin de le lui demander, il devina la caresse qu'elle attendait. Il s'allongea contre elle, lécha le bout du sein tendu. Lorsque enfin il le prit tout entier dans sa bouche, une décharge de plaisir la traversa, si vive qu'elle eut l'impression d'exploser jusque dans les coins les plus obscurs de la pièce.

Les doigts enfouis dans la chevelure brune de son amant, elle pressait son visage contre elle, comme pour l'accompagner dans la caresse délicieuse et enfiévrée qu'il lui procurait. Lorsque finalement il releva la tête, il la regarda au fond des yeux.

— J'aime ta douceur. Ta perfection.

— Je ne suis pas parfaite ! murmura-t-elle. Mais j'ai envie de toi. Tellement envie.

— Moi aussi, j'ai très envie de toi.

Il posa son visage dans le sillon dessiné par ses seins

fermes et ronds, le laissa descendre jusqu'au nombril. Lorsqu'il commença à la caresser doucement, elle se mit à gémir de plaisir.

Alors il releva la tête un instant avant de poser sa bouche au creux de ses cuisses. Ce fut comme si les murs de la chambre s'étaient mis à tournoyer autour d'elle. Elle essaya de trouver un ancrage en se raccrochant à ses épaules musclées ; mais ce fut une entreprise bien vaine. Lorsqu'elle sentit sa langue brûlante se glisser en elle, promesse que le meilleur était encore à venir, elle perdit totalement la tête. Le sang qui courait dans ses veines s'était mué en lave incandescente. Elle était prête à exploser mais, juste avant que la déflagration se produise, il s'arrêta et glissa à côté du lit pour prendre un petit sachet dans la poche de son jean.

À travers ces cils, elle comprit qu'il se souciait de les protéger tous les deux et lui fut reconnaissante de cette précaution.

Après avoir enfilé le préservatif, il regagna le lit et s'allongea sur elle. Elle sentit que son cœur débordait d'un sentiment qui ressemblait dangereusement à l'amour.

Comme elle écartait ses jambes, prête à l'accueillir, il l'encouragea d'un murmure :

— Oui… Comme ça…

Ensuite, avec une lenteur exquise, il laissa son corps prendre possession du sien, qu'elle lui livrait si totalement, si merveilleusement.

Pendant les minutes qui suivirent, il n'y eut plus rien au monde que lui et elle, enlacés, essoufflés, éblouis dans l'extase du plaisir.

- 9 -

Drew ne s'était pas attendu à ce qui lui arrivait. Jamais il n'avait imaginé que sentir Josselyn dans ses bras serait aussi merveilleux. Ni qu'il serait capable d'éprouver une passion assez violente pour lui faire perdre totalement la notion du temps et de l'espace.

Maintenant qu'il était allongé près d'elle, son corps délicieux moulé contre le sien, son visage lové contre son épaule, il ferma les yeux pour essayer de digérer les sentiments pleins de douceur qui étaient nés en lui. Pour essayer aussi d'imaginer où cette relation pouvait le mener.

Sa présence le rendait heureux. Elle remplissait les vides de son cœur d'une manière qu'il n'aurait jamais crue possible, et il souhaitait qu'il en soit toujours ainsi.

Il passa une main sur sa hanche, le long de sa cuisse à la peau satinée. À elle seule, cette caresse était une expérience profondément érotique.

— C'est si bon de te tenir dans mes bras, murmura-t-il.

Comme elle pivotait sur elle-même de manière à presser son visage contre son cou, les pointes de ses seins effleurèrent sa poitrine. Ce fut suffisant pour que le désir flambe à nouveau au creux de son ventre. Comment était-ce possible alors que, quelques instants plus tôt, il lui semblait avoir épuisé toute son énergie ?

Elle remua doucement la tête.

— Tu sais, tout à l'heure quand tu m'as appelée au téléphone, j'étais loin de me douter que c'était cela que tu avais en tête.

— Mais je n'y pensais pas ! Je voulais simplement te demander de me pardonner la brusquerie de mon départ l'autre soir. C'est tout. Tu croyais que j'avais planifié tout ça ?

— Je ne t'en voudrais pas si c'était le cas. Tout ce qui compte, c'est que nous soyons ensemble. Vraiment ensemble, comme maintenant.

Elle se releva sur le coude.

— Pour revenir à l'autre soir, j'espère que tu n'as plus les regrets qui t'ont fait fuir au lieu de rentrer chez moi.

Il lui donna une pichenette sur le bout du nez.

— Aucun regret et pas de sentiment de culpabilité.

— Tant mieux ! Tu me fais du bien, Drew, et j'espère que je te fais du bien aussi.

— Tu te trompes, Josselyn. Tu m'apportes beaucoup plus que je ne peux te donner. Tu m'as fait comprendre que ma vie n'est pas terminée et, au cas où tu ne l'aurais pas remarqué, tu rends Dillon heureux lui aussi. Il parle de toi sans arrêt. Cerise sur le gâteau, tu lui as donné le goût de lire pour le plaisir !

— Après toutes les belles choses que tu viens de me dire, je ne suis pas prête à te laisser quitter mon lit. En tout cas, pas d'ici le milieu de la nuit.

— Parfait. Il nous reste donc plusieurs heures à occuper, et je connais le meilleur moyen de le faire. Le poulet attendra encore un peu. Un peu beaucoup… ajouta-t-il en abaissant ses lèvres sur les siennes.

Le lundi matin, lorsque la classe du cours élémentaire se présenta à la salle de documentation, Dillon fut l'un des premiers à y entrer. Assise derrière son bureau, Josselyn vit l'effort qu'il faisait pour se retenir de se ruer vers elle.

— Bonjour, mademoiselle Weaver, dit-il poliment quand il fut arrivé près de son bureau.

Il écarta la mèche de cheveux bruns qui comme toujours s'obstinait à lui retomber sur le front.

— Tu sais qu'il risque de neiger ? C'est Granny Melba qui me l'a dit. D'habitude, ça se passe comme elle l'a prévu.

Elle jeta un regard par la fenêtre qui donnait sur la cour. Pour le moment, le ciel était bleu clair, quelques feuilles dorées par l'automne tombaient lentement sur l'herbe jaunie par le froid.

— Pour l'instant, je n'en ai pas l'impression. Mais j'ai entendu dire que Rust Creek Falls reçoit d'abondantes chutes pendant l'hiver. Nous verrons bien ! Tu aimes faire des bonshommes de neige ?

Dillon hocha la tête avec enthousiasme. Une fois de plus, elle constata à quel point il ressemblait à son père. Il avait les mêmes yeux très noirs, les mêmes cheveux bruns. Et aussi la même fossette à la joue gauche. La plus grosse différence entre le père et le fils était que ce dernier souriait très souvent alors que Drew ne dispensait ses sourires qu'avec parcimonie. Mais il faisait des progrès ! Oui, il était sur la bonne voie. Et elle avec lui. Rien que le fait de penser à la soirée qu'ils avaient passée tous les deux au chalet faisait battre son cœur plus vite.

Dillon, lui, poursuivait sur sa lancée.

— Si jamais il neige avant Halloween, je vais faire un énorme bonhomme de neige et je lui mettrai un masque abominable pour qu'il fasse fuir tout le monde !

Elle le regarda, étonnée.

— Pourquoi veux-tu faire fuir tout le monde ?

Dillon éclata d'un rire malicieux.

— Comme ça, Robbie et moi aurons tous les bonbons pour nous seuls.

— Qui est Robbie ?

— Mon copain qui vit à la pension. Il est dans ma classe mais il ne vient pas au centre de documentation parce qu'il doit suivre des cours spéciaux pour apprendre à lire.

— Ah, je comprends. J'espère qu'il va vite faire des progrès.

— Oui. Ça va déjà mieux. Papa m'a recommandé d'être très gentil avec lui parce qu'il a toujours l'air un peu triste. Alors on joue ensemble, il est content et moi aussi je suis content parce qu'on est bien copains.

— Tu es un gentil garçon, Dillon.

Ce compliment amena Dillon à rejeter les épaules en arrière de fierté en même temps qu'il déclarait :

— Granny Melba dit que je fais trop de bêtises. Elle oublie que je peux être gentil aussi.

À ce moment-là, la petite Rory s'approcha de Dillon, tendant vers lui un doigt menaçant.

— Dillon Strickland ! Tu m'avais promis de me montrer un livre sur les poneys. Tu as oublié ?

Dillon haussa les épaules.

— Mais non, on y va tout de suite.

Les deux enfants se dirigèrent vers l'étagère qui accueillait les livres consacrés aux animaux pendant que Josselyn replongeait dans ses pensées.

Depuis deux jours, elle marchait sur un nuage ! Elle avait tout le temps envie de chanter et de danser. Elle s'était mise aussi à rêver d'une jolie petite maison pleine d'enfants en train de jouer pendant que son mari médecin l'embrasserait chaque soir en rentrant de la clinique.

— Mademoiselle Weaver, tu te sens bien ?

La question venait d'une petite fille rousse aux couettes frisées et aux grands yeux bleus qui un jour, immanquablement, briserait le cœur de plus d'un garçon.

— Heu, oui, Bonnie. Pourquoi cette question ?

— Parce que tu as l'air pas comme d'habitude aujourd'hui.

Elle rougit. Oui, elle avait l'air d'une femme à qui un homme avait fait l'amour. C'était cela la différence.

Elle se leva et quitta son bureau.

— Tu veux que je t'aide à trouver quelque chose à lire ?

— Oui, s'il te plaît. Je voudrais lire un beau conte de fées.

C'était la première fois depuis la rentrée qu'un enfant demandait explicitement un conte de fées.

— Viens par ici, nous allons en trouver un qui te plaira, j'en suis sûre.

Tout en la suivant, Bonnie demanda :

— Tu sais pourquoi je veux lire un conte de fées ?

Elle avait eu envie de lui poser la question mais elle avait préféré attendre que la fillette ait envie de lui en parler d'elle-même.

— Non, Bonnie, je suis incapable de deviner. Il faut que tu me l'expliques.

Bonnie frotta le bout de son nez constellé de taches de rousseurs.

— Parce que ma maman m'a dit que, là au moins, les histoires finissent toujours bien. Tu es d'accord avec elle ?

Elle regarda la petite fille. Elle avait l'air désemparé et malheureux.

— Non, Bonnie. Je pense qu'il y a plein de choses heureuses autour de nous aussi. Par exemple, si tu regardes par la fenêtre, tu vas voir comme le soleil brille dans la cour. Il réchauffe les petits oiseaux et leur donne envie de chanter de bonheur.

— C'est comme ça aujourd'hui, oui. Mais, souvent, il fait froid et il neige.

— À ce moment-là, on en profite pour faire des bonshommes de neige ! Plein de gens adorent ça.

Bonnie ne se déridait pas. Au contraire, elle arborait maintenant une petite moue triste.

— Les gens pleurent parfois…

C'était vrai, malheureusement. Drew avait dû beaucoup pleurer quand il avait perdu Evelyn et rester triste très longtemps, mais elle était décidée à changer tout cela.

— En effet. Mais il faut alors se rappeler que les larmes finissent par sécher et que les choses vont s'arranger.

Bonnie parut soupeser ses paroles. Enfin, elle abandonna son air affligé pour déclarer d'un ton décidé :

— Finalement, je crois que j'ai plus besoin d'un conte de fées.

Soulagée d'avoir réussi à apaiser l'inquiétude de la petite, elle lui montra les rangées d'étagères chargées de livres.

— Pas de problème. Il y a toutes sortes d'histoires ! Si tu veux, je peux te proposer l'histoire d'une petite fille qui adopte un petit chat qui s'était perdu. Tu crois que ça te plairait ?

Les yeux de Bonnie se mirent à briller de joie.

— Oh oui ! Je suis sûre que je vais adorer cette histoire !

À deux rues de là, à la clinique de Rust Creek Falls, Drew venait de terminer sa consultation de la matinée et s'apprêtait à manger le sandwich qui lui servait de repas de midi lorsque son téléphone sonna.

Pensant qu'il s'agissait de Josselyn, il se hâta de le retirer de sa poche de sa chemise et s'aperçut alors que c'était son frère Trey qui l'appelait. Étant donné que l'un comme l'autre étaient très occupés par leur profession, ils s'appelaient rarement, surtout en milieu de journée.

— Salut, grand frère ! Est-ce que tu peux poser ton stéthoscope un moment ? J'aimerais bien parler avec toi.

— C'est d'autant plus facile, répondit-il, qu'en ce moment je n'ai en face de moi que le sandwich que Claire m'a préparé ce matin. Et je n'ai pas tellement faim. Dis-moi un peu, tu ne travailles pas aujourd'hui ? Comment ça va à Thunder Canyon ?

Trey se mit à rire.

— Que de questions à la fois ! Si, je travaille, bien sûr. Tu sais comment ça se passe ici, il y a toujours à faire au ranch. En ce moment, j'attends le maréchal-ferrant. Il commence à faire rudement froid par ici. C'est étonnant qu'il y ait des gens pour avoir envie de monter à cheval par un temps pareil !

— Il y a du monde au ranch ?

— Ça n'arrête pas. Beaucoup de nos pensionnaires s'attendaient à découvrir les belles couleurs de l'automne au cours de leurs balades à cheval mais ils sont déçus parce que le vent a soufflé si fort ces derniers temps que les arbres sont pratiquement nus.

Trey avait rencontré son épouse, Kayla, ici même, à Rust Creek Falls. Ils étaient mariés, heureux et parents d'un petit garçon, Gil. Le parcours réussi de son frère incitait Drew à croire qu'il y avait quelque chose de magique dans cette petite ville, et il se demandait si le destin lui sourirait à lui aussi de la même façon.

— Ils rouspètent beaucoup ?

— Non, pas tant que ça en réalité. Ils apprécient le ranch et les chevaux. Pour le reste, nous n'y pouvons rien ! D'ailleurs, j'ai l'impression qu'il va bientôt neiger.

— Est-ce que le nouveau propriétaire a décidé de suspendre les activités pendant les mois d'hiver ?

— Pas du tout. Les vacances approchent. En général c'est un moment de l'année où nous avons énormément de visiteurs. Nous fermerons seulement si la neige devient trop épaisse et empêche les chevaux de suivre les sentiers de randonnée. Je ne pense pas que cela se produise. Il faudrait vraiment que souffle un énorme blizzard pour que nous nous mettions en arrêt.

— Autrement dit, ce n'est pas de sitôt que tu viens me rendre visite à Rust Creek Falls ?

— Malheureusement. Comme Kayla a promis à sa famille qu'elle irait les voir à Noël, je vais me débrouiller pour me libérer un peu à ce moment-là. Au moins quelques jours. Et toi ? Quand est-ce qu'on te revoit à Thunder Canyon avec Dillon ?

Cette question le prit au dépourvu. Au cours des dernières semaines, Thunder Canyon s'était beaucoup éloigné de ses pensées. Était-il possible que Josselyn l'ait déjà changé à ce point ?

— Tu sais, j'ai beaucoup de travail moi aussi en ce moment.

— Je ne te parle pas d'une visite, Drew. Je te demande quand tu comptes rentrer.

Rentrer ? Tout à coup, ce mot ne signifiait plus grand-chose pour lui. Après la mort d'Evelyn, il avait vendu leur maison pour s'installer avec Dillon dans le ranch de ses parents. C'est là qu'ils étaient restés jusqu'à leur arrivée à Rust Creek Falls. Bien sûr, Strikland's Boarding House où ils résidaient en ce moment n'était pas vraiment un foyer, mais il s'y était habitué et s'y sentait bien. En outre, cette petite ville de cow-boys avec ses boutiques charmantes et ses personnages originaux lui donnait le sentiment d'être chez lui.

Et puis, il y avait Josselyn. Josselyn aux lèvres si douces et au sourire enchanteur. Le simple fait de penser à elle lui donnait une envie folle de la retrouver au plus vite.

— Je ne sais pas trop, Trey. Au début de la nouvelle année, un nouveau médecin doit arriver à la clinique. J'imagine qu'une fois qu'il sera là on n'aura plus besoin de moi ici.

Trey soupira très fort.

— On a toujours besoin de médecins. Je suis sûr que tu trouveras un autre poste dans le coin si tu as envie de rester à Rust Creek Falls.

On verra bien…

— Bon, dis-moi maintenant la vraie raison de ton appel. Et donne-moi des nouvelles de papa et maman à qui je n'ai pas téléphoné depuis quelques jours. Ils vont bien ?

— Dillon et toi leur manquez beaucoup, je peux te l'assurer.

— Pourtant, ils étaient pressés de me voir partir ! Et je les comprends… J'étais vraiment un triste sire pendant toutes les années que j'ai passées chez eux.

Trey se mit à tousser comme s'il s'étouffait.

— Pas possible, tu aurais enfin ouvert les yeux ? C'est bien à mon frère Drew que je suis en train de parler ?

— Arrête de te ficher de moi, Trey. Oui, c'est bien à moi que tu parles.

— Qu'est-ce qui est arrivé au triste sire ?

Une déesse blonde aux yeux verts est entrée dans sa vie… Une déesse qui a ôté les œillères qui l'empêchaient de voir la vie et le monde autour de lui avec leurs vraies couleurs.

— Le triste sire est en train de redevenir humain.

— Tu ne peux pas imaginer à quel point je suis soulagé d'entendre ça ! Est-ce que ce changement à quelque chose à voir avec la femme que tu fréquentes ?

Il se redressa sur sa chaise.

— Je savais bien qu'il y avait une raison à ton appel ! Qui t'a raconté quoi ?

— Papa. Gramps lui a passé un coup de fil.

— Tu veux dire qu'Old Gene a fait la commère ? Décidément, on ne peut plus faire confiance à personne !

Trey se mit à rire de plus belle.

— Allez, frangin, parle-moi d'elle ! Ou, plutôt, dis-moi comment elle fait pour te supporter.

— Franchement, je n'en sais encore rien. Trey, tout cela est très nouveau. Je… Je ne me sens sûr de rien.

— C'est normal. Mais il faut que tu te souviennes que, toi aussi, tu peux être heureux.

Il passa une main devant ses yeux.

— C'est exactement ça, Trey. Josselyn me rend heureux. Et ce bonheur me fait terriblement peur.

— Pourquoi donc ?

Heureusement, Trey ne pouvait pas le voir en ce moment. Il n'aurait pas aimé montrer à quel point il était vulnérable.

— Eh bien, il me semble que ce n'est pas normal. Que cela ne va pas durer. Et qu'ensuite je vais recommencer à être malheureux.

— Drew… Personne n'a de garantie sur l'avenir mais tu ne peux pas vivre dans la crainte du lendemain. Ce n'est pas vivre que de se laisser submerger par l'angoisse de ce qui risque d'arriver.

C'était vrai. Il n'avait pas réellement vécu pendant les six années précédentes. Il avait juste assuré le minimum en veillant à bien garder ses sentiments sous clé. Comme une blessure qu'il fallait tenir à l'abri du monde extérieur.

Mais, qu'il le veuille ou non, Josselyn avait retiré tout ce qui calfeutrait sa sensibilité et maintenant, le cœur mis à nu, il pouvait à nouveau aimer.

— Tu as raison, Trey. J'y travaille.

— Bravo, frangin. Je suis fier de toi.

À ces mots, la gorge de Drew se serra. Heureusement, alors qu'il se demandait comment il allait trouver la force de répondre, quelqu'un frappa à sa porte. Nadine entra aussitôt après.

— Pardon, docteur Strickland, il y a une urgence. M. Anderson vient d'amener son épouse. Le travail est déjà bien avancé.

— J'arrive tout de suite.

Puis, revenant au téléphone :

— Désolé, Trey, nous reprendrons cette conversation plus tard. Il faut que j'aille m'occuper d'une patiente qui va accoucher.

— Oui, j'ai entendu. Bon courage pour ton travail, et n'aie pas peur d'être heureux.

Il mit fin à la communication, rangea le téléphone dans sa poche et suivit l'infirmière dans la salle de travail.

En fin d'après-midi, alors que Josselyn s'apprêtait à prendre sa voiture dans le parking de l'école pour regagner Sunshine Farm, elle repéra la voiture de Drew garée à côté de la sienne. Qu'il ait fait l'effort de venir la trouver à l'école lui fit grand plaisir.

En la voyant arriver, il sortit de son véhicule et alla à sa rencontre.

— Bonsoir, grande travailleuse ! Je commençais à me demander si tu envisageais de passer la nuit dans la bibliothèque !

Comme il l'embrassait sur la joue, elle jeta un regard autour d'eux.

— Dis donc, tu ne crains pas les cancans qui font les délices des petites villes !

— Pourquoi y aurait-il des cancans ? Les médecins et les bibliothécaires sont des humains comme les autres !

— Oui, humains…

Elle plongea son regard dans celui de Drew.

— Trop humains, peut-être ? Tu m'as beaucoup manqué !

Comme il lui souriait à son tour, elle fut frappée de constater combien il avait changé depuis leur première rencontre. Il lui avait paru si renfermé et replié sur lui-même ! Aujourd'hui, elle se plaisait à penser qu'elle était peut-être pour quelque chose dans son sourire et qu'il savourait avec elle la douceur de se sentir heureux à Rust Creek Falls.

— J'ai une invitation à te proposer !

Elle se mit à rire.

— Tu as vraiment un problème avec les conversations au téléphone, pas vrai ?

— En effet. J'aurais très bien pu prendre mon téléphone et t'appeler mais, en venant jusqu'ici, j'ai le plaisir de te voir.

— C'est gentil. Dis-moi ce que tu as en tête.

— Je voulais simplement te proposer de te joindre à Dillon et à moi ce soir en venant dîner à la pension. Et, afin que tu donnes ta réponse en toute connaissance de cause, je tiens à te préciser que ce n'est pas de tout repos ! Tout le monde parle à la fois autour de la table mais la nourriture est délicieuse.

Dîner à la pension ? Mais cela voulait dire qu'elle allait faire la connaissance de ses grands-parents ! Elle avait beau se dire que cela ne signifiait rien d'important, pour elle, c'était tout simplement prodigieux.

— On ne peut pas dire que tu t'y prends longtemps à l'avance pour tes invitations !

Il lui adressa un clin d'œil malicieux.

— Comme ça, tu as moins de temps pour inventer une raison de refuser.

Refuser ? Comme si elle en avait la moindre envie ! S'il se souvenait encore avec quel délice elle s'était abandonnée à lui l'autre soir, il devait savoir que jamais elle ne tournerait le dos à une occasion de passer du temps avec lui.

— Je n'y pense même pas.

Puis, jetant un coup d'œil sur sa tenue, une simple jupe grise et un chemisier blanc, elle poursuivit :

— En revanche, je ne suis pas tellement en tenue pour dîner en famille ou avec tes amis.

— Tu es parfaite !

La lueur qui brillait dans son regard sombre était aussi chaleureuse que celle qu'elle y avait aperçue quand il la serrait dans ses bras toute nue.

— Dans ce cas, pas de problème. Je me joindrai à vous avec grand plaisir.

— Génial ! Range tes affaires dans ta voiture, nous irons à la pension avec la mienne. Comme nous sommes un peu en avance pour le repas, j'aurai le temps de te présenter à mes grands-parents.

Le ton joyeux sur lequel il parlait était tout nouveau. Elle était sous le charme. Pourtant, elle ne pouvait s'empêcher de se demander si c'était un changement momentané ou s'il était réellement en train de devenir un homme heureux.

— Je serai ravie de faire leur connaissance.

Ils prirent donc place tous les deux dans la voiture de Drew, qui se mit au volant.

— Excuse-moi de ne pas t'avoir appelée à l'avance

mais je n'ai pas eu un moment de répit de tout l'après-midi pour prendre mon téléphone.

S'il avait su combien elle était heureuse de le retrouver, il ne serait guère tracassé ! Jusqu'à ce qu'elle le rencontre, elle n'avait jamais imaginé à quel point le simple son de la voix d'un homme pouvait la bouleverser.

— Pas de problème, Drew. J'adore l'improvisation.

Un instant, il posa une main sur son bras.

— Tu sais, avant d'arriver ici, je voulais que tout soit programmé à l'avance. Et plus j'avais de travail, mieux cela me convenait. Il y a quelques semaines encore, je restais très tard à la clinique pour étudier les dossiers des patientes, regarder le résultat des analyses ou lire de la documentation scientifique alors que ce n'était pas indispensable.

Elle regarda son profil se découper dans l'obscurité naissante.

— Est-ce que tu me dis par-là que tu commences à envisager la vie sous un autre angle ?

Il lui jeta un coup d'œil qui en disait long.

— Complètement. Et cela, je te le dois, Josselyn.

Elle eut un petit rire nerveux.

— Mais non ! C'est à Rust Creek Falls que tu le dois. Tout le monde dit qu'il y a quelque chose de magique dans cette petite ville.

— Tu sais, moi, je ne crois pas à la magie. Par contre, je crois au destin.

— C'est le destin qui nous aurait fait nous rencontrer à la fête de l'école ?

— Exactement.

Au moment où il prononçait ce mot, il porta sa main à ses lèvres.

Le destin… Quel mot lourd de sens…

Leur histoire était-elle destinée à une fin heureuse ?

Elle espérait tant que oui. Mais, ce soir, elle n'avait aucune envie d'aborder cette discussion avec Drew.

Oui, elle préférait espérer que, le moment venu, lui aussi finirait par croire à la magie de l'amour.

- 10 -

Comme la voiture de Drew remontait la petite allée de la pension avant d'accéder au parking, Josselyn considérait l'arrière du bâtiment qui se dressait devant eux. Depuis qu'elle était installée à Rust Creek Falls, elle n'avait encore jamais eu l'occasion de visiter Strickland's Boarding House, mais elle avait toujours été curieuse de savoir comment l'intérieur était aménagé.

— Ne crois pas que je te fais passer par l'arrière pour te maintenir cachée, déclara-t-il. À cette heure, ma grand-mère se trouve souvent dans son bureau qui est situé de ce côté.

— Peu importe ! J'ai très envie de découvrir la pension de ta famille.

Tout en l'aidant à sortir de la voiture, il commença à lui raconter des anecdotes sur la propriété.

— Je ne sais pas exactement à quelle date cette maison a été construite mais je sais qu'elle est dans la famille Strickland depuis fort longtemps. Le bâtiment n'est pas de première jeunesse mais Old Gene et Melba font le maximum pour le maintenir en bon état. C'est pour cette raison qu'ils prennent si rarement des vacances.

Ils se sentaient tous deux d'humeur légère en s'avançant vers la grande maison. Lorsqu'ils y pénétrèrent, il la guida tout de suite vers une pièce dont la porte coulissante était fermée.

— Tu crois qu'il y a quelqu'un ? demanda-t-elle. Il faudrait peut-être sonner ?

— Non, j'aperçois de la lumière.

Il tapa à la porte.

— Grandma, c'est moi, Drew.

La voix de Melba leur parvint depuis l'intérieur de la pièce.

— Qu'est-ce qui se passe ? Dillon a encore cassé quelque chose dans la salle commune ? Ne t'inquiète pas, Drew, il n'y a aucun objet de valeur.

Ils échangèrent un regard amusé.

— Non, ma visite n'a rien à voir avec Dillon. Est-ce que tu as un peu de temps ? J'aimerais te présenter quelqu'un.

Josselyn entendit un bruit de pas qui se rapprochaient.

Lorsque la porte coulissa, Melba Strickland fit son apparition et elle découvrit une vieille petite dame rondelette, vêtue d'une blouse de maison imprimée avec des chaussures plates confortables.

En les apercevant, elle prit un air confus.

— Drew, tu aurais dû me prévenir que tu amenais une invitée !

Sourcils froncés, elle tapota ses cheveux gris.

— Je ne suis pas présentable !

— Mais si, Grandma, tu es très bien comme tu es. Et, pour te rassurer, je te dis tout de suite que Dillon n'a rien cassé. Tout au moins pour l'instant.

Le bras posé dans son dos, il fit avancer Josselyn vers Melba.

— Je te présente Josselyn Weaver, la bibliothécaire de l'école. C'est elle qui a réussi à intéresser Dillon à la lecture.

Puis, se tournant vers elle :

— Voici ma grand-mère, Melba. Comme on ne

risque pas de le deviner quand on découvre son visage souriant, c'est une forte femme !

Melba fit un petit geste, comme pour chasser les paroles qu'il venait de prononcer, puis elle lui tendit la main.

— Bonsoir, Josselyn, et bienvenue à la pension. J'espère que vous allez rester dîner avec nous ce soir ? Et puis, appelez-moi Melba comme tout le monde, vous me ferez plaisir.

— Je suis ravie de faire votre connaissance, Melba.

En voyant comme la vieille dame regardait son petit-fils par-dessus ses lunettes, elle comprit qu'elle était totalement stupéfaite de la surprise qu'il lui faisait. Visiblement, elle ne s'attendait pas à le voir arriver en compagnie d'une femme et, pour l'instant, elle ne pouvait savoir si elle approuvait ou pas ce changement chez Drew.

— Tu veux peut-être faire visiter la pension à ton invitée ? proposa-t-elle. Le repas sera servi dans un quart d'heure. Est-ce que vous avez l'intention de manger avec les pensionnaires ?

— Oui, Grandma. J'ai envie de faire découvrir à Josselyn notre façon de vivre.

Sur ces mots, il l'entraîna en lui soufflant à l'oreille :

— Melba est aussi démodée que la maison. Elle tient à faire respecter un certain nombre de règles que nous trouvons parfois un peu agaçantes, mais elle adore sa famille et dorlote ses pensionnaires.

Ils étaient sur le point de monter l'escalier devant lequel ils étaient arrivés lorsqu'une porte s'ouvrit sur la gauche, livrant passage à un vieux monsieur presque chauve, qui portait un pantalon en velours bien usé et une chemise à carreaux fanée.

— Drew, c'est toi ?

— Oui, Gramps. Je suis content que nous tombions sur toi car je voulais te présenter Josselyn.

Le vieux monsieur s'avança vers eux en la fixant.

— Alors c'est vous la bibliothécaire dont mon petit-fils parle sans arrêt ? Mlle Weaver, c'est ça ?

Il lui tendit la main et, lorsqu'elle la saisit, elle eut l'impression de connaître Old Gene depuis toujours.

— Oui, mais j'espère que vous allez m'appeler Josselyn !

— Volontiers. Et appelez-moi Old Gene, comme tout le monde le fait ici.

Tout en parlant, il tapotait sa main.

Puis, adressant un regard sérieux à Drew :

— Prends bien soin de cette jeune femme qui est si jolie !

— C'est bien mon intention, Gramps. Nous montions à l'étage car je veux lui montrer le coin de la pension où nous vivons Dillon et moi. Au fait, est-ce que tu sais où est passé mon fils ?

Un grand rire secoua Old Gene.

— Oui. Il faisait le malin sur sa bicyclette pour épater ses copains et il est tombé dans une flaque de boue. Si tu l'avais vu ! Il était sale des pieds à la tête. Je l'ai envoyé se laver et se changer avant que Melba ne le découvre dans cet état.

Il hocha la tête d'un air résigné.

— Ne t'inquiète pas. Je vais m'assurer qu'il est présentable avant de passer à table.

Le rire d'Old Gene se faisait encore entendre alors qu'ils montaient l'escalier.

— J'ai l'impression que ton grand-père est beaucoup moins strict que son épouse, remarqua-t-elle.

— C'est tout à fait vrai. Malgré son abord parfois un peu revêche, il est la tendresse même. Il n'y a rien d'étonnant à ce que Dillon apprécie autant sa compagnie. Il sait que son Gramps ne peut rien lui refuser.

— Tiens, voilà qui me surprend, reprit-elle, parce que, quand il vient à la bibliothèque, c'est de toi qu'il parle, pas de lui.

Il lui jeta un regard plein de doute.

— C'est sûrement une manière de sa part pour me donner le beau rôle à tes yeux.

Elle se mit à rire.

— Tu sais quoi ?

— Non.

— Eh bien, ça marche !

Amusé à son tour, il la prit par la main.

— Viens, allons voir si ce petit entremetteur a réussi à se laver sans démolir la salle de bains.

Lorsqu'ils pénétrèrent dans les pièces communicantes qu'il considérait comme son chez lui, ils eurent la surprise de découvrir Dillon propre comme un sou neuf, assis sur le petit canapé placé près de la fenêtre.

Dès qu'il aperçut Josselyn, il se leva et se précipita sur elle.

Son cœur fondit de tendresse quand elle sentit ses petits bras se nouer autour de sa taille pour la serrer très fort.

— Josselyn, super ! Tu es venue nous voir ?

Elle lui ébouriffa les cheveux affectueusement.

— Oui, je suis venue vous voir et je reste dîner avec vous.

Dillon lui adressa un immense sourire.

— C'est la plus belle surprise de ma vie ! s'écria-t-il.

— Et moi, coupa Drew, ma surprise a été d'apprendre que tu es tombé de vélo dans une flaque de boue…

— Oh papa, c'était rien du tout ! Regarde, je suis déjà lavé, peigné et changé.

— D'accord, je vois. Et la salle de bains est dans quel état ?

— Nickel chrome, papa, je te jure. J'ai même ramassé tous mes habits.

— Alors je n'ai qu'à te féliciter.

Dillon rayonnait.

— Viens, Josselyn, je vais te faire visiter notre maison. C'est petit mais c'est très sympa de vivre ici.

Il la guida vers une toute petite chambre dont la fenêtre donnait sur la rue.

— Tu vois, ici j'ai un petit bureau, mais je l'utilise très peu parce que je fais mes devoirs à l'école avant de sortir.

— Bravo !

— Non, parfois je suis un peu remuant mais j'ai de bonnes notes. Je crois que ce trimestre je vais avoir plein de A sur mon bulletin.

— Eh bien, si c'est le cas, je promets de te faire un gros gâteau avec un smiley dessus.

— Et un glaçage au chocolat ?

— Et un glaçage au chocolat, d'accord.

Elle regardait les vêtements de sport posés dans un coin, puis elle avisa une photo posée sur le bureau.

— Qui sont ces personnes ?

— Mes grands-parents de Thunder Canyon. Il y a des jours où j'aimerais beaucoup les voir mais nous avons vécu chez eux pendant longtemps, alors c'est amusant de découvrir autre chose. Et, de toute façon, nous retournerons vivre à Thunder Canyon un jour ou l'autre.

C'était précisément cette éventualité qu'elle préférait ne pas envisager, bien que Drew lui ait expliqué dès le début qu'il ne faisait qu'assurer un remplacement. Avec l'arrivée du nouveau médecin, bientôt, Drew reprendrait son ancien poste à la clinique de Thunder Canyon.

La perspective de voir Drew et Dillon sortir de sa vie était devenue impensable pour elle. Et pourtant, elle comprenait qu'elle aurait sans doute à affronter cette situation prochainement. À moins que Drew ne tombe amoureux d'elle. À moins qu'il ne décide qu'il voulait passer le reste de sa vie avec elle. Dans ce cas, peu lui importait où ils vivraient puisqu'ils seraient ensemble.

Elle fit un effort pour laisser de côté ces idées dérangeantes. Soudain, une pensée la frappa : il n'y avait pas de photo de sa mère sur le bureau de Dillon. Est-ce que Drew pensait que ce serait trop douloureux pour son fils ? Ou plus probablement pour lui-même ?

— Où êtes-vous tous les deux ?

La voix de Drew l'arracha à ce questionnement.

— Allons-y, proposa Dillon, sinon Granny Melba va nous faire une tête comme ça.

Il pinça les lèvres et fronça les sourcils d'un air courroucé. Josselyn se retenait de rire quand elle aperçut Drew sur le pas de la porte.

— Est-ce que par hasard mon fils serait en train de te raconter des bêtises ?

— Non, il se contente de faire des grimaces.

— J'ai inspecté la salle de bains, c'est vrai que tu l'as laissée bien propre. Mais je reviendrai plus tard sur cette histoire d'accident de vélo.

— D'accord, papa, marmonna Dillon en la prenant par la main comme s'il avait la certitude qu'elle pourrait le protéger des reproches que son père allait immanquablement lui faire plus tard. Mais, tu sais, Josselyn n'a pas envie de parler de ce genre de trucs ce soir. Elle veut juste qu'on passe une bonne soirée tous ensemble.

— D'accord. En avant pour une bonne soirée !

Drew n'avait jamais été du genre impulsif. Même lorsqu'il était encore tout jeune, son père le félicitait pour sa prudence. Mais il avait bien changé depuis qu'il connaissait Josselyn. Il avait envie désormais de profiter sans réfléchir de chaque précieux moment, même s'il ne l'avait pas programmé auparavant.

En ce moment même où il était assis près d'elle à la grande table de la salle à manger, il se félicitait d'avoir cédé à l'impulsion de l'avoir invitée pour la soirée. Dillon était heureux comme un roi et lui-même… il n'en revenait pas de se sentir aussi à l'aise.

Est-ce que toutes ces sensations de bien-être vont durer, Drew ? Ou est-ce qu'il va se passer quelque chose qui fera exploser cette bulle de bonheur ?

La voix qui lui parlait ainsi était un désagréable rappel de ce qu'il avait vécu au cours des six dernières années. Un rappel qui surgissait pour le tracasser aux moments les plus inattendus. Ce soir, en tout cas, il était bien décidé à le repousser loin de lui. Très loin.

Il regarda Josselyn, qui discutait avec les uns et les autres, répondant gentiment aux questions qu'on lui posait, Melba et Old Gene étant évidemment très curieux de tout apprendre sur elle.

— Qu'est-ce qui vous a amenée à Rust Creek Falls ? demanda Melba.

— Le poste de bibliothécaire que l'on m'a proposé. Mais, quand je l'ai accepté, j'étais loin d'imaginer que je me plairais autant ici.

— Eh bien, nous sommes très heureux que vous vous soyez installée ici, n'est-ce pas, Drew ? demanda Old Gene.

— Oui, tout à fait, Gramps, répondit-il en saisissant la main de Josselyn par-dessous la nappe.

— Moi aussi, je suis content, intervint Dillon, parce

que maintenant mon père a une amie et il est devenu bien plus gentil qu'avant.

Melba se hâta de changer de sujet de conversation.

— Allez, ramassez les assiettes, il est temps de passer au dessert.

Après avoir dégusté une savoureuse tarte aux pommes et bu le café, Drew quitta la table avec Josselyn. Dillon les escorta.

— Tu sais, papa, je trouve que tu devrais emmener Josselyn voir la balancelle.

— La balancelle ? demanda-t-il, un peu surpris par cette proposition. Mais pourquoi ?

— Rory m'a dit que les filles adorent les balancelles.

— Ah... Si Rory t'a dit ça, ce doit être vrai, convint-il.

Il se tourna vers elle :

— Qu'est-ce que tu penses de cette idée ? Tu aimes les balancelles toi aussi ?

— Oui, bien sûr. Je prends mon manteau et je te suis.

Quelques instants plus tard, ils étaient dehors tous les deux et se dirigeaient vers le grand chêne où était installée la balancelle en question. Il avait passé son bras autour de sa taille pour l'aider à avancer dans l'obscurité presque totale.

— Tu n'as pas froid ?

— Pas du tout. J'adore marcher en regardant la lune à travers les branches. C'est magnifique !

Quelques instants plus tard, ils s'installaient tous les deux sur la balancelle. Il passa un bras autour de ses épaules. Elle se pelotonna contre lui. Du pied, il donna de l'élan, et ils se laissèrent tous les deux aller avec délices au romantisme du moment.

— Il faudra que je pense à remercier Dillon pour sa bonne idée, déclara-t-elle.

— Je dois avouer que mon fils a un talent certain pour jouer les Cupidon !

— Il avait déjà essayé de te trouver une petite amie ?

— Tu peux me croire, Josselyn, le jour où il nous a fait nous rencontrer à la fête de l'école, c'était la première fois qu'il me parlait de ça. Si j'ai eu l'air tellement ébahi, c'est parce que je l'étais réellement.

— Ébahi ? Le mot est faible ! Tu donnais l'impression d'avaler des clous quand tu t'es éloigné avec lui.

— J'étais très fâché contre lui. Tu vois, ce jour-là, je n'avais pas compris que je venais de rencontrer une femme qui me rendrait le goût de rire. Le goût de vivre, tout simplement.

— Et, moi, j'étais loin de me douter que je venais de faire la connaissance d'un homme qui prendrait tant de place dans ma vie.

Il tourna son visage vers elle et, à la clarté de la lune, elle perçut combien de questions et de doutes le traversaient.

— C'est vrai, ce que tu viens de dire, Josselyn ?

— Oui, profondément vrai.

— Josselyn…

Ce fut tout ce qu'il put articuler avant de l'attirer contre lui. Elle leva son visage et, lorsque leurs lèvres se rencontrèrent, une vague de désir flamba en elle, violente et en même temps accompagnée d'une si grande douceur que les larmes lui montèrent aux yeux.

Il l'embrassa longuement, délicieusement, passionnément. Bouleversée, elle espérait de tout son cœur que ce baiser transmettrait à Drew tous les espoirs et les rêves qu'elle avait dans le cœur.

Elle adorait son parfum, le contact de sa peau contre

la sienne. Pourtant, une ombre vint ternir ce moment plein de tendresse.

— Je crains que ta grand-mère ne soit pas très heureuse que nous nous fréquentions.

— Non, tu te trompes. En fait, elle a peur que je sois à nouveau malheureux.

— Jamais je ne te rendrai malheureux ! s'écria-t-elle. En tout cas, jamais intentionnellement.

— J'en suis bien persuadé, Josselyn. Malheureusement, c'est le genre de choses qui peut arriver malgré tout.

Elle prit son visage entre ses mains.

— Ce soir, il ne faut pas penser aux « malgré tout ». Ni ce soir ni jamais.

Il laissa échapper un soupir avant de poser à nouveau sa bouche sur la sienne et de recommencer à l'embrasser. Pendant le long moment que dura leur baiser, elle comprit que, cette fois, elle savourait le goût de l'amour.

- 11 -

Le matin suivant, alors que Josselyn s'approchait de l'évier pour rincer sa tasse de café, elle découvrit par la fenêtre un spectacle inhabituel. Devant le petit chalet qui faisait face au sien, un homme en jean et T-shirt noir faisait des exercices de gymnastique dans le petit jardin de devant. Même de là où elle se trouvait, elle voyait clairement qu'il était jeune et en parfaite forme physique.

Qui était-il ? Elle n'avait même pas remarqué que quelqu'un s'était installé dans le chalet d'à côté. Sa réaction était une simple curiosité de voisinage car le seul homme qui l'intéressait, c'était Drew. Sans s'y intéresser davantage, elle rassembla ses affaires et sortit.

En passant devant le bâtiment principal, elle s'arrêta un instant pour saluer Eva qui s'affairait dans la cuisine.

— Salut, Eva, tu vas bien ?

— Oui, mais normalement j'étais de repos aujourd'hui. Malheureusement, l'autre cuisinière est malade et Daisy a besoin de moi. Mais je veux préparer le petit déjeuner de Luke avant de partir.

Elle déposa des tranches de pain sur la table, puis reprit :

— Et toi, tu vas à l'école ?

— Oui. Au fait, ce matin, j'ai aperçu un homme que je ne connaissais pas dans le chalet du fond.

— Il s'est installé il y a quelques jours déjà mais tu devais être au travail à ce moment-là. Il s'appelle Brendan Tanner. Je crois qu'il était militaire mais, avant de s'engager, c'était un cow-boy spécialisé dans le dressage des chevaux.

— Il a tout à fait le physique pour ça !

Eva se mit à rire.

— Ne me dis pas que tu t'intéresses à lui alors que le Dr Strickland te fait la cour !

Elle fronça les sourcils.

— Comment sais-tu ça ?

Eva retourna le bacon qui grésillait dans la poêle.

— Josselyn, tout le monde à Sunshine Farm a vu sa voiture garée devant ton chalet. Et personne n'a imaginé une minute que tu étais malade !

Et voilà que le rose lui montait aux joues.

— C'est vrai que nous nous fréquentons depuis quelque temps.

Eva cassa deux œufs dans la poêle.

— C'est sérieux ?

— Pour moi, c'est en train de le devenir. Quant à lui… Je ne sais pas encore. Parfois, je me dis que je serai toujours en compétition avec l'épouse qu'il a perdue. Et, à d'autres moments, il me semble qu'il s'intéresse réellement à moi.

En habile professionnelle, Eva secouait la poêle avec de petits gestes vifs qu'elle aurait bien aimé être capable de reproduire.

— Pour te dire la vérité, Josselyn, tout le monde ici a été plus surpris de découvrir qu'il avait un enfant que d'apprendre qu'il était veuf. Il est extrêmement discret pour tout ce qui concerne sa vie privée.

— Drew serait le premier à reconnaître qu'il n'est pas très extroverti, mais je pense que, pendant longtemps, il était trop malheureux quand il lui fallait évoquer le décès de sa femme.

— Je comprends ça parfaitement. Luke a mis beaucoup de temps avant de surmonter sa tragédie familiale. N'abandonne pas, Josselyn ! Je suis sûre que tu seras plus forte que ses souvenirs.

C'est bien ce qu'elle s'appliquait à penser. Sans cela, autant baisser les bras tout de suite et se dire qu'ils n'avaient pas d'avenir commun.

— Eva, il faut que je me dépêche sinon je vais être en retard. Bonne journée !

— Bonne journée à toi aussi et bonne chance avec le Dr Strickland.

Le vendredi soir, Drew se demandait avec une certaine inquiétude quand il aurait à nouveau l'occasion de se retrouver en tête à tête avec Josselyn lorsque, de façon tout à fait imprévue, Dillon lui apporta la solution.

— Papa, la mère de Robbie m'a invité à aller dormir chez lui ce soir. Tu es d'accord ?

— Est-ce que tu en es bien sûr ? Mary a beaucoup de travail. Je ne suis pas certain qu'elle ait le temps de s'occuper de deux enfants.

— Si, je te jure, elle a tout le temps ! Elle nous a promis de faire du pop-corn et, quand nous l'aurons aidée à débarrasser, nous regarderons un film. C'est l'histoire d'un garçon qui distribue des cadeaux de Noël avec son poney.

— Noël est encore loin, vous serez un peu en avance sur le calendrier, non ?

— Mary dit qu'il n'est jamais trop tôt pour faire des cadeaux qui viennent du cœur.

Ces mots paraissaient sortir tout droit de la bouche d'Evelyn. Elle était si attentive aux autres, généreuse.

Si elle avait été encore ici-bas, c'est cela qu'elle aurait enseigné à Dillon.

Il prit alors conscience qu'au cours des semaines précédentes il n'avait que très rarement pensé à Evelyn. Un mois plus tôt, cette constatation lui aurait inspiré un grand sentiment de culpabilité. Pendant des années, il s'était appliqué à garder son souvenir vivant, persuadé que, une fois que celui-ci aurait disparu, il ne lui resterait plus rien à quoi se raccrocher. Mais, maintenant que Josselyn était entrée dans sa vie, il laissait le passé s'effacer doucement, en même temps que les remords. Il acceptait de reconnaître qu'il allait de l'avant et s'autorisait finalement à guérir, ce qui était certainement une bonne chose.

— Mary a parfaitement raison sur ce point, Dillon. Est-ce que tu as envie d'aller dormir chez Robbie ?

— Oh ! oui ! Je peux ?

— C'est d'accord, mais je vais d'abord en parler avec Mary pour m'assurer que ce ne sera pas trop lourd pour elle.

— Super ! s'écria Dillon. Je vais vite l'annoncer à Robbie. Et toi, papa, tu vas voir Josselyn ce soir ?

— C'est ce que j'ai l'intention de faire, sauf si tu préfères que je reste à la maison avec toi.

Le petit visage de Dillon afficha une expression horrifiée.

— Jamais de la vie, papa ! Josselyn serait trop déçue. Et, si jamais elle est déçue, jamais elle ne voudra devenir ma maman.

L'émotion lui picota la gorge. Il s'accroupit pour mettre son visage à la hauteur de celui de Dillon.

— Tu souhaites vraiment que Josselyn devienne ta maman ?

Dillon hocha la tête avec véhémence.

— Oui. J'en ai parlé à Owen, Oliver et Rory, mes copains de l'école, mais ils se sont moqués de moi.

Drew se souvenait que, le jour où il avait fait la connaissance des trois écoliers le jour de la fête de l'école, ils avaient décidé de jeter des pignes de pin sur les élèves de la petite classe. Dillon avait paru très fier de les présenter comme étant ses amis. La pensée qu'ils se moquaient de lui à propos de quelque chose de si important lui fit mal au cœur.

— À ton avis, pourquoi se sont-ils mis à rire ?

En voyant la lèvre inférieure de Dillon se mettre à trembler, il se demanda pourquoi il ne lui avait pas raconté cette mésaventure plus tôt.

En réalité, ce n'était pas difficile à comprendre. Chaque fois que Dillon avait abordé avec lui son envie d'avoir une mère, il l'avait fait taire. Il refusait obstinément de voir que Dillon avait besoin de plus qu'un souvenir confus dans sa vie. Il réclamait une mère véritable, en chair et en os, une mère qui l'aimerait et s'occuperait de lui.

Le visage de Dillon arborait maintenant un air de défi.

— Parce qu'ils refusent de croire que Josselyn veut se marier avec toi. Mais ils se trompent ! Moi, je sais qu'elle est amoureuse de toi.

À ce stade de leur conversation, sa gorge était tellement serrée qu'il avait du mal à respirer. Josselyn était-elle vraiment amoureuse de lui comme le lui assurait Dillon ?

Par moments, la semaine précédente, il l'avait réellement cru. Il l'avait senti dans ses baisers, dans la façon qu'elle avait de le regarder. Il avait attendu qu'elle prononce le mot ou, tout au moins, qu'elle lui dise qu'il était l'homme qu'elle attendait. Mais elle ne lui avait rien dit de ce genre.

Tout en avalant péniblement sa salive, il tapota la joue de son fils.

— Ne t'inquiète pas à propos de la réaction de tes copains. S'ils se moquent de toi, ignore-les, tout simplement. Ils ne comprennent rien à toi ni à Josselyn.

— Mais ça me met vraiment en colère, papa ! Surtout Oliver. J'ai envie de lui sauter dessus et de lui mettre une bonne raclée pour le faire taire.

Il ne manquait plus que ça ! Il pinça les lèvres.

— Non, Dillon. Si tu te bagarres, tu auras des ennuis avec le principal et avec moi aussi. Dans le fond, tu serais aussi peut-être un peu malheureux d'avoir mis un œil au beurre noir à Oliver ?

Cette perspective amena un sourire amusé sur les lèvres de Dillon.

— Tu crois que j'y réussirais ? Il est vachement costaud !

Cette fois, Drew avait envie de rire.

— Oui, je pense que tu en es bien capable, mais tu ne le feras pas. Oliver se rendra compte plus tard qu'il avait tort.

— Quand il verra que Josselyn va vraiment devenir ma mère ? Ça lui clouera le bec une bonne fois pour toutes !

Certes, il aurait dû mettre à profit cette conversation pour expliquer à son fils qu'un homme et une femme doivent se donner le temps de réfléchir avant de décider d'unir leurs vies. Et, surtout, lui rappeler qu'il ne suffit pas à un enfant de choisir la mère qu'il souhaite avoir pour que tout le monde autour de lui soit parfaitement heureux. Mais à quoi bon faire descendre Dillon de son petit nuage maintenant ? Le temps apporterait sa réponse le moment venu.

Il se remit debout.

— Tu ferais bien d'aller annoncer à Robbie que tu dors chez lui ce soir. Je suis sûr qu'il est sur le palier en train d'attendre ta réponse.

Dillon entoura les jambes de son père affectueusement.

— Merci, papa.

Josselyn fit un pas en arrière pour contempler la petite table de sa cuisine. Elle y avait disposé un bouquet de fleurs, des bougies et sa plus jolie vaisselle attendait le rôti qui cuisait dans le four. L'ambiance était romantique, une bonne odeur de cuisine parfumait la pièce. À cela s'ajoutait la musique douce qu'elle avait mise en sourdine. Tout était prêt pour le genre de soirée où une femme attend son amoureux, impatiente de poser la tête sur son épaule pour danser avec lui jusqu'au petit matin.

Maintenant que tout était prêt, elle alla dans sa chambre voir si elle-même était prête à accueillir Drew. Elle portait un chemisier vert pâle au décolleté plongeant et une jupe de la même couleur mais dans un ton plus foncé, qui dansait autour de ses mollets dès qu'elle bougeait. Cette tenue la flattait sans pour autant la mettre mal à l'aise : elle n'aurait pas aimé paraître trop habillée pour la circonstance.

En s'approchant de la glace pour rattacher le chignon décoiffé qu'elle avait formé avec ses longs cheveux, elle remarqua que sa main tremblait. C'était idiot. Complètement idiot. Mais, depuis le coup de fil de Drew ce matin, elle l'attendait avec une anxiété croissante. Étaient-ils faits l'un pour l'autre ? Pour quelques semaines ou pour toute une vie ?

Le coup frappé à la porte la tira de sa rêverie. Elle se hâta d'aller ouvrir. Quand elle se trouva face à lui sur le pas de la porte, elle se jeta dans ses bras sans hésiter et l'embrassa sur la bouche.

— Quel merveilleux accueil ! dit-il en tendant une bouteille de vin. C'est du rouge. J'espère qu'il accompagnera bien le repas que tu as préparé.

— Ce sera parfait. Viens, suis-moi dans la cuisine, tu me raconteras ta journée.

Pendant qu'elle transvasait la viande et les légumes dans le plat de service, il posa la bouteille sur la table et prit dans le placard deux verres à vin.

— J'ai passé une très bonne journée, elle était juste un peu longue !

Tout en parlant, il débouchait la bouteille et versait un peu de vin dans chaque verre.

— J'ai eu trois nouvelles patientes aujourd'hui. Toutes les trois en début de grossesse. Franchement, je ne sais pas si c'est le climat qui veut ça, mais je n'ai jamais vu autant de femmes enceintes qu'ici ! Même à Thunder Canyon où la population est beaucoup plus importante.

— Quand je te dis qu'il y a quelque chose de magique à Rust Creek Falls !

Il se mit à rire.

— Nadine, une de mes infirmières, m'a raconté cette fameuse histoire selon laquelle Homer Gilmore aurait corsé le punch servi à un mariage, ce qui aurait déclenché un fameux baby-boom neuf mois plus tard. Mais, ça, ce n'est pas de la magie !

Tout à coup, il claqua des doigts.

— Dis donc, Josselyn, le jour où je t'ai rencontrée, tu te tenais près du bol de punch. Tu en as bu ?

— Oui, deux tasses.

— Eh bien voilà, j'ai tout compris ! Quelqu'un t'a ensorcelée.

Elle plissa le front, inquiète tout à coup.

— Ensorcelée ? Qu'est-ce que tu veux dire ? Tu trouves que je me conduis bizarrement ?

— Pas du tout. C'est que… Il se dégage de toi un magnétisme qui fait que j'ai tout le temps envie de te prendre dans mes bras.

Joignant le geste à la parole, il lui passa le bras autour de la taille et l'attira contre lui.

Avant qu'elle ait eu le temps de lui demander de lui expliquer ce qu'il entendait par là, il avait commencé à l'embrasser, ce qui, comme toujours, embrasa ses sens.

Lorsqu'il s'interrompit, elle sortit du cercle de ses bras.

— Il nous faut passer à table maintenant sinon mon repas sera tout froid.

— Ce serait bien dommage ! Tu veux que j'allume les bougies ?

— Oui, merci.

L'allumette à la main, il la regardait comme si elle était vraiment quelqu'un de très spécial. C'est ce qu'elle ressentait en tout cas. En ce moment précis, elle aurait juré qu'elle était l'amour de sa vie. Mais peut-être interprétait-elle son regard de travers ?

Interdiction de se poser des questions à chaque instant. Drew est ici avec toi pour la soirée. Sache t'en contenter.

C'était certainement l'attitude la plus sage à adopter.

— Tiens, assieds-toi ici, proposa-t-elle en lui montrant une des deux chaises placées devant la table.

Le repas se passa merveilleusement bien, et soudain ils se retrouvèrent au moment du dessert.

— Josselyn, je suis impressionné, déclara-t-il après avoir terminé la dernière bouchée de sa portion de tarte aux myrtilles. Tout était absolument délicieux.

— Je dois quand même t'avouer qu'en rentrant à la maison je me suis arrêtée chez Daisy's Donut Shop pour y acheter la tarte. J'aurais eu beau faire le maximum, jamais je ne serais arrivée à faire aussi bien qu'elle.

— Ah, voilà qui est très grave ! dit-il sur un ton faussement menaçant. Cela mérite une punition.

— J'espère qu'elle ne sera pas trop sévère…

Il se glissa derrière elle, l'entoura de ses bras et l'embrassa derrière l'oreille.

— Tu devras aller au lit de bonne heure.

— Sans regarder la télé ? C'est de la pure cruauté de ta part !

Il plaça ses mains sur ses épaules, la fit pivoter sur elle-même et posa ses lèvres sur les siennes. Aussitôt, elle entrouvrit la bouche pour l'inviter à lui donner un baiser profond. Les bras passés autour du cou de Drew, elle se pressait contre lui, grisée par la sensation de sa virilité plaquée contre son ventre.

Lorsqu'il releva la tête, il vit que le désir troublait déjà son regard.

— Si on oubliait la vaisselle ? proposa-t-il. On peut s'en occuper plus tard. Bien plus tard…

Elle ne protesta pas lorsqu'il la souleva dans ses bras pour l'emmener dans la chambre. Il se contenta au passage de souffler les bougies qui étaient restées allumées.

À peine la porte repoussée derrière eux, ils se déshabillèrent à la hâte, jetant leurs vêtements sur le sol sans se préoccuper de rien d'autre que du désir brûlant qui les portait l'un vers l'autre.

Il l'allongea avec douceur sur le lit et s'étendit à côté d'elle, les yeux brillant d'une fièvre qui la fit frémir. Ivre de volupté, elle offrit son corps à ses délicieuses caresses.

— Il y a des jours que je pense à cela, Josselyn, des jours que je rêve de te faire l'amour.

Pour toute réponse, elle l'embrassa passionnément en enroulant ses jambes autour des siennes. Ils n'interrompirent leur baiser que lorsqu'ils furent hors d'haleine. La tête penchée en arrière, elle le regarda au fond des yeux et y découvrit tout ce qui se passait dans son cœur et dans son esprit. C'était quelque chose d'encore fragile, de vulnérable, mais qui paraissait néanmoins ancré en lui, comme s'il était décidé à ne pas le laisser s'échapper.

— C'est exactement ce dont j'ai besoin, Drew, ce dont je rêve moi aussi. J'ai tellement envie de toi !

Il n'avait pas besoin d'en entendre davantage.

Se positionnant au-dessus d'elle, il regarda son visage rosi par l'impatience et les vagues de cheveux blonds étalés sur l'oreiller.

— Josselyn, ma chérie, je ne sais pas te dire ce que je ressens, tout est tellement mélangé dans ma tête ! C'est trop bon. Tellement bon que je n'arrive pas à trouver les mots pour te le décrire.

— Tu n'as pas besoin de me dire quoi que ce soit. Fais-moi l'amour, c'est tout. Maintenant. Tout de suite.

Attentif à se maîtriser, il écarta ses cuisses soyeuses et la pénétra avec une douceur qui était loin de refléter le désir qui bouillonnait en lui. Mais, dès qu'il sentit sa chaleur moite l'envelopper, il ne chercha plus à se contrôler, et ses coups de reins devinrent de plus en plus vigoureux et rapprochés. Chaque fois, elle l'accueillait avec élan, pressant ses hanches contre les siennes, déposant des baisers de feu sur sa poitrine.

Il sentait l'orgasme monter en lui, bien trop tôt à son goût : il aurait aimé faire durer le plaisir, prendre le temps de profiter de la sensation de son intimité si douce qui enserrait son sexe. Mais il n'était plus maître de la vitesse de ses poussées.

Finalement il se laissa fondre, se dissoudre, se

vider en elle. L'orgasme déferla sur lui, l'emportant, ne laissant rien derrière lui que son cœur qui battait comme un fou.

— Josselyn, mon amour si doux !

Il la serra fort et, dans l'éblouissement de ses sens affolés de plaisir, il entendit tout de même le cri de volupté qu'elle poussa à son tour.

Déjà, elle rapprochait leurs visages pour un nouveau baiser.

Longtemps, il laissa ses lèvres contre celles de Josselyn. Enfin, épuisés tous les deux, ils demeurèrent allongés l'un près de l'autre en attendant que leur respiration revienne à la normale.

Finalement, elle posa un bras en travers de sa poitrine pendant qu'il caressait les cheveux collés sur sa tempe.

— Alors, tu es prête à aller faire la vaisselle ?

Elle émit un petit grognement.

— J'aurai tout le temps de faire ça quand tu seras parti. Pour l'instant, je n'ai aucune envie de bouger et je t'interdis de bouger toi aussi.

Il se redressa pour tirer sur eux la couette qui était restée en tas au pied du lit.

— J'ai une surprise pour toi.

— Une bonne surprise, j'espère ?

— Une excellente surprise.

— Ne me fais pas souffrir plus longtemps ! Dis-moi vite ce que c'est.

— Eh bien, je n'ai pas besoin de rentrer chez moi ce soir. Dillon passe la nuit chez son ami Robbie.

— Tu veux dire que tu peux passer toute la nuit avec moi ? Que demain matin nous pourrons nous réveiller et prendre le petit déjeuner ensemble ?

Elle avait la voix émerveillée d'un enfant qui ouvre son cadeau de Noël.

— Oui, à condition que nous prenions le petit déjeuner assez tôt parce que je veux être à la pension avant le retour de Dillon. Je préfère ne pas avoir à lui expliquer que j'ai découché !

— Pas de problème ! Je te promets de te réveiller à l'aube !

Tout heureux de la voir aussi radieuse, il lui caressa la joue.

— Je n'en doute pas. Et même, sans doute, bien avant…

Elle eut un petit rire complice. Oui, ils pensaient bien à la même chose. Puis, son visage se fit plus sérieux.

— Est-ce que Dillon sait que tu es venu me voir ce soir ?

— Oui. En fait, il était même très impatient de me voir partir. Avant de se quitter, nous avons eu une petite conversation tous les deux. Il paraît que ses copains le taquinent à cause de toi.

— À cause de moi ? Mais pourquoi donc ?

Il fit une grimace.

— Je n'avais pas prévu de t'en parler mais, finalement, je pense qu'il vaut mieux que tu saches.

— Que je sache quoi ? Si les copains de Dillon disent que je m'occupe plus de lui que des autres élèves, c'est complètement faux. J'accorde à chacun la même attention et le même temps.

— Non, il ne s'agit pas de cela, expliqua-t-il en suivant du doigt la courbe du bras de son amoureuse. Figure-toi que Dillon leur a annoncé que tu allais devenir sa mère et qu'ils se sont moqués de lui.

— Non !

— Si.

Elle passa la main sur son visage avant de tourner vers lui un visage désolé.

— Il y a longtemps que j'ai compris que Dillon veut avoir une mère, il n'a jamais rien fait pour le cacher, au contraire. Et c'est vrai aussi qu'il a toujours dit bien clairement qu'il avait des vues sur moi pour tenir ce rôle, mais je n'aurais jamais pensé qu'il allait en parler à ses copains de classe !

— Moi non plus. Je croyais que c'était un souhait dont il n'avait parlé qu'à toi et moi. Quand il m'a raconté ce qui se passait, j'ai eu l'impression qu'on me plantait un couteau dans le cœur.

Il s'interrompit un instant, malheureux et à court de mots.

— Josselyn, j'ai toujours aimé mon fils mais c'est seulement depuis que je t'ai rencontrée que j'ai compris à quel point l'amour que j'éprouve pour lui est fort.

Il vit les larmes remplir ses beaux yeux.

— Comment est-ce possible ?

— Avant toi, j'étais un mort-vivant. C'est la seule explication que je trouve à te donner.

Elle se tourna et posa son menton au milieu de sa poitrine. Il plongea son regard dans les yeux verts qui le regardaient si intensément et si amoureusement. Il sentait son cœur se serrer au fur et à mesure que les larmes coulaient sur les joues de Josselyn.

— Tu ne sais pas ce que j'éprouve pour toi et pour Dillon, dit-elle, la voix nouée par l'émotion.

Brusquement, la peur de ses sentiments, ajoutée au vertige de l'avenir, faillit l'engloutir.

Oui, ce soir, Josselyn était dans ses bras, toute tiède et amoureuse. Mais demain ? Que deviendrait-il si l'espoir et le bonheur qu'il venait de connaître lui étaient soudain retirés ?

Non, il ne fallait pas penser à cela maintenant. Il n'avait pas le droit d'ignorer tout ce qu'elle essayait de lui offrir.

— Si tu me le disais, Josselyn ?

- 12 -

Josselyn ferma les yeux un instant. La main de Drew traçait des cercles sur son dos. Elle trouvait cette caresse à la fois excitante et apaisante. C'était absurde mais, de toute façon, tomber amoureuse en si peu de temps n'était guère sensé non plus ! Et pourtant, c'était arrivé.

Un long silence s'installa, jusqu'à ce qu'il reprenne sur un ton très calme.

— Tu n'es pas obligée de me le dire si tu n'en as pas envie, Josselyn.

Elle passa la main dans ses cheveux ébouriffés.

— Si, je veux te le dire.

Un moment, elle hésita encore, puis elle se décida à formuler ce qu'elle ressentait depuis déjà quelques semaines.

— Quand je pense à Dillon, j'ai l'impression que c'est mon petit garçon, mon propre fils. Quant à toi... Tu as pris toute la place dans mon cœur. Je t'aime, Drew.

Elle retint son souffle, tandis que sur le visage de Drew se succédaient, rapides comme l'éclair, l'émotion, la surprise, la fascination.

— C'est ce que Dillon me dit et me répète mais j'ai toujours pensé que ce n'était là qu'un souhait d'enfant.

— Apparemment, Dillon est plus observateur que toi.

En voyant qu'il détournait le regard, elle comprit que

c'était difficile pour lui d'accueillir la confession qu'elle venait de lui faire.

— Il n'y a pas longtemps que nous nous connaissons…

— C'est vrai, mais c'est suffisant.

Le cœur battant, elle attendait maintenant sa réponse.

— C'est suffisant pour que tu sois sûre de moi ? Pour que tu acceptes de devenir la mère d'un petit garçon de sept ans qui n'a pas sa langue dans sa poche ?

Ces questions lui apportèrent un certain soulagement.

— Oui. Je suis tout à fait sûre de moi.

Elle se pencha vers lui, l'embrassa dans le cou.

— Tu m'as dit à plusieurs reprises que je te rendais heureux. Il faut que tu saches que tu fais la même chose pour moi.

— Mais, Josselyn, je ne te mérite pas ! Je ne mérite rien de ce qui m'arrive avec toi. Néanmoins, je vais l'accepter. Profiter de chaque moment que nous passons ensemble.

Il roula à côté d'elle avant de l'entourer de ses bras. Elle ne s'attendait pas à ce qu'il la désire à nouveau si vite, et pourtant, il la voulait encore. Et il se glissa à nouveau en elle pour la remplir d'un plaisir inouï.

Le ciel matinal était clair comme il peut l'être dans le Montana après une nuit de tempête. Cette découverte mit Drew de bonne humeur. Il quitta la table du petit déjeuner pour aller dans la salle de bains en se disant qu'il n'aurait pas besoin d'aller à la clinique sous un déluge accompagné d'éclairs et de coups de tonnerre.

Il était en train de se brosser les dents lorsque, au-delà du bruit de l'eau qui coulait du robinet, il entendit sonner le téléphone de sa table de chevet. Diable ! Cette ligne n'était utilisée qu'en cas d'urgence. Et c'était à son tour de conduire Dillon à la crèche.

Tout en s'essuyant la bouche avec un coin de la serviette de toilette, il aperçut Evelyn dans l'embrasure de la porte.

Effectivement, l'appel était bien pour une urgence. La clinique lui demandait d'arriver le plus vite possible. Evelyn lui dit de ne pas s'inquiéter, qu'elle allait elle-même accompagner Dillon. Il pouvait partir directement rejoindre son poste.

Il protesta. Elle n'avait pas à se sacrifier à cause de cette urgence !

Avec un sourire, elle lui fit un petit adieu de la main et disparut. Il lui courut après mais elle était déjà dehors, Dillon dans les bras.

— À ce soir pour dîner, cria-t-elle gaiement en se tournant vers lui.

Du bout des doigts, il lui envoya un baiser et se dépêcha d'attraper les clés de sa voiture.

En arrivant à la clinique, il trouva une jeune femme dont le travail avait commencé de manière beaucoup trop prématurée. En espérant qu'il n'était pas trop tard pour intervenir, il demanda à l'infirmière de lui administrer les médicaments qui arrêteraient les contractions.

Puis, la patiente se métamorphosa en Evelyn. Il resta debout à côté du brancard, incapable de croire ce qu'il voyait et complètement affolé. Cette femme n'était pas son épouse. Dillon était né un an plus tôt dans des conditions tout à fait normales. En cet instant, Evelyn était précisément en train de le conduire à la crèche.

Ensuite, il quitta la clinique et se trouva en train de courir dans la rue d'un quartier résidentiel. Au croisement situé un peu plus bas, un attroupement de badauds et des voitures équipées de gyrophares bloquaient la rue. Il était médecin. Si quelqu'un était blessé, il pouvait lui venir en aide. Il hâta le pas pour arriver le plus vite possible sur la scène de l'accident. À bout de souffle tant il avait couru, il se fraya un chemin au milieu de la foule assemblée jusqu'à arriver près d'une voiture partiellement cachée par le chêne qui lui était tombé dessus. L'énorme tronc avait écrasé le toit ainsi que le pare-brise. Il découvrit alors avec horreur qu'une femme se trouvait à l'intérieur.

Quelqu'un à côté de lui dit que le bébé était indemne mais que la femme n'avait pas eu cette chance. Parlaient-ils d'Evelyn ? De son épouse ? Fou d'angoisse, il regarda les urgentistes sortir le corps sans vie de la carcasse du véhicule. Et brusquement, la panique le frappa en plein visage aussi violemment qu'une batte de base-ball.

Cette femme n'était pas Evelyn. C'était Josselyn !

— Drew, réveille-toi ! Tu es en train de faire un cauchemar.

Il lui fallut un long moment pour s'extraire des griffes de ce rêve abominable. Au bout de plusieurs minutes, il reconnut la main de Josselyn sur son épaule et le visage affolé qu'elle penchait sur lui.

Le soulagement l'envahit. Elle était toujours là, l'arbre ne l'avait pas tuée. Il se trouvait dans son lit et tous les deux étaient en sécurité.

En sécurité. Le mot lui sembla atroce de cynisme. Il se redressa et s'assit dans le lit.

— Tu te sens bien ? lui demanda-t-elle. Tu étais très agité.

Il jeta autour de lui un regard qu'il savait plein d'angoisse. Il était désespéré. La mort d'Evelyn le hanterait toute sa vie, le poursuivrait toujours, où qu'il aille. Jusque dans le lit de Josselyn.

— Non, je ne me sens pas bien ! Jamais plus je ne me sentirai bien.

Il se leva pour attraper ses vêtements. Elle le retint par le bras.

— Drew, parle-moi ! Raconte-moi ton cauchemar. Tu te débattais comme si tu avais le diable à tes trousses.

— J'ai toujours le diable à mes trousses, Josselyn. Parfois, j'arrive à faire comme s'il n'était pas là mais, j'ai beau faire tous les efforts du monde, il me rattrape toujours.

Comprenant sans doute qu'il était trop bouleversé pour entendre raison, elle se leva à son tour.

— Je vais nous préparer une boisson chaude.

— Non, je ne veux rien.

Il enfila son jean.

— Il faut que je parte. Tout de suite.

Lorsqu'il leva les yeux vers elle, il comprit que les quelques mots qu'il venait de prononcer avaient produit le même effet qu'un seau d'eau jeté en plein visage.

— Mais Drew, tu me disais tout à l'heure que tu avais prévu de passer la nuit avec moi !

— J'avais prévu beaucoup de choses, mais c'était de la folie.

Leurs regards se rencontrèrent. À ce moment-là, il se haït d'être aussi faible. Il haït le destin qui lui avait réservé un sort dont il ne pouvait se défaire. Il ne voulait pas causer de peine à Josselyn mais, s'il ne partait pas maintenant, il lui ferait encore plus de mal plus tard.

— Drew, je n'y comprends rien. Explique-moi ce qui ne va pas.

Elle l'implorait, mais il fallait qu'il se montre imperturbable, et il continua ainsi à s'habiller, enfila ses bottes, sa veste et, en sortant de la chambre, lança simplement :

— Cela n'arrangerait rien.

La vision de son corps sans vie tel qu'il l'avait aperçu dans son cauchemar flottait encore devant ses yeux, sinistre rappel qu'aucun homme au monde ne peut aller contre son destin.

— Tu as tort de partir, Drew.

Le regard suppliant qu'elle lui adressait le fit se sentir encore plus misérable.

— Ne me regarde pas comme ça, Josselyn, je t'en prie. Je ne suis pas l'homme que tu crois. Je ne vaux rien. Je ne pourrai jamais être celui que tu veux que je sois. Je ne suis même pas capable d'être un bon père !

Il se précipita vers la porte, courut vers sa voiture. Heureusement, elle n'essaya pas de le suivre. Mais, tout en revenant vers la pension, il savait parfaitement qu'il venait de détruire ce qui lui était arrivé de meilleur dans sa vie.

Josselyn ne sut jamais comment elle avait réussi à se rendormir après le départ de Drew. À son réveil, le soleil brillait dans un ciel lumineux. Ses rayons qui filtraient à travers les persiennes inondaient la chambre.

Comment pouvait-il faire si beau alors qu'elle était si malheureuse ? Est-ce que tout était fini entre eux ? Si brutalement ?

La réaction de Drew la nuit dernière lui demeurait incompréhensible. Tout le monde fait un cauchemar de temps à autre, et elle était bien d'accord pour reconnaître qu'il s'agissait là d'une expérience extrêmement désagréable. Mais il s'était comporté comme si la fin du monde était arrivée. Le pire de cet incident était son refus de parler avec elle de ce rêve qui l'avait tant bouleversé.

Alors qu'elle lui avait ouvert son cœur en lui déclarant son amour, il n'acceptait même pas de lui raconter un cauchemar ! Elle avait été bien folle de croire qu'une relation aussi déséquilibrée entre eux pouvait les mener à quelque chose de durable.

« Je ne vaux rien. Je ne suis même pas capable d'être un bon père. »

Pourquoi disait-il des choses pareilles ? Le fait qu'il ait confié Dillon à ses parents au lieu de s'en occuper lui-même après la mort d'Evelyn ne faisait pas de lui un mauvais père. Au contraire, il avait compris qu'il avait besoin d'aide pour s'occuper du bébé et il avait eu la sagesse de le reconnaître. En agissant ainsi, il avait été un bien meilleur père que s'il s'était obstiné à vouloir se débrouiller seul, ce dont son fils aurait pâti. Il fallait qu'elle trouve un moyen de lui prouver qu'il avait tort de se juger aussi mal.

Une heure plus tard, après s'être douchée et habillée, elle appela Drew mais tomba tout de suite sur son répondeur. Elle recommença mais obtint le même résultat. Tristement, elle finit par admettre qu'il avait éteint son téléphone. Certainement pour éviter d'avoir à lui parler.

Devant elle s'étalait le désordre du dîner qu'ils avaient partagé la veille. Les larmes aux yeux, elle remplit l'évier d'eau savonneuse et commença à récurer les assiettes, mais à chaque instant repassaient dans sa mémoire les images de Drew et de leur nuit avant le cauchemar.

Il n'avait pas prononcé les mots : « je t'aime », mais elle les avait sentis dans son baiser et ses caresses. Quand elle s'était endormie dans ses bras, elle était persuadée qu'ils resteraient ensemble toute leur vie.

Elle voulait continuer à le croire maintenant.

Le lundi matin, lorsque la classe de Dillon pénétra dans la bibliothèque et que le petit garçon s'avança vers elle, elle s'appliqua à lui présenter son visage le plus souriant. De son côté, Dillon paraissait aussi triste qu'un jour de pluie.

— Bonjour, mademoiselle Weaver. Je rapporte mes

livres. Je les ai tous lus, dit-il en posant sur le bureau la pile d'ouvrages qu'il avait emportés chez lui pour le week-end.

— Bravo, Dillon. Je te félicite. Tu as compris que plus on lit, plus on devient intelligent.

— Oui, marmonna-t-il.

Sans un mot de plus, il s'éloigna de son bureau. Ce comportement parfaitement inhabituel l'inquiéta.

Que se passait-il ? Est-ce que Drew lui avait dit qu'il n'y avait plus aucune chance qu'elle devienne sa mère ?

Elle aurait aimé aller lui parler tout de suite mais plusieurs élèves attendaient qu'elle leur vienne en aide, ou lui rapportaient leurs ouvrages. Il fallait d'abord s'occuper d'eux. Enfin, au bout d'un long moment, elle trouva le temps de chercher Dillon.

Comme son sujet favori demeurait la pêche, elle s'attendait à le trouver dans la section consacrée aux sports. Mais ce ne fut pas le cas. Elle finit par le découvrir debout devant la fenêtre, en train de regarder la cour de récréation. Il avait l'air abominablement triste.

— Dillon ? Tu n'as pas envie de chercher un livre qui t'intéresse ? Ta classe va devoir bientôt quitter la bibliothèque et tu n'auras rien à emporter chez toi.

— C'est pas grave. J'ai plus envie de lire.

— Tu te sens bien, Dillon ? Si tu es fatigué, on peut téléphoner à ton père pour qu'il vienne te chercher.

Il se tourna vers elle, le visage fermé.

— Pas la peine, il est à la clinique. De toute façon, je me sens très bien.

— Moi, je pense au contraire que quelque chose te contrarie. Tu ne veux pas m'en parler un peu ?

Il se détourna de la fenêtre et baissa les yeux sur ses chaussures.

— Je crois que toi et mon père vous vous êtes disputés. Parce que papa est devenu tout bizarre.

Bizarre…

C'était bien comme ça qu'elle se sentait elle aussi depuis que Drew l'avait quittée en catastrophe. Depuis, deux jours et deux nuits s'étaient écoulés et elle n'avait reçu aucune nouvelle de lui. Au début, elle s'était dit qu'il avait besoin de temps pour réfléchir et qu'il l'appellerait plus tard pour lui dire qu'il était prêt à la revoir. Hélas, elle commençait à penser que c'était beaucoup plus compliqué que cela.

— Non, Dillon. Nous ne nous sommes pas disputés. Qu'est-ce qui te fait croire ça ?

— Parce que papa est redevenu grincheux comme avant qu'il te connaisse.

Pour rien au monde elle ne souhaitait que Dillon ne soit mêlé aux problèmes qu'elle avait avec son père, aussi choisit-elle ses mots avec le plus grand soin.

— Je te répète que nous ne nous sommes pas disputés. Je pense que ton père est un homme très bien.

— Mais alors, pourquoi est-ce qu'il est tellement insupportable ?

Son cœur se serra.

— Je ne sais pas trop, Dillon. Il est peut-être fatigué à cause de son travail. Il ira mieux dans quelque temps.

— Moi je crois qu'il ira mieux si tu viens le voir.

Évidemment, rien ni personne l'empêchait d'aller à la pension pour forcer Drew à la rencontrer mais elle espérait bien ne pas voir à en arriver là. Elle voulait qu'il vienne de lui-même.

— Je le ferai peut-être, c'est une bonne idée. Et maintenant, viens, allons chercher un bon livre !

*
* *

Plus tard dans la journée, elle décida d'aller au Daisy's Donut Shop prendre un café. Ce serait mieux que de rester toute seule chez elle à broyer du noir et à se demander si Drew lui passerait un coup de fil ou viendrait la voir.

Il y avait beaucoup de monde dans le salon mais, au milieu des clients, une jeune femme brune lui adressa un signe amical de la main. Elle reconnut Caroline Ruth, l'assistante de la décoratrice pour les mariages. Elle alla la rejoindre à la table où elle était assise.

— Salut, Josselyn. Je suis ravie de te retrouver. J'avais justement envie d'un peu de compagnie quand je t'ai aperçue.

— Et, moi, je me demandais si j'allais trouver une place pour m'asseoir ! Merci de me permettre de m'installer avec toi.

Tout en parlant d'un ton enjoué, elle se disait qu'elle était en passe de devenir une excellente actrice. Une femme capable de rire alors que les larmes ruisselaient dans son cœur méritait un Oscar.

— Est-ce que Vivienne et toi avez du travail en ce moment ?

— Énormément. Il y a sans arrêt des mariages à Rust Creek Falls, ce qui est excellent pour moi car Vivienne a de plus en plus besoin de mon aide.

Drew avait fait la même remarque à propos des femmes enceintes. Combien de fois n'avait-elle pas rêvé d'être enceinte de Drew ? De donner un frère ou une sœur à Dillon ? Cette fameuse nuit, elle avait espéré que le sujet viendrait dans la conversation. Hélas, ce n'était pas ce qui s'était produit.

— Et pour toi, comment ça va ? La dernière fois que je t'ai vue, tu cherchais quelque chose de joli à porter pour sortir avec le médecin.

Il s'était passé tant et tant de choses depuis leur dîner à Kalispell qu'elle avait l'impression que des mois et non des semaines s'étaient écoulés entre-temps.

— Oui, j'ai effectivement trouvé quelque chose de joli, mais je ne sais pas pour autant si c'était sexy. Je ne suis pas vraiment du genre femme fatale ! D'ailleurs, les bibliothécaires ne le sont généralement pas.

Caroline se mit à rire.

— Franchement, tu es trop drôle !

— Tu trouves ? Je n'ai pas envie de rire pourtant.

Caroline la considéra d'un air sérieux.

— Je suis désolée. Tu as des soucis ?

Elle se redressa et prit sa tasse de café.

— Non, tout va bien, assura-t-elle.

Puis, se reprenant :

— Dis-moi, Caroline, est-ce qu'il t'est déjà arrivé de t'accrocher à une cause perdue ?

Caroline haussa les épaules.

— S'il s'agit de quelque chose à quoi tu tiens vraiment, ce n'est pas une cause perdue.

Elle prit une gorgée de café et sourit à son amie.

— Merci, Caroline. Tu viens de dire exactement ce que j'avais besoin d'entendre. Comment as-tu deviné ?

— C'est l'air du pays, tout simplement ! Au fait, parle-moi un peu du nouveau pensionnaire de Sunshine Farm. Il paraît que c'est un très beau gars, et célibataire de surcroît.

— Tu veux parler de Brendan Tanner, j'imagine. Il paraît qu'il a quitté l'armée et qu'il est compétent en matière de chevaux. Eva dit qu'il ne parle pas beaucoup, ce qui fait que je ne peux pas t'apprendre grand-chose sur lui.

— Oh… Je vois, c'est un solitaire. Le genre de défi qu'adorent les femmes. Est-ce que tu le trouves séduisant ?

— Il est beau gosse, c'est indéniable, mais ce n'est pas mon genre.

Caroline se mit à rire en piquant avec sa fourchette son dernier morceau de gâteau.

— C'est vrai, j'oubliais que tu préfères les hommes en blouse blanche !

Elle retrouva son sourire.

— Drew est le seul médecin que j'aie jamais fréquenté.

Et dans son for intérieur, elle ajouta : « Et le dernier, il n'y a pas de doute à ce sujet. »

Le matin suivant, Drew prenait son petit déjeuner dans la cuisine en attendant que Dillon se prépare pour la classe mais, si ce jour-là Claire lui avait servi du carton ou de la semelle à la place de ses toasts, il ne l'aurait même pas remarqué.

— Drew, dit-elle d'ailleurs, il faut vraiment que tu te débarrasses de cette horrible ride que tu te fais au milieu du front.

Il hocha la tête. Oui, il aurait bien aimé. Mais le simple fait de penser qu'il avait fait de la peine à Josselyn et qu'il lui en faisait encore en ne lui donnant pas de nouvelles lui tordait l'estomac. Elle méritait tellement mieux que ce qu'il avait à lui offrir !

— C'est parce que je me concentre. Tous les médecins sont comme ça.

— Arrête de me raconter des salades et dis-moi carrément ce qui ne va pas. Tu n'es plus toi-même depuis quelques jours. Tout le monde l'a remarqué. Dillon en particulier. Il passe son temps dans la cuisine pour être sûr de t'éviter. Tu as eu des soucis à la clinique ou c'est quelque chose qui ne va pas avec Josselyn ?

— Je ne veux pas parler de Josselyn. Elle ne fait plus partie de ma vie.

Au lieu de paraître surprise, Claire afficha une mine de mépris.

— Si je comprends bien, tu es en train de ficher en l'air ce qui pouvait t'arriver de mieux. J'aurais dû m'en douter. Elle te rendait trop heureux sans doute ? Et tu n'arrives pas à le supporter…

Sur ces paroles cinglantes, Claire lui tourna le dos.

Il n'en revenait pas de s'être entendu dire des choses aussi dures, surtout de la part de sa cousine, toujours pleine de compassion.

— Dis donc, Claire, qu'est-ce qui te prend tout d'un coup ? C'est un crime de ne pas avoir envie de rire toute la journée ?

— Oh ! Je t'en prie, Drew. Ne me branche pas là-dessus parce que je n'ai guère de patience pour ta bêtise. J'ai eu de l'espoir pour toi mais il s'est envolé. Complètement.

De la bêtise ? C'est comme ça qu'elle appelait son problème ? Il avait connu l'enfer et était en train de retomber dedans.

À ce moment de leur conversation, Melba fit son apparition dans la cuisine.

— Qu'est-ce qui s'est envolé ? demanda-t-elle à Claire.

— Notre beau soleil. L'hiver arrive, il faut s'y habituer.

— Et toi, Drew, qu'est-ce que tu fais ici ?

— J'habite ici, Grandma, tu ne l'as pas oublié ?

Agacée par cette réponse qui frisait l'insolence, Melba s'approcha de lui pour le mitrailler du regard.

— C'est sûr que je me fais vieille, mais je ne suis pas devenue si oublieuse que ça, petit malin ! Je parle de ce moment précis et je te demande ce que tu fais dans la cuisine alors que j'ai vu Dillon sortir de la maison par la porte d'entrée.

— Il est sorti ? Mais pourquoi ?

— Il a dit qu'il allait t'attendre dehors. Il y a au moins un quart d'heure de ça.

— C'est le bouquet ! s'exclama-t-il en se levant d'un bond.

— Où files-tu comme ça ? demanda-t-elle, inquiète de cette brutale réaction.

— Je vais m'occuper de mon fils.

Il se précipita dehors mais n'aperçut Dillon nulle part. Persuadé que son fils n'était pas parti tout seul dans la rue, il retourna dans la maison et gravit les escaliers quatre à quatre pour se mettre à sa recherche. Il fit le tour des pièces d'en haut, l'appela à plusieurs reprises. Personne ne lui répondit. Ce n'est qu'en retournant dans le salon qu'il aperçut un bout de papier posé sur la petite table, à côté du canapé.

Il reconnut aussitôt l'écriture maladroite de Dillon.

Mon cher papa, je suis malereu de ta voir randu triste. Je croi que cé mieux pour toi si je retourne à Thunder Canyon ché Grandma et Grandpa. Ils zème bien kan je suis au ranch. Come ça, tu poura être ereu avec Josselyn.

Il se sentit blêmir. Non seulement il avait tout gâché avec Josselyn mais il avait fait partir son fils.

Vite, il sortit son téléphone de sa poche et appela Josselyn.

- 13 -

Josselyn répondit dès la seconde sonnerie. Sa voix douce et posée fut comme un baume sur le cœur meurtri de Drew.

— Josselyn, excuse-moi de te déranger, mais je suis inquiet à propos de Dillon. Est-ce que tu l'as vu ce matin ?

— Non. Sa classe ne vient pas à la bibliothèque avant la fin de la matinée. Qu'est-ce qui se passe ?

— Rien de grave, j'espère. Est-ce que tu pourrais me rendre un service ?

— Avec plaisir, répondit-elle sans hésiter.

— Est-ce que tu peux vérifier si Dillon est bien à l'école ? Il a quitté la pension ce matin sans me prévenir et j'ai peur qu'il n'ait fait une fugue.

— Oh… J'espère que non ! Je vais voir dans sa classe et je te rappelle tout de suite.

— Merci mille fois pour ton aide.

— À tout de suite, Drew.

Il prit ses clés de voiture pour faire le trajet que Dillon aurait dû emprunter pour se rendre en classe. Il aurait peut-être la chance de le retrouver sur le chemin. Si jamais quelque chose était arrivé à son fils, il ne se le pardonnerait jamais. Il était tout pour lui !

Josselyn aussi est tout pour toi, mais tu n'as pas voulu le reconnaître. Tu ne la mérites pas, pas plus que tu ne mérites Dillon. Tout ce que tu sais faire, c'est t'apitoyer sur toi-même.

Ce reproche bourdonnait dans sa tête pendant qu'il mettait le moteur en marche. Mais, très vite, la sonnerie de son téléphone retentit. C'était Josselyn.

— Drew, j'ai de bonnes nouvelles. Dillon est bien dans sa classe, sain et sauf.

Un soulagement indescriptible l'envahit.

— Est-ce qu'il s'est rendu compte que tu vérifiais sa présence ?

— Non. Je suis entrée sous prétexte de dire quelque chose au professeur. Est-ce que tu as besoin d'autre chose ?

Oui. J'ai besoin de toi, Josselyn. Tellement besoin !

Les mots étaient sur le bout de sa langue mais il les retint. Il ne voulait pas les prononcer au téléphone. Non, il fallait qu'ils soient dits devant la personne elle-même. Si elle voulait bien lui accorder cette chance.

— Heu… Non. Il faut que je raccroche tout de suite. J'ai quelque chose d'urgent à faire.

Il ne lui laissa pas le temps de lui poser la moindre question. Portant la main à la poche de sa chemise pour s'assurer qu'il avait bien le mot de Dillon, il prit le chemin de l'école aussi vite que le permettait la limitation de vitesse.

Josselyn regardait le catalogue des commandes de livres posé devant elle mais rien de ce qu'elle y lisait n'avait de sens. Qu'allait-elle dire à Dillon quand elle le verrait ce matin ? Allait-elle lui demander pourquoi il avait quitté la pension sans prévenir son père ? Devait-elle le gronder pour être venu tout seul à pied sur la route ?

Non. Elle n'était pas sa mère. C'était à Drew de faire ce genre de réprimande. Mais le simple fait de penser à ce que cet enfant avait fait ce matin lui donnait rétrospectivement la chair de poule.

Est-ce que Drew s'était fâché contre son fils ? Est-ce qu'il lui avait dit quelque chose qui lui avait fait tant de peine que partir en secret avait été le seul moyen qu'il avait trouvé pour se protéger ?

Il lui avait peut-être tout simplement dit que jamais elle ne deviendrait sa mère et qu'il valait mieux qu'il oublie cette idée le plus vite possible.

Le chagrin comprimait douloureusement sa poitrine. Par crainte qu'une de ses collègues ne la trouve les larmes aux yeux, elle prit un mouchoir en papier dans la boîte posée sur son bureau et commença à les essuyer.

Elle était en train de se recomposer un visage normal lorsque la porte de la bibliothèque s'ouvrit brusquement.

Drew !

Plongée dans une sorte de transe, elle s'avança à sa rencontre.

— Qu'est-ce que tu fais ici ?

Il eut un petit rire étrange.

— Décidément, tout le monde me pose cette question aujourd'hui !

Puis, retrouvant son sérieux :

— Tu te demandes sans doute comment je suis entré ? Eh bien, l'intendant me connaît et m'a laissé passer. Tiens, ajouta-t-il en prenant le mot de Dillon dans sa poche. Lis ça !

Elle prit connaissance du message, et chacun de ses mots lui creva le cœur.

— Drew, tu te rends compte ? Tu lui as dit quelque chose à mon sujet ?

— Rien du tout, répondit-il d'un air triste. Je ne lui ai pratiquement pas parlé depuis la soirée que j'ai passée chez toi.

— Il pense que nous nous sommes disputés sérieusement.

— C'est ce qu'il t'a dit ?

— Oui, plus ou moins. Il faut qu'il sache clairement que je ne le verrai plus qu'à l'école.

Il fixa sur elle un regard plein d'inquiétude.

— C'est ce que tu souhaites ?

— Apparemment, c'est ce que tu souhaites, toi !

Malgré tous ses efforts, elle avait parlé d'une voix mal assurée.

— Non, tu te trompes, Josselyn. Je te veux dans ma vie, dans celle de Dillon. J'ai besoin de toi, tu comprends, et lui aussi. D'ailleurs…

Il posa les mains sur ses épaules, l'attirant vers lui.

— Qu'est-ce que tu voulais me dire ?

— Que j'ai été le plus grand fou que la terre ait jamais porté. C'est seulement quand j'ai trouvé le mot de Dillon que je l'ai compris. Ce qui compte, ce n'est pas mon métier, ni ma vie passée avec Evelyn. La seule chose qui soit importante, c'est mon amour pour toi et les efforts que je vais faire pour devenir le père que Dillon mérite.

Avait-elle bien entendu ?

— Pourquoi ne m'as-tu pas dit cela au chalet l'autre jour ? Est-ce que tu as la moindre idée de l'enfer que tu m'as fait vivre depuis ?

— J'étais dans l'incapacité de te parler à ce moment-là. J'étais trop secoué par le cauchemar que je venais de faire.

— C'était juste un mauvais rêve ! Il n'y avait pas de quoi partir en courant.

— Tu ne comprends pas, Josselyn. Je rêvais de l'accident d'Evelyn. Je regardais les urgentistes travailler et j'ai vu alors que c'était toi qu'ils étaient en train de sortir de la voiture écrasée par le chêne. L'accident venait de t'arracher à moi.

— Tu aurais dû me le raconter tout de suite. Quand tu as compris qu'il ne s'agissait que d'un rêve, tu aurais dû te sentir soulagé.

— Oui, mais c'est le contraire qui s'est passé parce que, tout à coup, je me suis rendu compte que, toi aussi, tu pouvais être victime d'un accident. Exactement comme Evelyn. Et je sais que je ne pourrais pas le supporter. Pas une seconde fois. Pas avec toi. Je t'aime trop.

À ces mots, l'incrédulité et la joie se disputèrent son cœur.

— Tu m'aimes ? Mais…

Plein de confusion, il baissa la tête.

— Après la façon dont je t'ai traitée, c'est sans doute difficile à croire…

— Tu ferais mieux de dire : « impossible à croire ».

Il l'entoura de ses bras.

— Tu sais, quand j'ai trouvé le mot de Dillon, c'est comme si l'on m'avait fait respirer des sels. Tout à coup, j'ai clairement perçu que je me comportais comme mon fils qui n'a que sept ans : je fuyais moi aussi. Il y a des semaines que je fuis l'amour que j'éprouve pour toi. Je cherchais à me protéger en m'empêchant de le ressentir. Mais c'est fini maintenant, mon amour.

Elle mourait d'envie de se jeter dans ses bras mais elle préféra tout de même lui dire ce qu'elle avait sur le cœur.

— Drew, un accident peut toujours se produire, une maladie peut toujours survenir. Est-ce que tu vas à nouveau te mettre à te faire du souci pour ce qui risque d'arriver ?

— Non. Tout cela fait partie de la vie, je le sais, mais j'ai décidé de faire confiance et de recevoir tout le bonheur que tu m'apportes.

Des larmes de joie inondaient ses joues.

— Je t'aime, Drew.

Il sortit un mouchoir de sa poche.

— Alors, tu me pardonnes ?

— Il n'y a rien à pardonner.

Il posa ses lèvres sur les siennes pour un baiser qui avait goût de soleil, d'arcs-en-ciel, un baiser plein de promesses et de confiance.

Ils étaient encore dans les bras l'un de l'autre lorsque la cloche sonna et qu'un groupe d'enfants se rassembla autour d'eux.

— Regardez ! s'écria Dillon, rayonnant de joie. Vous refusiez de me croire, eh bien, regardez ! Vous voyez que j'avais raison. Mlle Weaver aime mon père et mon père l'aime aussi.

Oliver et Owen se regardèrent d'un air déconcerté tandis que Rory battait des mains en riant.

— Oh là là, Dillon ! Ton père embrasse Mlle Weaver comme un prince embrasse une princesse.

Rory lui jeta un coup d'œil coquin en coulisse.

— Quand est-ce que tu m'embrasseras comme ça ?

Une grimace de panique passa sur le visage de Dillon qui s'écarta vivement et partit se cacher tandis que les autres enfants riaient de bon cœur.

Josselyn se tourna vers Drew.

— Josselyn, veux-tu m'épouser ? demanda-t-il au milieu des rires. Est-ce que tu veux bien devenir la mère de Dillon et lui donner des frères et sœurs ?

— Oui, oui, oui !

— Vous avez entendu, les enfants ? Mlle Weaver est d'accord pour m'épouser. Dillon va avoir la mère qu'il souhaite.

*
* *

Loin de ses camarades, debout devant l'étagère des livres de pêche, Dillon entendit l'annonce faite par son père. Il commença par pousser un énorme soupir de soulagement. Puis, tout doucement, un sourire naquit sur son visage.

Enfin, il était devenu un petit garçon pleinement heureux.

Retrouvez en octobre 2019,
dans votre collection

Passions

Un chalet pour deux, de Christine Rimmer - N°821

Sabra sent son cœur battre à tout rompre. Un inconnu vient de pénétrer dans le chalet où elle a trouvé refuge pendant la tempête de neige qui sévit, et la tient en joue. Blessé, l'homme se montre menaçant, alors qu'elle porte pour seule protection ses sous-vêtements… pendant que ses habits sèchent au coin du feu. Cet homme, qui fait palpiter son cœur plus que de raison, pourrait-il vraiment mettre sa vie en danger ?

Une carte à abattre, de Jessica Lemmon

Zach Ferguson, le milliardaire qui l'a engagée pour redorer son image publique, exige qu'elle l'épouse. Sans lui demander son avis. Sans éprouver aucun sentiment pour elle. Penelope sent une colère sourde la gagner. Lui annoncer qu'elle porte son enfant était une terrible erreur. Mais il est désormais trop tard pour faire demi-tour…

Deux opposés, une destinée, de Sara Orwig - N°822

Noah est de retour après sa mission en Afghanistan. Camilla ne peut garder ce secret pour elle plus longtemps, elle doit lui dire qu'il a un fils de quinze mois, Ethan… Même si cela lui coûte de le revoir alors qu'elle n'a jamais cessé de l'aimer. Car ils aspirent tous deux à une vie contraire : Noah, en communion avec la nature dans son ranch, elle, épanouie comme artiste peintre dans une grande ville.

Double identité pour un Fortune, de Tara Taylor Quinn

Nolan a une double identité. Il n'est pas Nolan Forte, le joueur de saxophone qui a su ravir son cœur lors d'une nuit passionnelle, mais un richissime banquier du nom de Fortune. Et dire que Lizzie pensait être la seule à lui avoir menti en lui cachant sa paternité… Impossible désormais de penser à des projets d'avenir avec cet homme, alors qu'elle tient les nantis en horreur depuis son plus jeune âge

Architecte, femme et mère, de Joss Wood - N°823

SÉRIE: AMOUR, GLOIRE ET POUVOIR 3/3

Jouer les nourrices pour le bébé que doit garder Judah Huntley durant quinze jours ? Darby est prise au dépourvu face à la demande de son nouveau patron new-yorkais au service duquel elle souhaitait mettre ses compétences d'architecte. Même si elle rêve de fonder une famille, accepter cette demande incongrue ne risque-t-il pas de desservir sa carrière ?

Un amour pour Noël, de Brenda Harlen

La seule chose que Serena aime autant que ses animaux de compagnie est sans aucun doute Noël. Une période propice à la magie et à l'espoir. Aussi peine-t-elle à se ressaisir lorsque son regard croise celui du nouveau Père Noël qui anime la soirée des enfants de Rust Creek Falls avec elle. Un homme qui provoque en elle ce qu'elle s'est promis de ne plus jamais ressentir, après les déceptions qui ont réduit son cœur en miettes...

L'envol d'une mariée, de Michelle Major - N°824

SÉRIE: MAGGIE & GRIFFIN 1/3

Maggie vient de tout gâcher. Elle n'avait qu'un « oui » à prononcer, pour favoriser les intérêts de sa famille, avide de conserver leur emprise sur la petite ville de Stonecreek où elle exerce comme maire. Au dernier moment, elle a pris la fuite au pied de l'autel où Trevor Stone devait la prendre pour épouse. Et c'est bien malgré elle que le frère de Trevor, Griffin, lui a porté secours...

Une ombre sur Stonecreek, de Michelle Major

SÉRIE: MAGGIE & GRIFFIN 2/3

Comme si recevoir le blâme des habitants de Stonecreek ne suffisait pas, il aura aussi fallu que Griffin, le seul homme à qui Maggie a offert son cœur, se tourne vers une autre femme, après que l'incendie, dont il la tient pour responsable, a ravagé sa salle de dégustation. Comment pourrait-elle dans ces conditions maintenir sa candidature pour renouveler son mandat de maire, si tout son entourage lui a déjà retiré sa confiance ?

Réunis pour le meilleur, de Michelle Major

SÉRIE: MAGGIE & GRIFFIN 3/3

Pour le bien de Stonecreek, Maggie doit remporter ce contrat avec Livesoft, société californienne spécialisée en nouvelles technologies dont le séduisant P-DG se montre très entreprenant. Pourtant, plus elle essaie d'oublier Griffin et plus ses derniers messages viennent la hanter. Pourrait-elle lui pardonner son erreur et l'aider à élever la petite orpheline qu'il a recueillie, comme il le lui demande ?

Coup de foudre pour un inconnu, de Teri Wilson - N°825

Chloe a désespérément besoin de réconfort. Elle vient de perdre son travail de danseuse dans une troupe professionnelle et de rompre avec son fiancé à quelques jours de Noël. Aussi ne peut-elle accepter que cet impudent d'Anders Kent veuille adopter à sa place le chiot qu'elle a réservé dans un refuge animalier. Même si cet homme séduisant la touche, tant il semble prêt à tout pour combler sa petite nièce avec ce présent.

Séduisante métamorphose, de Catherine Mann

Isabeau n'a pas le droit de craquer. Elle doit finir cette mission qui lancera sa carrière de consultante en communication. Mais Trystan Mikkelson, qu'elle doit faire passer pour un homme d'affaires avant la reprise de l'empire familial dont il a hérité, est le plus bourru et le plus insupportable des clients. Peut-elle encore réussir à transformer malgré lui ce séduisant cow-boy en animal médiatique ?

Pour un été ou pour la vie, de Lisa Jackson - N°826

SÉRIE: : LA FIERTÉ DES MCCAFFERTY 3/4

Lorsqu'elle avait dix-sept ans, Jamie est tombée amoureuse de Slade McCafferty, l'homme le plus fantasque et le plus insaisissable qui soit. Mais, après un été de passion, Slade l'a quittée pour une autre. Plus mûre, plus riche. Une blessure dont Jamie a mis longtemps à guérir, se jetant à corps perdu dans les études et devenant une brillante avocate. Et voilà qu'aujourd'hui Slade est de retour. Seul. Dès qu'elle le revoit, Jamie comprend qu'elle est toujours éprise de lui. Et qu'en dépit de toutes ses bonnes résolutions elle risque de souffrir à nouveau...

Amant ou garde du corps ?, de Lisa Jackson

SÉRIE: : LA FIERTÉ DES MCCAFFERTY 4/4

En plongeant dans le regard intense de Kurt Stricker – un homme qu'elle ne connaît que trop bien –, Randi sent une colère indomptable la gagner. Comment ses frères peuvent-ils lui imposer ce garde du corps, aussi beau qu'arrogant, dont elle ne supporte pas la présence ? Au point qu'elle n'a plus qu'une seule obsession : se débarrasser de lui avant de succomber de nouveau à son charme.

Composé et édité par HarperCollins France.

Achevé d'imprimer en août 2019.

CPi
BLACK PRINT

Barcelone

Dépôt légal : septembre 2019.

MIXTE
Papier issu de sources responsables
FSC® C108412

Pour limiter l'empreinte environnementale de ses livres, HarperCollins France s'engage à n'utiliser que du papier fabriqué à partir de bois provenant de forêts gérées durablement et de manière responsable.

Imprimé en Espagne.